insel taschenbuch 4760
Lars Mytting
Die Tankstelle am Ende des Dorfs

In Erik Fyksens Tankstelle gibt es kein Bistro und auch keine giganti-sche Waschanlage wie bei der Konkurrenz, und das Sechzigerjahre-Design, in dem Eriks Freundin die Tankstelle stilecht renoviert hat, be-vor sie ihn verließ, ist auch nicht jedermanns Sache. Dafür weiß Erik alles über Autos, die er mit Hingabe repariert, und kann noch für das ungewöhnlichste Modell Ersatzteile besorgen, und sei es beim örtli-chen Schrottplatzbesitzer. Für Tüftler und Bastler ist der Ort zur »Tank-stelle des Glücks« geworden, in der nicht nur der fahrbare Untersatz auf Touren gebracht wird, sondern gleich das ganze Leben verhan-delt wird. Nur schade, dass die Landstraße begradigt werden soll und dann nicht mehr an der Tankstelle vorbeiführen wird. Erik muss eine Entscheidung treffen.

Lars Mytting, geboren 1969, stammt aus dem norwegischen Gudbrands-dalen. Zuletzt erschienen im Insel Verlag der Bestseller *Der Mann und das Holz. Vom Fällen, Hacken und Feuermachen* (2014), sowie die Roma-ne *Die Birken wissen's noch* (2016) und *Die Glocke im See* (2019).

LARS MYTTING

# Die Tankstelle am Ende des Dorfs

Roman
Aus dem Norwegischen von Günther Frauenlob

INSEL VERLAG

Die Originalausgabe erschien 2006 unter dem Titel
*Hestekrefter* bei Gyldendal Norsk Forlag, Oslo.
Die deutsche Originalausgabe erschien 2007 unter dem Titel
*Fyksens Tankstelle* in der Piper Verlag GmbH, München

# FÜR TUVA

Erste Auflage 2019
insel taschenbuch 4760
© Insel Verlag 2019
Vertrieb durch den Suhrkamp Taschenbuch Verlag
Umschlaggestaltung: zero-media.net, München
Umschlagabbildungen: Alamy/Archive PL/
mauritius images; FinePic®
Satz: Satz-Offizin Hümmer GmbH, Waldbüttelbrunn
Druck: CPI – Ebner & Spiegel, Ulm
Printed in Germany
ISBN 978-3-458-36460-3

# Die Tankstelle am Ende des Dorfs

# FRÜHER

# ROSTFRASS

Es gibt nur einen Ort, wohin du gehen kannst, wenn du von der Tochter des Schrotthändlers betrogen worden bist.

Zurück zum Schrottplatz.

Zu den Autowracks, den auf null gestellten Tachometern, den Motoren mit Rostfraß in den Zylindern.

Zur Schrottpresse.

Erik schob die Flasche zurück in die Innentasche, als eine Windböe die Tüte packte, in der die Bierflaschen gewesen waren. Die Samstagnacht lag violett und warm über dem Autofriedhof. Der straff gespannte Maschendraht zitterte unter seinen Fußsohlen, als er zu klettern begann. Er zog den Ärmel seiner Jeansjacke lang, hielt mit der Faust den Stacheldraht fest, schwang sich hinüber und ließ sich auf die andere Seite fallen.

Atem und Herzschlag meldeten sich wieder, als er vor einem ausgebrannten Traktor und einem Lieferwagen mit Frontschaden stand. Der Schrottplatz lag im Dunkeln, nur eine einzige Laterne brannte am Ende des Geländes. Ihr gelber Lichtkegel fiel auf einen roten Buick. Erik suchte sich zuerst mit den Augen einen Korridor zwischen dem matten Schimmer der Autodächer und begann ihn entlangzugehen.

Hier lagerten bestimmt mehr als tausend Autos; Werner Grundtvig ließ sie lange stehen, ehe er sie ausschlachtete und in die Presse steckte. Einige waren schon uralt, Erik hatte sie im Sommer entdeckt, sie berührt und ihren rauen, fast knotigen Lack unter den Fingern gespürt. Er ging an einem 74er Mercedes vorbei, der auf dem Bauch lag, ohne Räder. Ich weiß, warum der hier steht, dachte er, Tür an Tür mit einem Capri ohne Hinterachse und einem BMW mit festgefressenem Radlager. Manche Leute verloren einfach irgendwann das Interesse an ihren Autos. Andere suchten sich größere, stärkere, die mehr hermachten und mit denen sie sich besser sehen lassen konnten.

Er schlug mit den Fäusten auf das Dach des Buicks, riss die Scheibenwischer ab.

Tora.

Tora Grundtvig, Tora mit den Hermelinaugen und den blauschwarzen Haaren. Tora mit dem lose hängenden Levi's-Etikett hinten an ihrer Jeans. Tora, die ihm zu verstehen gegeben hatte, dass es schon in Ordnung war, wenn er sich um sie bemühte.

Erik setzte sich in den Buick. Trocken und bequem, wie er es noch vom Anfang der Woche in Erinnerung hatte. Schon bald war die Flasche leer. Dann stieg er wieder aus und bahnte sich einen Weg durch das dichte, hochgewachsene Gebüsch am Ende des Schrottplatzes, vorbei an demolierten Kleinwagen und verbeulten Ölfässern. Er spürte die Nässe des Grases durch seine Sohlen dringen, hinauf bis zu den Hosenbeinen seiner Jeans.

Ein Drahtseil schlug gegen einen Wellblechschuppen. Weit entfernt hörte er das Flattern einer Persenning.

Auf drei übereinandergeschichteten Fiats lag ein alter Cadillac.

Er musste einmal weiß gewesen sein, doch jetzt war der Lack fleckig und an einigen Stellen begann er abzublättern, wie die Farbe an einer verwahrlosten Kirche. An den Türen klebte der Staub der Straße, aufgeweicht vom Regen, eingebrannt von der Sonne, erneut aufgeweicht und abermals eingebrannt.

Erik verstand nicht, was dieser Wagen hier sollte. Es brachte doch niemand einen Cadillac aus den frühen Fünfzigern auf den Schrottplatz! Und ganz sicher würde der dann nicht einfach auf drei Fiats abgelegt werden. So etwas brachte nicht einmal Grundtvig fertig, obwohl das ganze Dorf wusste, dass der Schrotthändler verrückt war und ziemlich sicher nicht die richtigen Medikamente bekam.

Außerdem stand der Wagen einfach am falschen Platz.

Gleich am ersten Tag seines Ferienjobs hatte ihm Werner gezeigt, wie die Autos der Nationalität nach geordnet werden mussten. Links vorm Zaun das französische Viertel: Renault, Peugeot, Citroën. In der Mitte des Platzes das deutsche Eck. Schweden lag am oberen Zaun, dort standen beinahe fünfzig Volvos und Saabs Seite an Seite; Japaner und Russen kamen ganz hinten ins Moor. Seltene Kleinwagen und landwirtschaftliche Geräte unten an den Zaun. Englische und amerikanische Modelle direkt neben die Moelv-Baracke, in der er sein Büro hatte.

Ein Cadillac sollte also auf keinen Fall hier vergammeln,

zwischen Fiats, Stapeln mit verbeulten Heckscheiben und Busmotoren. Aber vielleicht war der psychische Schaden der Schrottplatzsippe ja doch schlimmer, als er angenommen hatte. Vielleicht litt ja auch Tora an dem gleichen Leiden? Vielleicht lag die Antwort dort oben, vier Meter über dem Boden, in der Silhouette, die vor dem Hang emporragte und durch deren Fenster der violette Abendhimmel schien.

Der unterste Fiat stand bis zur Mitte der Bremsscheiben im Matsch. Erik stellte den Fuß auf den Türgriff und stemmte sich hoch, schnitt sich an Glasscherben und aufgebogenem Blech, rutschte ab, stürzte zu Boden und versuchte es erneut, bis der Matsch von seiner Hose tropfte.

Am dritten Fiat kam er einfach nicht vorbei. Mit den Schuhen im Fenster und den Fingern in der Regenrinne starrte er von unten auf die Diagonalreifen des Cadillacs. Schwarze Erde rieselte aus dem Radkasten und machte ihn blind, sodass er wieder nach unten springen musste.

Er rieb sich den Dreck aus den Augen und überlegte, ob er es über die Stoßstangen versuchen sollte. Die Autos begannen mit einem satten Knirschen zu schwingen. Da bekam er den Kühler des Cadillacs zu packen, da, er spürte das Ablassventil unter der Hand. Auspuffanlage und Dachbleche knackten, als er sich nach oben schwang, die rechte Hand auf das Wappenschild auf der Motorhaube legte und auf dem schwankenden Koloss das Gleichgewicht zu halten versuchte. Doch seine Füße verloren den Halt, er rutschte ab und spürte, wie seine linke Hand an dem abstehenden Blech der Stoßstange aufgerissen wurde. Seine Stirn schlug beim Fallen dreimal auf und sein Kiefer knallte gegen einen Stein, als er auf den Boden klatschte. Ein Wagenheber löste sich aus einer Karosserie und landete mit einem dumpfen Laut neben seinem Ohr.

Über ihm knackte und schwankte der Wagenstapel. Warmes Blut tropfte aus der Schnittwunde an seiner linken Hand. In der rechten Handfläche erkannte er den Abdruck eines spiegelverkehrten Cadillac-Emblems.

Erik hob den Wagenheber auf, warf ihn beim Klettern durch ein Seitenfenster, stützte sich auf einem Skiträger ab und zog sich hoch, während der Wagenstapel immer stärker schwankte. Aber jetzt war er oben, beim Cadillac, setzte seinen Körper als Gegengewicht ein, um die Autos zur Ruhe zu bringen, öffnete die Tür und kroch hinein.

Das Interieur war spartanischer, als er erwartet hatte. Ein großes, weißes Lenkrad, ein gediegenes Radio mit glänzenden Knöpfen, sonst nichts. Die Sitze waren trocken und faltig. Er schloss die Tür. Das Coupé war kalt und scharfer, verbrannter Gestank drang in seine Nase, der ihn an den Geruch in den Lampenschirmen zu Hause erinnerte, wenn er die Glühbirnen wechselte.

Von hier aus konnte er den ganzen Schrottplatz überblicken, all die Wracks, die wie tote Mistkäfer unter ihm lagen. Und dahinter erkannte er die Felder, den Fluss Sokna, das Zentrum von Annor.

Einen Moment lang dachte er gar nichts.

Dann nahm er im Halbdunkel etwas Silbernes wahr. Der

Schlüssel steckte. Vielleicht war das einer der Wagen, von denen ihm Grundtvig erzählt hatte. Fahrbereit, aber trotzdem auf dem Autofriedhof, weil es Leute gab, die es nicht ertrugen, dass jemand anders ihren Wagen bekam, auch wenn sie ihn selbst nicht mehr haben wollten.

So ähnlich könnte auch Tora denken; ... war es nicht ein bisschen krankhaft, wie sie die Menschen derart links liegen ließ. Nur: Warum hatte sie sich dann heute Abend ausgerechnet *diesem Typ* an den Hals geworfen? Harald Jøtul, diesem Aufschneider und Meister Oberkorrekt? Der sich nie betrank und sich so gern als Hüter der Ordnung aufspielte, wenn andere zusahen?

Erik musste unweigerlich an das Henning-Kvitnes-Konzert in der Sporthalle vor ein paar Monaten denken, als er durch die geöffnete Tür nicht mehr als ein Stückchen von der Trommel mit der Aufschrift »Young Lords« sah, ehe ihm ein kräftiger Arm den Weg versperrte. »Du bist betrunken«, hatte Jøtul gesagt. »Raus auf den Schulhof. Oder soll ich nachhelfen?«

Betrunken? Erik hatte einen Sixpack intus gehabt, eben weil er seine Lieblingsband richtig *hören* wollte. Andere waren derart dicht, dass sie schon nach einer Viertelstunde kotzen würden, und wurden trotzdem reingelassen. Aber Jøtul, dieser Idiot, hatte sich gegen Erik entschieden, sodass er draußen bleiben und von dort das Dröhnen der Bässe hören musste, als sie drinnen »Big Burden« anstimmten.

Erik streichelte mit dem Zeigefinger über das Lenkrad des Cadillacs und berührte den Zündschlüssel. Vor ein paar Tagen hatte er dort unten im Buick gesessen und gedacht, mit Tora würde alles wieder in Ordnung kommen. Jetzt gab ihm der Anblick dieses Wagens das Gefühl, der kleine Bruder zu sein, schüchtern und schwach, jemand, mit dem man nicht wirklich zu tun haben wollte. *Er,* der Erik, der er sein könnte, saß hier oben, in einem Cadillac. Jetzt würde alles größer werden. Ab jetzt würde er sich um Mädchen bemühen, die wirklich wollten, er würde das Moped frisieren, in Erwachsenenfilme gehen und Musik finden, die etwas bedeutete.

Erik drehte den Zündschlüssel ein klein wenig nach rechts, er hörte die Lautsprecher rauschen. Die Batterie war in Ordnung! Über Langwelle empfing er einen ausländischen Sender. Sie redeten unverständliches Zeug. Er drehte noch ein Stückchen weiter. Die Zündlampe und die Ölanzeige leuchteten rot auf. Es begann in seinen Unterarmen zu pochen. Das lag an der Nacht, an den Warnlampen, die im Dunkeln des Autofriedhofs leuchteten.

Das Lenkrad ließ sich jetzt, da die Räder vorn und hinten frei in der Luft hingen, mit einem gewissen Widerstand drehen. Es sollte ungefährlich sein, die Zündung zu betätigen. Erik hatte bisher nichts anderes gefahren als heimlich ausgeliehene Kleinwagen und damit verängstigte Spritztouren unternommen, mit Kumpels auf abgelegenen Höfen, doch durch das Amcar-Magazin wusste er, dass er die Lenkradschaltung eines Cadillacs auf PARK stellen musste. Erik drehte den Zündschlüssel in die letzte

Position. Benzin, Luft, Funken. Der startet, dachte er. Mein Gott, der Motor kommt.

Der Motor hustete sich sauber, und das tiefe Rumoren des Achtzylinders ließ den Wagen vibrieren.

Einige Warnlampen meldeten sich in Eriks Kopf, doch zu diffus und schwach, um durch den Übermut zu dringen, der hinter den Schläfen pulsierte. Plötzlich war ein harter Knall im Wagen zu hören, als wäre dieser von einem großen Stein getroffen worden. Der Cadillac riss sich los, die Aussicht verschwand und der Mond raste zu Boden.

Erik sah die Fußmatte in sein Gesicht fliegen und dann wurde ihm wie in Zeitlupe bewusst, dass sich der Cadillac plötzlich eingekuppelt und die Kardanwelle sich am Skiträger des Autos darunter verhakt haben musste. Und wenn ich jetzt lande, dachte er, befinden sich nur ein paar Millimeter Stahl zwischen meinem Kopf und dem Boden.

Doch nachdem es schwarz geworden war, wurde es auch wieder hell. Er hatte einen steifen Nacken, die Gummimatte auf dem Gesicht und sein linker Fuß klemmte unter dem Lenkrad fest, aber er konnte atmen, sich bewegen und schließlich auch denken.

Erik bekam seinen Fuß los, kroch auf dem Deckenbezug herum, fand schließlich den Schalter für den Fensterheber und sah ein paar Klumpen Erde ins Wageninnere rollen, als die Fenster aufgingen. Der Lehmboden lag dunkel und nass vor seinen Augen, die Morgensonne malte einen Regenbogen in eine Pfütze Öl auf einem Schrottplatz, der auf dem Kopf stand.

Erst lange nachdem er nach draußen gekrochen war, kapierte er, dass der Motor noch immer lief. Die Hinterräder drehten sich, Kühlflüssigkeit sickerte aus der Motorhaube. Schnell beugte er sich nach drinnen, tastete nach dem Schlüssel, drehte ihn in die falsche Richtung und hörte den Starter aufheulen, drehte in die entgegengesetzte Richtung, und der Motor verstummte.

Die Sonne schien ihm in den Nacken. Blut tropfte von seiner Handfläche. Erik musste sich übergeben, riss ein Stück Deckenverkleidung heraus und wischte sich damit den Mund ab. Dann packte er noch einmal zu, zerrte ein Stück Stoff aus dem Wagen, wickelte es um seine blutende Hand und spürte, wie er nüchtern wurde. Er ging ums Auto herum, fuhr mit der Hand über den rauen Unterboden und roch die Abgase.

Der Kofferraum hatte sich bei dem Sturz geöffnet. Eine schwarze Lederrolle lag auf dem Boden. Sie war schwer. Etwas Hartes lag wie Rippen unter dem Leder. Der Spannriemen trug einen eingestanzten Firmennamen: BELLEROPHON.

Ein altes Werkzeugset. Eine lange Reihe Schraubenschlüssel, jeder in einer eigenen Tasche, mit leichten Kerben, schwarz glänzend. Alter Plunder. Wertlos.

Das Cadillac-Emblem hatte sich in den Schmutz seiner rechten Hand gezeichnet. Einen Moment lang glaubte er, es leuchtete auf, bekäme Farbe. Er spuckte auf seine Handfläche, rieb sie an der Hose ab, doch der Abdruck wollte nicht ganz verschwinden.

Das Tor des Schrottplatzes stand offen. Seine Jeans war

getrocknet, nur ganz unten am Saum waren die Hosenbeine noch nass, zwei schwere, schwarze Ringe, die gegen seine Knöchel schlugen, als er rannte.

Die Reue plagte ihn den ganzen Sonntag, quälte ihn auch am Montag von morgens bis abends, bis er am Dienstag schier zu platzen drohte. Grundtvig bestehlen und auch noch einen Cadillac schrotten. Es gibt sicher Probleme, wenn ich Tora dort treffe, aber die ganze Zeit mit einem schlechten Gewissen herumzulaufen ist noch schlimmer, dachte er, spannte das Werkzeugset auf dem Gepäckträger fest, trat den Kickstarter seines Mopeds nach unten und fuhr zum Schrottplatz.

Grundtvig stand über den Motorraum eines Volvo Duett gebeugt. Er musste das Moped gehört haben, denn er richtete sich auf, als Erik die Maschine abstellte, und stand da, wie Erik ihn diesen Sommer Tag für Tag dastehen sah: Die weißen Haaren unter dem Sixpence und einem braunen Overall, der am Bauch schwarz imprägniert war von all den ölverschmierten Getrieben, die er herumtrug.

Noch bevor Erik etwas wegen des Cadillacs sagen konnte, fragte Grundtvig: »Warst du in diesem Jahr schon mal in Lillehammer?«

Er hat seine Nervenmedizin noch nicht genommen, dachte Erik. Alles deutete darauf hin: das Zittern, das weiche, einfältige Altherrengesicht, das sich immer im falschen Augenblick zeigte – für Erik alles bekannte Merkmale eines verwirrten, kranken Mannes.

»Die neuen Fenster im Krankenhaus«, sagte Grundtvig.
»Die so schwarz glänzen. Ich kenne ihr Geheimnis. Das
sind ganz besondere Sonnenbrems-Paneele. Mit einer Lizenz aus den USA produziert.«

»Du meinst Solarzellen-Paneele«, sagte Erik und streckte
seinen Hals. Unten am Zaun standen die drei Fiats. Der
Cadillac war verschwunden.

»Nee, nee, Bremspaneele«, erwiderte Grundtvig. »Wegen
der Beschichtung. Das Licht wird gebremst, wenn es auf
einen Spiegel trifft, und kehrt wieder um. Das ist wie mit
der Relativitätstheorie. Mit genug von diesen Paneelen
können die Alliierten die Zeit auf der Welt verlangsamen,
wenn sie alle diese Fenster auf ein Signal der Nato hin
gleichzeitig schließen.«

»Dieses Werkzeugset«, begann Erik. »Ich habe es in einem weißen Cadillac gefunden, der hier rumstand.«

»Cadillac?«, sagte Grundtvig in einem Tonfall, der Antwort und Frage gleichermaßen beinhaltete. »Ich habe hier
keinen Cadillac.«

»Ich hab ihn doch gesehen«, sagte Erik und legte die Lederrolle auf das Dach des Duetts. »Ich glaub, das war ein
52er.«

»Nun, das hier ist ein Schrottplatz. Es kommt schon mal
vor, dass Autos verschwinden«, sagte Grundtvig. Er ent-
rollte das Futteral, schob sich zwei Ringschlüssel auf die
kleinen Finger und schlug sie gegeneinander.

»Was für ein Klang, wenn die so geschmiedet werden. Verdammt guter Werkzeugstahl. Und in Zollmaß! Mit denen
kannst du alles reparieren, was sich zu reparieren lohnt –

Amerikaner oder Engländer. Sieh her. Schwarz eloxiert, nicht verchromt. Sieht einfacher aus, blättert aber nie ab. Das ist das Werkzeug eines wirklichen Fachmanns. Hält ewig. Und das meine ich wörtlich.«

Schließlich spürte Erik, dass seine Kraft reichen würde. »Tora?«, fragte er. »Ist sie da?«

»Sie wollte nach Norden«, sagte Grundtvig. »Zu ihrer Mutter.«

»Für den Rest der Sommerferien?«, fragte Erik.

»Für immer«, antwortete Grundtvig. »Verdammt endgültig, oder? Hast du dich da geschnitten?«

»Ein Unfall mit dem Moped«, log Erik und spürte, dass er nach Hause wollte, ihm war zum Heulen.

»Mach den Verband ab«, sagte Grundtvig.

»Warum?«

»Mach den Verband ab. So. Ja, ganz ab. Mein Gott. Du wirst eine Narbe über deine Lebenslinie bekommen. Der Cadillac hat dir ein Geschenk gemacht.«

»Ich will keine Geschenke«, sagte Erik und wickelte die Bandage wieder um seine Hand.

»Das Werkzeugset des Mechanikers, der drüben im Jenseits die große Tankstelle betreibt.« Grundtvigs Schweißgeruch kam näher. »Hör mir zu, Erik. Verlier das nie, um der Heiligen Jungfrau Maria willen. Dort, wo diese Sachen geschmiedet worden sind, ist es heiß, verdammt heiß. Du hast die nur geliehen, geliehen für die Reparatur deines Lebens.«

Erik schrak zurück. »Nimm es. Ich will es nicht.«

»Alte Autos vergehen nie«, sagte Grundtvig. »Sie verblassen, das schon, mehr und mehr, mit jedem Jahr, das vergeht. Aber denk an das Wasser. Wie dreckig es auch ist, der Dampf ist sauber. Rost wartet nur auf die Flamme eines Schweißgerätes. Der Stahl auf den Stahl des Werkzeugs. Nur, wenn ein Auto in die Presse kommt und eingeschmolzen wird, dann ist es vorbei. Aber auch ein Sargnagel vergisst nie, dass er mal ein Cadillac war.«

Grundtvig gab ihm die Lederrolle. Sie fühlte sich doppelt so schwer an wie zuvor.

»Du verstehst«, sagte Grundtvig, »der weiße Cadillac fährt die Toten über den Pass ins Jenseits.«

»Hör mal, Werner, ich wollte nicht …«

»Das ist genau wie bei den Samen. Sie sehen vor ihrem Tod ein weißes Rentier.«

»Bist du da gewesen?«, fragte Erik. »Ich meine, auf der anderen Seite?«

»Ich? Nein, ich bin doch hier  Aber es kommt vor, dass ich da hinübersehen kann, wenn ich ein Auto in die Presse sinken lasse und ins Jenseits schicke. Es ist eine lange, schwarze Landstraße mit Schneezeichen an den Seiten, und weit hinten kann man das Licht einer Tankstelle sehen.«

Grundtvig beugte sich wieder über den Motor. »Manchmal fühlt man sich schon einsam, wenn man einen Schrottplatz betreibt«, sagte er. »Hier zu stehen und das Tor zu bewachen. Aber ich bin mir sicher, dass die Autos es gut haben, wenn sie in die Presse kommen. Denn auf der anderen Seite kümmert sich der große Mechaniker um sie.«

»Gott?«, fragte Erik.

»Nein, der hat selbst genug zu tun. Der große Mechaniker repariert die Autos. Aber sie reden miteinander, wenn es nötig ist.«

»Es gibt also Autos im Jenseits?«

»Aber sicher. Sonst könnte man das doch nicht Paradies nennen!«

JETZT

Erik Fyksen dehnte sich, drückte die Schultern in seiner Arbeitsjacke durch, tippte die Summe für dreiundvierzig Liter Super in die Kasse und ging nach draußen zum Mobil-Schild.

Über ihm stand das rote Pegasuspferd, eingefangen hinter vergilbtem Plexiglas. Die Flügel waren ausgebreitet, auf dem Sprung in den Himmel, bereit, sich von der toten, schwarzen Schicht aus Fliegen und Staub am Boden der Leuchtreklame zu erheben und mit langsamen Flügelschlägen zu dem Sternbild emporzugleiten, dem es entstammte. Zwei Scheinwerfer rollten durch die Zigeunerkurven. Dann raste der Wagen mit Vollgas über die Tallaksenebene, während sich auf dem Lack das Tal spiegelte und die Sonnenstrahlen auf dem Chrom und den silbernen Buchstaben PONTIAC GTO glitzerten.

Als der Wagen die Steigung erreichte, hörte Erik, wie der Motor die Tonlage wechselte. Der Luftwiderstand bremste das Auto, und der Auspuff bekam einen ungeduldigen, hämmernden Klang.

Es gibt durchaus Gründe, rote Amerikaner zu kaufen, dachte er. Und es gibt Gründe, sie wieder zu verkaufen.

Erik warf seinem Exwagen einen Gruß zu, sah den Pontiac langsam in Richtung Zentrum vorbeigleiten und die roten Rückleuchten im Dunst der Abgase verschwimmen. Der Fahrer blinkte, bog auf den Platz vor dem Restaurant Rangen, rollte neben einen silbergrauen Thunderbird, ließ den Achtzylinder im Leerlauf noch einmal aufheulen und hielt an.

Erik kontrollierte die Zapfsäulen. Irgendetwas stimmte nicht. Die Schweigsamkeit der Kunden war auffällig. Zwar waren sie von Natur aus wortkarg, aber in ihren Blicken lag eine unausgesprochene Frage, und überdies waren sie stiller als sonst und gingen jedem Gespräch aus dem Weg.

Aber nein. Mit den Zapfsäulen war alles in Ordnung. Es lief nirgendwo Benzin aus. Keine Graffiti an der Seitenwand, keine schlafenden Fernfahrer, und auch alle Buchstaben in *Annor Kraftstoffe und Automobile* leuchteten. Es war auch noch zu früh dafür, dass jemand an der Einfahrt zur Tankstelle mit seinem Auto kreiselte und die Reifen qualmen ließ, sodass sich auch darüber niemand aufregen konnte. Und den Jungs, die ihre Musik so laut laufen ließen, dass die Hutablagen bebten, hatte er schon vor langer Zeit deutlich gemacht, dass eine Tankstelle kein Szenetreff ist. Eher so etwas wie ein Gemeindezentrum. Man war willkommen, aber unter gewissen Bedingungen. Jeder durfte gerne die Rampe benutzen, ohne zu fragen, nicht aber die Motoren aufheulen lassen, im Auto hocken und Bier trinken.

Hinter sich hörte er einen Volvo. Åge Rudi kam mit seinem Kombi, wie gewöhnlich mit einer Leiter auf dem Dach und dem Laderaum voller Klempnerutensilien.

»Ich muss ständig Kühlwasser nachfüllen«, beklagte sich Rudi. »Dabei ist der Garagenboden trocken.«

Erik öffnete die Motorhaube, nahm den Öldeckel ab und fuhr mit dem Mittelfinger den Rand entlang.

»Sieh mal hier«, sagte er. Er hatte gelbbraunen Schlamm an seinem Finger. »Die Kopfdichtung ist kaputt, du hast Kühlwasser im Öl. Das sieht dann so aus.«

»Teuer?«, fragte Rudi.

Diese Frage kannte Erik zur Genüge und auch den Wunsch, es so billig wie möglich zu machen. »Dauert schon ein paar Stunden«, sagte er. »Es lohnt sich, dabei auch gleich die Ventile durchzusehen. Aber du weißt ja. Hast du zurzeit viel zu tun?«

»Wieso?«

»Die Rohre für den Hochdruckreiniger müssten verlegt werden«, sagte Erik.

»Eine Hand wäscht die andere?«, fragte Rudi.

»Komm heute Abend gegen sechs.«

»Abgemacht«, sagte Rudi und legte den ersten Gang ein. »Du hast keine Kunden, Fyksen, du hast einen Fanclub! Also sieh zu, dass du dich halten kannst.«

Da war es wieder. Dass du dich halten kannst. Wohlwollend, aber wie eine Andeutung.

Erik nahm die Tageszeitung *Gudbrandsdølen* aus dem Ständer. Er spürte die Narbe in seiner Handfläche kribbeln. Seltsam, die hatte er das letzte Mal vor Jahren gespürt.

*Wie der* Gudbrandsdølen *aus sicherer Quelle erfahren hat, soll die Landstraße 220 in den kommenden Jahren an der Ortschaft Annor vorbeigeführt werden. Die Planung sieht neue Brücken oberhalb des Zentrums und unterhalb der Zigeunerkurven vor, eine verbreiterte, sechs Kilometer lan-*

*ge Straßentrasse auf der anderen Talseite und eine Anbindung an die alte Straße samt einer Erneuerung der Strecke bis zur E6. Auch eine Neunziger-Zone scheint nicht ausgeschlossen.*

*»Im Zentrum kommt es immer wieder zu gefährlichen Verkehrssituationen«, betont Gemeindeingenieur Ole Muriteigen. »Und bei den Jugendlichen ist die Unsitte eingerissen, zwischen dem Restaurant an der Bushaltestelle und der Mobil-Tankstelle hin- und herzurasen, mit alten ausrangierten amerikanischen Straßenkreuzern Schleudermanöver zu fahren oder nachts mit Motorrädern illegale Rennen zu veranstalten.«*

Da war sie also, die Erklärung des Tages, dachte Erik. Wenn der Verkehr da langging, war er bis Ostern pleite, spätestens bis Weihnachten. Seine Schulden waren ins Unermessliche gestiegen, als er mit Elise die Mobil-Tankstelle restauriert hatte, er hatte noch die nächsten neunzehn Jahre abzuzahlen. Sollte er noch einmal Schulden machen, um auf der anderen Seite des Tales eine Tankstelle wie diese aufzubauen? Unvorstellbar, erst recht bei dem Bankdirektor, der derzeit das Sagen hatte.

Erik ging in die Werkstatt, atmete den Duft von Gummi und Öl ein und sah, wie sich Tor-Arne beim Auswuchten der Reifen abmühte.

»Haste heut schon Zeitung gelesen?«, fragte Erik.

»Den Sportteil der *VG*«, antwortete Tor-Arne und zog das Band fest, das seinen Pferdeschwanz zusammenhielt. »Und natürlich die Autoanzeigen.«

»Dann ist dir unsere Todesanzeige noch nicht aufgefallen?« Erik hielt ihm den *Gudbrandsdølen* hin.

Der Abzieher fiel klirrend auf den Boden. »Das ist doch nicht wahr«, sagte Tor-Arne. »Das kann doch, verdammt noch mal, nicht wahr sein!« Er riss die Zeitung an sich und las laut:

*Ein anderer Vorteil, insbesondere für die Tagespendler nach Ringebu und Vinstra, liegt in der Umfahrung der berüchtigten Zigeunerkurven, die bei erhöhter Geschwindigkeit und aus dem Fluss aufsteigendem Nebel sommers wie winters gefährlich sein können.*

Erik blickte auf das Bild unter dem Artikel. Aufgenommen mitten im Winter. Ein Ford Escort, der sich bei der Manufaktur um einen Laternenpfahl gewickelt hatte. Mitten auf der Straße lagen ein geplatzter Einkaufsbeutel und zwei Milchtüten. Aus dem Schneewall am Straßenrand ragten die Kufen eines Tretschlittens hervor.
*Im letzten Jahr musste einem 73-jährigen Mann ein Bein amputiert werden, nachdem er bei Eisglätte angefahren worden war,* las Tor-Arne. Er legte die Zeitung weg und setzte sich auf eine Felge.

»Da stimmt doch was nicht«, sagte Erik. »Natürlich war das mit dem Fuß von Gustav Smidesang ein verdammter Mist, aber das war wirklich der erste richtige Unfall hier im Zentrum, an den ich mich erinnern kann.«

Draußen hupte jemand. Ragnar Karlstad stand mit seinem Mercedes-Taxi an der Dieselzapfsäule. Erik notierte den Betrag im Rechnungsbuch, gab ihm ein Zeichen loszufahren und stellte das Zählwerk der Säule auf null. Ein silbergrauer Mitsubishi Pajero wartete bereits. Der Wagen sah nagelneu aus.

Der Pajero fuhr vor. Harald Jøtul stieg aus.

Erik wusste, dass man ein schlechter Geschäftsmann war, wenn man sich um das Privatleben seiner Kunden kümmerte, aber bei Harald Jøtul machte er eine Ausnahme. Freunde kamen und gingen, aber Feinde behielt man sein ganzes Leben.

Es hatte mit Kleinigkeiten begonnen. So wie die meisten Streitereien in einem Dorf mit unwichtigem Kram anfangen. Insbesondere dann, wenn die Menschen beginnen, auf Feste zu gehen. Zuerst das Young-Lords-Konzert. Dann das Volksfest nach der Viehschau. Erik hatte mit ein paar Freunden gesoffen und war dann einfach dort aufgetaucht, hatte weitergetrunken und die Leute auf der Tanzfläche angestarrt, mit dem anderen Auge aber den Parkplatz nicht aus dem Auge gelassen.

Dort hatten sie sich verabredet. Es war schon nach Mitternacht und Erik machte einen langen Hals, um zu sehen, ob sie unter den Mädchen war, die dort standen.

Aber das war sie natürlich nicht. Ebenso wenig war sie in einem der Autos, die auf dem Parkplatz ihre Runden drehten, oder auf der Tanzfläche, die sich wie eine leuchtende Fläche von dem platt getretenen Gras abhob. Es dauerte nicht lange, bis ihn die Frage zu quälen begann, wo und mit wem sie zusammen war.

Als die Band schließlich ihre Sachen zusammenpackte und besoffene Neuntklässler auf der Bühne Luftgitarre spielten, erhielt er die Antwort in Gestalt eines nagelneuen, silbergrauen Mitsubishi Colt mit Sonderausstattung.

Harald Jøtul.

Und Tora Grundtvig.

Eine weitere Trophäe auf seinem Beifahrersitz.

Jøtul war zwanzig und hatte ein eigenes Auto. Erik war sechzehn und fuhr ein uraltes Panther-Moped. Das reichte natürlich nicht. Kaum waren die Mädchen konfirmiert, wollten sie in Autos gesehen werden. Neben den Jungs aus dem Fußballverein, den Söhnen der Gutsbesitzer oder den Rekruten der Militärschule. Tora war also auch nicht anders als die anderen. Natürlich war das eine andere Sache als hinten auf einem Moped mit ausgeleierter Federung zu hocken, die bei jedem Schlagloch durchschlug. Für eine Fahrt in einem tollen Wagen taten sie alles, diese Autoluder.

Und Jøtul nahm sie nur zu gern an Bord. Vor Geld stinkend. Hatte das Gymnasium Gymnasium sein lassen und war zu einer Baufirma nach Oslo gegangen. Was ihn aber nicht davon abhielt, jedes Wochenende zu Hause zu sein und frisch frisiert und nüchtern mit seinem schweißtriefenden Akkordlohn anzugeben. Ein verwöhntes Leberwurstjüngelchen mit einer Prinz-Eisenherz-Frisur, wie aus dem Ei gepellt. Brachte die Mädels nach Hause und durfte bis zum Morgen bleiben. Ehe er am nächsten Wochenende mit porentief reinem Lacoste-Pullover wiederauftauchte.

Nur Menschen mit Charakterschwäche kauften neue japanische Pseudo-GTIs statt eines guten Amerikaners. Aber die Mädchen hatten ja keinen Blick für so etwas. Die sahen bloß, dass das Auto neu war, trocken und sauber mit gut funktionierender Heizung, und dass sie sich die Musik aussuchen durften. Die aktuellen Hits. So simpel war das. Jøtul hatte keine Ahnung von Musik, das hörte man schon von weitem. Aber jedes Wochenende kam er mit neuen Kassetten aus Oslo an.

Jetzt sah er sie, hinter den Reflexen auf der Autoscheibe. Sie blickte Harald Jøtul an, seine dicken Finger lagen auf dem Lenkrad, Finger, die Stellen berührt hatten, die sie nie hätten berühren dürfen.

Erik hatte genug. Er ging. Seine Kumpel begannen nach Mitfahrgelegenheiten zu suchen und quetschten sich in Autos, die sie mit ins Zentrum nahmen. Einige brüllten ihm hinterher, wollten ihn mitnehmen. Nein. Es würde nur wieder wie immer werden: Einkaufswagen hinter dem Supermarkt losreißen, irgendwelche Lieder grölen, auf der Terrasse des Rangen Heineken-Schirme klauen und sie bei den frommen Kirchgängern des Ortes auf dem Verandatisch platzieren und schließlich den Kadett des Polizeianwärters mit Anfängerschildern bekleben, wenn dieser kam, um sie zur Ruhe zu mahnen.

Außerdem wollte er nicht von den Typen im Mitsubishi gesehen werden. Erik folgte dem Rauschen des Flusses, kam auf den Feldweg am Ufer des Sokna und trank im Laufen den Vorrat in seiner Plastiktüte aus. Die leeren Bierflaschen pfefferte er ins Dickicht, sodass das Geflecht der Weidenröschen nur so staubte. Schließlich erreichte er die Stichstraße, die zum Schrottplatz führte.

Jøtul verschüttete Benzin, als er den Tankdeckel schloss. Vermutlich das erste Mal, dass er seinen neuen Wagen betankt, dachte Erik. Bis jetzt hatte er einen Mitsubishi Galant gefahren. Nun hatte er sich also dieses japanische Allradfahrzeug gekauft, obwohl er für das gleiche Geld einen nur zwei Jahre alten Range Rover hätte bekommen können.

Die ewigen Streitereien zwischen ihnen hatten sich gelegt, als Laila Brekkum von Jøtul ein Kind bekam. Doch als Jøtul ein paar Jahre später Vorsitzender des Schützenvereins wurde, konnte er es immer noch kaum ertragen, ihn im Ort zu haben. Aber so beschissen das Ganze auch war, er musste ihn bedienen, und Jøtul musste an der einzigen Tankstelle in Annor tanken.

Jetzt kam er. Haare und Bart frisch frisiert. Neue Vliesjacke mit heruntergeschlagenem Kragen, dunkelblaue Fjällräven-Hose und Joggingschuhe.

»Na, stehst du noch in deinem Nostalgie-Tempel?«, fragte Jøtul und nickte in Richtung der Autozeitschriften.

»Und du hast deinen schönen Galant verkauft?«, erwiderte Erik.

»Brauchte einen, der am Hang ein bisschen besser zieht«, sagte Jøtul, zählte aufreizend langsam das Geld auf den Tisch und fuhr fort: »Wie ich sehe, hast du heute Zeitung gelesen?«

»Kannst du den Menschen das ansehen?«, fragte Erik.

»Sie liegt auf dem Tresen.«

»Da du schon so fragst, wirst du sie wohl auch gelesen haben.«

»Wie spitzfindig, Fyksen. Ja, dann werden wir uns wohl auf der anderen Seite wiedersehen, nicht wahr? Irgendwann?«

Das Zählwerk der Dieselsäule zeigte 22,4 Liter. Der Tank eines Pajeros fasste zweiundneunzig Liter. Frauen tankten für gewöhnlich, wenn der Tank noch viertelvoll war, egal, wie viel hineinging. Männer fuhren, bis nur noch vier Liter drin waren, was auch immer geschah.

Draußen stieg Jøtul in seinen Pajero, grinste breit und rauschte davon. Das Ordnungshütergrinsen, dachte Erik. Das hat nie etwas Gutes zu bedeuten. Und ganz sicher dann nicht, wenn Jøtuls Tank noch dreiviertelvoll ist und er nur kommt, um zu sehen, wie ich die Nachricht über die neue Straße verarbeitet habe.

Als Erik die Tankstelle zusperrte und den Diplom-Eis-Eskimo und das Gestell mit dem Quaker-State-Öl reinholte, sah er, wie sein Overallärmel in den Farben der Neonbuchstaben leuchtete. Er mochte Neonlicht, und er fand es gut, dass man *Annor Kraftstoffe und Automobile* schon von weitem in Blau lesen konnte, wenn man sich nachts auf der Straße näherte. Elise hatte das Schild zur Wiedereröffnung bestellt. Sie war ganz begeistert davon gewesen, auf der Schmalseite des Gebäudes den Namen der Tankstelle zu haben, wie eine Signatur.

Die Lichtschalter im Flur waren von öligen Fingerabdrücken verschmiert. Zuerst legte er den Schalter um, sodass der Schriftzug GESCHLOSSEN unter das Mobil-Schild klappte. Dann betätigte er die restlichen Schalter, bis Werkstatt und Waschanlage im Dunkeln lagen und man von der Straße nur noch das rote, geflügelte Pferd sah, den blauen Neonschriftzug und die Zapfsäule mit dem Geldscheinautomaten.

Der Coca-Cola-Kühlschrank hielt wie angegeben die vier Grad Kälte. Er öffnete zwei Flaschen und ging zu Tor-Arne an die Schmiergrube. Wie bei den anderen Autos der Jugendlichen im Ort waren auch die Radläufe von Tor-Arnes Ascona in Brauntönen gehalten und der Unterboden verbeult vom Herumrasen auf Feldwegen. Erik hatte versucht, ihn von den verbreiterten Kotflügeln und den getönten Scheiben abzubringen, doch ohne Erfolg, und an Mittsommer hatte Tor-Arne zu allem Überfluss auch noch zwei blaue Streifen auf den Wagen lackiert, die an der Seite von einer Stoßstange zur anderen verliefen.

»Hilfst du mir, die einzusetzen?«, fragte Tor-Arne und nickte in Richtung der Motorhaube, die hochkant an der Wand auf einer Lage Schaumgummi stand.

Sie nickten einander zu, als sie sie sicher in den Händen hatten, und hoben sie an ihren Platz. Gute Arbeit, dachte Erik. Dünne Streifen Dichtungsmasse quollen aus den Nähten des neuen Motors, und das Gusseisen sah sauber und gut aus. Tor-Arne hatte in den letzten Wochen jeden Abend damit verbracht, den Sechzehn-Ventiler zu überholen und einen Turbo nachzurüsten.

»Sollte hundertneunzig PS bringen«, sagte Tor-Arne.

»Mal sehen«, sagte Erik. »Vielleicht hundertsiebzig. Aber der Kühlerschlauch sitzt zu straff.«

»Ist das so wichtig?«

»Wenn sich der Motor beim Starten schüttelt, kann der Schlauch reißen.«

»Ich will den Motor heute Abend noch ausprobieren. Was anderes kommt nicht in die Tüte.«

»Die Kabelführung hier ist auch das reinste Chaos. Das wird fünf Uhr früh, bis du damit fertig bist. Und morgen muss ich rausfinden, ob an der Sache mit der neuen Straße was dran ist.«

»Hä?«, machte Tor-Arne und setzte sich auf die Arbeitsbank. »Willst du damit sagen, dass ich kein Auto habe?«

Er blieb einen Moment sitzen.

»Scheiße«, sagte er dann und fischte sein Handy heraus. »Jetzt hab ich keinen Bock mehr. Dann muss Mama mich abholen.«

»Hör mal«, sagte Erik. »Der alte Cortina von Einar Krigen steht noch hinten. Muss mich morgen drum kümmern, da ist eine Inspektion fällig. Wenn du damit direkt nach Hause fährst, kannst du dir den nehmen. Aber wasch dir die Finger. Und mach keine Spritztour durchs Zentrum!«

Tor-Arne zog sich den Overall aus und streifte sich wieder seinen Norwegerpulli und die Tarnhose über. Dann lehnte er sich durch das geöffnete Fenster des Asconas, nahm die Hausschlüssel vom Schlüsselbund und das Päckchen Tabak aus der Mittelkonsole. Das Rolltor öffnete sich langsam und krächzend, und das Licht zeichnete ein immer größeres Viereck auf den Beton davor. Kurz darauf sah Erik die Rücklichter des Cortinas und hörte das Abfallen der Umdrehungen, als Tor-Arne den dritten Gang einlegte.

Erik ging zurück in den Kassenraum und schaltete das Licht ein. Tor-Arne sagte immer, das Einzige, was ihnen fehle, seien gedrehte Kartoffelchips mit Linksgewinde. Vom Boden bis zur Decke stapelten sich Ersatzteile und Montagesets, für beinahe alle Wagentypen, die es im Ort gab oder jemals gegeben hatte.

Komplette Luftfilterserien von Purolator, Keilriemen von Gates, Radlager von Timken. Die Wand mit den Zündkerzen wurde von der Marke Champion dominiert, aber auch die NGK gingen gut, denn der Mythos, dass ein Ford nur damit richtig lief, hielt sich in Annor hartnäckig.

Die Längswand glänzte silbrig von all den Werkzeugen. Polierte Schraubenschlüssel, Knarren und Steckschlüsselsätze von Snap-on, Kamasa und Acesa. Die Bauern wollten immer nur Acesa. Guter Stahl und so preisgünstig, dass es sich nicht lohnte, lange zu suchen, wenn sie einen auf dem Acker verloren hatten.

Dieses Ersatzteillager kann Annor ein halbes Jahr ohne Nachschub am Leben halten, dachte Erik. Egal ob für Motorsägen, Pendlerautos, Shelby Mustangs oder Mähdrescher. Und jetzt wollen sie eine neue Straße?

Erik schlenderte die Treppe hoch und hockte sich vor die silberne Sony-Anlage. Er suchte *Lost and Found* von Jason & The Scorchers, die letzte Platte der Band, die ihm wirklich gut gefiel, ehe sie sich ständig zu wiederholen begonnen hatten. Der Plattenspieler bekam seinen Strom über die Zeitschaltuhr eines Motorwärmers. Er stellte ihn auf halb fünf, zog sich aus und freute sich schon auf den Kaffee am nächsten Morgen. Im Bett versuchte er noch *Classic & Thoroughbred Cars* zu lesen, legte die Zeitschrift aber gleich wieder weg. Wie so oft an schwierigen Abenden landete er vor dem Bücherregal im Wohnzimmer mit der drei Meter langen Reihe aus Werkstatthandbüchern und Ersatzteilkatalogen. Er nahm das Haynes-Manual für den Jaguar XJ6 heraus, stellte es aber gleich wieder zurück. Englische Motoren waren nicht das Richtige für diesen Abend, heute brauchte er etwas Amerikanisches: *Power Tuning the Chrysler V8.* Das sollte es sein. Amerikanische Motorkonstruktionen strahlten eine ganz eigene Ruhe aus, da ging es immer um Größe und Dimension, nicht um Finesse, und beim Lesen spürte er, wie die nagenden Gedanken über die neue Straße langsam verdrängt wurden.

Anschließend blätterte er durch das *Mayfair-Magazine*, zerwühlte die Decke und drehte sich zur Wand. Draußen leuchtete der Mobil-Pegasus in Höhe des Schlafzimmerfensters. Das flimmernde Licht drang durch die Gardine, die der Wind flattern ließ, und der rote Schein an der vertäfelten Wand begleitete ihn in den Schlaf.

Er war fast eingeschlafen, da kamen die Autos. Zuerst Kvernflatens Thunderbird. Dann ein Ford Big Block; Thorups Ford Mustang Shelby. Und gleich dahinter, schnell und hart über die Ebene beschleunigend, das Brüllen einer American-Thunder-Auspuffanlage. Der Sound eines Pontiac GTO, der im März 1967 vom Band gelaufen war.

Das wusste er genau. Ein GTO, den er mit pflaumenro-
tem Standox-Lack umgespritzt hatte, gefolgt von drei
Schichten Klarlack. Ein GTO mit einem RamAir-Achtzy-
linder, der fünfundzwanzig Liter auf hundert Kilometer
brauchte und es auf dreihundertsechzig PS brachte.

Doch ohne Elise Misvær wäre er davon nicht aufgewacht,
hätte sich im Bett nicht aufgerichtet und an den Sommer
vor sechs Jahren gedacht, den Sommer mit dem Pontiac,
als er die Mobil-Tankstelle in Annor übernommen hatte.

Elise Misvær.

Denk nicht an Frauen, die dir die Landstraße geraubt
hat.

Und verkaufe nie Autos in dem Ort, in dem du wohnst.

# LANDBESICHTIGUNG

Ein leises Klicken kam von der Zeitschaltuhr. Die Musik murmelte langsam los, während der Plattenspieler an Fahrt aufnahm. Draußen nieselte es. Keine Autoscheinwerfer vom Zentrum oder auf der Tallaksenebene. Die Kleider von gestern rochen etwas nach Diesel, vertrugen aber noch einen weiteren Tag.

Eine weiße Sonne stieg über der Talflanke auf, als er den Geldscheinautomaten an der Tanksäule kontrollierte. Er strich die kalten Tautropfen von dem lackierten Stahl. Die Zapfsäule war immer nass, bevor die Sonne sie erreichte. Zweihundertachtzehn Liter. Vielleicht so acht bis zehn Autos. Die meisten tankten noch einmal auf, ehe sie sich bei Nacht über den Pass wagten, zumindest wenn Kinder im Auto waren.

Jemand hatte den Pressluftschlauch für die Reifen abgewickelt. Erik legte ihn wieder um die Halterung unter den drei Plakaten mit den Reifendrucktabellen. Die neuen von Michelin berücksichtigten nur die modernen europäischen Wagen, weshalb Elise auch ein englisches Dunlop-Plakat aus dem Jahre 1982 und ein amerikanisches Firestone aufgehängt hatte, das von 1975 oder 1976 stammen musste.

Erik schlenderte hinter die Tankstelle, vorbei an den Ölfässern und Ersatzteilen, die Tor-Arne schon im Frühling hatte wegräumen wollen. Er schob den Riegel an der Tür des Schuppens zur Seite und trat in den staubigen Lichtstrahl, der über den Ford-Schriftzug hinten am Pick-up fiel. Er klopfte gegen die drei festgezurrten Ersatzkanister auf der Ladefläche und erkannte an dem dumpfen Glucksen, dass sie voll waren. Der blassgelbe F-150, Baujahr 1975, war ramponiert wie ein Baufahrzeug und hatte Beulen und Kratzer, wie es jedes beruflich genutzte Fahrzeug mit der Zeit bekam. Das Einzige, was er seit dem Kauf getan hatte, war, den Mobil-Pegasus und die Telefonnummern der Tankstelle auf die Seitentüren zu lackieren. Es kam ihm nicht im Traum in den Sinn, den Wagen zu polieren oder gar neu zu lackieren.

Nur um die Schmiernippel und Gelenke kümmerte er sich jede Woche. Er nahm die Fettpresse, bis die Seilwinde, Radnaben und Blattfedern vor Fett glänzten.

In der Ecke des Schuppens stand das Hydro-Texaco-Schild. Er hatte sich an den Anblick des auf dem Kopf stehenden Schildes mit dem braunen Staub auf der Schutzfolie gewöhnt. Sie hatten es ihm in jenem Herbst gebracht, als Hydro-Texaco die Mobil-Kette übernommen hatte, doch da er selbst der Besitzer der Tankstelle war, konnte er das Genörgel des Regionalchefs getrost überhören, wenn dieser zu einem seiner Pflichtbesuche auftauchte.

Der Achtzylinder rumpelte und versetzte dem F-150 einen leichten Ruck nach rechts, als Erik den Motor startete. Die Lüftung blies ein paar Sekunden laut und dumpf, beruhigte sich dann aber wieder, so dass das Flüstern des Vergasers durch die Motorhaube zu hören war. Er mochte den Geruch dieses Motors, ganz besonders, wenn er den Choke noch gezogen hatte. Unverbranntes Benzin und eine Spur Mineralöl in den schmierigen Abgasen.

Ernas Kiosk lag noch im Dunkeln. Nur die Werbung für Solo-Limonade über dem Eingang leuchtete. Die Lichter hinter den Fenstern der Manufaktur brannten. Erik legte den dritten Gang ein und begann die Passstraße hochzufahren.

Eine Dreiviertelstunde später war er wieder unten im Ort und parkte unter dem Mobil-Schild, um deutlich zu machen, dass er da war.

»Die Sache mit der neuen Straße war gestern noch nicht alles!«, sagte Tor-Arne. »Weißt du, was ich neben dem Telefon gefunden habe, als ich nach Hause kam?«

»Wieder eine Einberufung zum Militärdienst?«, fragte Erik.

»Schlimmer! Ich hab den Turbo noch nicht mal ausprobiert, und schon soll ich zum TÜV! Und das superkurzfristig!«

»Ach nee!«, sagte Erik lachend. »Neuerdings spionieren sie im Zentrum rum und gucken sich die fragwürdigen Autos der Jugendlichen aus. Ich schätze mal, dein Ascona war ein Volltreffer!«

»Zwei Wochen Arbeit, und jetzt muss alles wieder raus. Die Rallyefedern, der Motor, die Auspuffanlage, der ganze Scheiß. Verdammter Mist, dass ich den alten Motor verkauft habe.«

»Ich muss ohnehin bald zum Schrottplatz«, sagte Erik. »Ich kann dir einen neuen mitbringen.«

»Super. Ich hab keine Lust mehr, Grundtvig zu begegnen. Ich kapier nicht, wie der überhaupt klarkommt. Sind das wirklich nur die falschen Medikamente?«

»Nicht nur«, sagte Erik.

»Hab mit Terje Gunstad gesprochen. Der hat auf dem Schrottplatz nach einer neuen Motorhaube für seinen Taunus gesucht. Grundtvig hat ihn über zwei Stunden vollgelabert, dass das Gokstad-Schiff über ein supermodernes magnetisches Peilungssystem verfügt hätte.«

»Das sind doch alte Geschichten«, sagte Erik. »Du solltest mal hören, was er über die Mjøsaforelle zu berichten hat.«

»Nee, das erspar ich mir lieber. Hör mal, Ringlund kommt gegen zehn für einen Ölwechsel. Der braucht auch einen neuen Filter.«

»Für seinen Granada?«

»Ja.«

Erik schloss den Werkstattschrank auf und fuhr mit den Fingern über die Filter aus den Fünfzigern und Sechzigern mit altem Logo und alten Preisen. Mit wie viel Liebe die damals gemacht worden waren. Nicht dieses vulgäre Schockdesign, mit dem man heute die Jugendlichen an die Regale lockte. Nein, ruhige Farben, ein deutlicher Nummerncode, für jeden Fachmann leicht zu sortieren.

Erik suchte den richtigen Filter heraus und schaute hinter sich. Die Verpackung war noch ziemlich neu, aber zur Sicherheit öffnete er den Deckel und besah sich die Unterseite. Nur graue Pappe. Keine Spur von Elise. Zu verkaufen.

»Ich bin es echt leid, dass du die Ölfilter unter Verschluss hältst«, sagte Tor-Arne, als Erik wieder in den Kassenraum kam. »Wie soll ich einen ordentlichen Job machen, wenn du etwas derart Fundamentales zurückhältst?«

»Die sind alt und selten«, sagte Erik.

»Blödsinn. Der ist doch neu«, entgegnete Tor-Arne.

»Hast du die Post geholt?«, fragte Erik.

Tor-Arne nickte in Richtung eines Briefstapels im Büro.

Zwischen den Rechnungen lag eine Postkarte. Ein Terminangebot bei Martin Lyng. Morgen um drei? Typisch. Erik hatte den schmerzenden Backenzahn jedes Mal erwähnt, wenn Lyng seinen Mercedes aufgetankt hatte. Ohne Gehör zu finden. Jetzt sollte es also doch geschehen. Nun ja, Lyng wusste sicher etwas über die neue Straße, denn nirgendwo brodelten die Gerüchte wilder als in der Zahnarztpraxis.

Erik holte die Straßenkarte heraus. Legte den Finger auf die E6 und führte ihn von Lillehammer aus nach Norden. In der Talmitte fuhr er von der E6 ab und nahm die Landstraße 220. Fünfzehn Kilometer mit nicht gekennzeichneten Ausfahrten, dichtem Nadelwald und Elchwarnschildern. Sein Finger folgte den Zigeunerkurven, glitt über die Tallaksenebene und verharrte über Annor. Weiter nördlich gab es nichts. Nur den Pass, zwanzig Wind und Wetter ausgesetzte Kilometer über holprigen Schotter bis ins Østerdal.

Seine jetzige Lage, siebenhundert Meter südlich des Zentrums, war perfekt. Von Norden wie auch von Süden ging es so lange geradeaus, dass sich sogar der Trägste noch entscheiden konnte, seinen Wagen aufzutanken. Auch das Fehlen einer Straßenbeleuchtung war gut, denn dadurch war die Tankstelle nur noch besser zu sehen.

Von hier wegziehen? Verdammte Scheiße, das war genauso sinnvoll, wie einen Bauernhof von einer Seite des Ackers auf die andere zu verlegen. Außerdem gab es auf der anderen Seite des Sokna keine verfügbaren Grundstücke. Er stellte sich das Ufer vor, das er als Fliegenfischer und Entenjäger wie seine Westentasche kannte. Fast überall erhoben sich die Berge beinahe direkt hinter dem Fluss. Eigentlich gab es nur einen brauchbaren Ort: das Rabbenfeld, den verwilderten Acker bei der Abfahrt zum Schießplatz. Aber der gehörte dem alten Dickschädel Narve Knapstad, dem größten Schlitzohr der ganzen Gegend.

Erik suchte sein Rechnungsbuch heraus. Knapstad ließ regelmäßig anschreiben, aber jeder Eintrag hatte für gewöhnlich nach etwa einem halben Jahr sein grünes Häkchen bekommen, was bedeutete, dass die Schulden bezahlt waren. Doch da, eine offene Rechnung gab es noch: *Knapstad, Lada Niva, Benzinpumpe ausgetauscht.* Das lag bald ein Jahr zurück. Aber nur eine Minisumme, nichts, was man hätte anführen können.

Erik blickte noch einmal auf die Karte. Er hatte das Gefühl, nicht alles erkannt zu haben. Wenn es eine Neunziger-Zone bis Annor gab, warum sollte danach Schluss sein? Was, wenn auch der Pass ausgebaut wurde? Dann würde aus der Landstraße 220 plötzlich eine wichtige Verbindung zwischen Oslo und Trondheim werden! Kürzer als über Dombås, und außerdem könnte man dann die vielen Fünfziger- und Sechziger-Zonen im Gudbrandsdalen umfahren. Der Durchgangsverkehr in Annor würde sich verzehnfachen, nein, vervierzigfachen. Dann brauchte er jeden Tag den Tankwagen.

Aber Ruhe gab es dann keine mehr! Nie mehr. Dann würde es auch nicht lange dauern, bis die Scouts von Statoil, Esso und Shell anrückten, in ihren Wathosen den Sokna hinaufmarschierten und die Grundstückspreise in die Höhe schossen. Ich muss mich sofort darum kümmern, dachte Erik und griff nach dem Telefon.

»Willkommen bei Hydro-Texaco! Melden Sie sich mit *Geschäftskunde*, wenn Ihr Anruf geschäftlicher Natur ist, sagen Sie *Privatkunde*, wenn Sie Privatkunde sind.«

»Geschäftskunde.«

Das sprachgesteuerte Telefonsystem verstand seinen Dialekt nicht.

»Geschäftskunde«, wiederholte Erik überdeutlich.

»Hydro-Texaco«, meldete sich eine Frauenstimme, »was kann ich für Sie tun?«

»Könnten Sie mich bitte mit Herrn Høyvik verbinden?«

»Sie meinen Høvik?«, fragte die Frau in der Telefonzentrale nach. »Bengt Høvik, den Regionalchef für die Region Oppland?«

»Ja«, sagte Erik.

»Fyksen? Ach, ja!«, meldete sich Høvik. »Wie laufen die Geschäfte?«

Erik leierte ein paar Höflichkeiten herunter, ehe er die Neuigkeiten vom Stapel ließ.

»Das ist ja zu dumm«, sagte Høvik, aber Erik hörte, wie wenig interessiert er war. Einige Papiere raschelten auf einem Schreibtisch in Oslo. »Nun«, sagte Høvik, »man fängt keinen Fisch, wenn der Fluss trocken ist. Dann müssen Sie eine neue Tankstelle bauen. Übrigens, Fyksen?«

»Ja?«

»Sie gehören doch zu denen, die gerne ihre eigene Tankstelle besitzen, nicht wahr?«

»Ja, ich gehöre zu diesen Leuten«, erwiderte Erik und wusste bereits, was kommen würde. Früher konnten private Tankstellenbesitzer Benzinlieferverträge über dreißig Jahre abschließen, und sein Vorgänger, der alte Anderson, war kräftig bezuschusst worden, als er die Tankstelle 1966 umgebaut hatte. Dann aber kam das EWR-Abkommen, durch das die Vertragslaufzeiten auf maximal zehn Jahre verkürzt wurden, sodass die Mega-Raststätten an den großen Straßen die Preise besser drücken konnten. Noch später wurden die Laufzeiten sogar auf fünf Jahre reduziert, und nach dieser Verkürzung hatten die Ölgesellschaften kein Interesse mehr daran, Privatbesitzer zu unterstützen. Stattdessen kauften sie mehr und mehr Tankstellen auf und betrieben sie von Oslo aus.

»Ihr Vertrag hat noch eine Laufzeit von … lassen Sie mich nachsehen … von zwei Jahren, nicht wahr?«, sagte Høvik. »Machen Sie es doch wie die anderen. Lassen Sie uns bauen. Sie werden Geschäftsführer, wissen Sie. Und vermeiden das Risiko.«

»Ich will kein Pächter sein«, sagte Erik.

»Und was wollen Sie dann von mir?«

Erik biss sich auf die Unterlippe. Er hatte sich eigentlich vorgenommen, den Regionalchef nur ein bisschen auszuhorchen. Doch um das Grundstück zu bekommen, brauchte er Geld. Und um Geld von Hydro-Texaco zu bekommen, brauchte er das Grundstück.

»Es verhält sich so«, sagte Erik und schmeckte den metallischen Geschmack der Lüge auf der Zunge, »dass ich einen Pachtvertrag für das beste Grundstück im Bereich der neuen Straßentrasse habe. Ich wollte deshalb wissen, ob es irgendeine Art Zwischenlösung gibt.«

»Ah ja, ich sehe, Sie haben sich schon arrangiert.«

»Ortskenntnis.«

»Natürlich. Aber warum sollten wir uns dafür interessieren? So viel Benzin fließt ja nun auch nicht durch Ihre Pumpen.«

»Anscheinend ist der Ausbau einer Neunziger-Zone über die Berge geplant«, sagte Erik, etwas verwundert darüber, wie leicht ihm dieser Bluff über die Lippen ging. »Dann würde die schnellste Verbindung von Oslo nach Trondheim über Annor gehen.«

»Wiederholen Sie das bitte noch mal«, sagte Høvik. »Und ganz langsam.«

»Dann fahren nur noch die Leute über die E6, die irgendetwas in Dombås zu erledigen haben«, sagte Erik.

»Das wäre ja der blanke Wahnsinn«, sagte Høvik nach einer Weile. »Aber was hat das eine mit dem anderen zu tun? Mir ist das irgendwie unklar. Über eine neue Neun-

ziger-Zone hätten uns unsere Scouts in den Verkehrsbe-
hörden doch längst informiert.«

»Das glaube ich nicht«, sagte Erik. »Das mag für die
vielleicht wie eine lokale Kleinigkeit aussehen, irgendeine Regulierung auf einer Nebenstraße in Oppland. Ich
kenne aber die internen Pläne der Gemeinde. Die haben
Großes vor.«

»Kann ich Sie zurückrufen, Fyksen?«

»Klar. Noch was, Høvik!«

»Ja?«

»Vergessen Sie nicht, dass *ich* der Besitzer des Grundstücks bin. In zwei Jahren kann ich zu Esso, Shell oder
Statoil wechseln.«

Erik spürte sein Herz klopfen, als er ans Zigarettenregal
trat. South State verkaufte sich schlecht. Die konnte er
nehmen. In der Schublade fand er ein altes Feuerzeug aus
gebürstetem Metall, das noch vom alten Anderson übrig
geblieben war.

Als er sich die dritte Zigarette angezündet hatte, rief Høvik
zurück. »Bei dem Zuschuss gibt's ein Problem. Aber die
Entwicklungsabteilung hat ein paar Ideen. Ich verbinde
Sie mal.«

Erik hatte kaum den Klingelton vernommen, als sich
auch schon eine lebhafte Frauenstimme meldete: »Ellen
Lysaker.«

»Hier ist ›Annor Kraftstoffe und Automobile‹. Ich habe
gerade mit ...«

»Mensch, Herr Fyksen, eine neue Tankstelle? Wirklich
spannend, das muss ich schon sagen!«

»Das ist es wohl.«

»Ganz genau! Und passen Sie jetzt mal auf. Ich bin die Leiterin unseres neuen Tankstellenkonzepts. Das würde da oben bei euch super passen. Ich bin wirklich megagespannt, das auszuprobieren. Eigentlich sind wir erst im Winter so weit. Aber es gibt einen internen Prototyp, den wir vielleicht schon in ein paar Wochen fertig haben können.«

Erik sah Snortlund in den Kassenraum kommen. Wie immer in abgewetzten schwarzen Jeans, weißen Joggingschuhen und der kurzen, dunkelbraunen Lederjacke, die jede Form verloren hatte. Tor-Arne hing über dem Tresen und bemerkte nicht, dass Snortlund die Autoanzeigen durchblätterte, ohne die Zeitungen wirklich kaufen zu wollen.

»Ein neues Konzept?«, erwiderte Erik zögernd und stellte eine Kilodose Glasfiberspachtel auf seine Kaffeetasse. Der Kaffeeduft durfte nicht zu Snortlund nach draußen dringen, denn Erik hatte die Erfahrung gemacht, dass Leute mit viel Zeit diese gerne bei Leuten mit wenig Zeit verbrachten.

»Das wird super«, fuhr Ellen fort. »Insbesondere das Drop-in, wir haben einen Schwerpunkt auf das Kundenerlebnis gelegt, auf das Gefühl eines positiven Lebensumfelds. Am liebsten wären wir natürlich selbst Besitzer, das ist klar, aber ich sehe Ihre Tankstelle als Prototyp. Wir sind megainteressiert, um es so zu sagen.«

»Ah ja«, meinte Erik.

»Also. Ich rufe Sie bald wieder an. Sie kommen am besten nach Oslo. Dann erarbeiten wir einen Strategieplan, den wir dann als Basis für die weiteren Operationen nutzen. Sind Sie damit einverstanden?«

»Über was für eine Zuschusssumme reden wir denn?«, fragte Erik.

»Es ist wichtig, dass wir proaktiv sind. Wir beide müssen eng zusammenarbeiten. Denn es wird garantiert Konkurrenz geben, das wissen Sie ja, Statoil hat da oben bei euch schwer den Fuß in der Tür. Aber das weckt nur meinen Kampfgeist! Der Zuschuss wird dann ausgerechnet, das muss man sehen. Aber Ihnen gehört doch schon das Grundstück, sodass es mit dem Geld ja nicht so eilt, oder?«

»Ein BMW 530i«, las Snortlund. »Nein. Zu viele Kilometer. Und viel zu teuer. Mercedes 230 CE, tja, verdammt schöne Karre. Vielleicht. Wenn es ein 280er wäre, aber die sind oft zu sehr getreten worden. Oh, hier ist ein 500 SEC.«

Der Verkehr der E6 in Annor, dachte Erik. Das würde ganz andere Kunden mit sich bringen als Snortlund, der schon in der zweiten Generation Sozialhilfeempfänger war und mit seinen Eltern in einem Haus wohnte, für das das Sozialamt die Miete zahlte. Wie immer las er laut aus der Rubrik »Andere Marken« vor, ehe er wieder auf die BMWs zurückkam und über einen 528i zu reden begann, den er schließlich verwarf, weil er keine Automatikschaltung hatte. Dann suchte er erfolglos nach einem Modell der 6er Serie, ehe er herausplatzte: »Hier! Das ist doch was. Hör mal, Erik? BMW 735. Nur 76 000 Kilometer. Ehemaliges Botschaftsfahrzeug, von Chauffeur gefahren. Schwarz. Nur seriöse Interessenten. Das wär was«, sagte Snortlund und nahm sich die neueste Ausgabe der *Men Only* aus dem obersten Regalfach.

Erik richtete die Pyramide von STP-Dosen neu aus. Es gefiel ihm, dass der Ölzusatz von Scientifically Treated Petroleum seinem Logo von 1954 treu geblieben war. Und das Beste war, dass diese Pyramide in Ruhe gelassen wurde, weil niemand mehr STP kaufte.

Erik sah einen roten Schatten über den Riksvei schießen. Der Pontiac. Für gewöhnlich führte der Anblick seines Exautos nur zu einem leichten Knirschen der Kellertür, doch dieses Mal schlug sie ganz auf, wobei er neben dem Luftzug auch noch den Hauch von etwas anderem wahrnahm, etwas Schrecklicherem. Er ahnte, dass eine neue Tankstelle die Erinnerungen ersticken könnte, die seit gestern Abend wieder in ihm zu nagen begonnen hatten.


Es war bald sechs Jahre her. Er hatte den Pontiac draußen geparkt, den Kofferraumdeckel zugeworfen, spürte das Gewicht der beiden Zehn-Liter-Farbeimer in den Händen, hörte das Knallen des Presslufthammers im Flur und roch die frischen Fichtenpaneele im Kassenraum. Der Duft vom neuen Besitzer bei *Annor Kraftstoffe und Automobile.*

»Bist du das, Erik?«

»Wer denn sonst?«

»Komm mal, ich hab was gefunden!«

Auf dem Boden des Büros lag Plastikfolie, und die Fensterrahmen waren abgeklebt. Elise Misvær stand in der Hitze von drei Halogenlampen und hielt einen Pinsel in der Hand. Sie hatte braune Farbe im Gesicht, und durch die leichte Himmelfahrtsnase sah sie immer so aus, als hätte sie gute Laune. Und egal, was sie anhatte, war sie mit ihren glatten, kornblonden Haaren, die ihr bis auf den Po fielen, ein phantastischer Anblick.

Elise stellte sich auf die Zehenspitzen, küsste ihn flüchtig und holte eine handkolorierte Fotografie hervor, in deren einer Ecke »1966« stand.

»So müssen wir das machen«, sagte Elise.

Das Bild zeigte die Mobil-Tankstelle. Das längliche Gebäude war weiß und neu. Fünf rote Zapfsäulen standen unter einem schmalen Dach. Eine jüngere, schlankere Ausgabe von Anderson posierte in grünem Overall. Er trug einen Hut mit schmaler Krempe und betankte gerade einen schwarzen Mercedes, Baujahr 1964, tippte Erik.

»Wow, das war ja mal ein Prachtbau!«, sagte Erik. So weit er auch in seine Kindheit zurückdachte, die Tankstelle des Ortes war immer nur ein heruntergekommener hellgrüner Betonklotz gewesen mit dreckigen Zapfsäulen und hässlichen Schuppen auf der Rückseite. Und auch drinnen hatte immer nur das Chaos geherrscht, ein Wirrwarr aus schiefen Regalen und Autoreifen.

So hatte die also mal ausgesehen. Erik betrachtete das Bild noch einmal, studierte Andersons Gesichtsausdruck und verstand, warum die Tankstelle damals schöner gewesen war. Damals hatte es weniger Autos gegeben, und es war eine Ehre gewesen, diese betanken zu dürfen.

Wortlos sah er zu Elise, fasste aber bereits in diesem Moment seinen Entschluss. Sie sollte es so bekommen. Ein weißes Prachtexemplar, durchgestylte Sechzigerjahre-Eleganz.

»Kümmerst du dich um diese Zapfsäulen?«, fragte Elise und zeigte mit einem farbverschmierten Nagel auf das Foto.

Erik blinzelte und nickte. »Von Gilbarco. Die wären wirklich toll.«

»Und diese coole Diplom-Eis-Reklame! Wie in alten Zeiten!«

Der Eskimo lag im Keller. Aber sie fanden noch mehr. Die Schuppen waren voller Schätze, die Anderson zurückgelassen hatte. Er schien seit 1947 nichts weggeworfen zu haben. Ein roter Coca-Cola-Kühlschrank mit Toplock, Blue-Master-Zigarettenreklame, ein zerrissener STP-Karton und ein meterhohes Thermometer mit Chevrolet-Logo.

Erst später entdeckte er die Risse in den Tanks und den Moder auf dem Dachboden. Elise wollte neue Fenster mit Originalsprossen, und der Bankdirektor sah Erik Fyksens Unterschrift mit jedem Kreditantrag kleiner werden.

Eines Tages rief sie aus Alvdal an. »Die bauen hier gerade die Fina-Tankstelle um. Und weißt du was?«

»Du machst Witze«, sagte Erik.

»Nein, Schatz. Fünf Zapfsäulen, aber ziemlich runtergekommen. Ich habe schon zugesagt.«

»Komm zurück, Elise, ich will Kinder von dir!«

»Ein bisschen früh vielleicht. Aber komm mit, wenn ich auf den Rücksitz des Pontiac klettere.«

Erik lieh sich den Lastwagen des Großhändlers und fuhr über die Berge. Der Besitzer stand unter dem Fina-Schild und war begeistert von seinen neuen Ljungmans-Zapfsäulen mit Digitalanzeige. Auf einem Haufen hinter der Tankstelle fand Erik fünf verbeulte Zapfsäulen mit verwitterten Schläuchen. Lange Roststreifen folgten den Schweißnähten, und an zwei Säulen war das Zählwerk eingerostet. Keine einzige war justiert und zugelassen. Aber es waren echte Gilbarco-Säulen, die breite Ausführung mit dem dicken, gebogenen Fensterglas.

Mitte September desselben Jahres hielt der Güterzug aus Ringebu mit drei großen Kartons aus Amerika. Neue Zapfsäulen-Motoren. In der Zwischenzeit hatte Erik die Gilbarcos sandgestrahlt und sie beim Karosseriewerk in Vinstra im Rot und Weiß des Mobil-Logos spritzen lassen.

»Mein Gott, sind die schön!«. sagte Elise und sprang wie ein Kind auf und ab. »Ich krieg richtig Gänsehaut, und du?«

Sie holte das alte Foto und zeigte auf das runde Plastikschild an der Schmalseite des Gebäudes.

Ein rotes Pferd mit Flügeln.

»Das ist *die* Design-Ikone. Der Pegasus aus der griechischen Mythologie. Wenn wir zwei davon finden, können wir ein beleuchtetes Schild machen. Dieses nüchterne Mobil-Schild ist so langweilig.«

»Fraglich, ob die das in Oslo zulassen«, sagte Erik.

»Hier muss doch niemand irgendwas zulassen«, meinte Elise. »Die Tankstelle gehört doch jetzt dir. Zwei sich aufbäumende Pferde, Rücken an Rücken. Du und ich.«

In der Woche, als die Tankstelle frisch gestrichen und fertig war und bis aufs i-Tüpfelchen der aus dem Jahre 1966 glich, kündigte er seine Kellerwohnung. Die erste Etage hatte zwanzig Jahre lang als Pausenraum fungiert und war nie gereinigt worden. Anderson hatte einen alten Telefunken-Fernseher, eine mit gelbem Klebeband geflickte Fernbedienung und einen Backofen mit defekter linker Platte zurückgelassen. Ich werde hier eine Weile bleiben, bis wir uns etwas im Neubaugebiet suchen, dachte Erik und ging mit Kernseife auf Boden und Wände los, schleppte ein braungestreiftes Sofa und eine Stereoanlage hoch, vertäfelte den Lagerraum und trug ein Bett nach oben. Der Geruch nach altem Tabak und Diesel hing noch immer im Raum, aber trotzdem übernachtete Elise ein paar Mal in der Woche bei ihm. Er freute sich, dass sie nie von ihm verlangte, die Wohnung zu renovieren, sondern stattdessen das Emailleschild an der Schmiergrube mit Paraffin polierte, bis es glänzte.
Elise wusste, worauf es ankam.
Viel zu gut, wie sich zeigen sollte.


»Scheiße, Mann, verdammt, Erik! Guck mal raus!«
Tor-Arne stürmte nach draußen zu dem silbergrauen Por-

sche an der Super-Zapfsäule. Der Leerlauf dröhnte derart laut, dass die Fenster des Verkaufsraums zitterten. Tor-Arne beugte sich hinunter und studierte die hinteren Reifen, wobei er irgendetwas zum Fahrer sagte.

Erik schlenderte in die Werkstatt und kümmerte sich um den Cortina von Einar Krigen. Ein ordentliches Auto, typisches Rentnerfahrzeug: braune Sitzbezüge, keine rollenden Bierflaschen auf den Fußmatten. Ein typisches Annor-Auto und ein typischer Job für Erik Fyksen. Annor quoll über von Autos der Marken Ford, Volvo, vorwiegend das 140er Modell, und robusten Allradfahrzeugen. Die Fahrzeuge im Ort hatten nur wenig mit den Maschinen zu tun, von denen er früher geträumt hatte: Aston Martin, Maserati und vor allem Facel Vega, dieses französische Superauto, von dem nur 2700 Exemplare vom Band liefen, ehe die Firma 1964 Bankrott machte. Früher war auch er aus dem Kassenhäuschen gestürmt, wenn Touristen mit einem Jaguar oder Lancia vorfuhren oder ganz selten mal in einem Raubtier von Auto wie dem gerade vom Hof brausenden Porsche.

Und jetzt stand er hier bei seinem Cortina.

Aber das war in Ordnung. Ein Motor war ein Motor, Stahl war Stahl. Es war nicht mehr wichtig, ob es sich um einen Alfa Romeo oder einen Skoda handelte. Einzig von Bedeutung war die Fehlersuche. Der Ansporn, genährt durch die Erfahrung, riss ihn aus dem täglichen Einerlei und ließ ihn die seltsame Ruhe bei Aufgaben spüren, von denen er wusste, dass er sie meistern konnte. Das Werkstatthandbuch lesen, das verschmierte Öl mit Hochdruck beseitigen, die Teile mit Paraffin bürsten, sodass die Konstruktion in ihrer geduldigen, logischen Art mit ihm reden konnte. Demontieren, die Lager mit Hochdruck reinigen, eine Pappschachtel holen, bis etwas Blankes, Neues auf dem körnigen Gusseisen glitzerte und man sehen konnte, dass etwas Kaputtes wieder funktionierte.

Der Cortina war englisch, also brauchte er das Werkzeug in Zollmaß. Er nahm eine schwarze Lederrolle aus dem Metallschrank und breitete sie auf dem Arbeitstisch aus. Achtzehn gedämpft schimmernde Ringschlüssel, begleitet von dem süßlichen Geruch von Maschinenöl.

Sie hatten mit den Jahren eine gewisse Patina bekommen, gleichermaßen blank und matt, wie es so typisch ist für Werkzeugstahl, wenn er von kräftigen Händen Tag für Tag mit Motoröl massiert wird. Er nahm die Größen heraus, die er brauchte, und wog die Schlüssel in der Hand. Sie hatten eine besondere Ausgewogenheit, wie kunstvolle, handgeschmiedete Jagdmesser.

Eine Stunde später hatte er alles überprüft, den Radsturz eingestellt, das Kreuzgelenk gewechselt und ein Radlager angezogen. Der Kohlestift in der Verteilerkappe war verschlissen. Noch ein bisschen mehr, und der Strom von der Zündspule hätte die Zündkerzen nicht mehr erreicht.

Die Alarmsirenen begannen in seinem Kopf zu schrillen, als er vor dem Regal mit den Verteilerköpfen und Zündkerzen stand. Die Kappe hätte zwischen den Modellen 25D6 und 59D4 stehen müssen, und er wusste sicher, dass sie noch ein Exemplar gehabt hatten. Er schob die Pappkartons zur Seite, suchte hinter dem Regal, hockte sich hin und vergewisserte sich, dass nichts heruntergefallen war.

Er hasste es, wenn etwas im Lager fehlte. Versuchte sich selbst einzureden, dass es nur die Unordnung war, die ihn verärgerte, doch er wusste, dass das nicht stimmte. Er hasste es, wenn etwas fehlte, weil sich bei der Suche immer die wirklichen Gründe meldeten, weshalb er es hasste, wenn etwas fehlte. Während er zwischen den Kartons herumwühlte, stieg das alte Gespenst aus der Tiefe empor, ein Gespenst, das voller Schadenfreude brüllte, dass diese Reparaturen doch nur eine Art Beruhigungsmittel für seine eigentliche Krankheit waren.

»Tor-Arne!«, rief er.

»Hm?«

»Hast du Lucas-Verteilerköpfe verkauft, ohne nachzubestellen?«

»Vielleicht, ein paar«, sagte Tor-Arne und blickte von seinem Automagazin auf. »Aber ich habe die auf der Liste gestrichen.«

»Bist du dir da sicher?«, fragte Erik.

»Klar bin ich sicher, sonst würde ich das doch nicht sagen! Soll ich jetzt etwa auch noch *klauen*? Was denn für eine Nummer?«

»45D4«, sagte Erik.

»Wir haben mindestens noch einen. Wenn den keiner geklaut hat. Wäre typisch für Ford-Besitzer. Wo warst du eigentlich, als dieser Porsche hier war?«

»Beschäftigt«, sagte Erik.

»Wenn du anständige Autos zu reparieren hättest, dann wärst du nicht immer so mies drauf«, sagte Tor-Arne.

Leg du jetzt nicht auch noch den Finger in die Wunde, dachte Erik, du weißt ja nicht, weshalb ich den Pontiac verkauft habe. Er hörte auf zu suchen, zwang seine Gedanken in bekanntes Terrain zurück, zurück zum Stahl, zurück zur Mechanik. Einar Krigen hatte eine längere Fahrt mit seinem Cortina vor, und es war schlicht unmöglich, vorher noch rechtzeitig einen neuen Verteilerkopf zu besorgen. Außer er schickte Tor-Arne nach Vinstra, wo sie aber vermutlich auch keinen hatten, weshalb er dann bis nach Lillehammer musste, und dann wäre es zu spät.

Na gut, dachte Erik. Dann müssen wir es also wieder auf *diese Art* machen.

Eine Stunde später sah er draußen einen blauen Land Rover. Karl Frøystad, der alte Kunstlehrer des Ortes, tankte.

»Darf ich mal einen Blick in Ihren Motor werfen?«, fragte Erik, während Frøystad im Handschuhfach nach seiner Geldbörse suchte. »Der läuft nicht ganz rund.«

»Hab ich gar nicht bemerkt«, sagte Frøystad.

»Das ist ganz normal«, erwiderte Erik. »Das kommt langsam und so allmählich, dass man sich daran gewöhnt.«

Erik öffnete die Motorhaube. Die Inspektionstabelle in seinem Gedächtnis hatte ihn nicht getäuscht. Der Land Rover war Baujahr 1985, hatte aber den gleichen Verteilerkopf wie der Cortina aus dem Jahre 1970. Typisch englische Genügsamkeit. Er hielt den Verteilerkopf ins Licht. Keine Haarrisse und der Kohlestift war wie neu.

Erik ging in die Werkstatt, baute Frøystads Verteilerkopf

in den Cortina und kam mit der abgenutzten Verteilerkappe zurück. »Wie ich mir gedacht habe«, sagte er zu
Frøystad. »Ein winziger Riss. Ich habe gerade keine neu-
en auf Lager, kriege aber übermorgen welche rein. Kommen Sie dann noch mal. Das ist nur eine Bagatelle, kostet
nicht viel.«

»Fyksen, wenn wir Sie nicht hätten«, sagte Frøystad milde.

Erik ging ins Büro, suchte den Bestellzettel heraus und
komplettierte das Teilelager.

»Ich halte das ja für Diebstahl«, rief Tor-Arne aus dem
Verkaufsraum. »Und dann auch noch bei *dem*. Der hat
mir im Werkunterricht in der Schule immer gute Noten
gegeben.«

»Immer mit der Ruhe. Frøystad fährt doch nur im Ort
herum«, sagte Erik.

»Du kannst so was nicht machen! Einfach Teile austauschen und selbst bestimmen, wer was am dringendsten
braucht. Hast du Kjetil Hagen eigentlich jemals die Felge
zurückgegeben, die du ihm abgenommen hast?«

»Er hat auf seinen einen Winterreifen doch eine neue gekriegt«, sagte Erik. Tor-Arne hatte ab und zu etwas Ober-
lehrerhaftes, aber Erik wusste, dass er die Vorgaben be-
folgen würde. Wenn Frøystad wiederkam, würde er einen
neuen Verteilerkopf bekommen, und das, was sie ihm in
Rechnung stellten, würden sie beim nächsten Ölwechsel
wieder abziehen. Das Geheimnis hinter dem legendären
Ersatzteillager der Mobil-Tankstelle war nie an die Öf-
fentlichkeit gedrungen. Zum Glück, dachte Erik.

Ein verbeulter Volvo 265, das Statussymbol der Gutsbesitzer in den Achtzigerjahren, hielt draußen vor dem Fenster. Erik brauchte nicht auf die Uhr zu sehen. Tofthagen, der Besitzer der Nerzfarm, kam jeden Tag um zwölf. Wie immer stand er in seiner Strickjacke, den Gummistiefeln und der Lodenhose da, doch dieses Mal wollte er ausnahmsweise etwas kaufen.

»Ich brauche einen Liter Kettenöl«, sagte er. »Der Weg nach Hause wächst langsam zu.«

Erik deutete auf das untere Brett des Ölregals und roch den scharfen Gestank von getrocknetem Nerzkot und gemahlenem Fischfutter, das in den Strickbündchen von Tofthagens Jacke klebte. Während sich der Geruch ausbreitete, begann Tofthagen darüber zu dozieren, welche Motorsäge die beste sei: die neue Jonsered oder die alte Husqvarna. Ein glatzköpfiger Kerl in einem bunten Hemd kam herein, grabschte sich ein paar Schokoladenriegel aus dem Regal und warf sie auf den Tresen.

»Und dann noch drei Bockwürstchen«, kommandierte das bunte Hemd. »Das erste im Brötchen mit Röstzwiebeln, Ketchup und Senf, das zweite mit Brot, Röstzwiebeln und Senf und das dritte ebenfalls im Brötchen, aber nur mit Ketchup und Senf.«

»Tut mir leid«, sagte Tor-Arne, »aber wir führen keine Würstchen.«

»Ist der Herd kaputt? Dann geben Sie sie mir halt kalt.«

Erik trat an Tor-Arnes Stelle. Tofthagen redete weiter, ohne zu bemerken, dass er einen anderen Zuhörer bekommen hatte.

»Die Sache ist die«, sagte Erik, »wir verkaufen hier überhaupt keine Würstchen.«

Das bunte Hemd staunte ungläubig. »Das ist doch Unsinn. Jetzt hören Sie mir mal zu. Ich ertrage das Genörgel der Kinder jetzt schon eine ganze Weile, damit wir
nicht überall halten müssen. Ich habe mich voll darauf
verlassen, hier was zu essen zu kriegen, ehe wir über die
Berge fahren.«

An der Zapfsäule sah Erik einen kleinen Mazda, bis zum
Rand vollgestopft mit Gepäck. Zwei Kinder starrten vom
Rücksitz aus zu ihm herüber.

»Es gibt eben nicht an allen Tankstellen Würstchen ...«,
setzte Erik an.

»Jetzt hören Sie aber auf. Wir sind jetzt schon seit Høne-
foss unterwegs, und mein Blutzucker ist ziemlich unten.
Sie können mir die Würstchen gerne auch kalt geben,
Hauptsache, ich kriege sie.«

»Sie haben mir nicht zugehört«, sagte Erik. »Fahren Sie
zum Kiosk im Ortszentrum.«

»Sie weigern sich, mir etwas zu verkaufen?«

»Nein, ich habe nichts, was ich Ihnen verkaufen könnte.
Nichts außer Schokolade, Eis, Limo und Süßigkeiten.«

Der Mazda rauschte davon. Tofthagen hatte inzwischen
seine üblichen Themen abgearbeitet und ging, aber nur
um gleich wieder zurückzukommen, weil er sein Kettenöl vergessen hatte.

»Können wir diesen Blödsinn nicht bald mal lassen und
endlich auch anfangen, Würstchen zu verkaufen?«, fragte Tor-Arne. »Es wäre doch auch gut für uns, zwischen-

durch mal etwas Warmes zu bekommen. Und dann bleiben uns diese wütenden Leute wie der gerade erspart.«

»Kocht deine Mutter vielleicht in der Garage? Und in der Post bekommst du doch auch kein Brot mit Aufschnitt!«

»Eine Kochplatte und ein Topf. Das ist alles.«

»Okay«, sagte Erik. »Wir können uns gerne noch einmal darüber streiten. Also. Du arbeitest in der Schmiergrube an einer Auspuffanlage. Hast gerade den Mitteltopf abgesägt, die Sache richtig in der Hand und willst ihn abdrehen. Dann kommt jemand in den Verkaufsraum. Willst du dem das Brötchen mit deinen Arbeitshänden geben?«

»Es gibt doch Küchenpapier«, sagte Tor-Arne.

»Dann bist du wieder an deinem Auspuff. Die Türglocke klingelt, und noch so ein Idiot will eine Wurst. Stell dir mal vor, was da am Abend los ist! Wenn die Jugendlichen einlaufen, sich wie zu Hause fühlen und das Maul aufreißen? Nein, die Grenze verläuft exakt bei den Würstchen.«

»Und bei Coca-Cola in Plastikflaschen«, seufzte Tor-Arne. »Bei verstellbaren Schraubenschlüsseln, weil sie deiner Meinung nach die Muttern rund machen, bei Pioneer-Anlagen, nachdem die das Logo modernisiert haben. Sie verläuft auch bei Wunderbäumen, weil du die blöd findest, und bei japanischen Autos, außer es geht um Ölwechsel und Reifen. Weißt du, was viel schlimmer ist als die neue Straße?«

»Deine Imbissbudenpläne«, sagte Erik.

»Nein, dass du so ein verdammter Sturkopf bist. Wir werden hier noch stehen, über Kleinigkeiten streiten und unseren Alten hier und da einen Fünfliterkanister für ihre Mopeds verkaufen, während der Landstraßenverkehr drüben an uns vorbeirauscht.«

»Rabben, sagt dir das was?«, unterbrach ihn Erik.

»Klar doch.«

»Dort werden wir über Kleinigkeiten streiten, falls sich der Asphaltdunst wirklich auf der anderen Seite des Flusses ausbreitet. Ich fahr jetzt zu Knapstad.«

»Brauchst du lange?«, fragte Tor-Arne.

»Vielleicht, warum?«

»Weil ich, verdammt noch mal, noch immer kein Auto habe. Ich muss den Turbomotor doch wenigstens einmal ausprobieren, ehe ich zum TÜV fahre.«

»Dann schaffe ich es heute nicht mehr zum Schrottplatz. Das muss bis morgen warten.«

»Und noch etwas«, sagte Tor-Arne. »Wenn der Ascona wieder fährt ... ich wollte fragen, ob ich dann vielleicht eine halbe Stunde pro Tag frei kriegen kann. Von Viertel vor vier bis halb fünf?«

»Das ist eine Dreiviertelstunde.«

»Dann eben bis Viertel nach vier.«

»Willst du wieder die Küken aus dem Schulbus abfangen?«

»Küken? Wir sollten wohl lieber von Früchtchen reden.«

»Auf wen hast du es denn gerade abgesehen?«, fragte Erik.

»Dafür ist es noch ein bisschen zu früh. Aber – geht das in Ordnung?«

Erik zog sich seine Jacke an. »Wie sieht das eigentlich zurzeit mit der Konkurrenz aus?«, fragte er. »Stehen viele im Leerlauf herum und halten nach leicht bekleideten Teenies Ausschau?«

»Snortlund war ja immer da, bis er seinen Konsul verkauft hat. Und dann noch der Typ mit deinem Pontiac.«

»Wirklich?«

»Tja«, sagte Tor-Arne. »Ich glaube mich auch an einen roten Amerikaner zu erinnern, der an der Bushaltestelle stand, als du den noch hattest.«

»Ja, ja, ist schon okay«, brummte Erik. »Sagen wir eine Dreiviertelstunde, dann haben deine Hände ein bisschen mehr Zeit.«

»Ich dachte, ich könnte ...«, begann Tor-Arne.

»Nein, damit musst du bis morgen warten. Und wenn jemand etwas wegen der neuen Straße wissen will, hältst du deine Klappe. Harald Jøtul war gestern hier. Ich habe im Gefühl, dass der was vorhat.«

Tor-Arne hatte es plötzlich eilig damit, Keilriemen zu sortieren.


Erik stand auf den hölzernen Bohlen der Brücke und atmete die Feuchtigkeit des Flusses tief ein. Der Sokna kam mit starker Strömung und reichlich Wasser aus den Bergen, stieß gegen die runden, schwarzen Felsen im Fluss und übertönte das Brummen des F-150-Motors, der hinter ihm im Leerlauf lief. Er beugte sich über das Geländer und schaute am Ufer entlang. Das Rabbenfeld war von hier aus deutlich zu erkennen. Gute Lage. Autos, die aus den Bergen kamen, würden das Mobil-Schild schon von weitem sehen. Er fuhr hinunter, überquerte den Weg und parkte den Wagen am Straßenrand. Das Grundstück ragte wie eine Landzunge in den Fluss hinein, vollkommen von Brennnesseln und Ebereschen überwuchert. Gut zwei Morgen Land, groß genug. Von Süden her kommende Autos mussten die Straße kurz hinter einer Kurve überqueren, um zur Tankstelle zu kommen. Das war ein Schönheitsfehler. Aber er hatte schon schlechtere Standorte gesehen. Wenn die Straßenmeisterei hier eine Fünfziger-Zone einrichtete, würde es schon gehen.

Rabben war der richtige Ort. Massiver Fels.

Aber auch Narve Knapstad war massiver Fels. Erik fiel die Geschichte aus dem vorletzten Jahr wieder ein, als die Grundbesitzervereinigung eine gemeinsame Angellizenz beschließen wollte. Knapstad war natürlich dagegen gewesen, weil er Herr über seinen eigenen Grund sein wollte. Während des Sommers passte er dann prompt zwei Männer am Ufer ab und fragte sie nach ihrem Angelschein. Bereitwillig hielten sie ihm ihre Angelscheine und die frisch abgestempelte Bescheinigung über die staatliche Fischereiabgabe hin.

»Die gelten hier nicht«, sagte Knapstad und jagte sie weg. Bei ihm durfte man nicht fischen, wenn man der Grundbesitzervereinigung oder dem Staat irgendwelche Abgaben geleistet hatte. Später schlenderte er am Flussufer entlang, schwatzte mit all jenen, die bei ihm gratis fischten und eine Äsche nach der anderen herauszogen, und machte Witze über die Weicheier auf den Gutshöfen des Tals.

Erik musste sogar den ersten Gang einlegen, um mit dem F-150 über den lehmigen Weg bis zu Knapstad zu kommen. Schließlich sah er den kleinen Hof auf einer Lichtung, umgeben von dunklem Nadelwald. Tiefe Traktorspuren zogen sich über den Hofplatz. Am Wohnhaus stand ein alter Lada Niva.

Erik klopfte an. Keine Antwort. Im Windfang hing die Jacke aus Wachstuch. Darunter standen ein paar Stallstiefel. An einem Nagel hing das Gewehr des Zivilschutzes.

Er öffnete die Tür zum Hausflur und ging hinein.

Leer. Auf dem Tisch eine Zeitung und ein paar Kaffeetassen. Eine Fliegenspirale hing von der Lampe aus Elchgeweihen herab.

Erik hörte das Tuckern eines Traktors. Durch das Fenster sah er einen schmutzigen Belarus vorbeiholpern. Knapstad blieb bei einem Haufen Steine stehen und begann Abbruchmaterial abzuladen.

»Ich hab die Spikes von meiner Ollen doch bezahlt«, brummte er, während er schwarz gewordene Glaswolle und verdreckte Fußbodendielen ablud. »Die Quittung liegt drinnen.«

»Darum geht's nicht«, sagte Erik, der vollkommen vergessen hatte, dass Knapstad einmal die vier Winterreifen erst im Juli des darauffolgenden Jahres bezahlt hatte.

»Das Gelände von der Soknabrücke bis hierher«, begann Erik, »das gehört doch zu deinem Hof, oder?«

»Und wenn es so wäre?«, fragte Knapstad.

»Könntest du dir vorstellen, das Rabbenfeld zu verpachten?«

»Willst du jetzt Brennnesseln züchten?«

»Das nicht gerade«, sagte Erik und warf einen Blick auf den mitgenommenen Belarus. Bauern mit weißrussischen Traktoren waren die widerborstigsten Kunden, die er hatte. Wer einen tschechischen Zetor fuhr, lächelte wenigstens ab und zu mal.

»Um welchen Zeitraum geht's?«, fragte Knapstad. »Ein paar Wochen?«

»Ein bisschen länger. Vierzig Jahre.«

»So lange lebe ich nicht. Willst du es nicht lieber kaufen?«

Der führt doch was im Schilde, dachte Erik. Es kam nie vor, dass ein Bauer hier oben Land verkaufen wollte, und selbst ein zweiundachtzigjähriger Junggeselle würde sich nicht von seinem steilen Berghang trennen. Es *könnte* ja einmal richtig viel Geld einbringen.

Knapstad öffnete einen natogrünen Kanister und kippte Benzin über das Abbruchmaterial. Erik atmete den Geruch ein. Vermutlich bei ihm gekauft, wobei ihm das egal sein konnte. Die Flammen loderten empor, kaum dass das erste Streichholz den nassen Boden berührt hatte.

»Mir schwant so«, sagte Knapstad, »dass das was mit dieser neuen Straße zu tun haben könnte.«

»Wir können uns hier und jetzt einig werden«, sagte Erik.

»Wir Knapstads machen keine Schulden, wir sind aber auch keine Wohltäter.«

»Ich bin bereit zu zahlen, was der Grund und Boden wert ist. Nenn mir eine Summe.«

Knapstad nahm den Deckel von seiner Kautabakdose.

»Du bist schon ein gerissener Kerl, Fyksen«, sagte Knapstad und ließ sich viel Zeit mit dem Tabak. »Und jetzt stehst du unter Druck und hast Flöhe im Pelz. Was ist los?«

»Ich muss wahrscheinlich mit der Tankstelle umziehen. Das ist los.«

»Zieh doch nach Hamar.«

»Lass das.«

»Dann nach Gjøvik.«

»Jetzt hör mir mal zu«, sagte Erik. »Denk doch mal an das Hochwasser im letzten Jahr, als es die ganze Zeit so geschüttet hat. Hast du schon vergessen, dass ich es war, der deinen Belarus aus dem Matsch gezogen hat, bevor er vollends im Moor bei Risøya versunken ist? Und weißt du auch nicht mehr, wie ich mitten in der Nacht aufgestanden bin, um dir mein Schweißgerät zu leihen? Verdammt, Knapstad, sag mir lieber, wann du zuletzt auf diesem Feld warst!«

»Dein Schweißgerät war viel zu schwach. Hätte gleich das vom Nachbarn nehmen können.«

»Jetzt wach mal auf! Warum willst du mir plötzlich Knüppel zwischen die Beine werfen?«

Knapstad schob mit dem Fuß eine Diele ins Feuer. »Der Fuchs hat es eilig, wenn er auf Beutesuche ist. Die Leute haben mich vor dir gewarnt, Fyksen. Ich lasse mich auf keinen vorschnellen Handel ein. Jetzt werde ich erst einmal mit meinen Beratern reden.«

# ERSTE ANZEICHEN VON KARIES

Das alles fühlte sich nicht gut an.

Den ganzen Morgen schon war er am Sokna entlanggefahren, hatte die Landschaft mit dem Fernglas abgesucht, war mit Gummistiefeln am Ufer entlanggewatet, nur um in seinem eigenen Ort etwas zu finden, was er bereits besaß.

Schwerer, dicker Nebel lag über dem Fluss. Die Wischerblätter glitten über die Frontscheibe. Kein einziges brauchbares Grundstück. Es war entweder moorig oder zu klein.

Rückwärts, noch einmal von vorn, er konnte wirklich nichts anderes tun, als den Rückwärtsgang einzulegen, ein Boot zu mieten und das Flussufer abzukämmen. Er durchfuhr das Zentrum im zweiten Gang. Jedes noch so kleine Steinchen in seinem Heimatort fühlte sich fremd an. Ernas Kiosk, in dem er seine erste Cola gekauft hatte, leuchtete weiß im trüben Wetter. Draußen im grünen, kalten Sokna konnte er den großen Felsen erahnen, an dem die Polizei nach langem Suchen den Sohn von Gjerdmoen gefunden hatte, ertrunken und weiß wie Milch.

Unterhalb von Misvær war die Milchrampe. Es war eine Jahreszeit wie jetzt gewesen, als sie dort in einer schwarzen Jeansjacke auf ihn gewartet hatte. Sie wollten nach Vinstra ins Kino und wurden von einem BMW 625 CSi überholt, der in der Ebene bei Frya ein Rennen mit dem GTO machen wollte. Elise in dieser Jacke, ihre Beine im grünen Licht vom Tapedeck der Pioneer-Anlage, diese

Landstraße, dieser Abend. Mit jeder Stelle, an der er vorbeikam, konnte er ein besonderes Ereignis verbinden. Das war wohl so, wenn man irgendwo hingehörte.

Tofthagens Boot lag am Campingplatz. Das Wetter war kalt und feucht, und der Motor startete erst nach drei Schüben Startgas.

Meine Berater. Was für ein Schwachsinn. Aber trotzdem. Sicher klug, nicht zu zeigen, was er vorhatte. Erik fand hinter dem Benzintank ein Scherbrett und wickelte die Zwillingsfliegen ab, während er das Boot in die Flussmitte steuerte. Doch die Felswand begleitete ihn in Richtung Zentrum, Kilometer für Kilometer stieg sie schwarz hinter dem Flussufer auf. Das Ufer bot nirgendwo Platz für ihn. Wenn er eine neue Tankstelle bauen wollte, brauchte er eine Mole. Wie sollte er das Ellen Lysaker erklären?

Der Regen begann auf ihn herabzuprasseln, es war kalt. In Höhe der Zigeunerkurven spürte er ein Rucken in der Schnur. Eine Forelle hing an der letzten Fliege. Gut über ein halbes Pfund, ein schöner Fisch. Wieder raus mit dem Scherbrett, das Wasser war ruhig und grün. Es hieß, es sei tief hier. Sein Blick glitt nach oben über den bewaldeten Hang bis zur Lichtung von Styksheim. Der kleine Hof, der dort lag, war verlassen, solange er denken konnte, doch jetzt kam Rauch aus dem Schornstein. Das mussten die neu Zugezogenen sein, die schon seit einem guten halben Jahr hier wohnten. Er würde sie wohl bald kennenlernen, früher oder später brauchten alle Benzin.

Der Fluss machte eine Biegung, und das Tal öffnete sich. Hier war die Strömung stärker, sodass das Boot zitterte und das Wasser die Schraube rauschend umspülte. Er konnte dem Motorengeräusch entnehmen, dass der Motor an seine Grenzen gekommen war. An diesem Ort mitten im Fluss, einem Punkt, an dem die Pferdestärken die gleiche Kraft hatten wie die Strömung und das Boot zitternd verharrte, ohne weiterzukommen, sah er, was zu erwarten war, wenn die Straße auf die andere Talseite verlegt würde.

Der Ort würde im Schatten liegen und verschwinden.

Das Zentrum würde von der neuen Straße aus nur einige wenige, kurze Augenblicke sichtbar sein. Es würde nicht so sein wie in Lillehammer, dachte er, wo man kilometerlang einen schönen Blick auf die Siedlung hatte. Nein, vom Auto aus würden die Menschen nur das vereinzelte Licht einiger Höfe sehen.

Und eine verlassene Mobil-Tankstelle.

Jetzt führte die Landstraße nach Annor. Bald würde sie daran vorbeiführen. Erik erinnerte sich an seinen Militärdienst, an die traurigen, abendlichen Fahrten, allein im Licht des Armaturenbretts, an die vielen Kilometer, die ihn auf den Gedanken gebracht hatten, dass die Strecke die einsamste Straße im ganzen Østland sein musste. Nicht ein einziges Wohnhaus, nur Schilder, die auf irgendwelche Orte hinwiesen: Strandlykkja, Skaberud, Trautskogen.

So würde es auch hier sein. Wer wollte schon in ein dunkles Loch irgendwo am Waldrand ziehen? War überhaupt jemals ein Mensch aus Trautskogen gesichtet worden? Trotzdem spürte er eine Gewissheit. Sollte sich doch der

Ort entvölkern, wie er wollte. Er hätte mutterseelenallein und unter erloschenen Straßenlaternen durch Annor laufen können, wenn man ihm nur seine Tankstelle ließ. Wenn man ihm nur das ließ, was noch von ihr übrig war, von der Frau, die ihm von der Landstraße geraubt worden war.

Hinter ihm wehrte sich der Motor knurrend gegen die Strömung. Das Geräusch war ein trotziger, leicht naiver Kampf gegen Kräfte, die er niemals überwinden konnte. Aber, dachte er, der läuft mit Benzin von meiner Tankstelle.

Ein paar Fliegen schwirrten um die Lampe im Wartezimmer. Es war drei Jahre her, dass er zuletzt hier gewesen war. Vielleicht vier. An der Wand hingen noch immer die vergilbte Fluortablettenreklame und die ebenfalls in die Jahre gekommene Anweisung, wie man die Zahnbürste zu halten hatte.

Es graute ihm davor, wieder eine Ewigkeit durch zerfledderte Lifestyle-Magazine zu blättern. Die Wartezeiten bei Lyng waren legendär, und mit der Zeit hatten sich die Patienten angewöhnt, eigene Zeitschriften mitzubringen und die Warteliste eigenhändig zu organisieren, sodass sie währenddessen ihre Besorgungen im Zentrum erledigen konnten.

Doch an diesem Tag war das Wartezimmer erstaunlicherweise leer. Auf dem Zeitungsstapel lagen Modezeitschriften, die so alt waren, dass die Frisuren der Models auf dem Titelblatt schon wieder unmodern waren. Die Tageszeitung von vorgestern. Rund um den Artikel über die neue Straße war das Papier weich und dünn, diese Seite war durch viele Hände gegangen. Er warf die Zeitung in den Mülleimer und entdeckte dabei einen Merkzettel für einen Arzttermin.

Aha. Patient: Harald Jøtul.

Er hatte heute um elf einen Termin gehabt. Vereinbart zwei Tage zuvor. Lyng hatte also ihnen beiden einen Termin gegeben, nachdem die Straßenpläne bekannt geworden waren. Es war noch mehr im Mülleimer. Jøtul musste beim Warten seine Geldbörse aufgeräumt haben. Quittungen über achthundert Gramm Rinderfilet vom Metzger in Ringebu, vier Flaschen Rotwein vom staatlichen Spirituosenladen in Lillehammer, eine Großpackung Klopapier – sicher weich und mit Herzchen –, zwei Bademäntel, Größe 54 und 38, und einen Satz Frotteehandtücher, für deren Preis er auch einen Ölwechsel bekommen hätte. Zu guter Letzt folgte noch die Quittung über etwas sagenhaft Teures aus dem »Match«, vermutlich für seine verzogene Tochter. Erik sah ihn vor sich. Neues Auto, spendabel, stattlich.

Eine Zeitlang war er mit Jøtul ausgekommen. Als Laila schwanger war, hatte Jøtul ein Grundstück im Neubaugebiet gekauft und nachts im Schein der Arbeitslampen gebaut. Das Haus war fertig, als Laila und das Mädchen aus dem Krankenhaus kamen. In dieser Zeit hatte Erik Jøtul kaum zu Gesicht bekommen, denn er·arbeitete unter der Woche auswärts und blieb an den Wochenenden zu Hause.

Doch dann hatte Jøtul den Job als Sprengmeister bei Hercules AB bekommen. Drei Wochen Schicht und drei Wochen frei. Damit begannen sich die Dinge in Annor zu verändern. Eine Modernität hielt Einzug, die nicht zu dem Ort passte. Jøtul hatte sich nie fürs Schießen interessiert, aber trotzdem ließ er die dreißig Jungs des Schützenvereins wissen, dass er seine Freizeit gerne für die ehrenamtliche Tätigkeit als Vorsitzender opfern würde. Der Schützenverein hatte all die Jahre einen verwilderten Schießplatz am Fuß des Skuibergs genutzt, der noch aus der deutschen Besatzungszeit stammte, und das Schützenhaus war seit Mai 1945 nicht einmal renoviert worden. Doch schon eine Woche nach der Vereinswahl organisierte Jøtul den ersten Arbeitseinsatz.

Erik selbst hatte sich nie für das Schießen mit Gewehren interessiert, hing aber mit den Kleinwildjägern rum, die mit ihren Schrotbüchsen auf der Müllkippe übten.

Sie trafen sich montags um sechs und rauchten immer erst eine Zigarette, bis alle da waren. Die Vogeljäger kletterten auf die Spitze des Müllberges, zielten auf die immer wieder auffliegenden Möwen und montierten ein Wurfgerät für Tontauben. Ihre Schüsse scheuchten die Ratten auf, die ein gutes Trainingsziel für die Hasenjäger boten, die sich zuvor bereits am unteren Rand des Müllbergs postiert hatten. Sie schossen mit Schrot mit sehr geringer Streuung, damit es nicht so einfach war.

Typisch, wie wir uns damals organisiert haben, dachte Erik. Ganz pragmatisch, ohne Rücksicht auf Regeln oder Vorschriften, haben wir das Ungeziefer dezimiert, während die leeren Hülsen unter der nächsten Ladung Müll verschwanden.

Aber Jøtul hatte ein pensioniertes Ehepaar, das in der Nähe der Müllkippe wohnte, dazu gebracht, sich über die Schrotschützen zu beklagen. Zuvor aber war er mit seinem Galant unterwegs gewesen und hatte am Skuiberg nach einem guten Platz für ein neues Tontauben-Wurfgerät Ausschau gehalten. Die Verwaltung sah keine andere Lösung, als das Schießen auf der Kippe zu verbieten, obwohl jeder wusste, dass die Eheleute Hörgeräte trugen und sich nie um die paar Stunden Geknalle gekümmert hatten.

Als es Herbst wurde, hatten seine Kumpels das Wurfgerät auf dem Müll zurückgelassen, sich von Ratten und Möwen verabschiedet und sich als Mitglieder des immer größer werdenden Schützenvereins eingetragen. Nur Erik hatte seine Büchse in den Schrank gestellt.

»Verflixt und zugenäht«, schimpfte Lyng. »Bist du dir eigentlich im Klaren darüber, wie das hier drinnen aussieht? Hast du schon mal was von Zahnseide gehört? Wohl kaum. Keine Ahnung, ob man da überhaupt noch etwas retten kann. Das ist zu spät. Viel zu spät. Und dabei kannst du wohl kaum noch mehr Sorgen gebrauchen, als du ohnehin schon hast, oder?«

Erik sperrte den Mund auf und spürte die Wärme der Lampe mit dem Facettenglas über sich. Lyng stocherte in einem Backenzahn herum, roch an dem Haken und sagte nur: »Nein, nein, nein.«

Der Plastikschlauch gurgelte in seinem Mund herum. »Schlimm?«, fragte Erik, irritiert davon, dass er nicht richtig reden konnte.

»Ja, schlimm. Fragt sich, was wir da machen können.«

»...öcher?«

»Löcher?«, half ihm Lyng. »O ja. Karies in zwei Backenzähnen. Und dieses Loch hier sieht wirklich übel aus. Ich habe eben übrigens gefragt, ob du schon mal was von Zahnseide gehört hast? Weißt du, was das ist und wofür man das verwendet?«

Erik schüttelte langsam den Kopf.

»Eben«, sagte Lyng. »Diesen Eindruck habe ich auch. Hör mal, Fyksen; es ist so, wie ich befürchtet hatte. Du bist von allen Berufstätigen hier in Annor derjenige mit der übelsten Zahnhygiene. Ich habe mal einen Blick in mein Archiv geworfen. Letztes Jahr bist du nicht zum vereinbarten Termin erschienen. Und das Jahr davor auch nicht, ebenso wenig wie vor vier Jahren. Nun ja, dachte ich, dann wird er wohl keine Zahnschmerzen haben. Und nächstes Jahr vielleicht auch nicht. Aber: Ich kann warten, Fyksen.«

Erik spürte hochglanzpolierten Stahl gegen seine Schneidezähne klopfen. Lyng nahm den Absauger und beseitigte Spucke und Schleim. Manchmal blieb er innen an der Wange hängen, wie ein Staubsauger am Teppich.

»Wenn wir Glück haben, brauchen wir noch keine Wurzelbehandlung. Es sieht hier echt übel aus. Überall Beläge und Zahnstein. Aber ich werde die Bakterien bekämpfen.«

Lyng machte das Radio aus. »Wie läuft's zurzeit eigentlich mit der Tankstelle? Spuck's aus!«

Erik missverstand ihn und spuckte die Wattetupfer in das Wasser, das durch das Porzellanbecken wirbelte.

»Kann nicht klagen«, sagte Erik.

»Hm«, sagte Lyng und ersetzte die Wattetupfer. »Die Röntgenbilder sind nicht gerade vielversprechend. Nicht nur Karies, ein echtes Bakterienbombardement. Wir müssen die Sache in den Griff kriegen. Vielleicht reicht eine Füllung, aber ich bin mir wirklich nicht sicher. Die Bakterien sind so weit gediehen, dass die Nerven schon ihren Knoblauchatem riechen können. Sollen wir vorsichtshalber eine Wurzelbehandlung machen, oder sollen wir ausprobieren, ob es auch so geht?«

»Versuchen wir's.«

»Eine treffende Bezeichnung, Fyksen. Willst du eine Betäubung?«

»Ich glaube, das wäre klug.«

Lyng nahm eine glänzende Spritze. »Das glaube ich auch«, sagte er und stach Erik sechsmal ins Zahnfleisch. »Wie läuft es übrigens mit Tor-Arne? Wie lange arbeitet dieser Taugenichts jetzt schon für dich?«

»Das vierte Jahr, dass er fest da ist«, sagte Erik, ließ aber die Vorgeschichte weg. Tor-Arne war ein ständiger Gast auf der Tankstelle gewesen, wie die anderen Jungs, die an ihren Mopeds und Hundert-Kubik-Maschinen herumschraubten, doch eines Abends hatte ihn Erik beim

Schraubenschlüsselklauen erwischt. »Ich hab doch nur den Zehner, den Dreizehner und den Siebzehner genommen«, hatte Tor-Arne gesagt. Es lag eine gewisse Begabung darin, die drei häufigsten Größen zu stehlen, und Erik brauchte jemanden, der ihm in der Tankstelle half.

»Hab schon eine ganze Menge über den gehört«, sagte Lyng. »Lebensgefährlich, wenn man dem auf der Straße begegnet. Hat er nicht seinen Führerschein verloren?«

»Den hat er inzwischen wieder«, sagte Erik.

»Der war sicher eine ganze Weile ohne, oder? Hundertfünfzig Stundenkilometer oder so, nicht wahr?«

»Etwas über hundertdreißig. Und das in der Neunziger-Zone südlich von Fåvang.«

»Na dann. Haben die Fische heute im Sokna gebissen?«

»Nicht schlecht«, log Erik. »Sechs Äschen, jede fast ein Pfund. Und eine Forelle von gut achthundert Gramm. Mit wem hast du gesprochen?«

»Es kommt ja nicht oft vor, dass sich der Tankstellenbesitzer am helllichten Tage freinimmt und mit einem geliehenen Boot fischen geht. Mir ist auch zu Ohren gekommen, du hättest den Choke erst sehr spät wieder ausgemacht.«

»Mit wem hast du gesprochen?«, wiederholte Erik und spürte, dass seine Zunge taub wurde.

»Oh, mit diesem und jenem, Arbeiter halt.«

Von Jøtul konnte er das nicht haben, dachte Erik, denn der hatte seinen Termin ziemlich genau, als ich auf dem Fluss war.

»Gibt's nichts Neues von Narve Knapstad?«, fragte Erik.

»Was sollte ich denn gehört haben?«

»Dass er sich mit irgendwem verbündet hat?«

»Knapstad hat doch keine Freunde, schon aus Prinzip nicht.«

»Weißt du, wer in den Hof oben in Styksheim gezogen ist?«, fragte Erik.

»Da oben? Unmöglich. Die Häuser sind doch kurz vorm Einstürzen.«

»Wem gehört das denn?«

»Dem Schrotthändler.«

»Grundtvig?«

»Ja, sicher«, sagte Lyng. »Zu Anfang haben die doch da gewohnt. Die ganze Familie. Ehe seine Frau verschwand. Du willst mir wirklich weismachen, dass da oben jetzt jemand wohnt?«

»Es kam zumindest Rauch aus dem Schornstein.«

»Interessant. Tja, ich kann ja mal ein Terminkärtchen schicken, dann werden wir das schon herausfinden. Aber sag mal. Meine Frau braucht einen neuen Wagen. Das Auto, das Reidar Tokse verkaufen will, ist das in Ordnung?«

»Der silbergraue Mercedes?«, fragte Erik. Seine Zunge fühlte sich riesig und geschwollen an. Er hörte sich selbst »Merfedes« sagen.

»Ein Kombi. War in der Zeitung annonciert«, sagte Lyng.

»Ach ja, der. Wirf mal einen Blick unter die hinteren Radläufe, insbesondere auf der Fahrerseite. Das Auto war in Oslo angemeldet.«

»Ja, und?«

»Stadtverkehr. Salz. Rost. Such lieber nach einem Wagen vom Land. Kann man am Kennzeichen erkennen, alles, was mit H anfängt, sollte in Ordnung sein. Drinnen mag es vielleicht nach Schaf riechen, aber das geht vorüber.«

»Dacht ich mir doch, dass mit Reidar Tokses Auto was nicht stimmt.«

»Muss es denn unbedingt ein Mercedes sein?«, fragte Erik. »Der Wagen ist doch für deine Frau.«

»Es muss ein Mercedes sein. Was anderes fahren wir nicht.«

»Frag doch mal Tommy Rønningen. Der will seinen verkaufen. Ein normaler 230er. Benziner.«

»Den blauen? Soll ich jetzt bohren?«

»Ja. Nein, meine ich. Ja, das Auto ist blau. Als ich es das letzte Mal gesehen habe, waren erst 163 000 Kilometer runter. Schlechte Gummilager in der Radaufhängung vorn, aber das ist eine Kleinigkeit.«

»Verstehe«, sagte Lyng und schaltete den Bohrer ein. »Dann legen wir mal los.«

Erik umklammerte die Armlehnen, spannte die Halsmuskeln an und unterdrückte einen Schrei.

»Es hat keinen Sinn, den Helden zu spielen«, sagte Lyng und nahm ihm den Bohrer aus dem Mund. »Die Betäubung reicht noch nicht. Das wird wohl eine Dreiviertelstunde dauern. Verrechnen wir das mit neuen Bremsklötzen für mein Auto? Es kommt ja vor, dass ich das auch mal benutze.«

»Vorn oder hinten?«

»Alle vier.«

Erik versuchte sich an die Kosten der Ersatzteile zu erinnern. »Das ist dann aber die Obergrenze.«

»Gut!«, sagte Lyng und klopfte ihm mit den Latexhandschuhen auf die Schulter. »Und? Was machst du mit der Tankstelle, wenn die neue Straße kommt?«

Erik hielt inne. Lyng war vermutlich undicht wie ein Sieb. Da musste die halbe Wahrheit reichen.

»Die ganze Sache hat etwas Absurdes«, meinte Erik. »Wenn die Leute wirklich Angst vor Unfällen haben, können sie die Straße doch einfach am Zentrum vorbeiführen bis zu meiner Tankstelle. Ich wollte deshalb selber mal mit dem Gemeinderat reden.«

Lyng schüttelte den Kopf. »Ich glaube, es hat schon jemand anders mit denen geredet.«

Erik begann ein Licht aufzugehen.

»Du weißt doch, was unterhalb des Zentrums liegt?«, fragte Lyng und fuhr dann selbst fort: »Ein ziemlich großer Schießplatz. Und im Neubaugebiet wohnt ein mächtiger Vereinsvorsitzender, der den gleichen großen Traum träumt, den wohl jeder Schützenvereinsvorsitzende des Landes hat: einmal im Leben das Landesschützentreffen auszurichten. Aber dann kann man natürlich nicht all die Leute über irgendwelche Feldwege zum Schießplatz lotsen.«

Die Wattetupfer lösten sich. Erik richtete sich auf.

»Genau«, sagte Lyng. »Der Schützenverein von Annor will sich um die Ausrichtung des Landesschützentreffens

bewerben. Du weißt doch, wie Jøtul seine Truppen aufbaut und den Gemeinderat anstachelt: ›Wir können das
Landesschützentreffen hierherholen. Sechstausend Schützen mitsamt Familien. Übernachtung, Verpflegung, neues Leben für den Ort. Und danach werden sicher weitere
Arrangements folgen. Aber dafür brauchen wir die neue
Straße. Und wenn gleichzeitig die Neunziger-Zone über
die Berge ausgebaut wird, bekommen wir mehr Durchgangsverkehr. Touristen. Dann wird Annor plötzlich zu
einem bedeutenden Ort.‹«

Das Einzige, was Erik davon abhielt, mit der Faust die
Lampe zu zerschlagen, war die Tatsache, dass seine Vermutungen richtig gewesen waren. Sie hatten also wirklich vor, auch die Straße über die Berge auszubauen.

»Und wo will Jøtul diese sechstausend Menschen unterbringen?«, fragte Erik. »In der Sporthalle der Grundschule?«

»Immer mit der Ruhe, das sind doch keine verhätschelten Curlingspieler, die sich vor ein bisschen Regen fürchten. Das sind Jäger! Die stammen doch alle irgendwie
von einem dieser hartgesottenen Kerle ab, die 1905 die
schwedische Grenze bewacht haben. Diese Leute schlafen in Wohnwagen oder Zelten! Und genauso wollen die
das auch! Jedes Wochenende, jedes Jahr. Die reisen durchs
Land und machen in Dörfern Station, die so klein sind,
dass sogar die Elstern Inzucht betreiben müssen, essen
gekochte Hacksteaks mit rohen Zwiebeln, schießen um
Pokale und fahren weiter.«

»Das heißt, wenn Jøtul unten am Fluss zwei Felder pach

tet, ein paar Aggregate und Toiletten aufstellt, sind alle zufrieden?«

»Aber sicher«, sagte Lyng. »Und wenn Jøtul das Landesschützentreffen bekommt, kriegen wir auch die neue Straße. Und dann kommt sie schnell.«

# DER PASS

Es war fünf Uhr morgens und das Ortszentrum war wie immer um diese Zeit: leer. Keine Menschen, keine Autos, nur ein paar kaputte Flaschen auf dem Parkplatz vor dem Rangen, die gegen acht Uhr weggeräumt werden würden. Der F-150 rollte im dritten Gang durch Annor; als er in den vierten schaltete, öffnete sich vor ihm das Panorama.

Städter kletterten auf die Berge, doch er und die anderen, die Annor-Dialekt sprachen, gingen in die Berge, ob sie nun Moltebeeren pflücken, Forellennetze auslegen oder auf die Jagd gehen wollten, und kamen später aus den Bergen wieder zurück. Das ist ein Unterschied, dachte er.

Er stieg aus, setzte sich auf die Stoßstange und spürte die Wärme des Kühlers hinter seinem Rücken. Der helle Asphalt der Landstraße wand sich wie eine Kreuzotter durch die moorigen Senken, die Wacholderhaine und Steinwälle, bis er zwischen den Birken auf der Østerdalseite verschwand.

In der Regel hielt er hier an. Hier oder ein bisschen weiter vorn, damit er die Böschungskanten nicht zu sehr in Anspruch nehmen musste, wenn er wendete.

Hier saß er also.

Jeden Tag, wenn es dämmerte, den V8-Motor im Rücken und ein Fernglas vor den Augen. Der Ort lag so, dass das Timing zwischen der Abfahrt an der Tankstelle und dem Sonnenaufgang genau stimmte. Erik brauchte diese Tour, und sie war die Mühe wert, wenn er mal ein Auto durch das Fernglas entdeckte.

Den meisten war nur das Benzin ausgegangen, aber viele waren den Tränen nahe, wenn sie ihn sahen. Und ihm ging es auch nicht anders, wenn er in die Gesichter hinter den beschlagenen Scheiben blickte, den Widerschein des gelben Warnblinklichts seines Pick-ups sah, das Zittern in den Stimmen der Menschen hörte und das Gewicht des Ersatzkanisters spürte, wenn er ihn von der Ladefläche hob und das Benzin gurgelnd in den Tank laufen ließ.

Aber es gab auch die anderen, die Mürrischen, Undankbaren, die bloß von der Straße abgekommen waren und mit laufendem Motor im Straßengraben hingen. Mit Radio und Heizung hatten sie die Berge auf Distanz halten können und wollten – hatte man ihnen erst geholfen – nur noch weg, möglichst schnell in eine Gegend, in der ihr Handy Empfang hatte, damit sie ihre Verspätung erklären konnten.

Nur selten ging es um Leben und Tod, ein paar Mal vielleicht, wie damals, als das Ehepaar aus Brøttum mit ihrem kleinen Jungen mitten im Winter in einem Opel Corsa festsaß. Er hatte sie alle in den F-150 gestopft, die Heizung voll aufgedreht und, den Corsa hinter sich an der Stange, nach unten ins Dorf gefahren. In seiner Wohnung hatte er ihnen Eier und Frikadellen gebraten und sie gebeten, den Ofen am Brennen zu halten, während er ihr Auto reparierte. Ihre Weihnachtskarte lag vermutlich noch immer in der Schublade im Büro.

Doch an diesem Tag war die Landstraße leer, wie üblich. Durch das Fernglas sah er eine einzelne Rentierkuh über das Geröllfeld laufen. Manchmal im Spätherbst kreuzten hier Herden mit mehreren hundert Tieren die Straße. Die Kuh blieb stehen und sah ihn mit ihrem tausend Jahre alten Blick an.

Er nahm das Fernglas runter. Wie kurzsichtig er gestern gewesen war. Der Verkehr der E6 würde hier oben entlanggeführt, Hunderte von Autos pro Stunde sollten durch diese uralte Landschaft rauschen? Das ging doch gar nicht. Die Proteste würden nicht lange auf sich warten lassen. Ausführliche, überdrehte Leserbriefe in der Lokalzeitung und wütende Anrufe beim Verantwortlichen für Straßenbau in Lillehammer.

Erik spielte die Möglichkeiten durch, versuchte sich an einem neuen Plan und griff noch einmal zum Fernglas. Die Rentierkuh war nicht mehr zu sehen. Er suchte den Waldrand ab, an dem die Straße wie ein Nähfaden nach oben sprang, folgte den Kurven und sah, wie sie immer breiter und breiter wurde, bis er hundert Meter vor sich wieder den Mittelstreifen erkennen konnte. Als er das Fernglas absetzte, bemerkte er etwas Ungewohntes, das nur in dem winzigen Augenblick zu sehen gewesen war, als er das Glas abgesetzt hatte.

Erik stand auf und ging ein Stück nach vorn.

Ein weißes Muster auf dem rauen Asphalt.

Himmel-und-Hölle-Kästchen. Kreide wehte auf, als er den Schuh auf eine der Linien stellte. Die Striche waren gerade und deutlich. Sie mussten erst kürzlich auf die Straße gezeichnet worden sein. Ein weißer Stein lag im zentralen Feld.

Seltsam, dass jemand das *hier* gemalt hatte. Er hockte sich hin und blinzelte zur Stoßstange, die hundert Meter hinter ihm in der Morgensonne aufblitzte. Drehte sich um und heftete seinen Blick auf den Asphalt in der anderen Richtung. Doch, hier war der höchste Punkt vom Pass. Hier verlief die Wasserscheide.

Die Sonne hatte an Kraft gewonnen und spiegelte sich in dem Tau, der auf dem Heidekraut ringsherum hing. Die Tropfen auf der rechten Seite würden am Ende in einen Fluss im Østerdal fließen. Die auf der linken Seite in den Sokna. Wenn sie bis dahin nicht verdunstet waren.

Er kickte den weißen Stein in hohem Bogen in den Straßengraben, betrachtete ein paar Sekunden lang seinen hellen Schimmer und ging dann zurück zum F-150.


»Rentiere? Du?«, schnaubte Tor-Arne. »Du hast dich doch bis jetzt einen Dreck dafür interessiert!«

»Mein Naturinteresse ist heute Morgen erwacht«, sagte Erik.

»Das ist genau so ein Schwachsinn, wie mit Vorderradantrieb schleudern zu wollen«, sagte Tor-Arne. »Gestern war die Neunziger-Zone über die Berge doch noch unsere Rettung!«

»Hör mal! Wir sollten nicht davon ausgehen, dass der Pass wirklich ausgebaut wird. Und dann spendiert uns

Hydro-Texaco auch keine neue Tankstelle. Wenn aber Jøtul das Landesschützentreffen hierherbekommt, wird die Straße im Handumdrehen auf die andere Flussseite verlegt. Wir müssen also Jøtuls ganzen Plan kippen.«

»Nun, dann solltest du mit dem Gebirgs- und Waldaufseher reden. Wenn die Rentierherden plötzlich eine rote Ampel vor die Nase gesetzt bekommen, ist das eine Sache für ihn.«

»Der ist zu weich«, sagte Erik. »Außerdem hat Jøtul den längst bearbeitet. Die Forstverwaltung verlost fünf Rentierabschüsse unter denen, die am Schießtraining für die Großwildjagd teilnehmen. Und um daran teilzunehmen, musst du erst mal Mitglied im Schützenverein sein!«

»Das ist doch ganz logisch«, sagte Tor-Arne. »Kennst du Jøtul eigentlich? Der ist ziemlich beliebt. Irgendwie ist es doch seltsam, dass nur du den für so einen Drecksack hältst. Außerdem hast du gar keine andere Wahl.«

»Doch. Die Rentierherden ziehen vom Annorfjell rüber nach Ringebu. Und der Waldaufseher dort ist von einem ganz anderen Kaliber. Egil Sommer.«

»Der die drei Schweden verhaftet hat, die im letzten Jahr die Steine mit den Flechten geklaut haben?«

Erik reckte den Daumen in die Höhe. »Sommer ist der Richtige, um gegen die Primadonnen in der Verkehrsplanung anzugehen.«

»Fragt sich nur, ob der bereit ist, dir zuzuhören«, sagte Tor-Arne. »Du bist schließlich nicht von dort.«

Erik entdeckte Snortlund am Zeitschriftenständer. Entweder war er durch die Waschanlage gekommen oder er konnte jetzt lautlos gehen. »Ich bin gerade in Verhandlungen um etwas, wofür ich reichlich Super brauchen werde«, sagte Snortlund.

»Peugeot 604?«, riet Erik und betrachtete sich im Spiegel. Ein Dreitagebart, ansonsten aber vorzeigbar genug, um einen Ausflug nach Ringebu zu machen.

»604?«, fragte Snortlund. »Hast du sie nicht mehr alle? Ich krieg zwar Sozialhilfe, aber deshalb habe ich doch trotzdem noch *Stil*.«

»Dann einen Amerikaner«, versuchte sich Tor-Arne. »Irgendeinen suspekten Chrysler. Was Großes!«

»Sagen wir es so: Es handelt sich um ein Fahrzeug, das reichlich Aufmerksamkeit erregen wird«, sagte Snortlund. »Sozusagen ein Publikumsmagnet.«

Erik sah ihn vor sich, irgendwo in Oslo, wie er fasziniert auf die Schnäppchenpreise auf übergroßen Pappschildern hinter den Windschutzscheiben starrte. Oder noch schlimmer: das Geräusch der Hammerschläge, sollte er sich auf die Fahrzeugauktion nach Økern verirrt haben.

»Ein Rover!«, probierte es Tor-Arne noch einmal. »Einen fünfzehn Jahre alten Rover 2600. Mit Ölleck und Rost im Unterboden.«

»Ihr werdet eure Vorurteile noch bereuen, ganz bald«, sagte Snortlund. »Ich fahre mit dem nächsten Bus nach Oslo, um die Verhandlungen abzuschließen.«

Erik ließ sie reden, ging nach draußen zu seinem Wagen und fuhr mit hundertzehn Sachen über die Tallaksenebene. Abgesehen davon, dass Snortlund nie seine Rechnungen bezahlte, war er der ideale Kunde. Seine Autos waren nie länger als eine Woche in Ordnung, und jetzt ließ er sich vermutlich wieder auf einen zwielichtigen Handel in Oslo ein, um sein letztes Bargeld für einen übel runtergefahrenen BMW 728 herzugeben. Man musste nur warten. Bald würde er wieder mit seinem Labradorblick vor der Werkstatt stehen und ihn anflehen, dass Erik doch »wenigstens versuchen könne«, den Fehler in dem komplizierten elektromechanischen Einspritzmodul zu finden, »so billig wie möglich, ja«?

Die Uhr im Armaturenbrett zeigte halb zwei. Wenn in Ringebu alles glattging, blieb ihm vielleicht noch Zeit, nach Lillehammer zu fahren. Seit sie umgezogen waren, sah er sie nur noch selten. Seine Mutter hatte gestern angerufen. Sie hatte von den Straßenplänen gelesen und gefragt, ob bei ihm alles in Ordnung sei. Wie immer hatte er mit Ja geantwortet. Aber er wusste, dass es wohl nicht für einen Besuch reichen würde. In der nächsten Zeit brauchte ihn die Tankstelle mehr, als sie es taten.

Weit hinten in den Zigeunerkurven sah er kurz ein Auto mit einem großen, verchromten Kühlergrill aufblitzen. In der nächsten Kurve konnte er es besser erkennen. Ein kupferfarbener GMC Stepside, Baujahr vermutlich Ende der Fünfzigerjahre. Er wusste noch, wie sehr er als Jugendlicher für diese Pick-ups geschwärmt hatte. Aber die Glut der Begeisterung war mit den Jahren erloschen, vermutlich ruhte sie irgendwo in einer Ecke seines Erwachsenenlebens, auf die er gut verzichten konnte.

In der Hauptkurve fuhren sie aneinander vorbei. Doch, es war das 1958er Modell. Und während sich die Mittagssonne im Sokna spiegelte und glänzender Autolack an ihm vorbeizischte, blickte er für den Bruchteil einer nicht enden wollenden Sekunde direkt in ein vertrautes Gesicht. Erik starrte in den Rückspiegel, bis der F-150 zu zittern begann. Er näherte sich dem Sokna. Ein Reifenpaar hing an der Böschungskante und das Lenkrad, das er so gut kannte, setzte sich wie ein verängstigtes Pferd widerborstig zur Wehr. Das Auto wollte von der Straße, doch mit letzter Kraft gelang es ihm, das Lenkrad nach links zu reißen und den Wagen zurück auf den Asphalt zu bugsieren, wo der F-150 wieder zu sich kam.

Das Gesicht in dem kupferfarbenen Pick-up war nicht zu verwechseln gewesen. Die Haare waren nicht mehr zerzaust und die Wangen nicht mehr so rund wie damals. Doch selbst durch die Spiegelungen auf dem Seitenfenster hatten sie ihn erstarren lassen. Die Hermelinaugen von Tora.

Tora.

Tora Grundtvig. Tora, die in jenem Sommer zu ihrer Mutter in den Norden gezogen war, deren Nachnamen angenommen hatte und jetzt Tora Landstad hieß.

Seither hatten sie sich alle fünf Jahre in Sødorp bei den Klassentreffen gesehen. Beim letzten Mal war sie eine halbe Stunde vor Ende des Festes in einem seltsamen violetten Kleid erschienen. Erik hatte am Zapfhahn gesessen und sich die Expärchen angeschaut, die vor ihren Biergläsern hockten und über alte Zeiten redeten.

»Dass du wirklich gedacht hast, ich wäre mit der zusammen?«

»Und dass du hinterher mit dem gegangen bist!«

»Das ist doch so lange her! Bald vier Jahre!«

Es war unvorstellbar, dass Tora und er einmal so beiein-andersitzen würden. Sie stießen sich ab wie die Minus-pole zweier Magnete, ohne miteinander zu reden, ohne sich zu verletzen. Und anschließend war sie nirgends zu sehen gewesen, nicht einmal an der Garderobe oder auf dem Parkplatz, nirgendwo, nichts, nur ein warmer Gud-brandsdalsommer und etwas Violettes, das in der Nacht erloschen war.

Erik bremste in der Sechziger-Zone und hielt vor einer Apotheke an, um einem alten Mann mit einem Rollator den Vortritt zu lassen, fuhr dann am Bahnhof vorbei und parkte an der Informationstafel des Sportvereins.

Das Zentrum von Ringebu glich tagsüber dem von An-nor. Mopeds brummten unachtsam vorbei, Bauern stapf-ten in den Supermarkt, verwahrloste Neuntklässler, die die Schule schwänzten, schlurften ziellos herum. Sich mit dem Nachbarort zu verbünden grenzte an Hochverrat, aber die Menschen in Ringebu waren nicht die schlech-testen. Natürlich gab es eine gewisse Rivalität, Schläge-reien auf Festen und Streitigkeiten über die Angelkarten, aber sie verhielten sich bei weitem nicht so aufgeblasen und versnobt wie die Leute in Vinstra.

Der Kaffee im Hotel Børge war glühend heiß und ließ den Backenzahn pochen. Scheiße, dann brauchte er also doch diese Wurzelbehandlung. Erik ließ den Kaffee auf die andere Seite der Mundhöhle laufen und überlegte sich eine kluge Formulierung. Er konnte ja nicht einfach so bei Egil Sommer hereinplatzen und über die Neunziger-Zone reden. Oder vielleicht doch?

Die Bedienung goss ihm nur eine halbe Tasse nach. Ein sicheres Zeichen, dass er schon zu lange hier saß. Erik ging zum Optiker Flækøy, um nach dem Weg zu fragen. Eine gute Fernglasauswahl, dachte er. Eigentlich hatte er schon lange Lust auf ein 10 × 50er-Glas, auf jeden Fall auf etwas Lichtstärkeres als russische 8 × 30er.

Eine Viertelstunde später standen zwanzig Ferngläser vor ihm auf dem Glastisch. Flækøy kratzte sich an der Wange, holte noch eins aus seinem Hinterzimmer und sagte: »Swarovski. Das ist zwar zwölf Jahre alt, hat aber eine verdammt gute Optik. Eigentlich wollte ich das selber benutzen, aber Sie wissen ja, wie das ist.«

Erik trat auf die Treppe. Das Swarovski war scharf, ja wirklich. Beinahe schon unheimlich. Unten in der Nebenstraße konnte er durch das Fenster der Parfümerie von Bastine Trøstaker sehen, wie eine Flasche Old Spice eingepackt wurde.

»Reservieren Sie das ein paar Tage für mich«, sagte Erik und fragte nach dem Büro des Waldaufsehers.


Die Tür stand offen. Zwei Männer und eine Frau drehten ihm den Rücken zu. Alle drei trugen Tarnhosen. Die Frau las ein Outdoor-Magazin. Erik erkannte Sommer, der mit einem Lineal die Maschenweite eines Fischernetzes überprüfte. Vermutlich wegen des Verdachts auf Schwarzfischerei beschlagnahmt.

»Ich habe eine Frage wegen der Jagdscheine für die Rentierjagd«, begann Erik.

Niemand erhob sich.

»Die sind längst ausgegeben«, meinte die Frau.

»Ich war aber auf der Warteliste«, log Erik.

»Sie kommen, wie ich höre, nicht von hier?«, sagte die Frau.

»Nur zwei Leute aus Annor haben dieses Jahr eine Jagdberechtigung für das Ringebufjell bekommen«, sagte Sommer und ließ durchscheinen, dass auch das nur geschehen war, um den Schein zu wahren. Nach einer Weile stand er auf und blätterte langsam durch eine Liste.

»Name?«

»Fyksen.«

»Ich kann Sie nirgendwo finden. Haben Sie Ihren Schein mit?«

»Ich habe damit gerechnet, dass Sie Ihre Papiere in Ordnung halten«, sagte Erik.

»Der Staat verwaltet die Abschnitte außerhalb der Gemeindegrenzen. Da muss ein Fehler passiert sein.« Sommer legte die Liste weg und sagte weder »Warten Sie einen Moment« noch »Auf Wiedersehen«. Er ließ Erik einfach stehen, während er zu den anderen ging und ein zerknittertes Lunchpaket auspackte. Sie gossen sich aus ihren verbeulten Thermoskannen Kaffee ein.

»Dann muss ich dieses Jahr wohl passen«, sagte Erik.

»Wenn die Neunziger-Zone kommt, bleiben die Rudel vermutlich sowieso bis zum Oktober im Annorfjell.«

Sommer wollte gerade einen Schluck Kaffee nehmen, erstarrte aber in der Bewegung. »Sagen Sie das noch mal«, meinte er und stellte die Tasse ruhig hin.

»Die norwegischen Straßenplaner sind derart eigenmächtig, dass man noch wahnsinnig wird«, sagte Sommer eine Viertelstunde später und goss Erik noch einen Kaffee ein. »Für mich sind die eindeutig noch arroganter als das Zollwesen. Aber wenn sie so etwas wie eine Autobahn mitten durch den Rückzugsraum meines Rentierrudels bauen wollen, werden sie mich kennenlernen. Haben Sie schon einmal was vom Schutzplan 318 gehört?«

»Nein«, sagte Erik.

»Gut. Denn über den wird gerade debattiert. Ich habe die Hoffnung, den bis zum nächsten Herbst durchzubringen. Durch diesen Plan wird der Wert der Naturressourcen so hoch eingestuft, dass dadurch diese Straßenpläne vermutlich blockiert werden können. Aber nur in den Bergen. Was die neue Straße nach Annor angeht, müssen Sie selbst sehen, was Sie tun können.«

Erik spürte, wie sich seine Laune besserte. Dann erinnerte er sich an die Einladung von Ellen Lysaker und dachte daran, dass der Zuschuss zu seiner neuen Tankstelle an einem seidenen Faden hing, wenn sie etwas von diesem Schutzplan erfuhr.

»Aus bestimmten Gründen«, sagte Erik, »wäre es gut, wenn Sie es noch zwei bis drei Wochen für sich behalten könnten, dass Sie sich mit den Straßenplanern anlegen wollen.«

»Hm«, schnaubte Sommer und wischte sich die Knäckebrotkrümel von der Tarnhose. »Das ist wirklich das erste Mal, dass ich einem Tankstellenbesitzer begegne, der sich gegen mehr Verkehr wehrt.« Er zog ein zerknittertes Notizbuch aus der Tasche. »Derart kurios, dass es fast einen Jagdschein wert ist. Nicht auf alles, natürlich, aber wie wäre es mit einem Zweiender?«

»Ich dachte, die staatliche Jagdscheinvergabe wäre vorbei?«

»Sie sind hier in Ringebu«, sagte Sommer. »Hier bin ich der Staat.«

»Hast du heute die Zeitung gelesen?«, fragte Grundtvig.

»Stand da noch was über die Mjøsaforelle?«

»Nicht, dass ich wüsste, aber ich habe nicht alles gelesen«, meinte Erik.

»Du interessierst dich ja nur für diese Straßengeschichte. Aber ich sag dir was. Das Ganze hat gerade erst angefangen. Da wird noch gewaltig was passieren. Ich habe gewisse Signale empfangen. Das ist nicht normal, weißt du. Eine Forelle von 15,7 Kilo. Das muss einer dieser Versuchsfische gewesen sein, der irgendwo entkommen ist.«

»Ich glaub, das war ein ganz normaler Fisch«, sagte Erik.

»Die Regierung hat eine Fischfarm in der alten Kunststofffabrik in Gjøvik. Die geben den Jungfischen Vitamine.«

»Ach ja. Warum sollten die so was tun?«

»Die Russen und Isländer gewinnen doch immer mehr an Macht. Wenn das so weitergeht, haben wir bald keinen Zugang mehr zu unserer eigenen Küste. Deshalb hat die Regierung 1973 die Initiative ergriffen. Wir müssen Selbstversorger sein, auch was Süßwasserfische angeht.«

Erik hob einen Smith-Tacho auf, der neben einer Hinterachse lag. Der Kilometerzähler zeigte 99 032.

»Amerikanische Spezialvitamine«, fuhr Grundtvig fort.

»Werden mit Lizenz in Raufoss produziert. Auf dem alten NATO-Gelände in der Munitionsfabrik. Es heißt, dort werden Patronen hergestellt, aber die machen sie schon seit Jahren nicht mehr. Die Amerikaner verstehen sich auf so was. Guck dir die Elche da drüben an. Die Größe ist doch nicht normal. Bei den Lachsen genauso. Dabei waren die Elche in den USA früher auch nicht so groß. Das kann man auf alten Bildern sehen.«

»Du hast nicht zufällig einen alten Opel-Motor?«, fragte Erik.

»Opel, Opel. Doch. Zweiliter, Vierzylinder?«

»1,6 reicht. Darf auch gerne Öl verbrauchen. Ist nur vorübergehend.«

»Ach so. Tor-Arne?«, fragte Grundtvig und schlurfte auf ein paar Traktorreifen zu. »Ich halte ja nicht viel von seinem Motoren-Frisieren. Das geht eines Tages schief.«

»Er weiß, was er tut«, sagte Erik. »Und ich kontrolliere seine Arbeit.«

»Das tust du bestimmt. Da bin ich mir sicher«, brummte Grundtvig und maß die Größe eines Reifens mit den Augen, ehe er zu seiner Wellblechbaracke ging.

»Du hast deine Tochter zu Besuch?«, fragte Erik.

»Tora kommt, wann immer es ihr passt«, sagte Grundtvig. »Und verschwindet dann wieder.«

»Wo wohnt sie jetzt?«

»Da oben im Norden, weißt du«, sagte der Schrotthändler und trat durch das Rolltor. »Warte hier. Ich werd mal mit den Motoren reden. Mal hören, ob einer mit dir gehen will.« Seine Stimme hallte durch den großen, dunklen Raum.

Ein Windhauch blies eine Wolke Löwenzahnsamen vorbei. Erik schlenderte über den Schrottplatz, vorbei an dem alten Bedford, der der Käserei gehört hatte, einigen verrosteten Baumaschinen, einem Mercedes-Motor und einem Peugeot ohne Türen. Und dort stand auch noch der Buick. Ein roter Buick, Baujahr 1953, der schon vor vielen, vielen Jahren in die Presse sollte. Vom Regen durchnässtes Laub lag in der Delle im Dach, die er damals hineingeschlagen hatte. Auf der Rückbank entdeckte er die Scheibenwischer. Daneben die Bierflasche, aus der er damals getrunken hatte. Die Türscharniere knirschten, als er sich hineinsetzte. Eine Birke war durch ein Rostloch im Boden gewachsen. Das Grün der Blätter hob sich leuchtend von den Spinnweben an den Sitzen ab. Erik fuhr mit den Fingern über die Birke. Ein schwankendes, kleines Bäumchen, das vielleicht in *jenem* Sommer gewachsen war.

In jenem Sommer, als neben Tora Grundtvig ein Platz im Schulbus frei gewesen war.
Tora, die so selten etwas sagte, dass die Referendare in der Schule sie für etwas zurückgeblieben hielten. Tora, die nie etwas direkt sagen konnte, sondern immer irgendwelche Andeutungen machte. Tora, die am letzten Tag vor den Sommerferien zur Seite gerutscht war und ihm Platz gemacht hatte.
Er hatte sich gesetzt, und sie hatte den Kopf gegen das Fenster gelehnt und nach draußen gestarrt, während der Bus langsam am Sokna vorbeigefahren war. Hochwasser wälzte sich durch das Flussbett. Es war grün wie ihre Augen. Sie reichte Erik einen der Ohrstöpsel ihres Walk-

man, und er hörte zum ersten Mal *Heart of Gold* von Neil Young.

Am nächsten Tag fuhr er langsam mit dem Moped zum Schrottplatz. Die Sonne schien durch die Blätter der Bäume und zeichnete kleine Flecken aus Licht und Schatten auf die Straße, die sich im Wind unablässig bewegten, wie die Steinchen eines Puzzles, die von selbst an ihren Platz zu kommen versuchten.

Dann wurde der Blick auf das große Schrottplatzgelände frei. Seite an Seite standen die Autowracks da. Die Sonne glänzte auf ihren Stoßstangen. Alte Autos, wie ein dreißig Jahre alter Parkplatz. Tora war nirgendwo zu sehen. Aber Werner Grundtvig schlurfte auf ihn zu, lehnte sich gegen die Motorhaube eines Rovers und fragte ihn, ob er auf der Suche nach einem Ferienjob sei.

Über den Lohn redeten sie nie. Erik nahm Markenembleme ab und baute eine Uhr aus einem Armaturenbrett aus. Saß auf Kofferraumdeckeln und las alte liegengelassene Comics, schraubte Kleinteile ab, die die Leute haben wollten, und gab Kühlerventilatoren Schwung, sodass sie sich im Kreis drehten.

Werner Grundtvig war währenddessen mit anderen Sachen beschäftigt. Sein blassgelber Gabelstapler stieß schwarzen Dieselqualm aus, wenn er die Autos mit hängenden Reifen in den Himmel hob. Es knackte, wenn die Reifen des Staplers das Windschutzscheibenglas zermalmten und in den Lehmboden drückten, aber trotzdem hatte Erik immer das Gefühl, Grundtvig arbeite würdevoll wie ein Kirchendiener.

Irgendwann im Laufe des Tages kam Tora. Erik versuchte einen Blick auf ihre Rundungen zu erhaschen, aber sie trug wieder nur ihren sackigen, dunkelgrauen Overall mit dem Volvo-Schriftzug auf dem Rücken.

Der Sommer wurde glühend heiß. Tora sagte nichts, wie immer. Erik öffnete die Türen der in der Sonne bratenden Autos und spürte die Hitze wie aus einem Ofen schlagen, und jedes Mal, wenn ein glühend heißer Sitz ihm den Rücken verbrannte, geschah das aus freien Stücken, um Tora besser beobachten zu können.

So ging der Juli vorüber: die schlanke Elfe zwischen rostigem Wellblech und verbeulten Fords, ein Anblick, der immer begleitet war von dem abgestandenen Geruch der Autos, in denen er saß; butterweiches Vinyl, versiffte Gummimatten, schimmelige Polster und nur selten der Geruch alter Ledersitze.

Fast alles wirkt auf einem Schrottplatz schön. Tora machte nicht viel aus ihren langen, blauschwarzen Haaren, aber trotzdem *leuchtete* sie hier, schwarz und rein, wenn sie zwischen den Autos hindurchging, dem zertrümmerten Verderben aus Rost und Verfall. Andere Mädchen in Toras Alter konnten ihn in einen Wirrwarr aus sonnenverbrannten Liebesphantasien stürzen. Aber Tora war anders. Bei ihr wich seine Schüchternheit nicht. Sie wurde eine Hypnose, etwas absolut Reines, das über den gestampften, ölgetränkten Boden schwebte, mit dem Körper einer Sanduhr, der sich mit seiner bleichen Haut an den groben Stoff des Overalls schmiegte – fast wie eine Nonne.

Werner ging zum Arzt in Vinstra. Eines Tages musste er sich ein neues Rezept ausstellen lassen. Erik und Tora blieben allein auf dem Schrottplatz zurück. Ein starker Regenguss kam von den Bergen runter. Erik suchte in dem roten Buick Schutz und starrte durch die vom Wasser bedeckte Windschutzscheibe. Undeutlich sah er die Silhouette von Tora, im Tor zur Baracke. Sie streifte sich den Overall ab und stand nackt da.

Er wollte mehr sehen, alles, denn dieses Bild enthielt all das, was er bei den anderen Mädchen, nach denen er sich umdrehte, suchte. Doch das Wasser lief über die Scheibe und verwischte ihre Konturen, verzerrte das Bild, sodass er kaum wusste, ob es Wirklichkeit war oder nicht.

Er zitterte, zitterte so stark, so musste sich wohl das große Jagdfieber anfühlen, dachte er, von dem die Elchjäger erzählten. Er überlegte, die Autotür zu öffnen, wagte es aber nicht und entschuldigte sich selbst damit, dass sie derart zerbrechlich sei, dass er sie zerstören würde, wenn er sie berührte.

Tora stand so lange da, dass er sich fragte, ob ihr nicht kalt wurde. Schließlich verschwand sie in der Baracke. Er schwang sich aufs Moped und fuhr nach Hause.

Am Wochenende traf er sie im Supermarkt vor dem Plakat des Volksfestes, und endlich sprach Tora Grundtvig einen ordentlichen Satz, den man verstehen konnte.

Sie fragte, ob sie sich nicht bei den Autos treffen könnten.

»Ja«, sagte Erik. »Wir sehen uns bei den Autos.«

Erik kam zu sich, als Grundtvig mit einem Motor auf der Schubkarre über den Platz auf ihn zukam.

»Hör mal, Erik.«

»Ich höre.«

»Ich denke schon eine ganze Weile über etwas nach.«

»Worüber?«

»Wenn das mit deiner Tanke nicht mehr weitergeht, du weißt ...«

»Willst du wissen, ob ich das hier übernehmen will?«

»Ich hab mit Tora darüber gesprochen, aber das ist irgendwie keine Arbeit für eine Frau. Ich muss dir eine Sache sagen, das ist hier ein wirklich feiner Schrottplatz.«

Erik stieg in seinen F-150, winkte durch das Seitenfenster und sah Grundtvig zurückwinken. Als er durch das Tor fuhr, fiel ihm beim Blick in den Seitenspiegel eine frische, glänzende Farbe auf. Unweigerlich ging er vom Gas und hörte am Knirschen des Kieses unter den Reifen, dass der F-150 an Fahrt verlor.

Hinter der Baracke stand Tora Landstads kupferfarbener Pick-up, ein glänzendes Etwas in einem Elsternnest aus verwittertem Stahl.

Soll ich zurückfahren?, fragte er sich.

Ja. Oder. Nein.

Wenn Tora Landstad etwas von ihm wollte, konnte sie aus der Baracke kommen, dachte er und fuhr weiter.

»Die vom Schützenverein waren heute da und haben das hier mitgebracht!«, sagte Tor-Arne.

Erik schnappte sich eines der gelben DIN-A5-Hefte. Seine Arbeitshände verdreckten das Papier, doch das war ihm egal.

»Zweihundert«, sagte Tor-Arne. »Wir können noch mehr kriegen, wenn wir keine mehr haben.«

»Verdammt! Wir werden hier bei uns ganz sicher keine dieser Steuerlisten auslegen«, sagte Erik. »Wer hat diesen Scheiß hierhergebracht?«

»Morgan Evensen und Harald Jøtul. Sieh mal! Die Kjønnås geben an, kein Vermögen und kein Einkommen zu haben. Und Heidi Skotten hat im letzten Jahr mehr als eine Million verdient.«

»Was ist im Moment eigentlich los mit dir?«, fragte Erik.

»Wir können uns das doch nicht entgehen lassen! Im Dorf herrscht die reinste Bonanzastimmung! Bei Mæhlum und im Supermarkt liegen Riesenstapel davon. Diese Listen wollen alle haben, wir kriegen dreißig Prozent.«

Auf Seite 32 fand er sich selbst: Fyksen, Erik Andreas, Mobil-Tankstelle, 2641 Annor. Alter, Einnahmen, Vermögen, Einkommenssteuer. Die Zahlen hätten gut zwanzig Jahre alt sein können. Auch Tor-Arne verdiente nicht gerade viel, dafür durfte er aber frei tanken und bekam seine Ersatzteile zum Einkaufspreis. Das wurde aber natürlich nicht angegeben, ebenso wenig wie die anderen Tauschgeschäfte, die im Ort gemacht wurden. Wie sah es bei Familie Snortlund aus? Fünfstellige Einnahmen bei allen. Und da war Jøtul. Sah fast so aus, als hätte er seine eigenen Zahlen geschönt. Kein Wunder, dass er sich einen neuen Pajero leisten konnte.

»Ich bin es verdammt leid, dass Harald Jøtul hier herumstolziert und dem Ort seinen Stempel aufdrückt«, sagte Erik, suchte Jøtuls Nummer heraus, rief an, bekam aber keine Antwort und knallte den Hörer wieder auf die Gabel.

Erik erinnerte sich noch an das Geschwätz im Ort, als diese Liste zum ersten Mal erschienen war. Noch am gleichen Tag, an dem die Zahlen freigegeben worden waren, war Jøtul zum Finanzamt gefahren und hatte sich die Diskette mit den Daten über die 2630 steuerpflichtigen Bürger der Gemeinde besorgt. Dann war er vom Rektor in die Schule gelassen worden und hatte dort die Daten alphabetisch nach Nachnamen geordnet. Während der Nadeldrucker Zeile für Zeile ausdruckte, hatte er herumtelefoniert und um Hilfe gebeten. Kurz darauf standen sechs andere Wagen um seinen Galant herum. Die Männer zerschnitten den zwanzig Meter langen Ausdruck, legten die Seiten zusammen, ließen sie über Nacht durch den Kopierer laufen und banden alles zu A5-Heftchen.

Bereits am Tag danach war die Liste das wichtigste Gesprächsthema des Ortes gewesen. Jetzt konnte jeder die Weggezogenen ausmachen, die noch immer in Annor ihre Steuer zahlten, sich über ungehörige Altersunterschiede monieren und herausfinden, wer nicht im Telefonbuch stehen wollte. Die Menschen hoben auch die alten Listen auf, hakten die Namen ab und verglichen die Einkommen der einzelnen Jahre, um zu sehen, mit wem es bergauf und mit wem es bergab ging.

»Pause«, sagte Tor-Arne und zog sich die Jeansjacke an.

Erik sah auf die Uhr. Viertel vor vier. Schulbuszeit.

»Sorry«, sagte Erik. »Heute wird das nichts mit eurem Schäferstündchen auf der Rückbank. Du musst hier auf den Laden aufpassen.«

Der F-150 rollte im dritten Gang durchs Zentrum. Der Pajero war nirgendwo zu sehen. Nicht vor dem Supermarkt, nicht vor dem Café, nicht bei Mæhlum. Und auch nicht vor den Erkern von Jøtuls orangefarbenem Einfamilienhaus mit offener Doppelgarage.

Wo, zum Teufel, steckte er? Vermutlich hockte er irgendwo und sonnte sich in seinem Ruhm, hörte seine Lakaien über seine Witze lachen, während er Zuckerstückchen für sie auslegte.

Natürlich! Jøtul war im Schützenhaus.

Erik spürte das Brummen des Achtzylinders. Über die Brücke und dann über den Feldweg. In den Seitenspiegeln sah er den Staub aus den Radkästen aufwirbeln, und wenn er um Steine und Schlaglöcher herumkurvte, spürte er, wie die Stabilisatoren den Wagen mit sicherer Hand auf der Bahn hielten. Er dachte, er könnte sich den größten Ärger auf dem Weg zum Schützenhaus von der Seele fahren, doch mit jedem Meter wurde es nur schlimmer.

Jøtul hatte bald den ganzen Ort hinter sich. Zuerst die ständigen ehrenamtlichen Einsätze für die Erweiterung des Schießplatzes. Dann das neue Schützenhaus. Später hatte er sich für Fördermittel aus dem Kulturfonds eingesetzt, um Waffen leihen zu können, damit die Jugendlichen etwas anderes zu tun bekamen, als mit ihren frisierten Mofas vor dem Straßencafé herumzuknattern. Einen Monat später hatten sie dann an die dreißig Krag-Jørgensen-Repetierer mit teuren Zielfernrohren auspacken können. Im folgenden Jahr hatte er fünfundzwanzig Mauser für das Feldschießen beantragt, jedoch eine Absage erhalten. Jøtul hatte so lange Druck gemacht, bis er schließlich an einer Gemeindesitzung teilnehmen durfte, auf der er erklärte, warum sie diese Waffen unbedingt haben mussten. Die Krag-Jørgensen war am Schießstand die bessere, doch wenn die Patronen nass wurden, was draußen im Gelände ja vorkam, verzog die Krag-Jørgensen etwas nach links oben, weil sie nur einen Verschlussmechanismus hatte. Die Mauser hingegen hatte zwei symmetrisch platzierte Auslöser und behielt damit bei jedem Wetter die Präzision. Nach diesem Vortrag hatten sogar die Delegierten der Wählervereinigung erkannt, dass Annors Zukunft von diesen symmetrischen Auslösern abhing. Fünfundzwanzig Kongsberg-Mauser kamen, und Jøtul dankte es der Gemeinde, indem er die Milchmagd aus dem Wappen von Annor in alle Kolben eingravieren ließ.

Und Jøtul hatte Erfolg. Immer öfter schlugen sie die Erzrivalen der Schützenvereinigungen aus Ringebu und Fåvang. Bald prangten lauter Namen aus Annor auf den Ergebnislisten in der Zeitung.

Aber er konnte den Hals nicht voll genug bekommen. Während Erik und Elise die Mobil-Tankstelle restaurierten, stolzierte Jøtul ausgeruht und gutgelaunt herum und warf drei Wochen lang mit immer wilderen Ideen um sich. Er brachte das Gemeindekino dazu, die Vorstellungen auf den Mittwoch zu verlegen, damit diese terminlich nicht mit dem Jugendtraining kollidierten, arrangierte Kurse im Patronenfüllen, spendierte den besten Schützen geeichte Stoppuhren, lud Ausbilder von der Sporthochschule für Referate über die beste Atemtechnik ein, reservierte moderne Sauer-Gewehre, sobald ihm zu Ohren gekommen war, dass diese die alten Krag-Jørgensen ersetzen sollten, und hamsterte Kanister mit Schießpulver, sodass es fast so billig war, als wenn sie es selbst gemischt hätten.

Da sah Erik die Abzweigung. Er riss das Lenkrad des F-150 herum und hörte die Reifen Dreck und Steine in den Radkasten schleudern. Der Weg war voller Frostlöcher, sodass die Kassetten auf dem Beifahrersitz klappernd zu Boden fielen. Seltsam, dachte Erik. Dieser Weg entsprach doch gar nicht Jøtuls Standard. Der Wald gehörte Narve Knapstad. Bestimmt hatte er dem Schützenverein den Ausbau des Weges untersagt, weil sein Wald so wertvoll war. Wertvoll? Nur trockene Fichten, die so dicht standen, dass ihre kahlen Zweige gegen die Seitenscheiben schlugen.

Dann öffnete sich der Wald. Hinter einem hohen Zaun sah er einen großen Parkplatz. Hier gab es plötzlich frischen, tiefschwarzen Asphalt mit glänzend weißen Markierungen. Auf einer kleinen Anhöhe vor dem Skuiberg stand ein dreigeschossiger, frisch gestrichener Palast. Das Schützenhaus.

Es war riesig. Etwa von der Größe des Rathauses. Eine nicht enden wollende Fensterreihe zu den Schießplätzen. Und rund um das weiße Fundament wuchs gepflegter Rasen. Die orange gestrichene Holzverschalung leuchtete wie frisches Harz, sie hatte die gleiche Farbe wie Jøtuls Privathaus. Vor dem Fahnenmast, an dem das Schild »Reserviert« angebracht war, parkte der Pajero. Daneben standen ein Isuzu Trooper mit einem zusätzlichen Scheinwerfer auf dem Dach und ein Landcruiser mit dem Emblem des Norwegischen Jagd- und Fischereiverbandes.

Erik zählte insgesamt acht Gebäude. Die Dreihundert-Meter-Bahn erstreckte sich wie ein endloser Schacht in den Wald. Auf einer Lichtung befand sich die Tontaubenbahn, anscheinend mit Vorrichtungen sowohl für Skeet- als auch für Trapschießen. Daneben, auf einem frisch gerodeten Waldstück, standen zwei Bagger und ein Bulldozer. Etwa fünfzig Meter lang war die Strecke, vermutlich eine neue Kurzwaffenbahn.

Die Steuerlisten schnitten in seine Finger, als er durch die Tür des Schützenhauses trat. Auf dem Flur war es angenehm kühl. Auf dem Boden waren Schieferplatten verlegt. Über jeder Tür hingen Schilder aus lackiertem Kiefernholz. Sitzungszimmer. Café. Toiletten.

Er hörte jemanden lachen und sah, dass am Ende des Flures eine Tür offen stand. Erik erkannte Morgan Evensen, ein paar Söhne alteingesessener Großbauern und Ole Mu-riteigen, den Gemeindeingenieur, der wegen der Straßen-baupläne von der Zeitung interviewt worden war. An einem Tisch saß Harald Jøtul und aß Krokanteis von ei-nem Suppenteller.

»Sieh einer an, wir haben Besuch bekommen«, sagte Jøtul und wischte sich den Mund mit dem Ärmel seiner grü-nen Vliesjacke ab. »Von Mister Mobil! Willst du ein Kro-kanteis?«

»Diese Listen«, sagte Erik. »Wir wollen die nicht.«

»Ihr wollt die nicht?«, fragte Jøtul. »Das musst du mir, glaube ich, erklären.«

»Ich verkauf diesen Tratsch nicht.«

»Tratsch? Es stimmt doch wohl, was drinsteht? Voraus-gesetzt, das Finanzamt hat die Angaben erhalten, die es braucht. Nicht wahr, Erik?«

Jøtul kippte den Stuhl nach hinten, stützte sich mit dem Hinterkopf an der Wand ab, legte eine Krag-Hülse an die Lippen, pfiff ein paar kurze Töne und starrte an die Decke.

»Das ist schon ein bisschen verwunderlich«, sagte Jøtul. »Als ich die Listen geliefert habe, herrschte große Freu-de.«

»Halt Tor-Arne da raus.«

»Aber Fyksen. Sagst du wirklich nein zu einem so guten Geschäft? Man könnte doch meinen, du bräuchtest die eine oder andere Münze in deiner Kasse? Wir machen uns alle unsere Gedanken, wenn wir die Neuigkeiten über diese geplante Straße lesen.«

»Aus der Straße wird nichts werden.«

»Hört, hört!«, sagte Jøtul. »Du willst es also auf dich nehmen, der ganzen Gemeinde jeglichen Fortschritt zu verwehren? Was ist denn an der neuen Straße so schlecht? Klar, du musst mit deiner Tankstelle umziehen, aber ansonsten? Man kann doch wohl kaum dagegen sein, wenn man dadurch Unfälle vermeiden kann, oder? Ich weiß ja nicht, was ich sagen würde, wenn ich mit den Eltern eines verunglückten Erstklässlers reden müsste. Aber das sind meine Gedanken. Du hast ja keine Kinder. Jedenfalls nicht, dass ich wüsste.«

»Ich bin nicht hergekommen, um über die neue Straße zu diskutieren«, sagte Erik.

»Nein, aber du bist hierhergekommen. Und wir haben zu tun, Fyksen. Stell die Listen da ab. Nein, nicht da, etwas näher an meine Füße.«

Erik raste davon und versuchte, sich nicht vollends von der Wut gefangen nehmen zu lassen. Fuhr am Rabbenfeld vorbei, bremste. Hatte er da eine Vermessungsmarke gesehen? Er kurbelte die Scheibe herunter. Kein Zweifel, unten am Fluss stand ein Pflock. Und dort war noch einer. Und zwei weitere. Das Grundstück war übersät von Reifenspuren, es waren sogar einige Bäume gefällt worden.

Erik kletterte nach unten und fuhr mit der Hand über einen Baumstumpf. Die Schnittfläche begann zu dunkeln. Die Sägespäne waren durchnässt vom Saft des Baumes. Der konnte erst vor ein paar Tagen gefällt worden sein.

Er sprang in seinen Pick-up, wendete auf der Straße und fuhr zu Knapstad.

»Natürlich weiß ich von den Vermessungsmarken«, sagte der Bauer. »Die anderen Interessenten, also die seriösen mit dem Geld, wollten vorher die genaue Größe des Feldes wissen.«

»Lass diesen Unsinn«, schimpfte Erik. »Nenn mir lieber einen Preis!«

»Meine Berater meinen, der Preis steige von Tag zu Tag«, sagte Knapstad. »Und ich muss jetzt in den Stall.«

»Du schuldest mir noch was für die Benzinpumpe für deinen Lada«, sagte Erik und schon hatte er die Tür im Gesicht.

Erik fuhr zurück, hielt auf der Brücke an und blickte über das Zentrum: Spanplattenfabrik, Käserei, Bauernhöfe, eine weiße Mobil-Tankstelle etwas unterhalb des Ortes.

Das ist Jøtul, dachte er. Jøtul hat auch schon ein Gebot für dieses Grundstück gemacht. Vielleicht verfolgt er einen noch größeren Plan und will den Straßenabschnitt vom Sokna bis zu seinem Schießplatz kaufen.

Ich verliere das Rabbenfeld. Verliere die Tankstelle. Stehe vor dem Nichts. Nur damit sich Jøtul vor seinen Enkeln brüsten kann. Die verstehen doch gar nicht, was sie da anrichten. Verdammt noch mal. Landesschützentreffen, sollen sie so was doch weiter unten im Tal machen, wo sie die E6 haben und ordentliche Campingplätze. Sollen die so was doch in Vinstra machen oder in Ringebu. In Ringebu.

Am nächsten Morgen blickte er durch das Swarovski ins Østerdal und spürte die kalte Gebirgsluft in den Haaren. Wenn er das Fernglas schnell hin und her bewegte, glaubte er beinahe vom Boden abzuheben, als verwandelte er sich in einen Falken auf wilder Flucht über Wacholderbüsche und Steinhalden.

Der Optiker in Ringebu hatte gerade schließen wollen. Danach hatte er bei Arnt Strand geklingelt, der ihn in ein vertäfeltes Zimmer geführt hatte, in dem zwei Waffenschränke standen, ein Gerät zum Füllen der Patronenhülsen und vier Kartons Leerhülsen Kaliber $6{,}5 \times 55$. Viel haben mir die drei Jahre Gymnasium ja nicht gebracht, dachte Erik. Aber wenigstens einen guten Freund in Ringebu.

»Du erinnerst dich doch sicher noch an die Aufregung im letzten Jahr«, sagte Arnt. »Als Jøtul behauptet hat, wir hätten den Wettkampf nur deshalb gewonnen, weil einer der Ordner ein ehemaliger Ringebuer war. Das ist typisch für ihn. Der weiß ganz genau, dass das gar nicht geht, will nur Stunk machen und böses Blut säen. Und es ärgert mich wirklich, dass die vor uns einen Zuschuss für elektronische Ziele bekommen haben. Da ist irgendetwas nicht sauber gelaufen.«

»Glaubst du wirklich, dass Jøtul dieses Landesschützentreffen bekommen wird?«

»Aber sicher«, meinte Arnt. »Eure Schießanlage ist super, mindestens so gut wie unsere. Wir hatten vor sechs Jahren wirklich gute Chancen, dieses Treffen ausrichten zu dürfen, aber irgendwie wollte sich keiner von uns um die Bewerbung kümmern.«

»Lauft ihr hier in Ringebu dann nicht Gefahr, als faul zu gelten?«, wollte Erik wissen.

»Das ist wirklich ein Wahnsinnsaufwand. Und die ganze Gemeinde muss dahinterstehen. Die Campingplatzbesitzer konnten sich nicht einmal darauf einigen, ob das Bierzelt in Fåvang oder in Ringebu stehen sollte. Aber jetzt, nach den Olympischen Spielen, haben wir ja eine Touristen-Information, die sich um so etwas kümmern kann.«

»Arnt, hör mir mal zu. Wenn es zu diesem Treffen mit Jøtul kommt, bin ich am Ende.«

»Ich werde mit den anderen reden«, sagte Strand. »Die Sache bekommt plötzlich einen ganz anderen Charme, wenn wir dadurch Sand in Jøtuls Getriebe streuen können.«

# EINE SCHWARZE
# REGIERUNGSLIMOUSINE

Eine richtige Menschenmenge versammelte sich vor seiner Tankstelle. Was ist denn da los, dachte Erik und stand von seinem Bürostuhl auf. Hatte Jøtul von der Ringebutour erfahren und seine Schützen ausgesandt, um ihn zu bestrafen?

Nein. Es waren keine Schützen, sondern Jugendliche, die um irgendein Auto herumstanden. Gewaltige Motorhaube, schwarzer Lack. Selten hatte er ein solches Gejohle gehört; zuletzt wohl, als dieser Schwede mit seinem weißen Lamborghini Countach 5000s direkt nach Schulschluss bei ihm getankt hatte.

Das Auto war gut ein Drittel höher und länger als eine normale Limousine. Lange Türen im Fond, breite Fenster. Grobe, eckige Karosserielinien, wie eine Mischung aus einem riesigen Ford Taunus und einem alten Toyota Crown. Hässlich, aber trotzdem. Es hatte etwas Anmaßendes, diese Schwere der gewaltigen Dimensionen, die Arroganz der dunklen, chromgefassten Seitenfenster. Allein schon das Gewicht strahlte eine Autorität aus, die zu sagen schien: »Hier bestimme ich.«

Irgendwo in der hintersten Ecke seines Kopfes stieß er darauf. Ein Tschaika. Ja, das musste stimmen, ein GAZ 14. Eine der legendären, in der Sowjetunion gebauten Staatslimousinen, die in Sonderanfertigungen für die Regierungen der Warschauer-Pakt-Staaten produziert worden waren. Doch jetzt schien es einen Epochenwechsel gegeben zu haben, denn auf den Kotflügeln flatterten norwegische Wimpel.

Auf dem Rücksitz saß Snortlund mit einer Flasche Bier in der Hand.

»Er hat ihn der rumänischen Botschaft abgekauft!«, rief ein begeistertes Mädchen in einer schwarzen Lederjacke.

»Und? Was sagst du nun?«, fragte Snortlund grinsend.

Was hast du denn jetzt wieder gemacht?, dachte Erik. Er hatte zwar wirklich damit gerechnet, dass Snortlund mit einem heruntergekommenen Statussymbol ankommen würde, etwa einem BMW mit überbrückten Warnlampen und blaugrauem Abgas. Der Tschaika war nicht einfach nur fremd; dieser Koloss aus der Breschnew-Ära entstammte einer ganz anderen mechanischen Kultur.

Erik beugte sich nach unten und sah sich die Radaufhängung an. Blattfedern, in einer Größe, wie sie auch für einen Lastwagen passen würden. Nun, nicht dumm. Diese Sonderanfertigung, produziert für unsanfte Diplomatenrennen über steinige Grenzstraßen irgendwo in der Sowjetunion, hatte vielleicht wirklich eine Chance, eine gewisse Zeit als Partymobil hier in Annor zu überleben.

Auf dem Rücksitz gewährte Snortlund ständig neue Audienzen. Der fremdartige Charme und die Aura einer Hotellobby in Kiew sollten eigentlich reichen, um in Annor anzukommen. Der Großteil des Publikums war an die zehn Jahre jünger als Snortlund, aber sie waren außer sich vor Begeisterung über die Zuladekapazität, die Fahnenhalter und die Sonderanfertigungen für extra lange Fahrten. Erik betrachtete Snortlund. Wirklich ein kleiner König, wie er so dasaß. Kapierte er es wirklich nicht? Dass sie sein Auto mochten und nicht ihn?

Die Fahrertür öffnete sich knirschend. Er musste sie zweimal zuschlagen, bis sie schloss. Der Innenraum roch nach Kartoffelkeller. Tote Fliegen in der Deckenlampe. Unverständliche kyrillische Schrift auf den Schaltern. Über ihnen klebten schiefe, graue Dynamo-Aufkleber, mit ähnlich unleserlicher Schrift. Er versuchte sein Glück. *STERGATOR DE PARBRIZ* hieß offensichtlich Scheibenwischer. Wenn man auf den Knopf mit der Aufschrift *IN ALZITOR* drückte, begann die Lüftung zu heulen. Knackend und mit ziemlich viel Staub schoss altes Laub aus den Lüftungsdüsen.

»Erik! Jetzt komm her, du alter Adler«, rief Snortlund vom Rücksitz.

Erik antwortete nicht, sondern blätterte in der Betriebsanleitung, ehe er wieder ausstieg und sich hinten in den Wagen beugte.

Die sich gegenüberliegenden, mit graugrünem, weichem Samt bezogenen Sofas waren mit Brandflecken übersät. Blasse, fleckige Gardinen. Aber grundsolide. Während bei einem Opel Rekord schon nach ein paar Wochenenden mit sturzbetrunkenen, sich um die Musik streitenden Passagieren die Rückenlehnen schief saßen, die Kopfstützen abgebrochen waren und die Zierleisten fehlten, war die Inneneinrichtung des Tschaikas auf volle Action ausgelegt und auf ein Publikum in konstantem Wodkarausch.

Sogar die Gardinenstangen waren massiv, wie die Sicherheitsgriffe in einer Behindertendusche.

»Du hast das Wichtigste noch nicht gesehen«, sagte Snortlund und zeigte auf eine mit Teppichen verkleidete Schranktür mit Holzlamellen in der Mitte. »Im Rolls-Royce und in vergleichbaren Modellen gibt es ja einen Barschrank. Aber nur für diese Miniaturfläschchen, wie du sie auch in den Minibars der Hotels bekommst. Nur die Russen haben verstanden, wie man das macht«, sagte Snortlund und öffnete die Klappe. »Siehst du? Platz für vier große Flaschen! Und außerdem«, sagte er und zeigte zur Decke: »Ein Fernseher, zwar nur schwarz-weiß, aber was will man mehr?« Snortlund drehte an einem dicken, verchromten Knopf. Nach einer Minute Rauschen konnte man die Wiederholung eines Fußballspiels durch das Schneegestöber erkennen.

»Sagt dir das Wort ›Ersatzteile‹ etwas?«, fragte Erik.

»Kein Problem. Ich habe die Faxnummer eines Finnen mit Kontakten nach Estland. Die Jungs in der Botschaft meinten, der kann alles besorgen.«

Jemand von der Berufsschule schlug vor, doch eine Spritztour zu machen. Snortlund setzte sich vor den Barschrank und konnte ein paar Mädchen überreden mitzufahren.

»Luder«, schimpfte Tor-Arne und spuckte auf den Boden, als der Tschaika auf der Tallaksenebene beschleunigte und die Wimpel immer lauter im Wind flatterten.

»Lange her, dass ich das Wort gehört habe«, sagte Erik.

»Linda und ihre Freundinnen«, sagte Tor-Arne. »Stehen jedes Wochenende vor dem Rangen und betteln. Ich verwette meinen Arsch darauf: Wenn die in Vinstra sind, machen sie sich alle aus dem Staub. Sie werden sich nicht einmal zu Snortlund bekennen. Er wird allein an der Bar stehen und darum betteln, dass sie ihn auch nur ansehen. Aber kurz bevor die Kneipe zumacht, sind sie dann plötzlich wieder da, klammern sich an sein Hosenbein und drücken sich an ihn. Was aber schlagartig wieder vorbei ist, wenn sie zu Hause sind und er sich vielleicht noch ein bisschen mehr vorstellen könnte.«

»Oder bis sie ihn ein bisschen besser kennen«, meinte Erik. »Snortlund ist eigentlich in Ordnung. Er braucht nur immer so schrecklich viel Aufmerksamkeit.«

Aber Erik wusste, dass das niemals geschehen würde. Snortlunds Popularität hing einzig und allein von einem Faktor ab: ob sein Tschaika fuhr oder nicht. Und das wiederum hängt von mir ab, dachte er.

»Hallo, Überraschung!«, rief Tor-Arne am folgenden Tag. Erik sah, dass er ein Magazin hinter seinem Rücken versteckte. »Was fängt mit ›F‹ an und hat einen Chrysler-V8-Motor?«

»Ach nee, wirklich?«, meinte Erik.

»Jetzt bist du aber motiviert, oder?«, sagte Tor-Arne und reichte ihm die neueste Ausgabe von *Classic & Thoroughbred Cars*. »Acht Sonderseiten über den Facel Vega.«

»Das wird eine Feierstunde – für mich allein«, sagte Erik, ging ins Büro und setzte Wasser auf.

Der Kaffee wurde gut. Das Magazin ließ er liegen. Es war nicht so, dass er dieses Auto vermisste. Was er vermisste, war, von etwas Feuer und Flamme zu sein, die kindliche Begeisterung, das Gefühl, etwas zu *kennen* und nicht bloß zu *wissen*. Was nutzte es, hier zu sitzen und zu *wissen*, wie die Wassertropfen von einem frisch gewachsten Autodach abperlten? Zu wissen, was Fahrtwind war? Den Anblick eines Armaturenbretts zu kennen, an dem sich so viele Instrumente befanden wie in einem kleinen Flugzeug, und zu wissen, wie die lederne Inneneinrichtung roch?

Er konnte sich selbst nicht ertragen, wenn er wie jetzt zu nörgeln und zu jammern begann. Doch in der guten alten Zeit, in der sie noch zu dritt auf der Tankstelle arbeiteten, konnte es nicht genug Artikel geben über die Autos von *La société des Forges et Ateliers de Construction d'Eure-et-Loir*, die Autos, die so selten waren, dass es kaum scharfe Bilder von ihnen gab. Er versuchte, sich daran zu erinnern, was ihn derart begeistert hatte. Zu Beginn war es wohl das Aussehen gewesen. Klare Sechzigerjahre-Linien, das selbstsichere gigantische Monument von einem Kühlergrill. Doch nachdem er mehrere Artikel gelesen hatte und mehr und mehr von der Sache verstand, war es die Philosophie gewesen, die ihn faszinierte. Das Auto steckte voller seltsamer Details, die meisten vollkommen unnütz. Das Glas der Hecklampen war mit einem eingegossenen »V« verziert, das man aber nur aus einem ganz speziellen Winkel erkennen konnte. Die Starterknöpfe sahen aus wie die Tasten einer Kasse von der vorletzten Jahrhundertwende und saßen so weit unten, dass sie vom Fahrersitz kaum zu erreichen waren. Aber nur dadurch sah das Armaturenbrett so unbeschreiblich elegant aus. Diese Knöpfe *mussten* also einfach dort unten sitzen.

Als Jugendlicher hatte er, auf dem Bauch liegend, seine ganze Freizeit diesen Autoheften gewidmet. Stunde um Stunde hatte er diese französische Extravaganz bewundert. Bald merkte er, dass diese Philosophie etwas anderes in ihm ansprach, etwas, das über die herkömmlichen Ideale im Ort hinausreichte; die Freude darüber, etwas nur um seiner selbst willen zu erschaffen. Und er erkannte, dass diese Empfindung über den Bereich der Autos hinausging, ja dass sie so weit ging, wie er nur wollte.

Doch jetzt erinnerte ihn der Artikel an all das, woraus nichts geworden war. Besser, sich den Sachen zu widmen, die er in der Hand hatte. Autos aufbocken und zusehen, wie sie sich auf Profiltiefen, Unterböden und Kardanwellen reduzierten.

Aber Tor-Arne glaubte noch immer an die Glut der Begeisterung in ihm, und wenn an trägen Sommertagen die Türglocke ging, machte er immer den gleichen Witz und sagte, dass Erik lieber selbst gehen sollte, es könnte ja schließlich ein Facel an der Tanksäule stehen.

Erik ging zurück in den Verkaufsraum. Tor-Arne packte noch immer Zeitungen aus. Er hatte den Pferdeschwanz aufgelöst, und seine blonden Haare hingen ihm über den Rücken herab. Snortlund saß auf dem Kühlschrank. Er schien einen Kater zu haben. Musste zu Fuß gekommen sein. Solange Erik die Tankstelle betrieb, hatte sich Snortlund nicht einen einzigen Erscheinungstermin seiner Lieblingsmagazine entgehen lassen.

»War es gut gestern?«, fragte Tor-Arne.

»Ja, schon«, antwortete Snortlund und ließ Erdnüsse in seine Cola fallen. »Volle Fahrt, ist spät geworden, um es so zu sagen.«

Wie immer gab Tor-Arne den Zeitschriften *Car, Practical Classics* und *Hot Rod* die besten Plätze. Dass das oberste Regalbrett mit den Männermagazinen gut sortiert sein musste, verstand sich von selbst, obwohl Tor-Arne dagegen protestierte und immer wieder vorbrachte, dass die meisten anstelle von *Playboy* und *Club International* lieber die derben norwegischen Magazine wollten, »um mitreden zu können«.

»Ich brauche übrigens Politur«, sagte Snortlund. Erik fragte sich, was er empfehlen sollte. Die Perfektionisten im Ort bekamen Autoglym, die Amcar-Anhänger Meguiar's und die Romantiker Turtle. Den restlichen verschrieb er Sonax. Aber für eine schwarze, sowjetische Regierungslimousine? Snortlund sollte ein bisschen Sport treiben.

»Gul Simoniz«, sagte Erik und suchte ihm eine Metalldose heraus. »Aber denk dran, vorher den Lack zu reinigen. Verarbeitet sich schwer, behält aber den Glanz. Trag ein bisschen auf und reib es sofort mit einem Handtuch weg. Damit darfst du auf keinen Fall warten, sonst wird das zäh wie Harz. Altmodische Prozedur, genauso veraltet wie dein Tschaika.«

»Ich werd's mal ausprobieren«, sagte Snortlund. »Übrigens, ein paar Mal hat der Rückwärtsgang des Tschaikas geklemmt.«

»Komm mal runter, wenn du wieder fahren kannst«, sagte Erik und öffnete den letzten Karton, den das Waren-taxi geliefert hatte. CDs. Ein Nebengeschäft, das er wirk-lich mochte. Keiner der Geschäftsleute in Annor hatte Ahnung von Musik oder Lust, so etwas wie eine CD-Ab-teilung aufzubauen. Deshalb hatte er eine Abmachung mit dem Rockcenter in Otta getroffen, das ihm jeden Mo-nat einen Karton CDs schickte. Das Radio war in den en-gen Tälern rings um Annor nutzlos, denn die Signale ver-schwanden hinter jeder Kurve. Deshalb brauchte man CDs oder Kassetten, und schon seit Jahren trafen sich die Jugendlichen mit ihren Autos an der Feuerwache und tauschten untereinander Musik, was zu einem ganz eige-nen, erlesenen Musikgeschmack geführt hatte.

Im Karton war auch eine neue CD von Henning Kvitnes, *Songs of the Border*. Erik hatte seine englischen Alben im-mer am liebsten gemocht, und dieses hier war noch da-zu ein Countryalbum, für das es ihm gelungen war, The Young Lords wieder zu vereinen.

Doch irgendetwas stimmte da nicht, stimmte ganz und gar nicht. Gelbes Cover mit roter Schrift. Auf der Rück-seite des Covers war ein Auto. Ein roter Amerikaner, der im Spätherbst durch eine Felderlandschaft rast. Ein 1967er Pontiac GTO. Natürlich. Das war *sein* GTO. Er hatte Cra-Gar-s/s-Felgen, und die verchromte Zierleiste am Seiten-fenster fehlte.

Und natürlich war auch dieses Lied drauf. *April Nights.*

Verdammt noch mal, dachte er. Welche Kräfte hatten sich in dieser Woche denn noch gegen ihn verschworen? Er ging nach oben in seine Wohnung. Konnte Snortlund jetzt nicht ertragen. Und auch Tor-Arne nicht. Beim letzten Mal als er diesen Song gehört hatte, war er wochenlang down gewesen, denn nichts riss die schmerzhaften Erinnerungen an diesen Winter vor drei Jahren weiter auf als *April Nights*. Der Winter, in dem ihm die Landstraße Elise geraubt hatte.

Jetzt hatten sie es also auch noch mit einer Westerngitarre aufgenommen. Da kann ich mich gleich mit Diesel besaufen und auf den Scheiterhaufen setzen, dachte Erik und holte mit der CD zu einem harten Wurf aus, streckte den Arm, ließ sie aber nicht los.

Er hatte sich nicht geirrt. Im Begleitheft stand: »Grafikdesign: Elise Misvær«.

Unmöglich davonzukommen. Es hinter sich zu lassen. Er ging zur Stereoanlage und bereitete die Aufnahme vor. Bereit für einen guten Mitschnitt, einen, der richtig weh tat. BASF C60 Chromdioxid; ein deutsches Tape, das es vertrug, in Autoradios vor- und zurückgespult zu werden.

Er schaltete die Lautsprecher aus. Die Nadeln der Messinstrumente wippten stumm. Zwei- bis dreimal im Jahr schickte ihm Elise über Titelblätter oder Plattencover so einen Gruß. Und jedes Mal warf ihn dies in einen gurgelnden Strudel, in dem er alles verfluchte, was ihn an die Mobil-Tankstelle fesselte, eine Tankstelle, die ein Tempel einzig ihr zu Ehren war.

Die Nadeln beruhigten sich, das Lied war zu Ende. Raus ins Auto. Während der F-150 die Berge hochholperte, dachte er daran, wie alles begonnen hatte. Vermutlich mit dieser einen Fahrt, als er seinen alten Volvo über den gleichen Weg gesteuert hatte wie jetzt. Diese Fahrt, die nicht oben auf der Passhöhe geendet, sondern ihn weitergeführt hatte bis an die Technische Hochschule in Trondheim.

# DIE FRAU, DIE IHM VON DER LANDSTRASSE GERAUBT WURDE

Als er auf dem Gymnasium war, erledigte Erik seine Hausaufgaben immer im Bus und bekam trotzdem die besten Noten. Doch auf der Technischen Hochschule begegneten ihm all die anderen, die ihre Hausaufgaben auch im Bus gemacht und ebenfalls gute Noten bekommen hatten. Und dort begannen sie nicht mit Mechanik und Dampfdruckkesseln, wie er vermutet hatte, sondern mit Tausenden von Seiten hoher Mathematik.

Die anderen redeten von der Zweijahresschwelle. Er teilte sich eine Wohnung mit ihnen. Diese Schwelle war allgegenwärtig, im morgendlichen Kaffee, im orangefarbenen Sägezahnmuster des Flickenteppichs, im Geruch billiger Pizza über den Büchern, die er schon am Tag zuvor hätte zu Ende lesen sollen.

Das Examen ging in die Hose. Aber wie immer warteten die Mobil-Tankstelle auf ihn und der Ferienjob, den er hatte, seit er siebzehn war. Anderson konnte ihn immer gebrauchen. Sogar damals, als er zwischen Gymnasium und Militär einige Monate überbrücken musste, konnte er von einem Tag auf den anderen anfangen.

Es war immer ein leichter, harmloser Job gewesen, ob er nun die Kasse der Tankstelle machte oder den Boden wischte, während der alte Anderson die Autos reparierte. Bis zu dem Tag, an dem er die Sägespäne in der Schmiergrube austauschte und ein Auto hupen hörte. Er stieß den

Spaten in die Späne. Das Auto hupte wieder. Und wieder. Erik kroch nach draußen und sah den Kombi von Sverre Lomoen an den Zapfsäulen stehen. Lomoen war seit einem Mähdreschunfall querschnittsgelähmt, und es gab die Vereinbarung, dass Anderson für ihn tankte. Aber wo war der Alte? Vermutlich im Büro, las Zeitung und hörte nichts. In diesem Moment wurde Erik die Verwahrlosung erst bewusst. Die Unordnung im Ersatzteillager und die fehlerhafte Beratung, wenn der Alte wieder einmal die falschen Zündkerzen verkaufte, weil er sich nicht merken konnte, dass die Firma NGK ihre Produkte genau andersherum nummerierte als Bosch.

Bald fährt der ganze Ort mit falsch eingestellter Zündung und verdorbenem Motorenöl herum, dachte Erik, während er Lomoens Tank füllte. Nach dem Tanken begann er das Ersatzteillager zu sortieren und spürte plötzlich, dass er nicht mehr nur an der Kasse stand, sondern damit begonnen hatte, die *Tankstelle zu führen*. An diesem Tag kam ihm zum ersten Mal der Gedanke, ein oder zwei Freisemester zu nehmen.

Ein paar Monate später saß Erik hinter dem Tresen und las die Anzeigen im Amcar-Magazin, während die Vorlesungen in Trondheim ohne ihn begonnen hatten.
*1967 Pontiac GTO 2dHT. 400cid RamAir. Schaltgetriebe. Rot. Guter Zustand.*
Er wohnte zu Hause und hatte ein eigenes Einkommen. Warum fuhr er dann nur einen Volvo 164 GL? Jetzt konnte er es doch tun: sich ein anständiges Auto leisten und es

rechtzeitig wieder verkaufen, bevor er das Studium wiederaufnahm.

Eine Woche später baute er den silbergrauen Pioneer-Kassettenrecorder aus dem Volvo im Pontiac ein. Der glänzende Amerikaner raubte ihm den Atem und machte ihn stolz, bis er das Getriebeöl im Motorraum bemerkte. Frisch aufgefüllt, vermutlich um einen beginnenden Motorschaden zu verdecken. Kolbenfresser womöglich. Und als er das Ablassventil des Differentials öffnete, gluckerte eine klumpige Flüssigkeit heraus.

»Sägespäne«, sagte Anderson. »Ein alter Trick, um einen Motorschaden zu kaschieren. Nun, dann mach mal Platz in der Werkstatt.«

Bis dahin hatte Erik nicht mehr gemacht, als Öl zu wechseln und Bremsklötze zu erneuern. Einen Motor auszubauen, war wie ein Haus bauen. Dann erinnerte er sich an Grundtvig. *Mit denen kannst du alles reparieren, was sich zu reparieren lohnt – Amerikaner oder Engländer.*

Die Lederrolle lag seit dem Tag, an dem er Tora Grundtvig aufgegeben hatte, ganz hinten in seinem Kleiderschrank. Er studierte die Markierungen auf den Ringschlüsseln.

$1/2$, $9/16$, $19/32$, $5/8$, $21/32$, $11/16$.

Zolleinheiten. Weit entfernt von den metrischen Theorien der Hochschule.

Um zwei Uhr nachts war der Achtzylinder ausgebaut. Es fühlte sich beinahe so an, als hätten sich der Pontiac-Motor und das Werkzeug gegenseitig gesucht und ihn gar nicht wirklich gebraucht, als ob ein Magnetismus im Stahl seine Hände dorthin geleitet hätte, wohin sie sollten. Der ganze Motor hatte *geantwortet*, ihn über Wasser gehalten, während er schwimmen gelernt hatte.

Als er den Wagen drei Wochen später rückwärts aus der Werkstatt gefahren hatte, blieb er sitzen und lauschte dem Brummen des Achtzylinders: laut, kräftig, abwartend. Es vergingen bestimmt fünf Minuten, bis er die Kassette mit dem Song *Almost Saturday Night* ins Tapedeck drückte, den ersten Gang einlegte und langsam in Richtung Tallaksenebene fuhr. Er gab dem Pedal einen leichten Kick und spürte, wie er von einer unbegreiflichen Kraft in den Sitz gedrückt wurde, begleitet von dem Aufbrüllen des Motors, als dieser seine 360 Pferdestärken ausspielte und ihn derart schnell auf die Zigeunerkurven zufliegen ließ, dass er glaubte, in einer konstant zoomenden Kamera zu sitzen.

In dieser Zeit waren seine Kumpel dort, wo sie hingehörten; die Bauernjungen in Ås an der Landwirtschaftsschule, die Skifahrer auf der Sporthochschule und Snortlund im Rangen. Erik saß allein im Auto. Natürlich wurde der rote Pontiac von Teenagern und Autoludern umschwärmt, aber nach der Geschichte mit Tora Grundtvig konnte er niemanden mehr ertragen, der nur mitfahren wollte, um selbst gesehen zu werden.

In diesem Winter begann er, Autos zu reparieren. Das strenge Selbststudium brauchte Zeit. Er demontierte und montierte, bis er die Konstruktion verstand, und ließ sich nur für die reine Montagezeit bezahlen. Doch als das Schmelzwasser braun über den Straßenrand floss, kursierte bereits das Gerücht, dass er alles im Laufe einer Nacht reparieren könne und in der Lage sei, mit geschlossenen Augen das Motorengeräusch eines Volvo B23 von einem B230 zu unterscheiden.

Es nützte alles nichts. »Du musst jemanden einstellen«, sagte er Anderson, schrieb sich wieder an der Hochschule ein und annoncierte im Amcar-Magazin:

*1967 Pontiac GTO 2dHT. 400cid RamAir. Schaltgetriebe. Rot. Motor, Differential und Bremsen neu überholt.*

Am gleichen Abend fuhr er ziellos umher. Er hatte ein gutes Gefühl dabei, und er freute sich auf Trondheim, fühlte sich entspannt, stärker, jetzt, da er sich etwas bewiesen hatte.

Er musste vor dem Zebrastreifen an der Sporthalle bremsen, und dann sah er sie. Es dauerte fünf, vielleicht sechs Sekunden lang, bis sie in Joggingschuhen und einer Sporttasche in der Hand die Straße überquert hatte. Elise, die Tochter des Großbauern Misvær.

Er kannte sie vom Sehen, das schon, aber jetzt, da sie ihm einen kurzen Blick zuwarf, schien er sie zum ersten Mal *richtig* zu sehen. Er hatte sich mit dem Gedanken abgefunden, dass im Ort keine zu haben war, jedenfalls keine brauchbare. Doch jetzt war plötzlich dieses Mädchen da, als wäre sie über Nacht erwachsen geworden. Und dieser Anblick hatte lange genug gedauert, dass er herausfinden wollte, ob dieses Mädchen noch zu haben war.

Also recherchierte er die Zeiten des Handballtrainings und achtete darauf, dass er es war, der sie bediente, wenn sie zur Tankstelle kam, um Süßigkeiten zu kaufen. Und irgendwann schien auch sie seine Dienstzeiten zu kennen. Kam mit dem Fahrrad, um eine Flasche Mineralwasser zu kaufen. Stand am Zeitungsständer und wartete, bis der Verkaufsraum leer war, ehe sie gesprächig wurde.

In einer blauen Nacht feierten sie in einem roten Pontiac auf dem Weg nach Hause am Ufer des Sokna ihr Fest, wie es festlicher nicht ging.

Sie kam jeden Abend, nachdem Anderson gegangen war. Machte den Kassettenrecorder an und blätterte sich durch die Zeitschriften, während er bediente. Elise hatte ein Faible für Zeichentrickserien und Musik. Sie verschlang *Agent X9*, *Fantomet*, ja sogar *Spion 13*. War schier außer sich, als Erik ein angegammeltes, noch verschnürtes Paket *Illustrierter Klassiker* im Keller der Tankstelle fand, und las bestimmt zwanzigmal *Die schwarze Tulpe*. Sie wohnten beide noch zu Hause, und während des Abends warfen sie immer häufiger Blicke auf die Bürotür, hinter der sie übereinander herfallen konnten, wenn endlich GESCHLOSSEN unter dem Mobil-Schild stand.

Sie zeichnete die ganze Zeit. Fast schien es so, als lebte sie durch diese Zeichnungen. Wenn sie einen Fetzen Papier fand, griff sie nach einem Stift. Versuchte sich an einer Vielzahl von Stilarten, war aber am besten, wenn sie die bunten amerikanischen Reklamen der Kennedy-Ära kopierte. Schon bald verdiente sie sich ein paar Kronen dazu, indem sie Plakate für die Druckerei in Vinstra entwarf. Tagsüber fand er ihre Zeichnungen immer auf der Innenseite der Deckel der Ölfilterschachteln. Immer die Filter von Autos, von denen sie wusste, dass sie am nächsten Tag einen Ölwechsel bekamen, und die er vorher bereits zur Seite gestellt hatte.

Jeden Tag wartete er Punkt Viertel vor vier an der Bushaltestelle und brachte sie zur Milchrampe von Misvær. An den Wochenenden fuhren sie herum und zogen durch die Kneipen des Tals; sie waren bei Svendsen in Hundorp, bei Pettersen in Vinstra und bei Tromsvang in Fåvang. Elise kannte überall jemanden, und er lehnte sich zurück, nur um sie beim Reden zu beobachten. Er mochte es, wenn sie sich mit ihren Freundinnen festquatschte und er sich ausstrecken konnte und nichts zu sagen brauchte. Schließlich wusste er, dass sie sich auf dem Heimweg wieder ihm zuwenden würde. Und wenn es gut lief, kochten ihre Gefühle über, sodass er seine Hände unter ihren BH und auf ihre Haut schieben konnte und sie sich rittlings auf ihn setzte, den Pullover auszog, ein Gummi aus dem Handschuhfach fischte und zitternd auf ihm kam, während der Kassettenrecorder alles mit *April Nights* explodieren ließ.

In diesem Herbst wurde nichts aus der Technischen Hochschule. Und auch im nächsten nicht. Es gab nur Elise Misvær und den Pontiac. So viel Elise Misvær, dass er den Wagen restaurierte und einen Jahreslohn für neuen Lack, neue Felgen, einen Vierfachvergaser und eine American-Thunder-Auspuffanlage hinblätterte.

Es wurde so viel Elise Misvær, dass er kaum merkte, wie das Jahr verging und auch die zwei danach. Sie pendelte tagsüber nach Vinstra, während er immer mehr die Leitung der Tankstelle übernahm.

Es wurde so viel Elise Misvær, dass er schließlich ja sagte, als ihn Anderson fragte, ob er nicht im Ort bleiben und die Tankstelle übernehmen wollte. So viel, dass er auch zustimmte, als Elise ihn fragte, ob sie die Mobil-Tankstelle nicht wieder so restaurieren könnten, wie sie in den Sechzigern ausgesehen hatte.

Zwei Jahre später wurde sie an der Kunst- und Handwerksschule aufgenommen. Er wusste nicht einmal, dass sie sich beworben hatte.

Und sie war gefragt in Oslo. Schon nach wenigen Monaten erkannte er ihre Konzertanzeigen in der Zeitschrift *Beat*, die farblich den Timken-Kugellagern aus den Fünfzigern glichen.

In der ersten Zeit war sie jedes Wochenende zu Hause. Aber schon samstags sprach sie von all den unerledigten Dingen in Oslo, und er sah, wie sie am Sonntag aufblühte, wenn sie sich in ihren Renault setzte und mit Benzin von der Mobil-Tankstelle wieder nach Süden fuhr. An einem Sonntag im November, gegen sechs Uhr, die Stunde des Abschieds so vieler Pendler im Tal, erkannte er, dass ihm die Landstraße seine Elise geraubt hatte.

Manchmal dachte er an die Technische Hochschule. Aber das würde nicht funktionieren. Die Tankstelle verkaufen, allein in einem Zimmer hocken mit einem riesigen Müllsack voller Eifersucht und der dummen Hoffnung, nach Oslo fahren zu können und alles wieder geradezubiegen?

Es war nicht wie bei einem Auto. Es ging nicht nur darum, alles einfach wieder zusammenzuschrauben. Nichts war mehr so wie früher. Mit jedem Tag würde es sich verändern. Jeden Tag würde sie etwas Neues entdecken, mit dem er dann würde konkurrieren müssen.

Einer würde nachgeben müssen, und das war er.

Ein Ford F-150 wurde angeboten, und er fasste einen Entschluss. Dann blieben halt er und die Mobil-Tankstelle. Fehlersuche und Ersatzteile. Kein Salzwassergeschmack auf den Wangen, kein Pochen im Unterleib. Er verkaufte den GTO billig, schaffte die Sammlung Automagazine in den Keller, baute den Kassettenrecorder in das vernarbte Arbeitsauto und er entschied, dass jetzt seine Jugend vorüber war.

Da wurde er, wie er war.

Da wurde er Erik Fyksen.

Und er zog daraus seinen Nutzen. Dankbarkeit spürte er in der Schmiergrube, hinter der Kasse oder nachts, wenn jemand anrief, der auf der Tallaksenebene liegengeblieben war. Er begann seine morgendlichen Fahrten über den Pass und spürte den Rausch, wenn er jemandem helfen konnte.

Doch während die Erinnerungen an den Wundrändern eintrockneten und die Countrymusic und Wochenendbesäufnisse das ihre dazu beitrugen, nahm sie in seinem Inneren an Größe zu. Sie entwickelte sich zu etwas Reinerem, Größerem, zeigte Eigenschaften, die er noch nicht an ihr kannte, und als er glaubte, sich damit abgefunden zu haben, hatte er sich bloß an den warmen Klumpen in seinem Inneren gewöhnt, der den besten Platz in ihm beschlagnahmte. Doch es kam vor – wie jetzt –, dass die

Wunde wieder aufriss, und dann strahlte sie erneut wie eine glänzende Perle in seinem Bauch. Ach, sollte sie doch da in Oslo sitzen und ihre Plattencover entwerfen. Sollte sie doch hierherkommen, sich ihre Hillbillies suchen, ihre Autowracks und verbeulten Paraffinpumpen und sie auf CD-Hüllen und Titelseiten bannen. Sollten die da unten in ihren Cafés und Discos ruhig fasziniert sein von ihrem Retrodesign! Sie wären es bestimmt nicht von den Menschen, von denen diese Lieder handelten. Nicht, wenn sie uns – die Leute aus Annor – aus der Nähe erlebten.

Aber er verstand Elise. Er konnte das, weil er ein Teil dieser Lieder war. Sie war in dieser Umgebung nicht zurechtgekommen. Nicht hier, zwischen den Elchjägern, farblosen Scheunen und verblassten Straßenschildern. Aber auf ihren Covers konnte sie die farblose Scheune anstreichen und wieder schön machen, und so ersparte sie deren Betrachtern die Begegnung mit Menschen, die nie auf die Idee gekommen wäre, sie selbst anzustreichen.

Erik spulte die Kassette zurück und fuhr weiter durch die Berge. Noch einmal stellte er mit der Hammondorgel in den Türlautsprechern eine direkte Verbindung her zu dem Abend, an dem er für Elise Misvær gebremst hatte.

Er drückte EJECT. Es half nicht. Er war wieder in die Falle getappt. Die Westerngitarre schepperte weiter. So war das halt mit Westerngitarren. Sie bekamen nie den Schmerz aus der Wunde. Nur das Blut.

Aber das mit Elise würde vorbeigehen. Er hatte gelernt,

wie. Der F-150 hatte jetzt die Passhöhe erreicht, er warf die Kassette aus dem Fenster und überrollte sie mit den Hinterrädern, bis das Plastik splitterte. Im Rückspiegel sah er das Band in langen Schleifen in die Berge wehen. Dann holte er eine Kassette aus dem Handschuhfach, auf der nur ein einziges Lied war. *Goodbye*, von Steve Earle, immer und immer wieder, die ganze Seite voll. Und auf der B-Seite war der gleiche Song, diesmal gesungen von Emmylou Harris.

Er war froh, dass niemand etwas von dieser Kassette wusste. Eine Stunde mit ihr, dem F-150 und Zigaretten. Zurück zur Tankstelle, rein in die Schmiergrube und unter ein Auto.

Und dann würde sie sich langsam auflösen. Sie würde in den Rücklichtern eines Autos auf der Landstraße verschwinden, in der mürrischen Antwort auf die Frage eines Kunden, in den Zündkerzen, die er in den Müll warf.

Eines Tages würde er aufstehen, ohne sich die Frage zu stellen, ob die Tochter des Großbauern jemals zurückkommen würde.

Dann war sie verschwunden.

Verschwunden wie ein zugespachteltes Rostloch im Fahrgestell.

»Das hast du alles heute Nacht gemacht?«, fragte Tor-Arne am nächsten Tag ungläubig.

»Du bist ja nicht in die Pötte gekommen«, sagte Erik und justierte das Standgas des im Leerlauf brummenden 1,6-Liter-Motors.

Tor-Arne ging zur Palette in der Ecke der Werkstatt und strich mit den Fingern über den Turbomotor, den Erik ausgebaut hatte. »Ich muss doch erst übermorgen zum TÜV«, sagte er.

»Und jetzt kommt er durch«, sagte Erik. »Sie könnten sich bloß über die Verstärkungen an den Kotflügeln wundern.« Er zeigte auf die Hohlräume unter den Radläufen.

Der Paketwagen kam mit den Zeitungen. Erik schnitt das Band durch und schlug die Zeitung auf. Da! Endlich kam Bewegung in die Sache. *R&F bewirbt sich um Landesschützentreffen.* Ein vier Spalten breites Bild vom Geschäftsführer in Ringebu zusammen mit Arnt Strand.

*Der Sportschützenverband bezeichnet die Sportschützenvereinigung Ringebu & Fåvang als eine höchst kompetente Bewerberin. Die Entscheidung fällt nächstes Jahr am 30. Mai, doch die Vorbereitungen für die offizielle Bewerbung laufen in Ringebu bereits. Geschäftsführer Emil Høst glaubt, dass das Treffen zu positiven Synergieeffekten führen und die Orte bekannt machen wird. Doch nach Infor-*

mationen der Redaktion plant auch der Schützenverein der Nachbargemeinde Annor eine Bewerbung um die Ausrichtung des Treffens. Der dortige Vereinspräsident Harald Jøtul wollte dies gestern jedoch nicht kommentieren.

Åshild Steen kam herein. Erik legte die Zeitung weg. »Ich soll nach irgendetwas fragen, das Umbrako oder so heißt«, sagte sie und reichte ihm eine Möbelschraube.

»Unbrako. Da vertun sich alle«, korrigierte Erik und ging mit ihr zum Werkzeugregal. Möbel. Also genügte Acesa. Auf dem Weg zurück zum Tresen sah er draußen einen blauen Mercedes 280E. Martin Lyng. Warum parkte er hinter der Tankstelle?

»Und einen verstellbaren Schraubenschlüssel«, sagte Åshild.

»Die verkaufe ich nicht«, antwortete Erik.

»Wann bekommen Sie die wieder?«

»Ich verkaufe keine Engländer«, sagte Erik. »Nehmen Sie lieber einen guten Gabelschlüsselsatz. Die Verstellbaren rutschen immer ab und machen die Muttern rund.«

»Es ist doch wohl meine Entscheidung, ob die Schrauben bei mir rund werden?«

»Eigentlich nicht. Früher oder später kriege ich mit diesen Schrauben zu tun, wenn Ihr Auto hier zu mir in die Werkstatt muss.«

Åshild ging an dem in der Tür stehenden Lyng vorbei. Der Zahnarzt streckte sich, warf einen Blick über die Regale, wartete, bis Åshild weg war, und sagte: »Hast du gehört, was Jøtul gemacht hat?«

»Kandidiert er zum Bürgermeister?«, fragte Erik.

»Er hat jetzt die subventionierte Mitgliedschaft eingeführt.«

»Was?«

»Er hat den Mitgliedsbeitrag des Schützenvereins gesenkt, den Preis der Steuerliste angehoben und festgelegt, dass alle Mitglieder die Liste mit einem ordentlichen Rabatt kaufen können. Die Preise sind so, dass es sich lohnt, Mitglied zu werden. Man kann sich direkt anmelden. In allen Geschäften liegen Anmeldeformulare aus. Nur bei dir nicht.«

»Das hat er also vor«, stellte Erik fest.

»Die gleiche Taktik wie die Sowjets mit der *Prawda*. Die Abonnenten wurden automatisch Mitglieder der Kommunistischen Partei und alle Mitglieder waren Abonnenten der Zeitung. Die Methode kennt man auch in norwegischen Vereinen, wenn es darum geht, die Kulturfördermittel anzuzapfen.«

»Aber dass er das will?«, sagte Erik erstaunt. »Jetzt wird der Schießplatz doch überrannt werden von Leuten mit Luftgewehren und unregistrierten amerikanischen Karabinern.«

»O nein, sicher nicht. Jøtul erhebt jetzt eine Trainingsgebühr für den Schießplatz. Natürlich hat er die Chance genutzt, auch gleich ein Zweiklassensystem einzuführen.«

»Wann ist das alles passiert?«, fragte Erik.

»Vorgestern«, antwortete Lyng.

Erik sah auf den Kalender und versuchte, sich über die Reihenfolge im Klaren zu werden. Ein paar Daten schienen in dem ganzen Plan noch zu fehlen. Die Steuerliste war natürlich ein Mittel, die Mitgliederzahlen in die Höhe zu treiben, sodass Annors Bewerbung um das Schützentreffen mehr Gewicht bekam. Wie aber hatte Jøtul so schnell von den Vorgängen in Ringebu erfahren, dass er schon vorgestern neue Anmeldeformulare und eine weitere Auflage der Steuerliste gedruckt haben konnte? Die Zeitung hatte doch erst gestern mit ihm Kontakt aufgenommen, in Ringebu gab es kein Leck, und hier im Ort wussten davon nur er selbst und Tor-Arne.

»Ich bin schon neugierig, auf was du eigentlich hinauswillst«, sagte Erik und holte Lyngs Lieblingsschokolade.

»Nicht gerade gut für die Zähne«, sagte Lyng und schlang die Schokolade hinunter. »Also gut. Es gefällt mir in Annor. Nette, angenehme Menschen hier. Ich mag diese Mischung aus persönlicher Freiheit und der Möglichkeit, auch mit eigenen Initiativen etwas zu erreichen. Aber Jøtul wird langsam zu mächtig. Die ganze ehrenamtliche Tätigkeit dreht sich nur noch um den Schützenverein. Daneben können sich ja nur noch ganz wenige andere Vereine halten. Schau dir zum Beispiel den Sportverein an. Früher war es eine Freude, dort Mitglied zu sein, doch jetzt trainieren da nur noch ein paar alte Konservative. Die Frauen vom Gesundheitsverein halten sich mit Basaren und Tombolas über Wasser, bei denen sie ihre Plätzchen und Törtchen verkaufen. Und weißt du eigentlich, wie es um den Musikverein steht? Die üben nur ein paar Mal um die Schneeschmelze herum, um am National-feiertag die Hymne spielen zu können. Das war's dann aber auch schon. Nein. Mein kleines Projekt zielt darauf ab, die Gemeinde davor zu bewahren, zu einem Militärla-ger zu werden. Fyksen, ich habe den Eindruck, dass dir die Gemeinde egal ist, dich treibt irgendetwas anderes an, irgendetwas Düsteres. Aber das kann mir egal sein, ich brauche eine Tankstelle, die meinen Mercedes am Lau-fen hält.«

»Dann kannst du mir ja vielleicht auch erzählen, ob Jøtul irgendeinen Deal mit Knapstad gemacht hat?«, fragte Erik.

»Ich tippe ja, dass der Weg zum Schießplatz und viel-leicht auch das Rabbenfeld Teil eines größeren Plans sind. Jøtul ist ein verdammter Lobbyist, weißt du. Ent-eignung ist ein Klacks für eine arme Gemeinde, wenn die Ratsversammlung den Ort dadurch touristisch auf-werten kann, so wie in Ringebu nach den Olympischen Spielen.«

»Enteignung?«

»Bei großem öffentlichen Interesse. Du solltest dir die-ses Rabbenfeld wirklich sichern. Sonst wird sich noch die Gemeinde dieses Stückchen Land schnappen, um eine etwas touristenfreundlichere Tankstelle draufzusetzen.«

Erik sah aus dem Fenster. »Wann können wir diese Wur-zelbehandlung machen?«, fragte er.

»Schmerzen?«

»Ich spüre es, wenn Cola oder Kaffee an den Zahn kommt.«

»Im Moment habe ich zu viel zu tun. So gesehen, verbindet uns zwei da etwas. Wir haben das Monopol. Hältst du es noch bis Mittwoch übernächste Woche aus?«

Das Telefon klingelte.

»Wird schon gehen«, sagte Erik mit einem Nicken.

»Punkt zwölf«, sagte Lyng. »Dann habe ich wahrscheinlich auch eine Überraschung für dich.«

Erik nahm den Hörer ab. »Annor Kraftstoffe und Automobile.«

»Hallo, hier ist Ellen Lysaker.«

»Ellen Lysaker?«

»Von HT!«

»HT?«

»Hydro-Texaco natürlich! Freuen Sie sich schon?«

»Worauf?«

»Na, auf die Demotankstelle, natürlich! Die wird Montag in zwei Wochen fertig aufgebaut sein.«

Nicht jetzt auch das noch, dachte Erik. Irgendwann, aber nicht jetzt, nicht mitten in diesem Chaos.

»Das Grundstück«, fragte Ellen Lysaker. »Ist das bereit?«

»Ich wollte noch abwarten und den Flächenbedarf des neuen ... Konzeptes berücksichtigen.«

»Okay. Trotzdem habe ich ein gutes Gefühl bei dem derzeitigen Ablauf. Bringen Sie Planzeichnungen und Bilder mit, dann machen wir von hier aus alles klar.«

Verdammter Mist, dachte er, nachdem er aufgelegt hatte.

Zum Glück konnte er vorher noch die Wurzelbehandlung machen lassen. Akuter Zahnschmerz war das Letzte, was er gebrauchen konnte, wenn er mit selbstgemalten Plänen bei Ellen Lysaker auftauchte und den Unwissenden spielen musste, wenn es um die Schutzverordnung 318 ging. Er blätterte im Telefonbuch herum und nahm den Hörer ab.

»Stefanshotel, was kann ich für Sie tun?«

»Erik Fyksen. Haben Sie am Wochenende in zwei Wochen noch ein Zimmer frei?«

»Einzel- oder Doppelzimmer?«

»Einzel. Von Sonntag bis Montag.«

»Wir haben ein besonderes Wochenendangebot. Da zahlen Sie nur den halben Preis, wenn Sie den Freitag oder Samstag noch mitbuchen.«

Er starrte auf die Fensterrahmen, auf die STP-Pyramide, von der ein schmaler Streifen durch den Türspalt zu erkennen war.

»Sind Sie noch da?«

»Dann buchen Sie ab Samstag«, sagte Erik Fyksen.


Die Luft in der Waschanlage war kühl und frisch. Er öffnete den Automaten der Druckspülanlage und ließ die Jetons in eine Tüte gleiten. Eigentlich brauchte er den zweiten Waschplatz gar nicht. Nur am Abend vor dem Nationalfeiertag war der immer belegt. Vielleicht sollte er einen vollautomatischen Waschplatz installieren.

Er spürte, wie die verschwommene Idee vorbeiwehte, zurückkam und sich festsetzte, wie das Licht in einer Glüh-

birne, die nicht richtig festgeschraubt war und erst fla-
ckerte, bis es richtig brannte. Das war zu verrückt! Vielleicht auch nicht? Schon gar nicht im Vergleich zu Jøtuls
billigen Tricks.

Er ging in den Verkaufsraum und legte die Jetons in die
Kasse. »Von jetzt ab musst du härter arbeiten«, sagte er
zu Tor-Arne. »Wir bauen den einen Waschplatz um und
installieren eine vollautomatische Anlage.«

Tor-Arne neigte den Kopf.

»Bürstenlos mit Unterbodenwäsche und Wachspro-
gramm«, sagte Erik.

»Ach nee?«, sagte Tor-Arne. »Hat deine Philosophie, dass
alle einen Schwamm nehmen und ein bisschen Zeit in-
vestieren sollten, plötzlich keine Gültigkeit mehr?«

»Man muss Kompromisse machen«, sagte Erik. »Und sag
mir Bescheid, wenn Bodil Smidesang kommt.«

»Wer?«

»Bodil Smidesang. Die Vorsitzende des Gesundheitsvereins.«

Bodil gehörte zu denen, die tankten, wenn der Tank halb
leer war. Bereits am nächsten Tag stand sie mit ihrem
Golf an der Zapfsäule. »Wie läuft's mit dem Gesundheitsverein?«, fragte Erik.

Sie schien sich über seine Frage nicht zu wundern. Vermutlich hat sie das Geschwätz über Jøtul und mich mitbekommen, dachte Erik. »Nun – nicht so, wie es früher
einmal war«, sagte sie. »Und nächstes Jahr, ich weiß ja
nicht. Seit sie diese Steuerlisten herausgeben, gehen alle

Gemeindemittel an den Schützenverein. Aber was sollen wir tun? Wir können die Mitgliedschaft ja nicht im Schlussverkauf anbieten.«

»Können Männer Mitglieder im Gesundheitsverein werden?«, fragte Erik.

»O ja, wir haben an die zwanzig männliche Mitglieder. Landesweit.«

»Ich habe eine neue Waschanlage bestellt und brauche ein bisschen PR«, sagte Erik. »Wie wäre es, wenn die Mitglieder im Gesundheitsverein für den Rest des Jahres nur den halben Preis zahlten? Ich kann hier gerne auch die Anmeldungen aufnehmen.«

»Hier an der Tankstelle?«

»Ja.«

»Das ist unerhört«, sagte Bodil Smidesang. »Ganz unerhört. Die Gemeinde wird das sofort durchschauen!«

»Das ist ja gerade der Sinn der Sache!«, sagte Erik. »Wenn ihr mit fünfhundert neuen Mitgliedern kommt und Fördermittel beantragt, muss die Gemeindeverwaltung Farbe bekennen! Dann muss sie auch die getürkten Mitgliedschaften im Schützenverein streichen.«

»Hm«, sagte Bodil Smidesang.

Es steckt doch in jedem von uns, dachte Erik, als er ihren Gesichtsausdruck sah. Er hätte sich niemals auch nur im Traum vorgestellt, dass die Vorsitzende des Gesundheitsvereins derart rachedurstig aussehen konnte.

Anderthalb Wochen später stand er in Lyngs Wartezimmer. Die Schmerzen in seinem Backenzahn strahlten bis in sein Ohrläppchen. Er hatte damit gerechnet, Lyngs blauen 280E im Hinterhof stehen zu sehen, doch stattdessen stand ein Cabrio vor der Praxis; ein schilfgrüner 450 SL.

»Der automobile Beweis des miserablen Zustands der Zähne hier in der Gemeinde«, sagte Lyng. »Beiß die Zähne zusammen.«

Die plastikummantelte Bleimatte lag schwer auf seiner Brust. Erik hörte das Röntgengerät brummen.

»Ich war im Zweifel, ob ich die Karre da nehmen sollte oder einen Jaguar XJS, Zwölfzylinder, auch Cabriolet. Eigentlich hatte mir der Jaguar besser gefallen, aber die Maschine da draußen ist nur 43 000 Meilen gelaufen, Import aus den USA. Hat einen Haufen Schotter gekostet. Am ersten Tag hab ich gleich das Rücklicht geschrottet. Ich hab dann bei Mercedes angerufen und nach dem Preis gefragt. Mir wäre fast der Hörer aus der Hand gefallen, als die mir den genannt haben. Echter Wahnsinn.«

»Brauch ich ein Gebiss?«, fragte Erik.

»Vielleicht. Die Bilder sind fertig. Ich glaube, jetzt brauche ich mir keine Gedanken mehr über das Rücklicht zu machen. Das wirst du bezahlen, Fyksen. Denn wir werden ordentlich zu tun bekommen. Da erwartet dich eine exorbitante Rechnung. Aber eine bessere Arbeit als hier wirst du nirgendwo bekommen, nicht mal in London.«

»Verflucht«, sagte Erik. »Kannst du nicht billigere Plomben einbauen?«

»Wenn du pleite bist, geh zum Sozialamt. Bei solchen Summen kannst du meinetwegen auch in Raten bezahlen. Sechsunddreißig Monate, wenn du willst. Übrigens eine verdammt progressive Masche, das da mit der Waschanlage. Wie viele neue Mitgliedschaften hast du schon aufgenommen?«

»Um die achtzig, ich hatte mir mehr erhofft.«

»Die Anlage läuft doch erst seit drei Tagen«, sagte Lyng.

Erik antwortete nicht. Schon am ersten Tag hatte er sich gefragt, ob sein Plan ein Fehlschlag war. Er merkte den Kunden an, dass etwas geschehen war. Es gefiel ihnen nicht, sich für eine Seite des Ortes entscheiden zu müssen, nur um ihr Auto gewaschen zu bekommen.

»Sei nicht so streng zu dir selbst«, sagte Lyng. »Achtzig Mitglieder ist gut. Und Jøtul hat sich tierisch aufgeregt. Er sieht seine Fördergelder schwinden. In Ringebu hatten sie bereits eine Bürgerversammlung, um zu planen, wie man die Gemeinde schmücken soll, wenn das Auswahlkomitee des Sportschützenverbandes kommt.«

»Dann läuft ja alles in die richtige Richtung«, sagte Erik.

»Immer mit der Ruhe. Jøtul hat gestern seine Bewerbung eingereicht.«

Erik richtete sich im Stuhl auf.

»Das Gesuch soll dreißig Seiten umfassen, nicht mitgerechnet das Fotoalbum vom Schießplatz«, sagte Lyng.

»Fang an zu bohren«, meinte Erik und legte sich wieder hin. »Damit ich auf andere Gedanken komme.«

»Wenn du meinst«, sagte Lyng und nahm die Spritze. »Der kommende Eingriff wird ziemliche Schmerzen mit sich bringen. Hast du nächste Woche viel zu tun in der Werkstatt?«

»Montag bin ich in Oslo, danach habe ich Zeit.«

»Der 190er von unserer Kleinen braucht mal wieder einen Ölwechsel.«

»Okay.«

»Da bekomme ich wohl einen Freundschaftspreis, oder? Die Betäubung, die sich jetzt so wohltuend breitmacht, ist auch sehr kostbar.«

»Tauschhandel?«

»Und dann hat noch einer der vorderen Kotflügel Rost. Ist das viel Arbeit, den zu wechseln, wenn du bei Grundtvig einen neuen findest?«

»Ein paar Stunden.«

»Gut, dann wäscht eine Hand die andere.«

Erik schüttelte den Kopf. »Das dauert doppelt so lang wie diese Schweinerei hier.«

»Tja, dann musst du einige Scheine hinblättern. Und ich meine wirklich einige. So viele, dass du spürst, wie dein Portemonnaie dünner wird.«

»Zu hoher Zeitaufwand, das geht nicht auf«, sagte Erik.

»Und wenn wir den Handel noch ein bisschen ausweiten? Ich hab ja den 230er von Tommy Rønningen gekauft. Fährt gut, aber die Gummilager an der Radaufhängung waren vollkommen morsch.«

»Das hatte ich doch explizit erwähnt!«, sagte Erik.

»Da müssen neue, teure Originalteile rein. Was ist, wenn ich die Teile bezahle, du sie einbaust und dafür anschließend ein halbes Elchkalb kriegst?«

»Nein. Ich koche nicht. Hab keine Zeit dafür.«

»Ich hab das von Ottar Høystad. Auch so ein Tauschgeschäft. Der Kerl bekam letztes Jahr unmittelbar vor der Jagd Zahnschmerzen. War vollkommen verzweifelt. Und pleite. Ich mag diesen Tauschhandel eigentlich nicht. Aber was soll man machen? Wir können in unseren Wäldern doch keine bis an die Zähne bewaffneten Leute rumlaufen lassen, die Zahnschmerzen haben. Das geht doch nicht.«

»Viel zu viel Fleisch«, sagte Erik und schüttelte den Kopf. »Ich koche ja so gut wie nie. Ich hab nicht mal einen Gefrierschrank.«

»Sind ungefähr fünfunddreißig Kilo«, sagte Lyng. »Fertig zerlegt und verpackt. Und die nächste Behandlung mach ich dann auch gratis.«

»Okay«, sagte Erik mit tauben Lippen. »Aber komm mir nicht bloß mit Schenkel und Hackfleisch. Ich will das Kalb längs geteilt. Mit Rückenstücken und allem Drum und Dran.«

»Die Wasserpumpe im 280er macht übrigens auch seltsame Geräusche. Und der Kühler tropft. Erledigst du das auch gleich?«

»Wenn du noch einen geräucherten Schinken drauflegst. Den kann ich essen.«

»Nein, nein. Ich hab nur Elchfleisch. Dieser Tauschhandel von euch ist nichts für mich. Ich brauch Ordnung in meinen Büchern, wenn das Finanzamt kommt.«

Erik nahm all seine Kräfte zusammen und spuckte den Satz aus: »Ich hab für Åse Rudrud aus der Schlachterei den Auspuff gewechselt. Sie hat mir erzählt, dass sie drei neue Amalgamfüllungen getauscht hat gegen ...«

»Okay, okay. Rauchschinken gegen Kühler. Jetzt müssen wir verdammt noch mal loslegen und nicht bloß rumsitzen und quasseln.«

»Tut's weh?«, fragte Lyng.

»Weiß nicht.«

»Du bist nicht der Erste, der nach dieser Betäubung benebelt ist. Meine eigene Erfindung. Aber erzähl das bloß niemandem. Komm, lass uns mal 'ne Probefahrt in der neuen Karre machen und uns eine saftige Erkältung holen.«

Das Cabriolet rauschte durch die Zigeunerkurven, Lyng fuhr konstant hundertfünfzehn, egal, ob das zu den Kurven passte oder nicht. Erik klammerte sich an den Türrahmen. Die breiten Sitze waren so dimensioniert, dass sie auch den dicksten deutschen Firmenbossen nicht in die Seite drückten und hatten den Zentrifugalkräften, die im Auto herrschten, nichts entgegenzusetzen.

»Sieh doch, wie sie glotzen«, sagte Lyng, als sie an einer Milchrampe vorbeifuhren, an der zwei Bauern mit John-Deere-Kappen standen. »Sie begreifen, dass das ein teures Auto ist und dass ich das ihnen zu verdanken habe, weil sie ihre Zähne nicht geputzt haben. Das macht sie sauer, aber sie können nichts daran ändern, und wenn sie dann wieder bei mir auf dem Stuhl hocken, bringen sie kein Wort über die Lippen.«

Erik beugte sich nach draußen und ließ sich die frische Luft in die Lungen pressen.

»Die Eingeborenen können mich nicht davon abhalten, meinen etwas ausgefallenen Autogeschmack auszuleben«, sagte Lyng. »Dieses Auto hat etwas, das sich Kickdown nennt, und das gedenke ich auch zu benutzen.«

Der Mercedes schaltete in den zweiten Gang runter, und der Umdrehungsmesser schnellte auf die Viertausend. Die Tachonadel passierte den Zenit, während Lyng mit Vollgas über die Tallaksenebene brauste.

Als sie vor der Tankstelle anhielten, sah Erik einen kupferfarbenen GMC-Pick-up von der Super-Zapfsäule wegfahren. Er stieg aus und positionierte sich so, dass Tora ihn im Rückspiegel sehen konnte. Er wusste nicht, warum er das tat. Die Bremsleuchten blinkten nicht auf, und er konnte auch nicht die geringste Bewegung ihrer Schultern sehen, nichts, was darauf hindeutete, dass Tora noch einen Blick zurückwarf.

Im Verkaufsraum stand Tor-Arne auf einem Hocker und montierte einen Reisefernseher unter der Decke.

»Kommt nur selten vor, dass ein Auto genauso schön ist wie seine Fahrerin«, sagte Tor-Arne und blickte dem GMC nach, »aber bei der da war das so. Und weißt du, was das Schlimmste ist?«

»Nein«, antwortete Erik.

»Sie hat nach dir gefragt.«

»Hast du ihr gesagt, dass ich unterwegs war?«, fragte Erik und fuhr mit den Händen über den Champion-Aufkleber auf dem Tresen.

»Ja. Und dass du sonst meistens in der Werkstatt zu finden bist.«

»Wollte sie etwas Besonderes?«, fragte Erik.

»Keine Ahnung. Hatte nicht den Eindruck.«

»Vielleicht war was mit dem GMC?«, meinte Erik.

»Mit einem GMC ist nie irgendwas.«

»Stimmt«, sagte Erik. »Sag mal, was sollen wir mit dem Fernseher?«

»Na, das Landesschützentreffen verfolgen. Kannst du von dort aus gut sehen?«

»Ist das diese Woche?«, fragte Erik.

»Ja. Du solltest mal Zeitung lesen«, sagte Tor-Arne.

»Jetzt werden wir überrannt von Leuten, die sich selbst keinen Fernseher leisten können. Außerdem: Seit wann interessierst du dich denn fürs Schießen?«

»Das ist spannend! Die kämpfen um die Plätze im Königsschießen. Drei von uns haben eine Chance, da reinzukommen.«

Drei von *uns*?, dachte Erik.

Drei Männer, die darauf warteten, ihr Auto waschen zu können, kamen herein. Sie erkannten Morgan Evensen auf dem Fernseher, blieben stehen und unterhielten sich.

Abends rief Lyng an. »Wir haben noch nicht alle Details wegen des Elchfleisches besprochen. Meine Alte ist sauer, weil beide Kühltruhen voll sind. Sie steht hier mit dreißig Litern Preiselbeeren, die sie einfrieren will.«

»Du willst mir damit doch wohl nicht sagen, dass das Fleisch eingefroren ist?«, fragte Erik.

»Was hast du denn gedacht? Eingesalzen?«, fragte Lyng fröhlich.

»Aber dann ist das ja fast ein Jahr alt. Ich dachte, das würde nach der Jagd im Oktober geliefert?«

»Nein, nein. Frisches Fleisch ist ja viel mehr wert«, meinte Lyng.

»Du bist ja ganz schön durchtrieben. Aber ich werde versuchen, es möglichst bald zu holen«, sagte Erik.

»Heißt möglichst bald heute?«

»Ich habe keine Gefriertruhe, das hab ich dir doch gesagt. Ich muss das mit jemandem regeln«, sagte Erik, legte auf und nahm sich das Telefonbuch vor. Der Hörer am anderen Ende wurde gleich abgenommen.

»Hallo?«

»Bist du das, Espen?«

»Ja.«

»Erik hier.«

»Hallo.«

»Hast du Lust auf einen kleinen Abendjob?«

»Kommt drauf an.«

»Auf der Rückseite der Tankstelle müssten drei Fenster ausgetauscht werden«, sagte Erik.

»Was bietest du?«

»Ein halbes Elchkalb.«

»Eingefroren?«

»Ja.«

»Hm, sonst nichts?«

»Das Kalb ist längs geteilt. Und die Steaks sind fertig verpackt.«

»Schon, aber ich hab gerade erst ein Badezimmer gemacht, gegen Rentierfleisch.«

»Neue Reifen?«

»Hab ich doch schon im Frühjahr gekriegt.«

Er rief Handwerker um Handwerker an. Doch alle, die etwas Nützliches konnten, wie das Dach decken oder die Mauern in der Werkstatt verputzen, hatten sich für den Winter bereits mit Fleisch eingedeckt. Es gelang ihm schließlich, einen Elektrikerlehrling zu überreden, bei ihm im Keller neue Stromleitungen zu verlegen.

Gegen acht verabschiedete sich Tor-Arne, band seine Haare wieder zu einem Pferdeschwanz zusammen und ging zu seinem Ascona. Die Breitreifen füllten die Radläufe aus, das Auto war gesaugt und frisch poliert und das Armaturenbrett mit Vinylreiniger geduscht worden. Aus dem acht Zoll großen Cerwin-Vega in der Hutablage schallte Bryan Adams.

Der Abend war wie immer. Fünf bis sechs junge Männer holten sich ihre Männermagazine, ein Bauer kaufte Werkzeug und nahm einen Kamasa-Katalog mit. Die Pendlerfahrzeuge trudelten ein, gestresste Vierzigjährige, allein in ihren verstaubten Mercedes-Dieseln. Jugendliche in neuen BMWs, die mit Bierkisten auf der Rückbank auf dem Weg in die Kneipe waren.

Dann ebbte der Verkehr ab, und immer seltener huschte das Licht eines Scheinwerfers über die Tallaksenebene.

Morgen früh musste er nach Oslo. Zum ersten Mal seit drei Jahren war er an einem Wochenende nicht in der Tankstelle. Er dachte an Tor-Arne. Wie komisch er heute gewesen war. Erst das mit dem Schützentreffen. Und

dann hatte er, ohne zu murren, akzeptiert, von Samstag
bis Montag durchzuarbeiten.

Ein Verdacht begann Gestalt anzunehmen. Erik schloss
die Tankstelle ab, stieg in seinen Pick-up, raste durch das
Zentrum ins Neubaugebiet.

Vor dem Haus der Jøtuls stand ein tiefergelegter Ascona
mit blauen Rallyestreifen.

# DIE TANKSTELLE DER ZUKUNFT

Die Türen waren aus gebürstetem Stahl. Sie glitten summend zur Seite, als Erik das Hydro-Texaco-Hauptgebäude im Drammensvei in Oslo betrat und die kühle, klimatisierte Luft einatmete. Sein Name auf dem Besucherschildchen war falsch geschrieben: ERIK FYCHSEN, aber er hatte keine Lust, es zu kommentieren.

Er war zufrieden mit seiner Kleidung. Einen Moment lang hatte er den blauen Pullover mit dem rot aufgestickten Hydro-Texaco-Logo erwogen, den er jedes Jahr zu Weihnachten zugesandt bekam und der gerne auf den jährlichen Festen der Branchenvereinigung der Tankstellenbetreiber getragen wurde. Stattdessen hatte er sich schließlich für ein gut sitzendes beigefarbenes Hemd, die neue schwarze Hose und einen schmalen Gürtel mit goldener Schnalle entschieden.

Im Sitzungszimmer schien ihn keiner zu kennen. Etwa dreißig Personen. Scharfe Bügelfalten. Alle tippten auf Handys herum oder blätterten in Terminkalendern.

»Könnten Sie bitte kurz beiseitetreten?«

Zwei Frauen mit knielangen Röcken schoben einen klirrenden Rollwagen vorbei und begannen, eisgekühlte Mineralwasserflaschen auf dem langen Sitzungstisch zu verteilen. Er suchte sich einen freien Platz und bemerkte, wie beschäftigt sie alle waren; einige arbeiteten sogar noch an Laptops oder verglichen irgendwelche Papiere. Er hatte nichts ähnlich Bedeutsames dabei. Nur die Tasche mit den Kleidern zum Wechseln, die er nicht im Hotel lassen wollte. Wenn er doch nur einen Stift und einen Notizblock gehabt hätte, irgendetwas, das er vor sich auf den Tisch hätte legen können!

Egal. Es war auf jeden Fall gut, sich setzen zu können.

Die Frage, wie Jøtul es geschafft haben konnte, Tor-Arne auf seine Seite zu ziehen, war ihm seit Freitagabend nicht mehr aus dem Kopf gegangen. Saß er jetzt bei ihm am Küchentisch, schleimte sich ein und lobte die Backkünste von Laila Jøtul? War er deshalb so ganz ohne Widerstand bereit gewesen, die Wochenendschicht zu übernehmen? Damit er die Unterlagen durchwühlen konnte, um Jøtul noch mehr Material zu liefern? Die Wut hatte ihn die ganze Nacht über wach gehalten, und er hatte sich erst beruhigt, als er sich einen Plan ausgedacht hatte, wie er Tor-Arne entlarven konnte.

Am Samstagmorgen war er nach Ringebu gefahren und hatte von dort den Zug nach Oslo genommen. Im Hotelzimmer war eine Fernsehsondersendung über das Landesschützentreffen gelaufen. Vermutlich die Ausscheidung zum Königsschießen. Morten Rudi aus dem Verband Ringebu & Fåvàng führte mit achtundneunzig Punkten. »Und jetzt«, sagte Kjell Kristian Rike, »kommen wir zu Morgan Evensen aus Annor!« Rike machte es spannend und sagte zu jedem Schuss etwas Bedeutsames. Evensen schloss nach einem nur leicht nach links oben verzogenen Neuner mit siebenundneunzig Punkten.

Schützenprinz aus Annor. Schützenkönig aus Ringebu. Hätte Evensen doch nur gewonnen, dachte Erik. Vielleicht hätte sich Jøtul damit begnügt. Oder doch nicht? Jøtul hatte nie genug.

Erik war ans Fenster getreten, hatte die Gardine zur Seite gezogen und über die Straße geblickt. Ein Mercedes-Taxi nahm gerade ein Liebespärchen auf. Eine Straßenbahn ratterte vorbei.

Die Adresse lautet Falsens gate 22, dachte er. Ich kann ja wenigstens vorbeigehen.

Drei Mädchen schoben Kinderwagen durch den Birkelundenpark. Dann tauchte eine dünne, blonde Frau auf, die ihr ähnlich sah, aber sie war es nicht. Viel los hier, hektische Menschen. Und alle sahen sie so verschieden aus und wirkten so selbstsicher, als wüssten sie alle sehr genau, warum sie so waren, wie sie waren. In Annor gab es viele Pärchen, die es toll fanden, im Partnerlook herumzulaufen. Hier dagegen waren die Menschen so damit beschäftigt, unterschiedlich zu sein, dass sie sich schon wieder ähnelten.

Erik schlenderte herum, vertrödelte die Zeit mit voller Absicht und blieb eine geschlagene Stunde in einem Musikantiquariat. Er starrte auf die Straßenschilder.

Falsens gate.

Vermutlich war sie mitten am Tag gar nicht zu Hause, dann würde niemand öffnen. Aber wenn er bis zum Abend wartete, könnte er eine Antwort bekommen, die er nicht verkraftete.

Da war die Nummer 22. Es wunderte ihn, wie alt und verwittert die braun gestrichene Tür war. Sie wohnte doch wohl nicht in einer Bruchbude? Nein, er hatte heute schon

Türen gesehen, die sich in einem noch schlechteren Zustand befanden.

Nur ein Name auf dem Klingelschild.

Misvær.

Erik klingelte. Keine Antwort. Noch einmal. Länger, obwohl er ganz genau wusste, dass er nur deshalb lange klingelte, weil sie nicht zu Hause war.

In rasendem Tempo klatschten die Sekretärinnen ringgeheftete Mappen auf die Tische. Erik strich mit den Fingern über den milchigen, hellorangen Kunststoff. Auf der Broschüre, die sich darin befand, stand unter dem Hydro-Texaco-Logo:

KONZEPTREFORM –
KLEINE/MITTELGROSSE TANKSTELLEN

Das Ganze erinnerte ihn an etwas. Nicht der Text, sondern die Schrift, Schwarz auf Orange, der exakt abgemessene Abstand zwischen den Buchstaben. Er war sich sicher, das schon einmal gesehen zu haben – zu Hause in Annor.

Der Gedanke wurde von einem harten Klackern im Flur unterbrochen. Ein fast mechanischer Gang, die ganze Absatzfläche schlug hart auf das Parkett. Sie bewegte sich eckig und schloss die Tür, ohne sich noch einmal umzusehen. Die Uhr an der Schmalseite des Zimmers zeigte exakt 9.00 Uhr.

Um die vierzig. Hellgraues Kostüm. Glänzende schwarze

Schuhe mit festen Sohlen. Ein blaugrauer Stewardess-Schal um den Hals. Etwas mollig, aber sicher nicht dick, sondern an den Stellen mollig, wo Frauen seiner Meinung nach durchaus mollig sein durften. Das Gesicht erinnerte ihn an die Frau auf der Rosinenwerbung von Sun-Maid, aber die Züge waren runder und die Frisur teurer. Sie setzte sich auf den einzigen noch freien Stuhl am Ende des Palisandertisches und ließ ihren Blick über die Anwesenden schweifen, begegnete dem seinen, lächelte und nickte kurz. Dann verhärteten sich ihre Gesichtszüge wieder, und sie brach die Stille, die seit ihrem Kommen eingetreten war: »Da heute an dieser Sitzung Externe teilnehmen, schlage ich zu Beginn eine kurze Vorstellungsrunde vor. Ich bin also – wie die meisten von Ihnen wissen – Ellen Lysaker, Senior Development Manager der Hydro-Texaco Main Market Division. Vielleicht fangen wir dort hinten in der Ecke an und gehen dann im Uhrzeigersinn vor? Also bitte.«

»Thomas Øybo. Development Manager der Hydro-Texaco Market Division.«

»Hallo allerseits! Ich heiße Thale Walsøe und bin verantwortlich für das Design der Innenausstattung, ich vertrete die Firma Innova Solutions.«

»Kim Wold, ebenfalls Innova Solutions.«

»Camilla Brodtkorp. Chefarchitektin. Lunde & Lunde & Brotkorp.«

»Mein Name ist Susanne Gimle. Executive Communication Manager, Elyzium Concepts.«

Erik bereitete sich darauf vor, seinen Namen in dem ausgedehnten Titelgemurmel der Abteilungsleiter und -leiterinnen zu ertränken, als Ellen Lysaker erneut das Wort ergriff: »Wir haben heute einen ganz besonderen Gast: Tankstellenbesitzer Erik Fyksen. Er wird der Erste im Land sein, der unser neues Konzept umsetzt.«

Erik sagte seinen Namen, ehe ihm bewusst wurde, dass er ja bereits vorgestellt worden war. Thomas Øybo nickte ihm zu. Erik wusste nicht, ob das anerkennend sein sollte oder ob er die Katastrophe bereits voraussah. Der Erste im Land, dachte Erik, streckte die Hand nach einer Flasche Mineralwasser aus und sah Ellen Lysaker an. Nach den Telefonaten hatte er ein kicherndes Püppchen erwartet, aber diese Frau hatte ja das Format einer Premierministerin. Vielleicht zeigte sie ihre milde Seite nur, wenn man unter vier Augen mit ihr sprach.

Øybo schaltete einen Beamer ein und klickte ein Kreisdiagramm auf die Leinwand. »Der Grundgedanke unserer Konzeptreform basiert natürlich darauf, dass sich die Kaufgewohnheiten des Publikums immer weiter von den traditionellen Konsumbereichen entfernen«, begann er. »Tankstellen und Kioske erobern bei den Verbrauchsgütern des täglichen Lebens einen immer größeren Marktanteil, und das Interessante ist, dass die Kunden abseits ihrer üblichen Läden viel weniger preisbewusst sind. Sind sie bei Netto, Rema oder Lidl, drehen sie jedes Øre um, doch kaum sind sie draußen, ist es ihnen vollkommen egal, was die Produkte kosten!«

Øybo klatschte mit der Fernbedienung auf seine Handfläche, wippte auf den Zehen und blickte über den Tisch.

»Okay, setzen wir das jetzt in Bezug zu unserem traditionellen Geschäftsfundament, nämlich dem verkehrstechnischen Bedarf der Reisenden, erkennen wir, dass wir unsere Werte neu definieren müssen, um die Wirtschaftlichkeit unseres Unternehmens sicherzustellen. Heute ist am Benzinverkauf fast nichts mehr zu verdienen.«

»In ganz wenigen Jahren«, sagte Ellen Lysaker, »wird es nur noch einen Grund dafür geben, Benzin zu verkaufen, und das ist die Tatsache, dass wir dadurch die Kunden in unsere Geschäfte bekommen.«

Erik erschauderte. War sie auch so eine? Sollte er etwas sagen?

»Es liegt auf der Hand«, fuhr Øybo fort, »dass viele der heutigen Tankstellen einen falschen Schwerpunkt setzen und veraltete Konzepte und Lösungen anbieten. Denken wir nur an Ölwechsel, Zündkerzen und so etwas. Ein normales Auto hat Serviceintervalle von fünfundzwanzigtausend Kilometern, und viele haben nur dann einen Garantieanspruch, wenn alles in ihrer Vertragswerkstatt erledigt wird. Neue Autos sind ohnehin sicher, und um die wenigen Pannen, sei es nun ein Plattfuß oder ein Motorschaden, kümmert sich der Pannendienst. Es gibt zwar einen gewissen Markt für Reifen, aber die meisten Angestellten sind für den lohnendsten Wirtschaftszweig, nämlich den Kioskbetrieb, ungeeignet.«

»Hat jemand eine Frage?«

Erik sah sich um. Ein Mann, der sich als Kåre Ringen, Verkaufsleiter für Kraftstoff und Öl, präsentiert hatte, stützte den Kopf auf die Hand und wippte mit einem Bleistift.

»Bitte«, sagte Ellen.

»Sind das Durchschnittszahlen für das ganze Land?«, fragte Ringen.

»Ganz genau«, bestätigte Øybo.

»Sie sind sich aber schon im Klaren darüber, dass es zwischen den einzelnen Distrikten sehr große Unterschiede gibt?«

Endlich, dachte Erik.

»Natürlich sind wir uns dessen bewusst«, sagte Øybo, »aber das spielt in diesem Zusammenhang keine so große Rolle, denn es kommt darauf an, wo …«

»Das tut es wohl«, unterbrach ihn Ringen. »Es spielt eine Rolle. Ich hoffe wirklich, es ist allen hier am Tisch bewusst, dass die hohen Steuern in Norwegen dazu führen, dass hierzulande sehr viele alte Fahrzeuge auf den Straßen sind. Die Situation, die Sie da beschreiben, mag für die Distrikte im Süden zutreffen, aber überall sonst, bei den einfachen Leuten, gibt es einen großen Bedarf für all das, was Sie streichen wollen. In diesen Regionen können wir das Konzept kippen und sollten lieber auf einen verbesserten Service setzen, nachdem Esso und die anderen sich nicht mehr darum kümmern wollen.«

»Ich höre, was Sie sagen, und verstehe, was Sie denken«, sagte Ellen, »aber ich bin der Meinung, dass das Thema, das Sie anschneiden, etwas von unserem heutigen Fokus abweicht und uns deshalb nicht weiterbringt. Wir sollten das später intern besprechen. Bedenken Sie auch, dass diese Tankstellen einen eigenen Namen und ein separates Logo bekommen sollen.«

Der Thatcher-Verschnitt ist offen für Diskussionen, dachte Erik. Aber diesen Øybo sollte sie rausschmeißen. Das ist ja ein kompletter Idiot. Erzählt den gleichen Müll, der schon seit der Übernahme von Mobil in jedem Jahresbericht steht.

Ellen klatschte in die Hände und sagte: »Jetzt gehen wir nach unten.« In dem Wirrwarr der Aktentaschen, die zugeklappt wurden, dem Kratzen der Stuhlbeine und dem Klirren der Flaschen versuchte Erik, ihren Blick einzufangen, aber sie rauschte einfach durch die Tür. Im Fahrstuhl verfolgte er den Countdown der Leuchtdioden von 8 bis 1, spürte den federnden Druck im Magen, als plötzlich »K« aufleuchtete.

Im Keller war es ein paar Grad kälter. Der breite Flur wurde von Leuchtstoffröhren erhellt und führte in eine große Halle. In der Mitte der kahlen Betonfläche sah er ein längliches Gebäude. Die Fassade war mit schwarzem Tuch verkleidet. Durch das Gewebe drang schwaches, orangefarbenes Licht.

Erik blickte zur Decke. Kein Schild. Sie hatte davon gesprochen, dass die Tankstellen einen eigenen Namen bekommen sollten. Das war wirklich an der Zeit. Obwohl ihn das im Grunde nichts anging, hatte er das plumpe Hydro-Texaco-Logo nie leiden können.

»Riechen Sie das?«, lockte Ellen Lysaker. »Verdammt einladend, nicht wahr?«

Erik schnupperte. Wirklich. Frische Backwaren.

»Die kräftigen Ventilatoren an der Rückseite der Öfen laufen hier zusammen«, erklärte Ellen und zeigte auf ein

Gitter über dem Eingangsbereich. »Nichts stimuliert die Geschmacksnerven derart wie der Geruch von frischem Hefegebäck. Manche mögen Fleisch, andere nicht, die einen lieben Knoblauch, die anderen … und so weiter. Nur der Geruch von Gebackenem ist ein universeller Schlüssel zum innersten Stimulanzzentrum des Hungergefühls. Außerdem ist dieser Geruch ausschließlich positiv besetzt, er weckt in einem das Gefühl heimeliger Geborgenheit, den Traum von einer intakten Familie, von Müttern mit umgebundenen Schürzen, so etwas. Liebe Freunde, darf ich Ihnen die Tankstelle der Zukunft vorstellen?«

Erik klemmte sich die orangefarbene Mappe unter die Achsel, sodass er die Hände freibekam, um zu klatschen. Zwei Arbeiter lösten die ersten Schnüre, schienen aber die letzte nicht öffnen zu können.

Die Anwesenden begannen ungeduldig zu murmeln. Erik öffnete seine Mappe und nahm die Broschüre heraus. Von einer Sekunde auf die andere wurde ihm schwindlig, übel. Der Stil war gleichermaßen vertraut und fremd. Wie bei der CD mit *April Nights* stimmte da etwas ganz und gar nicht.

Natürlich, der alte Scheiß haftete wieder an ihm und wollte ihn nicht freigeben. Erik blätterte bis zur letzten Seite und las, was er bereits wusste. »Grafikdesign: Elise Misvær.« Damit hätte ich rechnen müssen, dachte er. Hydro-Texaco kann es sich wohl leisten, die Besten zu beauftragen.

Aber das hier waren nicht die warmen Farben, die er von den Plattencovern kannte. Hier prangten künstliche

Schrifttypen in kalten Tönen. Ein spießiges, geschliffenes Layout, das alles teuer aussehen ließ.

Dann beherrschte sie diesen Stil also auch. Oder war sie so geworden?

Es geht nie vorbei, dachte Erik. Wieder bin ich zu der Leinwand geworden, die sie bemalt. Sie zitiert mich her, lauert mir auf. Überall.

Langsam glitt der gigantische Vorhang von der Fassade, und Erik blieb wie paralysiert in dem orangefarbenen Licht stehen, das ihn überflutete.

Die Menschen strömten hinein.

*Diese Glastische.*

*Die Regale, warum ...*

*Wie angenehm, Sitzgelegenheiten zu haben.*

*Ah, da bist du!*

*Coole Farben – wirklich klasse!*

*Echt stilvoll.*

*Damit stecken wir Shell in den Sack!*

*Wie exklusiv.*

*Wirklich sehr modern, Ellen.*

*Dein Vorschlag?*

*Herr Fyksen?*

*Hinten sind auch Regale.*

*Erik Fyksen?*

*Gibt es die Regale auch in Braun?*

»Herr Fyksen?«

Er kam zu sich, spürte die Hand von Ellen Lysaker auf seiner Schulter, sah ihre Lippen sprechen. Doch nur seine Augen funktionierten. In dem Warensortiment gab es kein einziges Ersatzteil. Das Ölregal war winzig. Es enthielt bloß drei Literflaschen und nicht einen einzigen Vierliterkanister. In den Regalen lag ein Sortiment von Lebensmittelkonserven und Windeln. Unmittelbar hinter dem Eingang gab es einen Sonderangebotskorb mit frischen Blumen, Grillzubehör und Spielen. Der Kühlschrank nahm die gesamte Längsseite der Tankstelle ein. Links von ihm waren ein paar Stehtischchen, umgeben von hohen dünnbeinigen Barhockern aus gebürstetem Stahl.

Natürlich hatte er die Entwicklung mitbekommen. Mit jedem Jahr, das verging, ähnelten die Tankstellen mehr und mehr einem großen Kiosk, aber das hier? Selbst wenn er all den leuchtenden Schnickschnack der Welt in einen Topf geschmissen hätte, es wäre nie zu einem derart pompösen Vergnügungspark gekommen.

»Wie schön, Sie zu sehen!«, sagte Ellen Lysaker. »Eine wunderschöne Tankstelle, nicht wahr?«

»Sehr ... überraschend«, sagte er. »Ich bin gespannt auf den Rest.«

»Den Rest?«

»Ja – das Lager, die Waschanlage, die Werkstatt.«

»Ach so. Nun, hier sehen Sie ja nur den Geschäftsbereich. Es gibt verschiedene Module. Aber das besprechen wir später.«

Er versuchte, das Ganze dosiert in sich aufzunehmen. Die Wände waren in gedämpftem Orange gehalten, und die Fliesen am Boden leuchteten in einem orange-gelben Schachbrettmuster. Ein richtiger Tresen war nirgends zu sehen, dafür standen in der Mitte des Raumes drei Kassen hinter einer runden, niedrigen Einfassung aus mattem Aluminium, die nach oben hin in eine gebogene Plexiglasscheibe überging.

Ellen Lysaker sah hastig auf ihre Armbanduhr: »Gut! Ich sehe Sie später wieder, Herr Fyksen. Jetzt muss ich erst mal der Chefarchitektin das Wort geben.«

Camilla Brodtkorp war winzig klein und trug eine Brille mit einem dicken Gestell. »Liebe Anwesenden«, sagte sie. »Es ist mir ein *großes* Vergnügen! Wir haben gemeinsam etwas realisiert, was sich wirklich von Grund auf von *allem anderen* unterscheidet, etwas, das mit den konventionellen Mechanismen der Vergangenheit bricht und den *Menschen* ins Zentrum stellt. Unser Ziel war es, einen erholsamen Raum zu schaffen, einen Ort, an dem man wieder zu Atem kommt, der aber gleichzeitig auch kommerziell tragfähig ist. Deshalb finden sich hier neben dem Hauptgedanken der *Ruhepause* auch die Attribute so gegensätzlicher Dinge wie *Ruhe und Bewegung*. Dies erreichen wir durch einige beruhigende, Gemütlichkeit ausstrahlende Elemente, wobei wir nicht so weit gehen wollten, eine richtige *Lounge*-Atmosphäre aufkommen zu lassen, in der die Menschen einfach sitzen bleiben.«

Erik schlich sich davon und warf einen etwas genaueren Blick auf das Warensortiment. Mehr Sorten Zahncreme als Polierwachs. Und die, die es gab, schienen ohne jedes System im Regal gelandet zu sein. Es gab Autoshampoo, aber keine Schwämme, nur Wash'n'Wipe-Einmaltücher. Lufterfrischer, aber kein Cockpitspray. Hydraulikflüssigkeit für Citroëns, aber kein gewöhnliches Automatiköl.

Und Camilla Brodtkorp schien zu keinem Ende kommen zu wollen.

»Die interessante Ambivalenz des Innenraums – zwischen Ruhe und Bewegung – kommt durch die unterschiedliche Beschaffenheit des Materials sowie das Farbspiel bestimmter Signalelemente zum Ausdruck. Beachten Sie zum Beispiel die visuelle Grammatik der Essecke. Sie vermittelt das klare Bewusstsein einer begrenzten Privatsphäre. Die Tische haben eine funktionelle Selbstverständlichkeit, um die spartanische Strenge dieses Aufenthaltsbereiches zu unterstreichen. Die oberen zwei Drittel der Fensterflächen sind in einem milchigen Ockerton gehalten. Dies vermittelt intuitiv das Gefühl, sich in einem Zelt zu befinden, wo das Licht von außen durch die Zeltwände fällt. Die Fenstergestaltung leistet so einen Beitrag zum Übergang in die *bewegte Phase*. Kurz gesagt: dem Kunden soll bewusst gemacht werden, dass es wieder an der Zeit ist, das Wetter draußen zu genießen.«

Ein Champagnerkorken knallte. Ellen stellte Thale Walsøe vor. Sie trug ein moosgrünes, gestepptes Kleid, das ihr bis zu den Knien ging. Dunkelbraune, lockige Haare. Erik schätzte das Gewicht ihres Silberschmucks auf mindestens sechs Kilo. Sie stand mit leicht gebeugten Knien da, richtete ihren Blick auf jemanden, der vor Erik stand, und winkte vorsichtig.

»Hallo – alle zusammen! Ich bin Thale! Und hier neben mir steht: Kim!«

Kim trug ein schwarzes T-Shirt, eine schwarze Hose, schwarze Socken und schwarze Schuhe. Sie nickte kurz.

»Wir beide, Kim und ich, sind bei diesem superspannenden Projekt für die Farben, die Raumaufteilung und die Textilien verantwortlich. Unser Ziel war es, etwas zu finden, das der Vision von einer Ruhepause entspricht, gleichzeitig aber an den entscheidenden Punkten auch eine Spur von Hektik und Bewegung vermittelt. Wir haben *alles* gegeben, um ...«

Eine Viertelstunde später war Thale beim Service angekommen.

»Ganz *besonders* zufrieden sind wir mit der Café-au-Lait-Schale. Kim, könntest du mal das Tulpenservice zeigen?«

Kim reichte ein Papptablett herum, auf das ein Becher, ein Teller, Plastikbesteck und eine Serviette geklebt waren. Erik nahm es entgegen. Das Dekor zeigte eine winzige gelbe Tulpe. Als er das Pappbrett weiterreichte, klatschte Ellen Lysaker in die Hände und rief: »Und jetzt kommen wir zum Wichtigsten!«

Jemand hatte das ganze Arrangement anscheinend durch irgendein Guckloch verfolgt, denn plötzlich standen vier Bedienungen in dem runden Kassenbereich. Zwei Männer und zwei Frauen, alle in dunkelblauen Uniformen, mit einer Schürze und einer Art Kappe mit irgendeiner dummen Applikation. Sie sahen aus wie Flugbegleiter, dachte Erik und suchte nach einem Vorwand, unter dem er sich davonstehlen konnte.

»Das Essen ist wahnsinnig gut«, sagte Ellen Lysaker und schob ihn an den Anfang der Reihe.

»Was kann ich für Sie tun?«, fragte die Bedienung.

Das Essen erinnerte ihn an die Woche, in der er mit Elise im Süden gewesen war: Edelstahlbecher, Oliven, gebratene Kartoffelscheiben, Käse und fremdartiges, in Öl schwimmendes Gemüse. Er fühlte sich vollkommen fehl am Platz. Es gab weder eine Information, was das Zeug kostete, noch wusste er, ob er die Bedienung bitten musste, ihm das auf einem Teller oder im Brot zu servieren, außerdem hatte er nicht den geringsten Schimmer, wie viel man davon nahm.

»Wir haben Ciabatta mit Feta und Oliven. Das ist *wirklich* zu empfehlen«, sagte die Servierkraft, auf dessen Namensschild ALEX stand.

»An Würstchen haben wir Bockwurst mit Käse, Zwiebelwurst, Bratwurst und Cabanossi, jeweils mit und ohne Bacon. Ja, und natürlich auch einfache Wiener und Grillwürste. Mein persönlicher Favorit ist die Zwiebelwurst, und ...«

»Alex«, unterbrach ihn Erik.

»Ja?«

»Dieses Ciabatta mit Feta ist wohl das Richtige.«

»Da haben Sie vollkommen recht«, sagte Alex. Gleich darauf sah Erik eine Messerklinge aufblitzen. Auf die noch dampfenden Schnittflächen des Ciabattabrötchens schmierte Alex eine dicke Schicht Butter, ehe er sie mit einem Salatblatt, Tomaten, schwarzen Oliven und Feta, roten Zwiebeln und Basilikum belegte und das Brötchen zuklappte. Ellen Lysaker bestellte einen Thunfischsalat. Sie setzten sich unter die ockergelb scheinenden Zeltplanen. Erik spürte, wie die Elemente, die Bewegung vermitteln sollten, ihre Wirkung taten. Aber was für ein Essen! Die bemehlte Kruste des Ciabattas war dünn und knusprig, der Teig luftig und süß, und der säuerliche Fetakäse unterstrich den Geschmack der schwarzen Oliven.

»Was sagen Sie?«, wollte Ellen Lysaker wissen.

Er legte das Ciabatta weg und wischte sich den Mund mit seinem Unterarm ab, das hatte er sich nach all den Jahren mit ölverschmierten Händen angewöhnt.

»Sehr gut.«

»Für mich gehören diese Bake-off-Produkte zum Besten des ganzen Sortiments.«

Erik fragte sich, was Bake-off-Produkte waren, wollte aber nicht nachfragen. Ellen fuhr unbeeindruckt fort: »Ich bin so etwas von zufrieden. Diese Plattform wird die halbherzigen Versuche von Statoil und Shell pulverisieren.«

Er wollte ihren Enthusiasmus nicht dämpfen. Nicht jetzt, gleich am ersten Tag. »Ich finde das alles hier sehr ordentlich«, sagte er und fingerte an der Tulpenserviette herum, »aber sind da noch gewisse Veränderungen denkbar?«

»Wie meinen Sie das?«, fragte Ellen Lysaker.

»Sie wissen schon, räumlicher Art und bezüglich des Warensortiments.«

»Nun, wenn ich das richtig verstehe, ist der Wettlauf gegen die Zeit, die Konkurrenz das Entscheidende in Ihrer Situation. Wir können diese Tankstellen im Laufe von nur zwei Monaten aufbauen.«

»Waren Sie schon mal in Annor?«, fragte Erik.

»Bin nur mal vorbeigefahren.«

»Da oben ist der Bedarf etwas anders.«

»Schon. Aber für Ihre Würstchen-Stammkunden ändert sich ja nichts. Ich bin mir sicher, dass sich dank der vielen Salatvarianten, die wir hier anbieten, der Anteil der Frauen unter Ihren Kunden deutlich erhöhen wird. Interessante Verpflegungsangebote machen nun einmal den größten Konkurrenzfaktor aus. Die Entwicklung geht in Richtung gesundes Essen, wie wir es hier anbieten. Daran sollten Sie teilhaben.«

Er nahm einen Bissen vom Ciabatta.

»Ihre Tankstelle«, sagte sie, »worin liegt zurzeit Ihre spezifische Stärke?«

Wie viel hat ihr der Regionalchef wohl erzählt, fragte sich Erik, während er über Formulierungen nachdachte, die ein bisschen Wahrheit enthielten. »Lange Öffnungszeiten. Gute Warenkenntnis. Schneller Service. Ja, das ist wohl das Wichtigste, schneller Service.«

Noch ehe sie etwas erwidern konnte, fügte er hinzu: »Auf den neuen Namen bin ich schon gespannt.«

»Wunderbar! Was haben Sie denn da für ein Gefühl?«

»Nun, ich finde die Farben von Hydro-Texaco ein bisschen zu schillernd. Wie ein bunter Norwegerpulli.«

»Finden Sie das auch?«, sagte sie und nahm seinen Arm. »Da sind wir schon zwei! Wie ich darum gekämpft habe, ein bisschen Fahrt in dieses Designprogramm zu bekommen. Sie glauben ja nicht, wie viele da mitreden wollen. Manchmal bin ich ganz verzweifelt darüber, wie langsam die alle sind. Es gibt Tage, da würde ich alle am liebsten vor die Tür setzen. Das geht Ihnen als Chef sicher auch manchmal so.«

»Manchmal muss man viel Zeit darauf verwenden, die Arbeit der anderen zu überprüfen«, sagte Erik.

»Sie haben ja so recht! Ich weiß, an was Sie denken. Die Leute im Sitzungszimmer, nicht wahr? Sie schaffen es einfach nicht, am gleichen Strang zu ziehen. Dabei redet man vom *management by walking*. Ich hab das versucht. Klappt nicht bei Leuten wie mir. *Management by fear* hingegen ...«, sagte Ellen Lysaker und stopfte den Salat in sich hinein.

Erik füllte sein Glas mit frisch gepresstem Orangensaft und stellte es vorsichtig ab, um keinen Rand auf dem Sitzungstisch zu hinterlassen.

Susanne Gimle von Elyzium Concepts stellte sich neben den Projektor und strich sich eine rötliche Haarsträhne aus dem Gesicht.

»Früher«, begann sie, »war es beinahe unmöglich, einen innovativen, schlagkräftigen Namen für einen Betrieb zu finden. Die Firmennamen folgten immer einer bestimmten Formel: Reistads Holzfabrik, Druckerei Horten, Norwegische Staatsbahn ... todlangweilig! Wir bei Elyzium bieten Kommunikationskonzepte und schlagkräftige Firmennamen für das 21. Jahrhundert. Die neue Namensgeneration ist leicht zu behalten, hat einen guten semantischen Klang und weckt positive Assoziationen. Vertrauen und Kauflust weckt man am besten, indem man bei den Kunden das persönliche Reservoir an positiven Erfahrungen anzapft!«

Niemand sagte etwas.

»Wir haben uns in unserer Firma sehr intensiv mit dieser Fragestellung beschäftigt und haben Referenzen aus dem In- und Ausland geprüft, und ...«

Ellen unterbrach sie. »Die Vorschläge. Beginnen Sie direkt mit den Vorschlägen, ich habe in einer Dreiviertelstunde bereits die nächste Sitzung.«

Und zwar mit mir, dachte Erik und sah zu, wie sich eine orangefarbene Fläche mit dem Elyzium-Logo langsam auf der Leinwand scharf stellte. Mit wenigen Sekunden Unterbrechung hoben sich nacheinander drei Logos vor dem Hintergrund ab.

OASE

ELIXIA

MYWAY

»Versuchen Sie, Ihre Assoziationen festzuhalten«, flüsterte Susanne Gimle. »Achten Sie auf die positiven Vibrationen, die jeder dieser Namen bei Ihnen weckt.«

Erik kratzte sich an der Nase. Das konnte doch nicht wahr sein?

»Ah ja?«, sagte Ellen Lysaker. »Und jetzt?«

Jemand schaltete das Licht ein.

»Bitte, ich bin gespannt auf Ihre Reaktionen«, sagte Susanne Gimle aufmunternd. »Freiheraus, einfach, was Sie denken.«

»Für mich klingt Elixia gut«, sagte einer.

»Hm, aber Oase ist auch sehr – verlockend, fruchtbar, wirklich gut.«

»Myway ist unglaublich cool. Modern, real, irgendwie.«
»Für mich ist es Elixia«, sagte Øybo. »Ganz klar Elixia. Das vermittelt alle zentralen Werte des neuen Konzepts. Außerdem gefällt mir der positive Klang.«
Susanne Gimle strahlte.
»Da sprechen Sie etwas ganz Wesentliches an, Herr Øybo. Es geht eben gerade um die Assoziationskette, die Emotionen, die in dem Wort stecken, nach denen müssen wir suchen. Ich persönlich finde Myway, mit seinen Assoziationen ›ich‹, ›meine Bedürfnisse‹ und ›Weg‹, also der konkreten Situation, der Straße, der Reise, auch sehr interessant. Aber ich möchte besonders gern wissen, was Sie dazu meinen, Frau Lysaker?«
Alle Augen richteten sich auf Ellen Lysaker. Sie wippte mit den Füßen und klopfte sich mit einem goldenen Kugelschreiber gegen die Zähne.
»Wir sind nahe dran«, sagte sie. »Aber vielleicht ist das noch nicht ganz *das*?«
»Vielleicht wäre es leichter, eine Entscheidung zu treffen, wenn die Logos unterschiedliche Farben hätten? Das ändert in der Regel doch eine ganze Menge?«, schlug Thomas Øybo vor.
»Ich bin ganz und gar Ihrer Meinung«, sagte Susanne Gimle. »Aber es war ja gerade die Absicht, sich Gedanken über den verbalen, linguistischen Effekt zu machen, über die Vibrations, darüber, was der Name transmittiert.«
»Ich empfange, ehrlich gesagt, nicht sehr viel«, sagte Ellen Lysaker. »Aber Elixia klingt für mich im Moment am wenigsten negativ.«

»Das ist doch vollkommen daneben«, sagte Kåre Ringen. »Wir können unseren Tankstellen doch nicht solche Namen geben. Myway? Man könnte meinen, ihr lebt in einem totalen Vakuum. Die Leute werden das mit By the Way verwechseln. Und auch das ist jenseits von Gut und Böse. Ich frage mich, was die Leute in England sich dabei gedacht haben. Eine Raststätte, die ›Übrigens‹ heißt?«

»Das geht schon«, sagte Ellen. »By the Way gibt es auch in den USA und in Kanada. Außerdem haben wir die Order, unser Konzept zu ändern, wenn wir überleben wollen. Da macht es keinen Sinn, so zu argumentieren, als könnten wir alles so lassen, wie es ist. Wir sind uns darüber einig, dass der Fokus auf den Menschen gelegt werden muss. Nicht auf Autos oder Benzin. Dass das englisch ist, macht nichts. Denk doch mal an Esso. Die arbeiten mit dem Slogan On the Run, begleitet von dem Motto Fast, Fresh, Friendly. Und das ist doch wohl topaktuell.«

*Idiotisch*, Erik fragte sich, ob er erwähnen sollte, dass »on the run« auch Durchfall bedeuten konnte. Er blätterte Elises Broschüre durch und versank wieder in Gedanken.

»Elixia ist auch mein Favorit«, hörte er Susanne Gimle sagen. »Der Hauptklang, die erste Resonanz, basiert ja auf dem Wort ›Elixier‹. Ein unbelastetes Wort. Nur positive Assoziationen: veredelt, heilend, stärkend. Nur wenige Worte sind so rein. Denken Sie doch einmal an ›Militär‹. Für manche ist das ja etwas Positives, es steht für Verteidigung und Stolz, aber damit ist auch vieles andere verbunden, die Besatzung, Hubschrauberlärm … Elixia vermittelt ein Gefühl von Größe, Stärke und Stolz. Und ein bisschen schwingt auch das Wort ›Elite‹ mit. So ganz nebenbei, quasi gratis.«

Ellen Lysaker kippte den Stuhl nach vorn und beugte sich über den Tisch. »Elixia ist nicht schlecht. Aber wir müssen noch weiterarbeiten. Es wäre besser, wir hätten einen Namen, der etwas aktueller ist.«

»An was denken Sie?«, fragte Susanne Gimle.

»Sagte ich doch, etwas Aktuelleres, wir haben es noch nicht ganz.«

»Wie wäre es mit Mobil?«, rutschte es Erik heraus. Nach einigen langen Sekunden sagte jemand von der Marketingabteilung: »Mobil, ja! Cool! Wir machen dich mobil, bereit zu reisen. Gut, das spüre ich! Aber dann müsste es Mobilia sein.«

Ellen Lysaker ließ einen unergründlichen Blick von Erik zu Susanne Gimle schweifen. »Fyksen ist da wirklich einer Sache auf der Spur«, sagte Ellen Lysaker, »haben Sie nicht noch mehr Vorschläge?«

»Das wird dann aber sehr traditionell«, sagte Susanne Gimle. »Für mich hatte es den Anschein, Sie wollten etwas Avantgardistischeres. Aber okay.« Der Bildschirm leuchtete auf:

MEIST

»Meist ist ganz neutral, weckt aber gewichtige Assoziationen. Es würde perfekt passen, wenn man beabsichtigte, als seriöser, verlässlicher Akteur im Verpflegungsbereich und im Sektor Familienerlebnisse aufzutreten.«

»Neutral ist gut gesagt«, brummte Kåre Ringen. »Ich bin mir aber nicht so sicher, ob das wirklich klug ist. Dieses Wort sagt mir gar nichts. Das ist doch bloß eine banale Aneinanderreihung von Buchstaben. Vielleicht sollten wir den ganzen Mist lassen.«

»Aber das ist doch ein phantastischer Name«, rechtfertigte sich Susanne Gimle, die mittlerweile den Tränen nahe war. »Assoziativ gesehen die reinste Bombe, ein Bouillonwürfel voller positiver Signale: Meisterhaftigkeit, Tüchtigkeit, Stolz, Verantwortung, Kapazität. Sichert euch diesen Namen oder Elixia, ehe es andere tun. Erkennen Sie das denn nicht? Das ist die kommende Generation von Namen.«

»Machen Sie einen anderen Vorschlag«, meinte Ellen Lysaker, und Susanne Gimle drückte wieder auf die Fernbedienung.

## TRAFIXIA

»Na, also!«, rief Ellen Lysaker. »Jetzt nähern wir uns der Sache, meine Damen und Herren. Das hat doch Klang. Und es umfasst den Verpflegungsaspekt ebenso wie den traditionellen Tankstellenbetrieb.«

»Wie wäre es denn mit Findexa oder Findexia?«, warf ein anderer ein. »Was du auch suchst, du wirst es bei uns finden. Oder so ähnlich.«

Susanne Gimle warf weitere Namen auf die Leinwand: BILIA, OPTIMERA, ADIREKTA, PARETO, KLIPRA, RESONIA, VITALIA, FAMILIA, SERVIXIA. Doch bald darauf wollte Ellen noch einmal TRAFIXIA auf der Leinwand sehen.

»Dann schon lieber Servixia«, sagte ein anderer. »Das unterstreicht eher den Verpflegungsaspekt.«

Ellen Lysaker balancierte auf einem Fuß, während sie mit dem anderen die Bürotür zuschob, und reichte Erik einen Becher Kaffee. »Mit denen ist das so hoffnungslos!«, schimpfte sie. »Und diese Raumausstatter? *Grausam.* Diese Thale kam im letzten Moment und bestand darauf, die Leuchtstoffröhren über dem Kassenrondell gegen ein sauteures Sondermodell auszutauschen, das die ›richtige Farbtemperatur‹ hätte. Bullshit! Ich habe nein gesagt. Haben Sie irgendeinen Unterschied bemerkt?«

»Nee, wirklich nicht.«

»Sie sagen es. *Praktisch* denkende Leute, die fehlen hier einfach.«

Erik nickte. »Manchmal können zwei Dinge gleich schön sein, nur eben anders.«

»Den Gedanken hatte ich auch schon mal. Tja, diese Namen! Was halten Sie davon? Ich fand es klasse, dass Sie mit dem Vorschlag Mobil gekommen sind. Das hat denen zu denken gegeben.«

»Offensichtlich«, sagte Erik.

»Sagen Sie mal?«, fragte Ellen. »Ich möchte Sie etwas fragen. Ist Ihnen etwas aufgefallen, als wir gegessen haben?«

»War alles in Ordnung«, sagte er zögernd.

»Sie haben nichts bemerkt …?« Sie wippte auf dem Stuhl

auf und ab, ihre Brüste hüpften unter der Bluse. »Etwas unter dem Po?«

Beklommen schluckte er seinen Kaffee und sagte: »Nein.«

»Gut. Die Sitzkissen sind aus Tempur Invers. Das ist ein geniales Material. Es wird härter, wenn es sich beim Sitzen erwärmt. Nach vier bis fünf Minuten wird das ziemlich unbequem. Das führt dazu, dass die Leute sich beeilen und nicht zu lange in der Tankstelle rumhängen.«

Erik las in der Broschüre. Lauter dummes Zeug. Er warf kurz einen Blick auf Ellen Lysakers Hände. Kein Ehering.

»Da steht, dass das Warensortiment standardisiert werden muss«, sagte er.

»Das ist selbstverständlich. Wir haben uns intensiv mit der Preissensitivität und den Toleranzgrenzen beschäftigt. Waren, die ein hohes Kompetenzniveau erfordern, sind aus dem Sortiment genommen worden. Das macht es viel einfacher, das richtige Personal zu finden«, sagte Ellen Lysaker.

Wie dumm sollte er sich stellen? Vielleicht ein bisschen. Sie beobachten. »Ich habe bemerkt, dass die Autoersatzteile unten noch nicht eingeräumt waren«, sagte Erik.

»Die kommen sicher später noch?«

»Da werden wir uns bewusst zurückhalten. Zündkerzen, Scheibenwischer …«

»Meinen Sie damit, dass …«

»Warten Sie, bis ich fertig bin. Also, all diese Spezialdinge sind aus dem Sortiment genommen worden. Wir setzen lieber mit Nachdruck auf die Autopflege. Wenn wir uns im Bereich der Restauration einen Namen machen wollen, müssen wir den Non-Food-Bereich verlassen.«

»Auch keine Scheibenwischer? Die kann doch jeder selber wechseln! Und Keilriemen?«

»Weg.«

»Der Bedarf bei mir …«

»Nein, nein, Statoil, Shell und Esso haben das auch aus ihrem Basissortiment genommen. Dafür gibt es einen Grund.«

»Und der wäre?«

»Na, dass sich dieses Zeug nicht verkauft!«

Seine Sinne liefen jetzt mit hoher Drehzahl, während sich sein Gehirn ausgekuppelt hatte. Sollte er einen Streit vom Zaun brechen, dem Unsinn heute schon ein Ende bereiten? Oder klein beigeben und sich später irgendwie davonschleichen? Er konnte ja versuchen, mit einer anderen Gesellschaft zu verhandeln. Aber nein. Fina gab es nicht mehr, und er hatte gesehen, wie es bei Shell und Esso aussah. Überall würde er jemandem wie Ellen Lysaker begegnen. Besser hier die Kontrolle behalten, verfolgen, ob diese neue Straße käme, während der Bauphase vorsichtig zu Werke gehen und erst anschließend dafür sorgen, die Grillsachen und Blumen loszuwerden. Annor war nicht der Nabel Norwegens. Wenn der Schutzplan 318 die Neunziger-Zone stoppte, würden sie ihr Interesse ohnehin verlieren.

»Ich persönlich kann mich mit dem Warenspektrum sehr gut arrangieren«, sagte Ellen Lysaker. »Das darf nicht ausufern und zu einem Krimskramsladen werden. Das mit den Autos überlassen wir den Vertragswerkstätten. Beim Service überprüfen die ja die Lampen und all das andere.«

»Die Lampen auch?«, fragte Erik. »Dafür reicht doch eine kleine Plastikbox unter dem Tresen! Dann verkaufen Sie womöglich auch keine Sicherungen?«

»Schwierig. Dann muss das Personal einen Qualifizierungskurs machen. Das lohnt sich nicht für billige Produkte und Waren von geringer Nachfrage. Außerdem hat mein Wagen noch nie Probleme mit den Sicherungen gehabt.«

»Das heißt aber nicht, dass die nicht mal durchbrennen können«, sagte Erik.

»Nein, aber ich bin auch nicht anders als die anderen. Außerdem haben viele Autos inzwischen ja Automatiksicherungen.«

»*Automatiksicherungen in Autos?*«

»Ja, wie die in den Häusern. Aber okay, wir können meinetwegen Sicherungen verkaufen, wenn Sie sich über eine Sache im Klaren sind. Geben Sie den Waren den Preis, den sie in der jeweiligen Situation wert sind. All das, was nicht zum Basissortiment gehört, muss nach dem akuten Bedarfsprofil rekalkuliert werden. So machen wir das auch bei Klopapier und Windeln. Eine Preispolicy von bis zu dreihundertfünfzig Prozent wirkt sich noch nicht negativ auf den Umsatz aus.«

»Wollen Sie damit sagen, dass ich Klopapier und Sicherungen zum dreifachen Preis verkaufen soll?«

»Meinetwegen auch zum fünffachen. Generell erscheint den Kunden Klopapier als günstig, wenn man es in Zweierpacks verkauft. Erst in Sechser- oder Achterpacks können sie wirklich die Preise vergleichen. Das Gleiche gilt für diese Sicherungen. Macht das denn einen Unterschied, ob die zwei oder zwanzig Kronen kosten, wenn man sie wirklich braucht?«

Ellen Lysaker drehte sich mit dem Stuhl herum und richtete den Blick auf die Norwegenkarte hinter sich. Sie war übersät von Stecknadeln in den unterschiedlichsten Farben. Erik ging davon aus, dass die blauen für Statoil standen, die roten für Esso, die schwarzen für Hydro-Texaco und die gelben für Shell. Inmitten des Gudbrandsdalen sah er eine schwarze Stecknadel. *Annor Kraftstoffe und Automobile.*

»Na ja«, sagte Ellen Lysaker und erhob sich. »Das wären dann Sie.« Sie zog die Nadel bei Annor heraus.

Nichts versprechen, sagte er zu sich selbst. Unverbindlich bleiben, sagen, dass wir uns dem ja später noch mal widmen können.

»Wenn Ihnen das Grundstück nicht gehören würde, käme es für mich nicht in Frage, Ihnen diese Tankstelle zu bauen«, sagte Ellen Lysaker. »Ich bin eine Spielerin. Aber wenn ich eine Ausnahme mache, müssen Sie das auch tun. Seien Sie flexibel. Sparen Sie Ihre Kräfte und kämpfen Sie nicht gegen uns an. Denken Sie an das, was Sie selber gesagt haben. Es wird auch schön, nur eben anders. Wenn die Neunziger-Zone kommt, werde ich Sie reich machen, Erik Fyksen. Sehen Sie sich die Distanzen an!

Richtung Süden sind es zwanzig Kilometer bis zur nächsten Tankstelle und im Norden liegt der gesamte Pass! Umgeben von primitiver Wildnis und Raubtieren. Da müssen wir einfach einen Platz haben. Stellen Sie sich mal vor, wie das ist, wenn der gesamte Verkehr der E6 da entlanggeht! Dieser Platz da oben bei Ihnen, der schreit für mich wirklich nach Trafixia, zu hundert Prozent«, sagte Ellen.

»Trafixia?«, wiederholte er. »Sollte die Entscheidung über den Namen nicht später fallen?«

Ellen Lysaker stocherte mit der Nadel in den Zähnen herum. »Sie sind doch dabei?«, fragte sie. »Sie machen doch keinen Rückzieher?«

Erik antwortete nicht.

»Gut, ich höre, was Sie nicht sagen. Also, dann gehen wir die Sache an, oder? Ich schicke Thomas Øybo nach Annor, er soll die Sache weiter betreuen. Sie können dann die Details miteinander besprechen.«

»Okay«, erwiderte Erik. »Wir können die Details dann bei mir abklären.«

»So wird's gemacht! Ich will, dass wir diese Sache proaktiv und mit Nachdruck angehen«, sagte Ellen Lysaker, bog die Nadel, bis sie fast brach, und stach sie wieder in die Norwegenkarte. »Jetzt müssen wir uns um das Strategiedokument kümmern. Zeigen Sie mir doch mal die Planzeichnungen des Grundstücks.«

# DIE SCHWARZE TULPE

Tor-Arne grunzte ein müdes Nein, als ihn Erik fragte, ob es im Dorf Neuigkeiten gebe.

»Aber die Stromleitungen im Keller sind verlegt worden«, sagte er. »Gut, dass wir endlich Licht da unten haben. Weißt du, was ich gefunden habe? Da sind noch ganze Stapel alter Comics. Alles Mögliche. Wirklich geiles Zeug!«

»Kannst du haben«, sagte Erik.

»Wirklich?«, meinte Tor-Arne. »Das ist aber sicher einiges wert.«

»Nein, nein«, erwiderte Erik. »Das ist bloß alter, vergessener Kram.«

»Kann ich jetzt fahren? Heute ist ja fast nichts los.«

Irgendetwas stimmte nicht mit Tor-Arne. Er schielte immer wieder zum Büro, und auch seine Freude über die Comics wirkte übertrieben und künstlich. Außerdem schien er bei allem, was er tat, peinlich genau auf Eriks Reaktionen zu achten.

Erik wartete, bis er den Ascona in Richtung Zentrum fahren hörte, ließ die Tasche fallen und ging ins Büro. Tor-Arne hatte herumspioniert. Ohne jeden Zweifel. Das bewiesen die kleinen Fallen, die er ihm gestellt hatte. Die Originalbroschüre über den Opel Commodore lag zwar noch immer unter dem Stapel von Rechnungen, jetzt aber mit der Titelseite nach unten, und die Ordner mit der Aufschrift *Hydro-Texaco* standen an anderer Stelle im Regal. Erik kletterte aufs Sofa, um sie herauszunehmen, als ihm etwas Grünes in dem Spalt zwischen Sitzkissen und Sofalehne auffiel. Eine Kondomverpackung.

So so. Die konnte nicht mehr von ihm und Elise stammen. Nicht nach so vielen Jahren. Außerdem gab es die Marke gar nicht mehr, die sie damals verwendet hatten.

Unter dem Sofa war nichts. Nur Staub, zwei Benzinfilter und ein paar Zündkerzen. Langsam dämmerte es ihm. Er machte die Tankstelle zu und fuhr ins Neubaugebiet. Gepflegter, frisch gemähter Rasen zog sich um die Fertighäuser. Er fuhr im Schritttempo in eine Stichstraße, von der er einen guten Blick auf das Haus von Jøtul hatte.

Unterhalb der Einfahrt stand der Ascona am Straßenrand. Die Scheinwerfer brannten noch. Die Beifahrertür öffnete sich und Anja Jøtul, die Tochter des Hauses, stieg aus. Sie ging zur Fahrerseite, beugte sich hinunter und blieb dort lange stehen.

Erik fühlte sich schmutzig, als er zum Fernglas griff. Durch die messerscharfen Swarovski-Linsen konnte er sie gut sehen, eine typische Gymnasiastin. Modische Kleider, knackiger Hintern, schwarze, lockige Haare. Hübsch. Sie nahm eine Zeitschrift entgegen, die Tor-Arne ihr durch das Fenster reichte, lächelte und beugte sich noch einmal hinunter.

Als sie sich küssten, erkannte Erik das Heft. Es war einer der illustrierten Comics. *Die schwarze Tulpe.*

»Tor-Arne«, rief Erik aus der Grube.

Er bekam keine Antwort.

»Tor-Arne«, wiederholte er, lauter.

»Ja.«

»Machst du gerade was Wichtiges?«

»Ich lese Comics.«

»Kannst du mal kommen und mir bei dem Getriebe helfen?«

Tor-Arne stieg ohne zu murren nach unten in die Grube.

»Kann ich morgen in die Werkstatt?«, fragte er. »Ich habe einen neuen Plan mit meinem Ascona.«

»Vielleicht«, sagte Erik. »Pack an und halt mal das Getriebe, damit ich die Gummiaufhängung montieren kann.«

»Verdammt, ist das schwer«, stöhnte Tor-Arne.

»Beklag dich nicht ständig. Ich muss nur noch dieses Ding hier montieren, Mensch, geht das schwer rein!«

»Dann sprüh doch ein bisschen Öl drauf, statt zu jammern«, sagte Tor-Arne.

»Hätte ich ja«, sagte Erik sauer, »wenn ich die Dose 5-56 gefunden hätte.«

»Die steht doch direkt hinter dir.«

»Das ist WD40«, sagte Erik.

»Hä? Das ist doch das Gleiche«, sagte Tor-Arne.

»Hast du das 5-56 nicht nachbestellt?«, fragte Erik.

»WD40 ist doch genau das Gleiche. Außerdem riecht das gut. Jetzt mach mal, das ist verdammt *schwer*!«

Erik stemmte die Hände in die Seite und wartete, bis sich der Tropfen Getriebeöl löste, den er schon die ganze Zeit beobachtete, und auf Tor-Arnes Stirn tropfte.

»Riecht gut?«, fragte Erik langsam. »Verdammt noch mal, was bist du für ein Romantiker geworden? Du bist wohl verliebt?«

»Lass uns jetzt endlich dieses Getriebe montieren«, sagte Tor-Arne. »Ich kann das bald nicht mehr halten!«

»Universalöl muss nicht gut riechen«, sagte Erik. »Das hier ist eine Werkstatt, keine Parfümerie. Willst du hier arbeiten, oder nicht?«

»Hast du was getrunken?«, fragte Tor-Arne. »Ich kann das echt nicht mehr halten.«

»WD40. Mist, das ist einfach nicht … seriös. Wie heißt sie? Wie läuft's denn mit euch beiden? Wie geht's mit den Schwiegereltern?«

»Ich lass das Getriebe fallen. Ich sag's dir!«

»Zu wem hältst du eigentlich?«, rief Erik. »Zu mir oder zu Jøtul?«

Erik hörte jemanden in die Werkstatt kommen und erkannte Snortlunds schwarze Joggingschuhe am Hinterrad des Wagens, unter dem sie sich abmühten. Tor-Arne fluchte, riss Erik den letzten Bolzen aus der Hand und schob ihn selbst mit Schwung in die Getriebeaufhängung.

Als Erik später über den Tschaika-Motor gebeugt stand, verschwand Tor-Arne in Richtung Bushaltestelle, ohne vorher um Erlaubnis gefragt zu haben.

Am nächsten Tag hing ein Dreiliter-Sechszylinder-Motor an der Kette unter dem Flaschenzug in der Werkstatt. Der Ascona stand mit weit aufgerissener Motorhaube da. Der Motor fehlte.

»Du duftest nach WD40«, sagte Erik.

»Ist das etwas Neues?«, brummte Tor-Arne.

»Ich meine, läuft's gut mit deiner Gymnasiastin?«

»Geht so«, sagte Tor-Arne.

»Als ich mich noch um diese Früchtchen gekümmert habe, gab es immer eine Sache, an der ich erkennen konnte, ob die Mädels etwas im Kopf hatten oder nicht. Das hat immer gestimmt.«

»Ach ja«, sagte Tor-Arne desinteressiert.

»Im Winter, wenn sie sich in ein Auto mit kaltem Motor setzten und gleich zu nörgeln begannen, ich soll doch die Heizung anmachen.«

Tor-Arne öffnete den Werkzeugschrank.

»Also«, sagte Erik. »Diejenigen, die nicht kapierten, dass der Motor erst warm sein muss, damit die Heizung funktioniert, konnte man gleich vergessen.«

»Auf was willst du hinaus?«

»Die dachten wirklich, es gäbe da über der Stereoanlage so etwas wie einen Heizlüfter.«

»Ja und?«

»Ich meine, sind die Mädels heute noch immer so? Fragt sie nach so etwas, wenn sie bei dir im Auto sitzt?«

»Versuchst du es jetzt mit einem anderen Test?«, wollte Tor-Arne wissen.

»Ich dachte ja nur.«

»Manchmal bist du ganz schön komisch. Und von Frauen hast du auch keine Ahnung. Komm, kümmern wir uns jetzt lieber um diesen Motor.«

Erik klopfte mit den Knöcheln auf die Bodenplatte. Der

Motor hatte vermutlich in dem Monza gesessen, der bei Hundorp verunglückt war; er hatte den Wagen bei Grundtvig stehen sehen. »Das gefällt mir nicht«, sagte Erik. »Hättest du dich nicht mit dem Turbo begnügen können?«

»Der hat nicht richtig durchgezogen«, sagte Tor-Arne und löste die Kette aus der Halterung unter dem Flaschenzug.

»Wenn du damit erst anfängst«, sagte Erik, »wird dir die Beschleunigung nie reichen. Lass es sein. Man kann davon süchtig werden.«

»Heh, das ist doch bloß ein Dreilitermotor. Okay, ein bisschen frisiert, zweihundertsechzig PS, aber komm schon. Ich bin wirklich motiviert. Lass uns den einbauen.«

Die Klingel im Verkaufsraum bimmelte. »Ich komme gleich«, rief Tor-Arne und schob den Motorblock an den richtigen Platz.

»Ja, ja«, sagte Erik. »Zweihundertsechzig PS. Der wird wie der Teufel abgehen.«

»Hallo, Erik«, sagte Harald Jøtul fröhlich und klimperte mit einem großen Schlüsselbund.

»Hast du wieder ein paar Liter Diesel zu bezahlen, einen Vierteltank?«, fragte Erik.

Jøtul lächelte, schob sich den Schlüsselring über den kleinen Finger und ließ das Bund kreisen. Tor-Arne vergrub sich unter dem Motor und schien nicht aufschauen zu wollen.

»Für gewöhnlich bin ich ja ein Sportsmann«, sagte Jøtul, »aber deine kleinen Spielchen beginnen mich wirklich zu nerven.«

»Du bekommst nur, was du verdienst«, sagte Erik.

»Diesmal reicht es aber wirklich«, sagte Jøtul. »Hör mal, ich weiß über deine Fahrten nach Ringebu Bescheid, Schutzplan 318 ... na, ja. Und dann haben sich diese verschlafenen Ringebuer auch noch einfach um das Landesschützentreffen beworben. Ich verstehe nicht, wie du dein eigenes Dorf derart hintergehen kannst?«

»Das ist doch wohl eher umgekehrt.«

»Ach nein, was du nicht sagst? Dabei bin ich es doch, der mit den Menschen hier redet. Jeden Tag überrascht es mich aufs Neue, wie viele Leute dich für einen Überläufer halten. Aber ich will darüber hinwegsehen. Und diese Vereinbarung mit dem Gesundheitsverein, ich weiß ja nicht. Es scheint ja nicht das erste Mal zu sein, dass du einen derartigen Tauschhandel eingehst.«

»Ich habe keine Zeit für so ein Geschwätz«, sagte Erik. »Wir haben einen Motor einzubauen.«

»Sei nicht dumm. Wenn du bereit bist, wieder auf unserer Seite zu spielen, wird sich alles regeln.«

»Ach ja?«

»Wenn du da auf der anderen Seite bauen willst – hast du vor, das Gelände allein zu sprengen?«

Er scheint es wirklich ernst zu meinen, dachte Erik. Bietet mir Schwarzarbeit an.

»Sprichst du von der Hercules AB?«, fragte Erik.

»Da arbeite ich, ja«, sagte Jøtul.

»Lass hören.«

»Nun ja«, sagte Jøtul. »Warten wir lieber, bis wir einander vertrauen. Was meinst du?«

*Big Burden.*

*Mitsubishi Colt.*

*Tora Grundtvig.*

»Dass ich mir zu schade dafür bin, Hilfe von dir anzunehmen, Harald Jøtul.«

Jøtul ging zur STP-Pyramide. Er sah sie lange an und drehte dann die oberste Dose um.

»Oh, wie tugendhaft. Bist du so moralisch geworden, seit du Licht im Keller hast? Aber auch dieser Tauschhandel war ja wohl sicher nicht der erste. Im Finanzamt werden sie sich jedenfalls freuen, wenn sie dir für dieses Rentierfleisch noch eine Nachforderung stellen können.«

»Das war Elch, Jøtul. Du solltest schon aufpassen, was du bei der Gemeinde angibst.«

»Wahrscheinlich bist du deshalb so gegen diese Steuerlisten, oder? Weil du nicht das Geld hast, diese Scheiß-Tankstelle richtig zu betreiben, und immer kungeln und flüstern musst und nie ohne Schwarzarbeit auskommst?«

»Raus!«

»Ich bin noch nicht fertig«, sagte Jøtul. Er ging quer durch die Werkstatt und nahm Tor-Arnes Arm. »Und du, mein Junge, solltest verdammt vorsichtig sein. Pass auf, was du tust. Was ihr hier mit diesen Motoren macht, gefällt mir ganz und gar nicht. Ich hab dich mehr auf dem Kieker, als du dir vorstellen kannst«, sagte Jøtul und marschierte nach draußen.

»Bist du ein totaler Idiot?«, schrie Tor-Arne, als draußen der Pajero startete. »Jetzt hätte sich doch alles regeln können!«

»Mit Harald Jøtul regelt sich *nie* alles«, sagte Erik. »Und jetzt bist wohl du an der Reihe, mal die Wahrheit zu sagen.«

»Und worüber bitte?«

»Über Anja Jøtul!«

»Da gibt's überhaupt nichts zu sagen. Die fährt manchmal mit, das ist alles.«

»Mein Gott«, fluchte Erik. »Sie ist gerade mal sechzehn.«

»Bald siebzehn«, sagte Tor-Arne.

»War das ihretwegen, dass du nicht nein sagen konntest bei diesen Steuerlisten?«

»Jetzt vergiss doch mal diesen Scheiß«, sagte Tor-Arne und strich mit den Fingern über die Ventildeckel des Monza-Motors.

»Du hast nicht zufällig etwas über das Rabbenfeld gesagt, als du bei Jøtuls drinnen warst?«

»Drinnen? Wir bleiben immer im Auto.«

»Das tut ihr nicht«, sagte Erik. »Ich habe dein Auto doch draußen stehen sehen.«

»Da waren Laila und Harald beim Schützentreffen – verdammt! Hast du mir nachspioniert?«


Der Sechszylinder des Monzas war abends um halb elf richtig eingestellt. Das Fauchen des Auspuffs war aufbrausend, beinahe wütend. Erik mochte den Ascona nicht mehr. Mit dem Turbomotor hatte man noch umgehen können. Aber diese Dreilitermaschine hatte etwas Eigenmächtiges, das irgendwie auf Tor-Arne abgefärbt hatte.

Das mit Anja konnte vieles bedeuten. Mädchen in diesem

Alter begehrten manchmal auf, rebellierten gegen ihre Eltern und gingen deshalb gerade mit dem Jungen, den ihre Eltern absolut nicht ausstehen konnten. Das hier aber ging zu weit. Er mochte Jøtul nicht, nein, war aber auch nicht bereit, als Brecheisen zu dienen, um die Familie zu spalten.

Erik setzte sich auf den Campingstuhl vor der Eingangstür und schnippte eine South State aus dem Päckchen. Ellen Lysaker hatte seine Planskizze des Rabbenfeldes zum Glück akzeptiert und sich sogar mit der Erklärung abgefunden, dass der Katasterauszug einen zu großen Maßstab gehabt hätte, um dienlich zu sein. Aber Thomas Øybo, ihr Lakai, konnte jederzeit hier aufkreuzen.

Erik studierte seine Fingerabdrücke auf dem Zigarettenpapier. Jøtul hatte ihm Hilfe angeboten. Also war er selbst nicht mehr am Grundstück interessiert. Vielleicht hatte ihn Knapstad abblitzen lassen. Irgendetwas musste auf jeden Fall geschehen sein, und das erst vor kurzem.

»Kommst du zu so später Stunde, um mich wieder an die Benzinpumpe zu erinnern?«, fragte Knapstad.

»Es geht um das Rabbenfeld«, sagte Erik.

»Ein schönes Stückchen Land. Fetter, schwarzer Boden. Voller Würmer.«

»Nenn mir einen Preis. Dann können wir das noch hier und jetzt abschließen.«

»Ich beginne zu verstehen, dass die einzige Landzunge auf dieser Seite des Flusses wertvoll ist.«

»Ich will dir mal was zeigen«, sagte Erik und nahm den Trafixia-Flyer heraus.

Knapstad blätterte darin herum und zuckte mit den Schultern.

»Snacks und anderer Kram«, sagte er. »Damit machst du mir keine Angst, Fyksen. Du bist nicht der Einzige, der eine Tankstelle betreiben kann. Du bist nur der Einzige, der sich für unersetzbar hält. Du wirst schon zurechtkommen, auch wenn ich diesen Acker an jemanden verpachte, der ihn auch selbst bezahlen kann.«

»Das trägt sich nicht«, sagte Erik. »Ich brauche Durchgangsverkehr, um die Tankstelle am Leben zu halten. Verdammt! Wehr dich gegen die Großbauern und die Behörden, soviel du willst, aber ich verstehe nicht, warum du mir das Leben so schwermachen musst.«

»Ich lebe nun mal in ärmlichen Verhältnissen«, sagte Knapstad. »Und jetzt will ich endlich auch mal ein Stück vom Kuchen. Will wissen, wie es sich anfühlt, zu einem der führenden Kapitalisten im Dorf zu gehören. Morgen werde ich mal mit den verschiedenen Ölgesellschaften telefonieren und mich erkundigen, was die zu zahlen bereit sind. Ein Anruf bei Esso, einer bei Statoil. Und es gibt noch mehr, Shell, Hydro-Texaco. Ich danke dir aber für den Tipp.«

Der Mobil-Pegasus begann sich vor dem langsam dunkler werdenden Abendhimmel abzuzeichnen, als sich ein Wagen mit Fernlicht näherte. Erik stellte sich in die Tür, sah, wie der Wagen abblendete, als er über die Kuppe kam, und dann der Blinker eingeschaltet wurde. Der Auspuff klang wie entferntes Donnergrollen.

Ein 73er Jaguar XJ12 in British Racing Green.

Er spürte etwas. Verdammt, er spürte etwas. Da war tatsächlich noch ein Rest dieser kindlichen Freude. Wie ein winziger Tropfen, der über vertrockneten Boden rollte. Eine schwarzhaarige Frau mit engem, schwarzem Pullover und schwarzer Jeans stieg aus. Sie öffnete den verchromten Tankdeckel, füllte den linken Tank, ging dann um das Auto herum und ließ auch den rechten Tank volllaufen, mit einem attraktiven, leichten Knick in der Hüfte.

In den Sechzigern haben sie sich wirklich darauf verstanden, richtige Autos zu machen, dachte er – und es gab noch richtige Frauen.

Unmittelbar über der Hinterachse hob sich die Karosserie in einem sanften Bogen. Von dort aus flossen die Linien zusammen mit denen des sich absenkenden Kofferraums und verjüngten sich bis zu den Rücklichtern, die geformt waren wie eine gotische Kathedrale.

Er wusste, dass die beiden Jaguar-Tanks zusammen 110 Liter fassten. Aber die alte Zapfsäule, an der sie tankte, ging nur bis 99,9 Liter. Jetzt galt es abzuwarten, ob sie inzwischen auch zu denen gehörte, die zur Tankstelle fuhren, auch wenn der Tank erst ein Viertel leer war.

Die Gilbarco-Säule klickte laut und verstummte.

99,9.

»Das ist das erste Mal, dass das Zählwerk gestoppt hat, weil der Tank zu groß ist«, sagte Erik.

Sie drehte sich um, und der rote Schimmer vom Pegasus fiel auf ihr Gesicht. Jetzt müssen wir wohl reden, dachte Erik. Fragt sich bloß, wo anfangen. Jetzt, da es viel zu spät ist.

»Du kannst die doch wieder auf null stellen«, sagte Tora Landstad in breitem Annor-Dialekt, während das Mondlicht auf den Radkappen blitzte.

»Ja«, sagte er mit belegter Stimme. »Einmal muss man wohl alles auf null stellen.«

Erik ging um den Jaguar herum, während sie die letzten Liter in ihren Tank laufen ließ. Von weitem war es ein schöner Anblick gewesen, doch aus der Nähe erkannte er, dass der Lack ein bisschen matt und das Leder rissig geworden war. Aber nicht schlecht für das Alter.

»Den habe ich vorgestern in Gjøvik gekauft«, sagte sie.

»Ich dachte, du fährst den GMC«, sagte Erik.

»Ach der, der gehört Papa.«

»Ich wusste nicht, dass er ein Auto hat.«

»Den hat er in die Scheune gefahren, als Mama fortgegangen ist. Du glaubst nicht, wie staubig der war. Ich weiß noch, wie ich als Kind zwischen ihnen gesessen hab, wenn wir einen Ausflug gemacht haben.«

»Und jetzt steht er wieder in der Scheune?«

»Pick-ups sind nette Autos«, sagte Tora. »Aber das hier ist mehr mein Stil.«

Erik fuhr mit den Nägeln über den Kühlergrill und hörte das Metall sirren. Ein Zwölfzylinder. Tora Landstad in schwarzer Levi's. *The biggest cat of them all.*

Tora Landstad ging zur Kasse, um 108,3 Liter Benzin zu bezahlen. Sah sich um und kaufte sich einen Schokoriegel.

»Bist du zurück nach Styksheim gezogen?«, fragte Erik und achtete darauf, dass es sich nicht nach mehr anhörte als dem üblichen Kundensmalltalk.

»Nein, nein, ich fahre bald wieder nach Norden. Bin zum ersten Mal hier, seit fast vier Jahren.«

»Ah ja«, sagte Erik. Er war nicht gut darin, mit Worten zu beschreiben, wie Menschen so waren. Aber er wusste, dass es in seinem Wortschatz mehr als ein Wort gab, das er hätte sagen können: aufgeweckt, scharfsinnig, nett.

Erik sah nach draußen, musterte die Silhouette des Jaguars. Die Bildhauer hatten Jahre gebraucht, um diese Form hinzubekommen. Aber an die Silhouette von Tora Landstad kamen sie damit nicht heran. Sie war zu dem anziehendsten Wesen herangewachsen, das er jemals vor seinem Tresen hatte stehen sehen. Keine auffälligen Formen, aber großgewachsen ihr Bauch so flach, dass alles andere an ihr zu schwingen schien. Und so wortkarg wie früher schien sie auch nicht mehr zu sein.

Aber was tun? Elise war näher, irgendwie war sie immer noch hier. Er war noch nicht einmal neugierig auf diese alte Geschichte zwischen Tora Grundtvig und Harald Jøtul.

»Musste mal nach Papa sehen«, sagte Tora. »Er wird immer schrulliger. Es gefällt mir da oben in Styksheim, wenn es so warm ist, das ist alles. Ich kann Annor nicht leiden, ertrage seinen Schrottplatz nicht, dieses ganze Chaos.«

»Werner hat mir erzählt, dass du jetzt im Norden wohnst«, sagte Erik.

»Im Parkveien. In Kirkenes.«

»Hast du Kirkenes gesagt?«

»2300 Kilometer von hier«, sagte Tora.

»Du willst diese alte Katze doch wohl nicht 2300 Kilometer am Stück fahren?«

»Manchmal ist Distanz genau das Richtige. Insbesondere, wenn man gern Auto fährt.«

»Ja, das stimmt«, sagte Erik.

»Noch eine Sache«, sagte sie. »Da klappert irgendwas am Hinterrad. Ob du dir das irgendwann mal ansehen könntest?«

Tora Landstad fuhr zielsicher auf die Hebebühne und rollte auf ihn zu, bis die Stoßstange des Jaguars nur noch ein paar Zentimeter von seinem Knie entfernt war, dann bremste sie. Erik hörte den V12-Motor rauschen. Sie schaltete ihn ab und stieg aus.

»Was machst du da oben im Norden?«, fragte er.

»Polstern. Beziehe alte Stühle, wechsle Sofafedern aus, repariere.«

Tora Grundtvig kannte ich, dachte er, aber kenne ich

Tora Landstad? Wir haben schon jetzt fast mehr miteinander geredet als in unserer ganzen Jugend. Und nun stehen wir hier vor einem alten Jaguar, und ich spüre, wie sie mich wieder in einen schüchternen Sechzehnjährigen mit mangelndem Selbstwertgefühl verwandelt.

»Ah so«, sagte Erik und dann fiel ihm nichts mehr ein.

Aber das Auto antwortete ihm sofort; er spürte es, kaum dass er die Antriebsachse gelöst hatte. Der Jaguar stammte aus einem besseren Zeitalter. In den Siebzigern war alles schiefgelaufen, die Löhne waren derart angestiegen, dass es sinnvoller war, etwas auszuwechseln, als es zu reparieren. Aber das hier war etwas anderes, dieses Auto war dafür *geschaffen* worden, repariert zu werden.

Er legte die Nabe auf den Arbeitstisch und reinigte sie mit Paraffin. Bei modernen Fahrzeugen war das eine grob gefalzte, hässliche Halterung mit permanenten Gummimanschetten. Doch hier bestand sie aus achtunddreißig Teilen; gefetteten Lagern, Distanzshims und -rohre, Scheiben und Filtern. Die Teile des Fahrgestells waren dabei ebenso sorgfältig ausgearbeitet worden wie die des Interieurs, aber mit einer anderen – wie hatte Camilla Brodtkorp sich ausgedrückt – *visuellen Grammatik*? Ja, zweifellos, der Jaguar bestand eigentlich aus zwei Autos: eins gehörte dem Besitzer, das andere dem Mechaniker.

Tora hatte ihm den Rücken zugedreht und musterte den Werkzeugschrank, die Hydraulikpresse und den Verschlag mit den Ölfiltern.

»Hier, guck mal«, sagte er und nahm eine rostige Lagerschale heraus, »da haben wir die Ursache des Problems.«

»Es macht nichts, wenn das Auto ein paar Tage hier stehen muss«, sagte Tora. Sie drehte sich nicht um, Erik sah nur eine leichte Bewegung in ihrem blauschwarzen Haar, während sie sprach.

Wenn sie mich nur angesehen hätte, dachte Erik. Mir ihr Gesicht gezeigt hätte, ob das als Aufmunterung oder Resignation gemeint war. Er spürte es wieder. Tora Landstad trieb noch immer ihr altes Spiel, dieser Wechsel zwischen Stille und Unergründlichkeit. Nach einer halben Minute vielleicht, es könnten aber auch fünf Minuten gewesen sein, drehte sie sich zu ihm um und sagte: »Denn es ist ja wohl ziemlich unmöglich, abends um elf in Annor Ersatzteile aufzutreiben?«

Im Keller roch es nach feuchter Erde. Sie gingen an einem mit Grünspan bedeckten Kühler vorbei und hielten vor dem dunklen Metallregal. Als er das Neonlicht einschaltete, strahlten ihm die Farben aus dem Regal entgegen; eine Reihe neben der anderen standen sie hier mit den Sechzigerjahre-Logos von Timken, SKF und Federal Mogul. Er verglich die Nummer, die in die Lagerschale graviert war, mit der Typenbezeichnung auf der Schmalseite der Schachteln.

»Hier, 03062 und 03162«, sagte er und blies den Staub von der Schachtel. Das Timken-Logo glänzte glühend orange auf dem mattschwarzen Hintergrund.

»Bist du sicher, dass die passt?«, fragte Tora.

»Ganz sicher«, antwortete er. »Das ist NOS.«

»Was?«

»New Old Stock. Unbenutzte, alte Originalteile.«
Vorsichtig öffnete er die Verpackung und ließ den kleinen, schweren Gegenstand herausgleiten. Das braune Wachspapier war sternförmig um das Lager gefaltet, und als er an der Lasche zog, öffnete es sich wie eine Rosenblüte.
Er gab ihr die Rose und sah in ihren Hermelinaugen etwas erwachen. Aber als das blanke Kugellager in ihrer Handfläche glänzte, erkannte er, wie viel einfacher doch alles war, wenn Stahl einfach nur Stahl war.

Er nahm die Limonadenflasche, auf deren Etikett mit Filzstift »Paraffin« geschrieben war, goss sich etwas davon in die Hand, nahm ein Blatt Küchenpapier und bekam den meisten Schmutz von den Händen. Ein paar Ölrückstände saßen noch in den Poren und zeichneten Linien in die weiße Haut. Ohne Vorwarnung nahm sie seine linke Hand.
»Kannst du aus der Hand lesen?«, fragte Erik.
»Geht nicht. Du hast eine Narbe über der Lebenslinie.«
»Da hab ich mich vor langer Zeit geschnitten.«
»Ich weiß«, sagte Tora. »An der Stoßstange eines weißen Cadillacs.«
Sie ließ seine Hand los. Er wusste nicht, ob es die Berührung oder etwas anderes war, aber danach schmerzte die Narbe ein wenig.
»Der Mechaniker«, sagte sie und strich über das Futteral des Schlüsselsatzes. »Der die große Tankstelle im Jenseits betreibt und alles reparieren kann.«
»Hat dir Werner die Geschichte erzählt?«, fragte Erik.

»Ich weiß nicht, was ich glauben soll. Er schwafelt die ganze Zeit von dir und einer großen Reparatur. Einmal hat er gesagt, das hätte etwas mit mir zu tun.«

»Das ist nur ein altes Werkzeugset«, sagte er und rollte das Lederfutteral zusammen. Er sah, dass sie einen Ring am Zeigefinger trug. Musste aus Eisen sein, denn er hatte tiefe, schwarze Scharten, Rostfraß.

»Dann hast du da oben Familie?«, fragte er.

»Hatte, ja.«

»Hm?«

»Bin geschieden. Habe eine Tochter. Sie ist jetzt bei ihrem Vater.«

Erik wartete, wartete, bis er den Stich spürte. Nein, sie würde nicht fragen, ob er verheiratet oder geschieden war und womöglich ein Kind hatte. Das war wahrscheinlich nicht notwendig. Vermutlich war es verdammt leicht zu sehen, wie es um Erik Fyksen stand.

»Hör mal«, sagte Tora Landstad. »Komm doch anschließend mit zu mir hoch. Wir können Tacos machen und ein bisschen reden. Ich hab unterwegs in Lillehammer angehalten und Wein besorgt.«

Es ist möglich, dachte er. Heute Abend könnte es geschehen. Wenn die Flaschen leer waren, könnten sie einander nahekommen und vielleicht endlich alle Emotionen rauslassen. Sie könnten zum Pass hochfahren, den Zwölfer bis in den roten Bereich jagen und den Duft des Motoröls riechen, den Jahresringen des Walnussholzes folgen, sich von den Lichtreflexen auf dem Chrom der Instrumente blenden lassen und Annor hinter sich lassen.

Aber das würde nicht gehen.

Bestimmt würden sie wie ein Waldbrand auflodern. Nur dass er der Wald war und sie das Feuer. Sie würde weiterziehen. Und er verkraftete es vielleicht, dass ihm die Landstraße eine Frau genommen hatte, nicht aber zwei. Er gehörte hierher nach Annor, zusammen mit Erik Fyksen. Dieser Erik Fyksen stand am F-150, klopfte gegen die Benzinkanister, sagte sich selbst, dass das feine Töchterchen einfach nur einen Besuch auf dem Hof des Vaters machte, und erinnerte ihn daran, am nächsten Morgen oben am Pass das Fernglas herauszunehmen.

»Dein Auto ist jetzt wieder in Ordnung«, sagte Erik und hörte, wie Erik Fyksen dankend ablehnte, als Tora Landstad ihn fragte, ob er den Jaguar nicht einmal fahren wolle.

Die Mutter wollte nicht auf die Schraube. Erik hielt die Benzinleitung ins Licht, bog sie ein paar Grad und befestigte sie erneut. Aus dem Verkaufsraum hörte er eine Frauenstimme.

»Hier soll irgendwo eine Hydro-Texaco-Tankstelle sein?«

»Soll, ja!«, sagte Tor-Arne.

»Vielleicht könnten Sie dann so freundlich sein und mir sagen, wo ich die finden kann?«

»Können Sie nicht hier tanken? Haben Sie eine Firmenkarte, oder wieso?«

»Die habe ich auch, aber ich will nicht tanken. Ich habe ein Anliegen.«

»Texaco, da müssen Sie bis nach Ringebu.«

»Da komme ich doch gerade her.«

»In Annor gibt es nur eine einzige Tankstelle. Und das ist diese Mobil-Tankstelle.«

»Moment mal, sagten Sie Mobil?«

»Haben Sie das Schild nicht gesehen? Gucken Sie doch nach draußen.«

»Ah ja – natürlich. Ich bin im Zentrum herumgefahren, habe nach einer Hydro-Texaco Ausschau gehalten und hab dann an einem Kiosk gewendet. Sie sagen, es gibt hier nur *eine* Tankstelle?«

Erik musste lachen. Die Mutter rutschte erneut ab. Er hörte nicht mehr zu, konzentrierte sich.

Zehn Minuten später schlenderte er rüber in den Verkaufsraum. Den Overall trug er schon die ganze Woche und achtete darauf, nirgends anzustoßen, um nicht noch mehr Flecken zu machen.

»Du bist ja doch hier?«, wunderte sich Tor-Arne. »Ich dachte, du wärst im Rangen.«

»Keine Zeit. Diese Benzinleitungen haben eine bescheuerte Passform, ich musste alle zurechtbiegen.«

»Du hast Besuch.«

»*Besuch*?«

»Eine Frau«, sagte Tor-Arne, beugte seinen Kopf zu ihm rüber und flüsterte: »Zu alt für mich, aber sie war mal eine ziemliche Nummer.«

Erik spürte eine Wagenladung voller Schwierigkeiten auf sich zukommen. »Wo ist sie jetzt?«, zischte er.

»Wartet im Büro.«

Als Erik die Tür öffnete, hörte er Schritte auf der Treppe zu seiner Wohnung. Ellen Lysaker blieb sechs Stufen über ihm stehen. »Ah, da verstecken Sie sich also«, sagte sie.

»Ach, Sie sind gar nicht mehr im Büro?«, fragte Erik und nickte in Richtung Bürotür.

»Es hat so lange gedauert«, sagte Ellen Lysaker. »Deshalb bin ich nach oben in euren Pausenraum gegangen. Wo sind Sie gewesen? Ich hab Ihnen gestern ein Fax geschickt und Sie gebeten, mir eine Rückmeldung zu geben, sollte es heute *nicht* passen.«

»Geben Sie mir fünf Minuten«, sagte Erik. »Ich muss mich umziehen. Tor-Arne, bring ihr mal einen Kaffee, aber einen frischen!«

Erik lief nach oben und streifte sich ein Flanellhemd und eine Jeans über.

Ellen Lysaker saß unter dem großen Rochester-Plakat. Sie hatte eine Lücke in die Landschaft aus Luftfiltern, zerfledderten Ersatzteilkatalogen und Comics gegraben und sich so ein Stückchen Tischplatte freigeschaufelt. Erik erkannte ihre braune, lederne Dokumentenmappe wieder. Der dünne, goldene Stift ragte aus der Lasche im Rücken der Mappe. Auf dem Block sah er ein paar hingekritzelte Notizen. Hinter den meisten standen Fragezeichen.

»Hier ist der neue Präsentationsfolder«, sagte Ellen Lysaker.

Es war bei dem Namen Trafixia geblieben. Das Logo erinnerte ihn an das Etikett eines amerikanischen Sekundenklebers. Gut möglich, dass Elise das gezeichnet hatte.

»Nun«, sagte Erik. »Wir müssen uns noch mal über das Warensortiment unterhalten.«

Das Telefon klingelte.

»Hier ist Egil Sommer. Es geht um die Jagdberechtigung für die Rentierjagd. Wollen Sie die haben? Es sind so viele Böcke in den Bergen, dass die Moltebeerenpflücker kaum vorwärtskommen.«

»Hab in diesem Herbst zu viel zu tun«, sagte Erik und schielte zu Ellen Lysaker. Sie hatte die Beine übereinandergeschlagen. »Können Sie mir die gutschreiben?«, fragte Erik in den Hörer.

»Klar«, erwiderte Sommer. »Oder Sie können ein paar Mal zum Breitjønna hoch und Netze auslegen. Ich werde mit der Maschenweite nicht so genau nehmen.«

Ellen legte den Kopf auf die Seite und trommelte mit den Fingern auf die Tischplatte.

»Und ansonsten?«, fragte Erik. »Gibt es irgendwelche Neuigkeiten?«

»Wozu?«, fragte Sommer.

»Die Nummer 118«, sagte Erik, drückte den Hörer fest gegen sein Ohr und hoffte, dass Ellen nichts hören konnte.

»Sie meinen den Schutzplan? Doch, da bin ich guter Dinge. Die Umweltabteilung ist dran, auch dort ist man der Meinung, dass die Maßnahme rechtzeitig genug kommen wird, um die Neunziger-Zone über die Berge zu verhindern. Vielleicht aber nicht schnell genug für diese Straßenverlegung bei euch.«

»Okay, danke«, sagte Erik und legte auf.

»118?«, fragte Ellen.

»Ein Kumpel in Oslo«, sagte Erik. »Hat eine Wohnung im Drammensvei 118 verkauft.«

Ellen zog die Augenbrauen hoch. »Nummer 118?«

»Ja«, sagte Erik.

»Ich wohne da ganz in der Nähe«, sagte Ellen. »In der Madserud-Allee. Was hat er für die Wohnung bekommen?«

»In etwa den Schätzwert«, antwortete Erik. »Also, zum Thema Warensortiment.«

»Sie wollen nur über das Warensortiment sprechen?«, fragte Ellen.

»Und über die Einrichtung.«

»Ah ja.«

»Und die Werkstatt und die Waschanlage.«

»Ist das alles?«

»Ja, wieso?«

»Erik Fyksen?«

»Ja?«

»Waren Sie ehrlich zu mir?«

»Inwiefern?«

»Wenn Sie ehrlich gewesen wären, hätten Sie einfach mit Ja antworten können.«

»An was denken Sie?«

»Natürlich an dieses idiotische Mobil-Schild! Was um alles in der Welt soll das da? Haben Sie das jetzt gerade aufgehängt? Soll das ein Gag sein?«

»Ich bin Besitzer dieser Tankstelle. Ich kann also tun und lassen, was ich will.«

»Das Schild muss runter. Wo ist die Hydro-Texaco-Ausstattung?«

»Die steht im Schuppen. Hab ich nie montiert.«

Sie zückte ihren goldenen Stift, klopfte sich damit gegen die Zähne und richtete ihre Augen auf ihn: »Und Sie glauben, dass wir eine Zusammenarbeit hinbekommen?«

»Wir müssen uns vielleicht beide ein bisschen bewegen.«

»Dafür müssen Sie mir aber beweisen, dass Sie Ihrer Rolle als Filialleiter auch nachkommen. Sie müssen sich von *Annor Kraftstoffe und Automobile* verabschieden. Ich hatte an den Namen *Trafixia Rondane* gedacht.«

»Meiner Rolle nachkommen? Ich leite die Tankstelle hier, seit ich siebzehn bin.«

»Aber das ist etwas anderes. Jetzt steht der Kunde, der Mensch, im Zentrum.«

Seine Hände ballten sich zu Fäusten: »Sie glauben doch wohl nicht im Ernst, dass wir uns hier hinstellen und Brote schmieren?«, sagte er leise und starrte zu Boden. Dann erklärte er ihr, wie unmöglich es sei, Essen und Werkstattbetrieb unter einen Hut zu bringen. »Hier rumstehen und Würstchen für die Leute kochen«, fuhr er fort. »Verdammt, das wär doch so, als wenn wir ... ach Scheiße, ich weiß auch nicht. Ich würde mich fühlen wie ein Countrysänger in Indien.«

Ellen schüttelte den Kopf. »Mein Gott! Stellen Sie sich an. Warum haben Sie nicht einfach nein gesagt, als Sie bei uns in Oslo waren? Dann wäre es mir erspart geblieben, hier oben meine Zeit zu vergeuden.«

»*Sie* wollten doch gerne einmal nach Annor. Und jetzt sind Sie da. Drehen Sie mal 'ne Runde durchs Zentrum. Sehen Sie sich die Leute an. Die kann man nicht mit Cappuccino und Espresso locken. Die wollen Kettenöl und brauchen jemanden, der schrauben kann. Ciabatta? Grüner Tee? Verdammt noch mal, wir verkaufen hier nicht einmal Milch.«

»*Sie* müssen ja kein Essen verkaufen. Stellen Sie einfach jemanden ein ...« Sie zeigte mit dem Daumen in Richtung Verkaufsraum.

Erik stand auf.

»Sie dürfen jetzt nicht überreagieren«, sagte Ellen. »Dann stellen Sie halt ein paar mehr Leute ein! Sie können nicht einfach ja oder nein zu diesem und jenem sagen!«

»*Ich* weiß, was das Dorf braucht.«

»Das ist aber nicht die Hauptzielgruppe, wenn die neue

Straße kommt. Mein Gott! Es scheint fast so, als wäre Ihnen das Marktpotenzial vollkommen egal. Denken Sie doch mal an den Durchgangsverkehr! Sie können die neue Hauptverbindungsstrecke zwischen Oslo und Trondheim nicht richtig bedienen, ohne Essen anzubieten!«

Er verfluchte sich selbst. Er hätte schon in Oslo nein sagen sollen. Klar und deutlich. Dieses Gespenst musste er wieder loswerden. Vielleicht sollte er so tun, als willigte er ein, damit sie endlich wieder fuhr. Nur nichts unterschreiben. Nicht einmal eines ihrer »Teilziele«.

»Na ja«, sagte Erik. »Ich werd mir noch mal ein paar Gedanken über diese Würstchen machen. Aber wir können nicht direkt von Getriebeöl zu Body-and-soul wechseln.«

»Sie sollen sich keine Gedanken über die Würstchen machen, Sie sollen sie verkaufen! Ich kann Ihnen Geld für einen Neubau zur Verfügung stellen, aber dann müssen Sie, verdammt noch mal, lernen, was Zusammenarbeit bedeutet! Das ist hier dann nicht mehr Ihre private Höhle. Was Sie da draußen anbieten, reicht nicht!«

»Okay«, sagte Erik. »Ich stelle einen Koch ein. Aber dann will ich selbst über meinen Warenanteil bestimmen. Die Leute wollen, dass ihre Autos in Ordnung sind, wenn sie nachts fahren müssen, da nützt ihnen so eine Wellnesstherme auch nichts.«

»Okay!«, sagte Ellen schnell und öffnete die Tür zum Verkaufsraum. »Ich mag Herausforderungen, solange sie nicht zu Problemen werden! Lassen Sie uns über die Auswahl und die Platzierung reden!«

Moment mal, dachte Erik, während sie um die Regale herumging, an die STP-Pyramide stieß und an den Stapeln mit Luftfiltern emporblickte. Da stimmte etwas nicht. Warum tat sie so, als würde sie mitspielen? Ein einziger Blick auf die Tankstelle zeigte doch, dass das niemals klappen würde. Diese Frau hält meine Wohnung für unseren Pausenraum. Und warum kommt sie persönlich? Jetzt, abends nach sechs? Er war sich todsicher, kein Fax bekommen zu haben.

Nein.

Ellen Lysaker hatte es auf etwas ganz anderes abgesehen.

»So was wie das hier?«, fragte Ellen Lysaker und nickte in Richtung der schwarzen Gummiringe, die am Zigarettenregal hingen. »Diese, äh ...«

»Keilriemen«, sagte Erik.

»Ja. Sie können doch nicht Hunderte von diesen verstaubten Dingern am besten Platz Ihres Ladens aufhängen. Genau hier müsste die Auswahl mit den frischen Lebensmitteln stehen.«

»Hier?«

Ellen seufzte.

»Versuchen Sie doch mal, ein bisschen lösungsorientiert zu denken. Stellen Sie sich mal vor, es gäbe hier frisches Essen. Genau hierhin geht der Blick der Kunden, wenn sie darauf warten, ihre Tankrechnung begleichen zu können. Dort sollten Sie Waren mit einer hohen Gewinnspanne aufstellen, die zum spontanen Kauf einladen. Keiner nimmt sich abends zwei Keilriemen mit nach Hause.«

»Nicht automatisch. Ich frage immer, ob sie zur Not noch einen im Auto haben. Und falls nicht, erkläre ich ihnen, wie es ist, mit kochendem Motor irgendwo in den Bergen zu stehen. Oder dass ihr Wagen vierzigmal schwerer zu lenken ist, wenn mitten in einer Kurve der Antriebsriemen der Servopumpe reißt.«

»Aber die müssen doch nicht hier hängen! Können Sie die nicht ... dahin tun, neben diese ...?«

»Verteilerköpfe. Doch, das ginge schon, dann können sie auch nicht runterfallen.«

»Und dann sollten Sie anfangen, Öl von Texaco anzubieten. Das ganze Regal ist ja voll mit Quaker State! Das sind doch unsere Konkurrenten! Mein Gott, wo bleibt denn Ihre Loyalität?«

»Das 20-50er Öl von Texaco ist in Ordnung«, sagte Erik. »Bei allen anderen ist Quaker State besser und billiger.«

»He«, sagte Ellen Lysaker. »Diese Quaker-State-Sachen müssen weg sein, wenn ich das nächste Mal komme. Außerdem muss das ganze Erscheinungsbild geändert werden, draußen und drinnen. Das ist viel zu ... rustikal.«

»Mit dem Erscheinungsbild ist doch wohl alles in Ordnung?«

»Nein, zum Beispiel dieses Gestell da draußen. Das muss weg.«

»Gestell?«

»Ja, das da«, sie zeigte durch das Fenster.

»Die Rampe? Aber die wird doch jeden Tag gebraucht!«

Sie schüttelte den Kopf und riss die Augen auf. »Und für was?«

»Um mit dem Auto draufzufahren! Dann können die Leute darunter stehen und sicher arbeiten. Auspuffanlagen abdichten, Kupplung wechseln, Unterbodenschutz auftragen. Gratis. Rund um die Uhr. Sie wissen doch, wie unangenehm es ist, unter einem Auto zu arbeiten, das nur aufgebockt ist? Oder, noch schlimmer, wenn es nur auf einem wackligen Wagenheber steht und man drunterkriechen muss. Jedes Jahr sterben Leute durch Autos, die plötzlich nach unten knallen.«

»Aber die ist so hässlich. Das alles wirkt so … verkommen. Keine Familie könnte ihr Essen genießen, wenn sie ständig so etwas vor der Nase hat. Und schon gar nicht, wenn da auch noch eine Horde verdreckter Jugendlicher rumlungert. Man isst nicht, wenn unmittelbar vor einem jemand arbeitet.«

»Sie wollen mich nicht verstehen«, sagte Erik. »Glaubt ihr, ich würde mich mit so einer Standard-Trafixia wohlfühlen? Das wäre ja, als würde ich von einem Bauernhof in eine Sozialwohnung ziehen.«

»Erik! Das heißt nicht *ihr*! Ihr Wir-Gefühl muss gestärkt werden. Es geht hier nicht um Sie oder mich. Es geht hier um Sie und mich gemeinsam gegen Statoil und die anderen. Ich habe im Übrigen auch ein bisschen Ahnung von Autos, nur um das mal zu sagen.«

»Ah ja.«

»Ja! Als normale Benutzerin. Ich habe schließlich einen Wagen und weiß, was ich von Werkstätten erwarten kann, in puncto Service und so. Meinen Sie, ich habe diesen Job einfach so gekriegt?« Sie sah auf die Uhr. »Jetzt müssen wir uns das Grundstück ansehen. Und ein etwas konkreteres Strategiedokument ausarbeiten als das, was wir neulich in Oslo angedacht haben. Darf ich mal Ihre Toilette benutzen?«

Erik zeigte ihr die Richtung. Als er das Klicken des Türschlosses hörte, schlich er schnell ins Büro. Durch das Fenster sah er ihr Auto. Ein hellblauer Nissan Sunny. Neues Modell. Angemeldet in Oslo. Er griff nach ihrem Autoschlüssel, drückte auf den Knopf für die Zentralverriegelung und rannte nach draußen.

Sie saß am Tisch, als er zurückkam.

»Und? Die Toiletten sind in Ordnung, oder?«, sagte Erik und fragte sich, wie er das Auto wieder abschließen sollte.

»Die Damentoilette war jedenfalls ziemlich sauber«, sagte Ellen und steckte die Autoschlüssel in die Tasche. Na dann, dachte Erik. Sollte sie fragen, musste er einfach den Überraschten spielen und behaupten, dass er wohl, irgendwie an die Fernbedienung gekommen sei, als sie sich den Trafixia-Folder angesehen hatten.

»Sie sollten wissen, dass ich mich für diese Sache weit aus dem Fenster gelehnt habe, Erik. Sie bekommen diese neue Tankstelle beinahe gratis. Was haben Sie eigentlich für das Grundstück bezahlt?«

»Das ist ein Geschäftsgeheimnis.«

»Wir sind Partner! Wir dürfen keine Geheimnisse voreinander haben!«

»Das Grundstück gehört mir«, sagte Erik.

»Das haben Sie schon ein paar Mal gesagt. Na ja, lassen

wir es dabei. Dann fahren wir hin und sehen es uns mal an.«

»Jetzt, heute Abend?«, fragte er und warf einen Blick auf ihre Pumps. »Sie sind dafür nicht richtig angezogen. Außerdem ist es noch nicht gerodet.«

»Oh?«, sagte Ellen.

»Hab noch keine Zeit gehabt.«

»Das klingt merkwürdig. Dann können Sie doch gar nicht wissen, wie umfangreich die Ausschachtungsarbeiten werden.«

»Das ist ganz eben dort. Solider Fels.«

»Wie groß ist es, ganz genau?«

»Etwa ein halber Hektar«, sagte Erik.

»Das haben Sie auch schon in Oslo gesagt. Aber im Katasterauszug muss es doch genau stehen.«

»4730 Quadratmeter. Ganz genau.«

»Kann ich den Auszug mal sehen?«, fragte Ellen.

»Der liegt in der Bank. Wollen wir *Ihr* Auto nehmen?«

»Meinetwegen, gerne. Aber lassen Sie uns erst über eine Sache einig werden: Als Erstes hängen Sie die Hydro-Texaco-Schilder auf. Dann mache ich mir Gedanken, welche Kompromisse ich eingehen kann.«

»Die Texaco-Schilder aufhängen? *Hier*? Es reicht doch wohl, wenn ich das an der neuen Tankstelle mache!«

»Mein Gott! Ich will die hier sehen! Ich will, dass Sie mir beweisen, dass Sie zu einer Veränderung bereit sind. Außerdem ist das hier in Wirklichkeit eine Hydro-Texaco-Tankstelle.«

»Das ist ganz und gar keine Texaco-Bude«, sagte Erik.

»Mir gehören der Grund und Boden, die Tankstelle, die Zapfsäulen, der Boden, auf dem Sie stehen. Okay, ihr liefert mir das Benzin und einen Teil der Waren. Aber versuchen Sie endlich in den Kopf zu kriegen, dass *ich* hier das Sagen habe.«

»Aber denken Sie doch mal an den Umsatz! Der wird doch mit einer neuen Boutique, in der die Kunden bekommen, was sie wollen, viel besser! Mobil gibt es nicht mehr! Das müssen Sie endlich einsehen. Die Kunden wollen Fortschritt!«

»Fortschritt?«, wiederholte Erik fragend. »Was ist das?«

»Hä?«, wunderte sich Ellen. »Fortschritt? Das ist doch ...«

»Dass sich die Nachrichtensprecher gegenseitig mit den Vornamen anreden?«, fragte Erik. »Dass es alles in Tüten gibt, weil keiner mehr richtig kochen kann? Dass bei den News im Radio Hintergrundmusik läuft? Dass die Post keine Auslandspäckchen mehr hat, dafür aber *Carry on Homeshopping*? Dass mir die Bank eine Liste der Darlehens- und Anleihengeschäfte schickt, wenn ich mich nach einem Kredit erkundige? Dass niemand mehr zwischen einem Dienst und einer Ware unterscheiden kann, aber dafür alles als Lösung bezeichnet wird? Glauben Sie, mir ist nicht aufgefallen, dass in Ihrer Broschüre da von ›Verpflegungslösungen‹ die Rede war? Verdammt, wir reden hier doch von einem Essen, meinetwegen auch von einem Menü! Und das Geheimnis an diesem Menü ist, dass Sie die Preise für die Würste so hoch angesetzt haben, dass es so aussieht, als bekämen die Gäste die Limo dazu praktisch geschenkt. Trafixia. Ja, ja. Was wird das Nächste sein? Vielleicht wird aus der Kripo ja bald Indizia? Oder NORAIL statt der guten alten Norwegischen Staatsbahn NSB!«

»Nein, nein, nein. Für Sie ist die ganze gesellschaftliche Entwicklung nur eine gnadenlose Verflachung. Das ist doch nur deshalb so, weil ein Trend auf den anderen folgt. Ob es sich nun um Namen oder Geschäftskonzepte handelt.«

»Hören Sie denn nicht selbst, was für einen Unsinn Sie reden?«, fragte Erik. »Diese Namen, die ihr da in Oslo diskutiert habt. Ihr wollt euch doch nur dahinter verstecken, weil sich niemand mehr traut, für etwas einzustehen.«

»Jetzt hören Sie aber auf ...«, begann Ellen.

»Die Sache ist die«, sagte Erik. »In diesem Land läuft unheimlich viel nur noch *zum Schein* ab.«

»Jetzt verwechseln Sie Äpfel mit Birnen, das eine hat mit dem anderen nichts zu tun. Hierbei geht es um etwas ganz anderes, nämlich um Sie und Ihre Komplexe. Sie befinden sich jetzt nämlich mitten in einem ziemlich spannenden Umgestaltungsprozess, bei dem Sie die Chance haben, sich wirklich große Marktanteile zu sichern ...«

»Ich will keine Marktanteile!«, rief er.

Sie wäre fast vom Stuhl gefallen. »Was? *Sie wollen keine Marktanteile?*«

»Es gibt ein Abkommen hier, ein Gleichgewicht. Wir lassen die Finger von den Sachen, die es in den anderen Geschäften gibt. Ich verkaufe keine Würstchen, solange das der Kiosk tut. Ich will Ihnen mal etwas erzählen: Früher gab es eine Frau, die in Annor ein Fotogeschäft geführt hat. Nicht sonderlich groß, aber eben ein reines Fotogeschäft. Zwei bis drei Spiegelreflexkameras, Entwicklereinheiten für Schwarz-Weiß-Bilder und eine Wand mit Filmen. Und einen ganzen Stapel mit Broschüren über die Dinge, die sie besorgen konnte. Sie wusste Bescheid und liebte es zu fachsimpeln. Die Kinder durften sich die Broschüren ausleihen, denn vielleicht wurde ihr Konfirmationsgeld ja gegen eine Kamera eingetauscht. Dann machte in Lillehammer die Filiale einer Fotokette auf. Sie verkauften ihre Sachen drei oder vier Prozent billiger, weil sie in größeren Mengen einkaufen konnten. Also holten sich die Leute die Broschüren hier und fuhren nach Lillehammer, um dort einzukaufen. Der Fotoladen bei uns ging ein.«

»Ja, und? Sie konnte anscheinend nicht konkurrieren, weder was den Preis noch was die Qualität angeht. Es ist doch dumm, mehr als nötig zu bezahlen.«

»Ach ja? Was meinen Sie, wird geschehen, wenn die Menschen die Dinge, für die sie sich interessieren bei sich zu Hause nicht mehr kriegen? Genau, sie ziehen in einen größeren Ort. Dieses Zehntelprozent des Jahreslohnes, das der Fotoapparat zu Hause mehr gekostet hat, wird dann mit einem Drittel des Jahreslohnes, den man für die Miete berappen muss, mehr als ausgeglichen.«

»Na, ja. Aber sie kriegen auf jeden Fall ihre Fotoapparate!«

»Sie haben keine *Beziehung* mehr dazu. Nicht solange sie in diesen Riesendiscountern einkaufen. Es macht doch keinen Sinn, diese Roboter an den Informationsschaltern zu fragen, denen ist doch alles egal. Also achten die Kunden stattdessen auf Testergebnisse. Aber bei diesen Tests gibt es immer nur eine Antwort, egal ob Elchjäger oder Kleinkind, da wird nicht groß unterschieden. Wenn ein Produkt 9,1 Punkte bekommen hat, ist ein ebenso gutes Produkt mit nur 8,9 Punkten beinahe unverkäuflich. Dann rennen alle zu diesen Ketten, die die Sachen am billigsten verkaufen, und wollen bloß den Testsieger haben.«

»Für die meisten Menschen ist eine Kamera nur eine Kamera. Sie sind bestimmt der Meinung, wir sollten alle Spezialisten für alles Mögliche sein!«

»Niemand *kann* etwas richtig, nur das, was er tagein, tagaus tut. Wir sind alle nur Zuschauer mit dickem Portemonnaie.«

»Mein Gott! Sie reden ja wie ein Verbraucherschützer! Sehen Sie sich doch diese ganzen Werkzeuge hier an! Es ist doch unmöglich, sich mit all diesen Sachen auszukennen!«

»Das sind keine Sachen. Das sind durchdachte Konstruktionen«, schnaubte Erik. »Hier«, sagte er und nahm einen Snap-on-Schraubenschlüssel. »Was ist das?«

»Irgendein Werkzeug.«

»Nein, das ist ein Maulschlüssel, der an beiden Enden die gleiche Dimension hat. Der eine Kopf ist mit dreißig Grad abgewinkelt, der andere mit sechzig. Und wissen Sie, warum?«

»Bleiben Sie bei der Sache, Erik.«

»Weil eine Mutter sechseckig ist. Also muss man sie sechzig Grad drehen, ehe man den Schlüssel wieder ansetzen kann. Aber weil die Köpfe schräg angesetzt sind, bietet dieser Schlüssel vier verschiedene Ansatzpositionen im Verhältnis zum Schaft, sodass man die Mutter zu fassen bekommt, wie eng es im Motorraum auch sein mag. Und sie ist geschmiedet. Kostet hundertmal mehr als der gegossene Kram, der genauso aussieht, aber der hier widersteht einem Drehmoment von mehreren Tonnen.«

»Von was für einem Planeten stammen Sie eigentlich?«, fragte Ellen Lysaker. »Gehören Sie zu denen, die sich nach dem Krieg voller Begeisterung auf die erste wieder voll gezuckerte Limonade gestürzt haben? Heute geht keiner mehr mit Würstchen und Thermoskanne zum Zelten. Die Leute wollen Komfort. Glauben Sie wirklich, dass plötzlich jemand aus den Fünfzigern anruft und Ihre alte Tankstelle zurückhaben will?«

»Kapieren Sie es denn nicht? Ich will, nicht in irgendeiner Boutique herumstehen. *Ich will eine Tankstelle leiten!*«

»Ich verstehe Sie wirklich nicht. Nein, Sie stammen nicht aus den Fünfzigern und auch nicht aus der Gegenwart. Sie gehören irgendeiner ... Zwischengeneration an.«

»Meinetwegen«, sagte Erik. »Und dies hier ist eine Mobil-Tankstelle.«

»Aber mein Gott, das ist doch bloß ein *Schild*! Eine Tankstelle ist doch kein Sechzigerjahre-Tempel, in den sich die Nostalgiker zum Sterben zurückziehen! So eine Tankstelle soll Kapitalfluss und Umsatz generieren!«

»Verdammt, nein, ich werde dieses Mobil-Schild nicht austauschen! Für mich hat das tatsächlich eine Bedeutung. Wenn Sie wieder zu Hause sind, können Sie ja mal in einem Lexikon nachschlagen und schauen, wofür der Mobil-Pegasus eigentlich steht. Aber das ist Ihnen ja wahrscheinlich egal.«

»Sie haben aufs falsche Pferd gesetzt«, sagte sie.

»Bis jetzt bin ich jedenfalls gut ohne dieses hässliche Hydro-Texaco-Schild ausgekommen. Wenn ihr euch wenigstens für einen Firmennamen entschieden hättet. Und dieses Logo. X und Y? Wie süß. Dieses Logo erinnert mich an einen, der Judo macht und irgendeinen armen Kerl durch die Luft schleudert.«

»Dieses Gespräch führt zu nichts«, sagte Ellen Lysaker.

»Doch, das tut es. Es führt Sie durch diese Tür und weg von meiner Tankstelle.«

»Erik Fyksen! Kapieren Sie das wirklich nicht? Ich muss mich nicht um Sie bemühen. Denn Sie lügen. Sie haben mich die ganze Zeit angelogen!«

»Was, zum Teufel, meinen Sie damit?«

»Sie haben keinen Pachtvertrag für das Grundstück!«

Er drehte sich um und fingerte an einem Kabelschneider herum.

»Formell nicht, nein. Aber ich werde den bald haben.«

»Ach ja, sicher? Ich habe gestern Morgen einen Anruf von einem gewissen Narve Knapstad bekommen. Er fragte mich, was ich wohl für ein gewisses Grundstück mit Namen Rabbenfeld zu bieten bereit wäre. Ich hätte fast meinen Ohren nicht getraut. Aber ich habe ihm sofort eine ordentliche Summe geboten.«

»Sie haben für dieses Feld ein Angebot gemacht?« Erik
zuckte zusammen. »Wie viel?«

»Das verrate ich natürlich nicht! Aber Sie können eh
nicht mithalten, wenn ich anfange, unser Ölgeld auf den
Tisch zu blättern.«

Dann kann ich gleich zumachen, dachte Erik. Vermutlich
hatte Knapstad dann auch gleich Statoil, Shell und Esso
aufgeschreckt. Also waren die Möglichkeiten vertan, sich
mit jemand anderem als mit diesem Wirtschaftsdrachen
mit goldenem Stift zu verbinden.

»Warum haben Sie das nicht gleich gesagt?«, murmelte
Erik.

»Das fragen Sie? Ich musste ja herausfinden, wie das Ganze hier zusammenhing. Aber ehrlich, Erik, und jetzt sage
ich wirklich die Wahrheit, ich wollte Sie ein bisschen näher kennenlernen. Ich hätte mir vorstellen können, Ihnen den Posten des Tankstellenleiters anzubieten. Aber
jetzt? Einer, der mir nur Probleme macht. Na, herzlichen
Dank!«

Sie stürmte nach draußen, öffnete die Wagentür und rief:
»Kann man hier irgendwo etwas zu essen bekommen? Ich
meine, gibt es hier einen Laden, den ich in den Konkurs
treiben kann, wenn ich auf der anderen Seite des Flusses
das Trafixia eröffne?«

»Das Restaurant Rangen«, sagte Erik, überlegte es sich
dann aber anders und sagte: »Nein, nehmen Sie das Café
am Eck. Fahren Sie bis zum Jugendzentrum. Das Café liegt
dann auf der anderen Straßenseite. Gutes Essen. Wie bei
Muttern.«

Erik fegte mit einem Drahtbesen um die Zapfsäulen herum. Fallwinde kamen von den Bergen herunter. Er hätte sie mit eisernen Fäusten vor die Tür setzen und in den Container stopfen sollen. Er konnte sich nicht entsinnen, jemals derart wütend gewesen zu sein, jedenfalls nicht seit seiner Jugend. Doch für einen Moment konnte er davon zehren, dass er sie ins Café am Eck geschickt hatte. Städter kamen da nicht lebend raus.

Zwei Jugendliche rollten in einem Ford 20M an. Sie gingen zum Werkzeugregal, sahen sich ein paar Kombinationsschlüssel an und hängten dann die Snap-on-Werkzeuge wieder zurück.

»Soll ich euch einen guten Rat geben?«, fragte Erik und spürte, dass er sich langsam wieder fing.

»Ja, was denn?«

»Solange ihr auf Snap-ons spart, kauft euch die Kamasa-Kombinationsschlüssel in den gängigen Größen, also 10, 13, 17 und 19 und dazu noch einen kompletten Satz billiger Schlüssel. So habt ihr meistens ziemlich gutes Werkzeug in der Hand, aber auch einen doppelten Satz, solltet ihr mal auf eine Schraube und Mutter gleicher Größe stoßen. Ich geb euch zwanzig Prozent.«

Später kam Tofthagen. Holte sich zwei Bier und dozierte wieder über die Vorteile der 0.358 Norma Magnum, wenn man durch Zweige schießen musste. Sogar Tofthagen wirkt im Vergleich zu diesem Drachen aus Oslo noch vernünftig, dachte Erik. Ihm kam in den Sinn, dass im Café am Eck gerade Happy Hour war.

Tofthagen ging erst, als die Tankstelle geschlossen wurde. Erik trat nach draußen und suchte mit dem Fernglas die Tallaksenebene ab. Nur ein Peugeot mit Zusatzlampen. Nein, ganz am Ende stand noch ein Auto. Jemand wühlte im Kofferraum herum und holte schließlich ein Warndreieck heraus.

»Sind Sie jetzt zufrieden?«, keifte Ellen Lysaker. »Sie Schwein! Haben Sie jetzt endlich, was Sie wollten?«
Er wollte sie fragen, warum sie noch immer da war, mehr als zwei Stunden nachdem sie die Tankstelle verlassen hatte, kam aber nicht dazu, denn schon schrie sie weiter: »Vergessen Sie's. Sie werden nie bekommen, was Sie wollen!«
»Sagen Sie mir lieber, was passiert ist.«
»Ich habe sehr wohl bemerkt, dass der Wagen nicht abgeschlossen war. Was haben Sie eigentlich gemacht, als Sie daran herumgefingert haben?«
»Herumgefingert?«
»Ich hab doch gesehen, dass Sie draußen waren! Antworten Sie mir, verdammt noch mal! Ich hätte einen Unfall bauen können! Haben Sie denn gar nicht daran gedacht? Oder wollten Sie das? Ich werde diese Sache der Polizei melden. Verschwinden Sie jetzt, lassen Sie mich allein!«
Sie trat auf die Fahrbahn, winkte einem sich nähernden Auto zu, stolperte und fiel auf den Hintern.
»Frau Lysaker«, begann Erik und reichte ihr die Hand. Sie schlug sie weg, rappelte sich auf und wischte sich den Staub ab.
»Hören Sie mir mal zu«, sagte Erik. »Ja, ich war draußen bei Ihrem Auto. Aber ich habe nichts angefasst.«

»Und was, zum Teufel, haben Sie dann da draußen ge-
wollt?«

Das Auto näherte sich und wurde langsamer. Ein Ford
Granada Ghia, vollbesetzt.

»Ich wollte sehen, ob es ein Leihwagen ist«, antwortete
Erik schnell.

»Und was macht das für einen Unterschied?«, fauchte
Ellen.

»Nur so eine Idee. Macht keinen Unterschied.«

»Sie sind doch krank, Erik Fyksen, total krank im Kopf!«

Der Granada hielt. Erik erkannte ihn jetzt, es war der
Wagen von Frank Martinson. Die Lautsprecher vibrier-
ten in der Hutablage, und rote Bierflaschen schimmerten
durch die Fenster. Martinson kurbelte die Scheibe herunter, schlug mit der Hand von außen gegen die Autotür
und grölte. »Hi, Erik. Alles unter Kontrolle?«

»Kommt drauf an«, sagte Erik.

»Hallo, Süße!«, brüllte Martinson in Ellen Lysakers Richtung. »Willst du nicht lieber mit uns fahren?«

Sie wich erschrocken vor dem aufgemotzten Fahrzeug zurück. Dabei stand sie so dicht neben Erik, dass er hoffte,
die Jungs im Granada würden ihn nicht hören. »Das war
nur so ein Einfall«, zischte er. »Sie waren sich so verdammt
sicher darin, was die Menschen brauchen und was nicht.
Deshalb wollte ich wissen, ob Sie überhaupt ein eigenes
Auto besitzen. Und das tun Sie nicht. Dadurch klang das
alles so schwachsinnig, das mit diesen … Veränderungen.«

»Leihwagen? Sie sind ausgerastet, weil ich kein eigenes

Auto habe? Sie haben doch nicht mehr alle«, rief Ellen Lysaker.

»Oh, Mutti ist böse!«, grölte jemand im Granada.

»Können Sie mir nicht einfach sagen, was mit dem Auto los ist?«, fragte Erik.

»Das sollten Sie doch wohl am besten wissen«, schimpfte Ellen Lysaker.

»Wie soll ich das wissen? Außerdem wird es langsam dunkel.«

»Was ist das eigentlich für ein Genörgel?«, johlte einer im Granada. »Fyksen, sei nicht so streng mit ihnen.«

»Sie wissen doch wohl, was da nicht in Ordnung ist! Sie waren es doch, der da dran herumgeschraubt hat! Und glauben Sie bloß nicht, dass ich jetzt denke, wir brauchen die guten alten Tankstellen, an denen die Leute noch Reparaturen durchführen! Nix da!«

»Sie spinnen doch, ich habe doch nicht an Ihrem Auto …«

»Oh doch, das haben Sie«, fauchte Ellen und baute sich so auf, dass die Jungs im Granada alles mitbekommen mussten. »Jetzt können Sie uns ja mal zeigen, wie gut Sie sind, wenn Sie es mit einer Frau in Notlage zu tun haben.«

»Hört, hört«, rief jemand auf der Rückbank.

»Sie sind doch verrückt«, sagte Erik. »Glauben Sie, ich wollte Ihr Auto sabotieren?«

»Warum stehen Sie sonst hier? Sind wohl ganz zufällig vorbeigekommen, was?«

Der Granada fuhr vor und zurück. »He, Erik, jetzt sei mal ein bisschen netter zu der Dame. Sonst müssen wir

dir eine Abreibung verpassen und das Fräulein mitnehmen.«

»Ja, sagen Sie mir die Wahrheit!«, zischte Ellen. »Wie wollen Sie sonst erklären, warum Sie so plötzlich aufgetaucht
sind? Wenn Sie nicht gewusst hätten, dass der Wagen
stehenbleiben wird?«

Erik seufzte.

»Ich mache das immer so. Jeden Tag. Bevor ich zumache.
Überprüfe die Ebene, ob jemand eine Panne hat.«

»Damit Sie zeigen können, wie gut Sie sind?«

»Verdammt! Ich kann auch wieder fahren. Wenn es das
ist, was Sie wollen.«

»Tun Sie das! Jetzt haben Sie ja herausgefunden, dass es
ein Leihwagen ist. Und das bedeutet, dass es mir so was
von egal ist, was mit dieser Karre passiert. Soll sie doch
hier stehenbleiben. Ich nehme ein Taxi.«

»Ein Taxi nach Oslo?«

»Nein, bis zu einem Hotel. Oder irgendwohin, wo ich
nachdenken kann.«

»Da hätten Sie schon viel früher sein sollen«, sagte Erik.
Die Jungs im Granada kurbelten die Scheibe hoch und
fuhren weiter.

»Die Taxiauswahl ist hier oben nicht so groß«, sagte
Erik, »hier hat jeder sein eigenes Auto. Und jetzt hören
Sie mir zu. Ich habe *nichts* an Ihrem Auto gemacht.«

»Das ist plötzlich stehengeblieben.«

»Dann wäre es doch gut, es wieder zum Laufen zu bringen«, sagte Erik und ging um den Wagen herum. »Oh,
und einen Unfall hatten Sie auch noch?«

Ellen Lysaker antwortete nicht, sondern drehte ihm bloß den Rücken zu.

Erik zog den Hebel unter dem Lenkrad, hörte das Klacken unter der Motorhaube und fand heraus, dass kein Saft auf den Zündkerzen war. Vermutlich das Startermodul oder der Unterbrecherkontakt, dachte er und fuhr mit dem F-150 vor. Er hängte den Wagen an den Haken, zog die Winsch an und wendete mit dem schräg hängenden Sunny auf der Landstraße. »Wenn Sie bis ins Zentrum mitfahren wollen, bitte«, sagte er durch das Brummen des Motors. Ellen Lysaker warf den Kopf zurück. Erik schob die Kassetten und das Werkzeug vom Beifahrersitz, beugte sich vor und öffnete die Beifahrertür von innen.

»Was für ein Scheißkaff! Ich wollte in dieses Café fahren, aber Sie glauben nicht, was mir passiert ist. Mir ist einer voll in den Wagen gefahren. Der hatte anscheinend noch nie etwas von rechts-vor-links gehört. Wie funktioniert eigentlich dieser Sicherheitsgurt?«

»Rechts-vor-links, *hier*?«, rief Erik.

»Und alle haben angehalten und geglotzt. Hin und her sind sie gefahren, immer wieder, sicher eine Dreiviertelstunde lang. Na ja, zu guter Letzt konnte ich einen Unfallbericht mit ihm machen. Aber das war noch nicht das Schlimmste. Dieses Café am Eck ist wirklich grausam. Erst musste ich eine halbe Stunde auf das Essen warten. Ich hatte Fisch bestellt, bekam aber Frikadellen, und nachdem ich reklamiert hatte, musste ich noch mal zwanzig Minuten warten. Und als der Fisch dann endlich, endlich kam –

was für eine Matsche! Wässrige Scholle und zerkochte Kartoffeln. Und die Typen, die da rumhingen! Sie kamen mit einem riesigen, schwarzen Auto. Machten ihre Witze über meine Beschwerde und starrten mich die ganze Zeit beim Essen an. Die waren stockbesoffen, bekamen aber trotzdem immer noch mehr. Hier gibt es wirklich einen Bedarf für ein gutes Restaurant.«

Ellen Lysaker fingerte noch immer an dem Sicherheitsgurt herum.

»So«, sagte Erik und beugte sich über ihren Schoß. »Das sind keine Automatikgurte. Aber Sie dürfen im Café am Eck auch keinen Fisch bestellen.«

»Woher soll ich das wissen?«

»Sie stellen sich am besten auf das Niveau einer Imbissbude ein. Gehen Sie davon aus, dass der Koch nicht kochen kann und es auch nicht gerne tut. Bestellen Sie etwas Einfaches, etwas, das sie dort hinkriegen. Aber Scholle? Da hätten Sie gleich um Mousse au Chocolat bitten können. Besser, man bestellt Frikadellen. Aber keine Kartoffeln, die sind immer schlecht. Lieber Pommes. Und Hamburger gehen in der Regel auch. Aber das Brot ist alt. Am besten nimmt man einfach ein Steak mit Zwiebeln, das kann wahrscheinlich auch noch ein Gordon Setter braten.«

Jetzt sitze ich hier und liefere Argumente für Trafixia, dachte er. Aber zum Glück nahm sie den Faden nicht auf.

»Ich will nach Hause. Schnell«, sagte sie.

»In Haverstad ist bestimmt noch ein Zimmer in der Pension frei. Da ist in der Regel nicht viel los. Oder Sie können mit dem Bus nach Ringebu fahren und von dort den Nachtzug nehmen.«

»Ich will nach Hause. Jetzt. Zum Bus.«

»Das heißt dann aber mindestens vier Stunden im Warteraum. Oder Sie können ins Rangen gehen. Aber wenn es Ihnen im Café am Eck nicht gefallen hat, wird es Ihnen dort erst recht nicht gefallen.«

Sie fuhren am Zentrum vorbei. Ein paar Ford Taunus und der Pontiac überholten sie.

»Hier hatte ich den Unfall«, sagte Ellen.

»Und hier haben Sie geglaubt, dass Sie Vorfahrt haben?«

»Sehen Sie irgendein Schild? Dann ist doch klar, dass der, der von rechts kommt, Vorfahrt hat.«

»Aber die Straße, auf die man kommt, ist doch viel breiter«, sagte Erik.

»Das heißt doch nicht, dass man dann Vorfahrt hat!«

»Man muss auf Vorfahrt achten, wenn man auf eine wichtigere Straße kommt, also eine mit mehr ...«

»Stop! Stop! Anhalten!«, schrie Ellen Lysaker und zog die Knie an.

»Was ist los?«, fragte Erik, ohne zu bremsen.

»Mein Gott! Der Graue da hatte doch Vorfahrt! Das war knapp!«

»Hier kann ich einfach Gas geben. Haben Sie nicht gesehen, dass das ein Kiesweg war, aus dem der da gekommen ist? Die Straße, auf der wir sind, ist asphaltiert.«

»Das geht doch nicht so.«

»Jetzt gebrauchen Sie doch mal Ihren gesunden Menschenverstand. Wenn Ihnen was Großes in die Quere kommt, sagen wir ein Trecker mit Anhänger, ein Lastwagen oder ein Schulbus, dann hat der sowieso Vorfahrt. Egal, auf welcher Straße.«

»Und wenn die Straßen und die Autos gleich groß sind?«, fragte Ellen Lysaker.

»Dann kommt es drauf an. Zum Beispiel, sehen Sie die Straße da drüben. Die vom Bürgerzentrum runterkommt; die hat Vorfahrt. Die ist im Winter so glatt, dass da keiner halten kann. Inzwischen haben sich alle an diese Vorfahrtsregelung gewöhnt, sodass die jetzt auch im Sommer Vorfahrt hat.«

Ellen schob sich die Hände unter die Schenkel und starrte aus dem Fenster.

»Wenn Sie wollen«, sagte Erik, »können Sie auch in der Tankstelle warten. Ich fahr Sie dann hin, wenn der Nachtbus kommt.«

»Wo ist diese Pension?«

»Da oben auf der Lichtung. Eigentlich ist das ein altes Schullandheim.«

»Fahren Sie mich dahin.«

»Lassen Sie uns erst noch wenden und den Sunny abstellen. Es sieht ein bisschen komisch aus, mit dem Auto am Haken hin und her zu fahren.«

»Okay, aber dann fahren Sie mich direkt in die Pension.«

»Geht in Ordnung«, sagte Erik und fuhr weiter.

Das Schullandheim lag beinahe im Dunkeln. Nur im zweiten Stock brannte eine Lampe. Fliegen schwirrten durch das Licht der Scheinwerfer des F-150.

»Okay«, schnaubte Ellen. »Wenn ich vielleicht doch an der Tankstelle warten kann? Es ist mir einfach zu viel Aufwand, mir bloß für ein paar Stunden ein Zimmer zu besorgen. Die Dienstreiseabrechnung macht immer so viel Arbeit, wenn man wieder zu Hause ist.«

»Ist da 'ne Störung im Kabelnetz?«, fragte Ellen Lysaker. Sie saß am Rand des Sofas und fingerte an dem Klebeband herum, das um die Fernbedienung gewickelt war. »Ich bekomme nur das Staatsfernsehen NRK.«

»Kabel?«, fragte Erik. »Wir haben hier nur NRK. Und manchmal noch TV2.«

»Aha.«

Erik kramte ein Video mit alten Krimis heraus. Sie hat es auch nicht leicht, dachte er. Das Café am Eck musste ihr den Rest gegeben haben. Ihr Streit geriet immer mehr in Vergessenheit und wich mehr und mehr der tief empfundenen Sympathie für Menschen, die mit ihrem Auto irgendwo gestrandet waren.

»Ich habe nicht viel im Kühlschrank«, sagte er.

»Macht nichts. Der Bistrowagen im Zug ist bestimmt besser ausgestattet.«

Sie starrte auf den Fernseher, es lief Derrick. Die Tasse Kaffee, die er vor sie hingestellt hatte, war noch voll.

»Ich kann was aus dem Verkaufsraum holen«, sagte Erik.

»Das habe ich schon begriffen, dass ihr das so macht. Dieser Tor-Arne hat mir heute 'ne Cola angeboten und gesagt, dass ihr das dann einfach als Schwund vermerkt.«

Im Fernsehen knallte ein Schuss. Ein korpulenter Bankdirektor aus Nordrhein-Westfalen ging auf einer kiesbelegten Einfahrt zu Boden.

Werd mal ein Knäckebrot holen, dachte er. Ich versuch mal, nett zu sein. Sie ist hier genauso fremd, wie ich es bei ihr war. Sollte sich die Stimmung wieder beruhigen, können wir ja vielleicht noch einmal über das Grundstück reden. In der Laune, in der sie vorhin war, würde sie Knapstad schon aus Trotz so viel bieten, dass der ihr Angebot einfach nicht ausschlagen konnte. Muss ihr was zu essen bringen. Ihm kam der Schinken in den Sinn, den er von Lyng bekommen hatte.

Erik schnitt das Fleisch in dünne Scheiben und öffnete eine Packung Knäckebrot. Im Kühlschrank fand er einen Becher Sauerrahm. Ein paar Tage über dem Verfallsdatum. Er zuckte mit den Schultern und füllte den Rahm in eine Schale.

Sie aß. Tatsächlich. Erik rannte nach unten und suchte das Haynes-Handbuch für den Nissan Sunny heraus. Die Werkstatt-Handbücher für Japaner standen alle unten, er wollte sie nicht oben in seiner Wohnung haben. Wieder zurück in der Küche, blätterte er die Seiten mit den Schaltplänen durch und überlegte, welcher Fehler am wahrscheinlichsten war. Zwischendurch beugte er sich immer mal wieder nach hinten und warf einen Blick ins Wohnzimmer. Sie aß mit Appetit.

»Zu salzig«, beklagte sie sich. »Haben Sie ein Bier oder so etwas?«

»Klar doch«, antwortete Erik und legte das Buch auf den Küchentisch. Im Kühlschrank stand noch ene Palette Elefantenbier von dem Dänen, dem er ein neues Relais in sein Wohnmobil eingebaut hatte.

»Ist das kalt?«, fragte Ellen, als er ihr die Dose brachte.

»Klar doch. Wissen Sie, warum die Engländer warmes Bier mögen? Weil ihre Kühlschränke von Lucas sind.«

»War das ein Witz?«

»Lucas war eine englische Fabrik, die elektrische Komponenten für Autos lieferte. Diese Teile galten als sehr anfällig. Zu Unrecht, wenn Sie mich fragen.«

»Bestimmt«, sagte Ellen, nahm einen großen Schluck und wandte sich wieder Derrick zu. Harry Klein machte sich inzwischen ernsthaft Sorgen.

Sie bat um ein weiteres Bier. Erik goss sich selbst eine Zitronenlimonade ein, setzte sich an die Stirnseite des Sofatisches und nahm sich eine Scheibe Schinken. Er war wirklich salzig. Und Derrick hatte endlich die Schuldige überführt. Jedenfalls nahm er die Putzfrau fest.

»Die Krimis gucke ich jede Woche«, sagte Ellen. »Aber die Kommissare sind nicht mehr so gut wie früher. Cannon, zum Beispiel.«

Dieser Tonfall, diese Stimme. Ihm war auch schon in Oslo aufgefallen, dass da manchmal etwas Zustimmendes mitschwang. Etwas Vertrautes.

»Als ich klein war, war McCloud mein Favorit«, sagte Erik. »Er fuhr diese Siebzigerjahre-Amerikaner. Verfolgungsjagden mit Blaulicht.«

»Gab's da nicht eine Folge, in der er mit einem Pferd die Park Avenue in New York entlanggeritten ist?«

»Dass Sie sich daran erinnern können!«, sagte Erik.

»Sie doch auch«, sagte Ellen. »Und Sie sind doch noch ein bisschen jünger als ich, oder?«

»Wollen Sie noch ein Bier?«

»Her damit. Ich hatte echt einen Wahnsinnshunger. Und Sie wohnen wirklich hier oben? Ohne ein einziges Bild an den Wänden?«

»Ich bin ohnehin meistens unten in der Werkstatt. Hier oben schlafe ich nur.«

»Oh, aber Sie lesen bestimmt viel«, sagte Ellen.

»Lesen?«

»Ja, wie ich sehe, sind Sie in irgendeinem dieser Buchclubs«, sagte sie und zeigte auf die Werkstatthandbücher. »Sind diese Haynes-Romane gut?«

Eine Stunde später schnitt Erik mit dem Messer in den Knochen des Schinkens. NRK brachte eine Sendung über Zebras. Ellen stand auf und ging in die Küche. Dann hörte er das Zischen einer Bierdose. Sie kam zurück und ließ sich schwer aufs Sofa fallen.

»Haben Sie ein paar Snacks?«, fragte sie. »Irgendwas Nettes?«

»Nur Zitronenkekse. Nee, jetzt weiß ich«, antwortete Erik, rannte runter in den Verkaufsraum, nahm eine Tüte aus dem Regal und sprang wieder nach oben.

»Seit ich ein kleiner Junge bin, mache ich Popcorn«, rief er aus der Küche. »Ich muss inzwischen schon einige Kubikmeter davon gegessen haben. Das Einzige, was ich wirklich kochen kann.«

»Ich hab es aufgegeben«, rief sie aus dem Wohnzimmer. »Bei mir brennt immer alles an. Oh!«, heulte sie auf. »Sie mit Ihrem Pferdetick sollten sich das ansehen! Die paaren sich. Mein Gott, jetzt sehen Sie sich das an. Macht Ihr Mobilpferd auch so etwas, Erik?«

Er schob die lange Reihe Leergut unter den Küchentisch und sah sie auf etwas unsicheren Beinen in die Küche kommen. »Lassen Sie mal sehen, wie Sie das machen!«, sagte sie.

»Also, erst mal braucht man einen richtig großen Topf.«

»Groß ist gut! Wir geben uns nicht mit Kleinigkeiten zufrieden. Außerdem ist das ja der einzige Topf, den Sie haben! Kochen Sie denn nie? Mein Gott! Hier stehen ja noch Gewürze mit den alten Etiketten und ohne Strichcode.«

Er ließ die Maiskörner in den Topf rieseln. »Maisöl nehmen«, sagte er. »Keine Margarine. Auf der Packung steht zwar, dass man den Topf bewegen soll, aber das ist falsch, ihn ganz ruhig stehenlassen. Und die Platte voll aufdrehen.«

»Voll aufdrehen!«, kicherte Ellen.

»Wenn es ein bisschen aufgepoppt ist, nimmt man den Deckel ab, damit die Feuchtigkeit abzieht. Sonst wird das Popcorn zäh.«

»Also die Feuchtigkeit befreien!«

Erik schüttete das Popcorn in eine Schale. Ellen riss eine Kilopackung Salz auf. »Ich will Salz, viel Salz. Und viel Bier! Hm!«, sagte sie und rührte mit der Hand durch das Popcorn. »Das ist gut. Und so knusprig und luftig.« Ellen leerte ihre Bierdose. »Ich brauche noch eins. Sie auch?«

»Aber ich muss doch fahren?«

»Los, nehmen Sie schon eins«, sagte sie und fummelte in ihrer Tasche herum. »Mann, ich hab keine Kippen mehr.«

Sie taumelte nach unten zur Kasse und kam mit einem Arm voll Schokolade und Süßigkeiten wieder, die sie auf dem Wohnzimmertisch ablud. Sie grub ein rötliches Päckchen Zigaretten aus.

»Hier«, sagte sie und reichte ihm eine Pall Mall, wobei sie mit der anderen Hand ein goldenes Feuerzeug aus der Tasche ihres Kostüms fischte. Erst jetzt bemerkte er ihren Nagellack. Er war tiefrot.

Er machte einen Lungenzug und sagte: »Sie können doch nicht zur Bushaltestelle laufen. Nach sieben Uhr abends ist es im Zentrum nicht mehr sicher.«

»Kriegen Sie mein Auto morgen repariert?«

»Klar.«

»Ist Ihr Sofa abends nach sieben sicher?«

»Sicher? Ja, doch.« Er hörte, dass seine Stimme belegt klang.

»Bist du dir da ganz sicher?«, kicherte sie. »Na, du bist es ja gewöhnt, viele Frauen im Haus zu haben.«

»Ich?«

»Sie sind mir begegnet, als ich oben auf dich gewartet habe«, kicherte sie und trank noch einen Schluck Bier.

Nach einer alptraumhaften Sekunde kapierte er, was sie meinte. Das unterste Regalbrett vor der Toilette, neben den Werkzeugkatalogen.

Sie piekste ihm mit dem Zeigefinger in den Bauch und schnaubte mit der Zigarette im Mundwinkel: »Erwischt, erwischt, jetzt bist du rot geworden!«

Erik zog so heftig an seiner Zigarette und sah, wie sich die Glut um bestimmt zwei Zentimeter auf ihn zubewegte.

»Wie hießen sie noch mal?«, bohrte Ellen. »Celeste? Stacy? Petra? Und dann die auf dem Marmortisch mit den Riesenmöpsen! Der schien das wirklich Spaß zu machen! Jetzt werd doch nicht so rot! Ich habe so was vorher schon mal gesehen! *Voluptuous Vixens* gehört zum Basissortiment von Hydro-Texaco«, gackerte sie und ging zu Eriks Plattensammlung. »Hast du auch gute Musik? Smokie? Oder Bonnie Tyler?«

Das filigrane Silberpapier des Schlafes, das ihn vom Wachsein trennte, riss erneut, und Erik spürte die Kälte der Fichtenpaneelen an seinem Rücken. Der Kater meldete sich bereits. Er war todmüde und hellwach zugleich.

Natürlich war ihm das Wogen unter ihrer Bluse aufgefallen, aber die ganze Streiterei hatte ihm geholfen, seinen Blick abzuwenden. Doch als sie oben in der Wohnung nach fünf Dosen Bier zu tanzen begonnen hatte, hatte er die Kontrolle verloren. Es war Ewigkeiten her, dass in diesem Bett etwas passiert war. Etwas Beklemmendes, ein Gefühl, als würde er jemanden betrügen, hatte sich gemeldet, als er erkannte, dass es ernst wurde. Aber glücklicherweise war Ellen so schnell zur Sache gekommen, dass er sich gar nicht erst in die Gedanken verstricken konnte, die ihn in der letzten Woche davon abgehalten hatten, mit Tora Landstad nach Styksheim hochzufahren.

Ihre Brüste hatten sich an seine Brust gedrückt, als sie seine Hände zu ihren Hüften führte und ihn flüsternd aufforderte, sie auszuziehen. Zum Glück hatte er am Tag davor geduscht, und auch das Bettzeug war einigermaßen frisch.

Er hatte sie ins Schlafzimmer bugsiert, doch die Matratze war zu schmal gewesen für das, was sie sich ausgedacht hatte, sodass sie ihn zurück ins Wohnzimmer schob und mit einer Handbewegung den Sofatisch abräumte. Alles brannte in einem Riesenfeuerwerk ab, und als er es hinter seiner Stirn kribbeln spürte, wusste er, dass es keine zweite Runde geben würde.

Ihre Reue würde sich bestimmt bald melden, wenn sie sich hier oben wiederfand, nackt, unbedeckt, mit all ihren Kilos. Er hatte deshalb in Richtung Schlafzimmer genickt, gedacht, dass es da drin nicht so viel persönliche Dinge von ihm gab und dass sie sich dort nicht unbedingt ansehen mussten.

Sie hatte sich auf den Bauch gelegt und war sofort eingeschlafen. Er hatte sich gefragt, ob er aufstehen sollte, doch das Chaos in seinem Kopf war so groß, dass der einzige Ort, an den er fliehen konnte, der Schlaf war. Er hatte sich ganz an den Rand des Bettes gedrückt und auf die Seite gelegt, um Ellen den Platz zu lassen, den sie brauchte. Zu guter Letzt war er tatsächlich eingeschlafen, doch seine Träume waren unruhig wie Quecksilber.

Jetzt sah er das Licht des Mobil-Schildes durch die Gardinen fallen und einen warmen Schimmer auf ihre Haut zeichnen. Es zog sich eine Linie von den krausen, dunklen Haaren in ihrem Nacken, zwischen den Schulterblättern hindurch, über ihr Rückgrat bis zu ihrem Po. Dann ließ er seinen Blick über die Vertäfelung schweifen. Als er diese Paneelen verlegt hatte, waren sie hell gewesen. Jetzt waren sie nachgedunkelt.

Ich will nicht undankbar sein, dachte er. Hier oben lernt man zu nehmen, was man bekommt. Es ist so verdammt lange her, dass ich mit einer Frau zusammen war. Damals hätte ich Ellen für zu alt für mich befunden. Hätte ich in all diesen Jahren ständig eine Frau um mich gehabt, wäre mir das sicher nicht so aufgefallen, aber jetzt liege ich hier und sehe den Altersunterschied. Elise war etwas über zwanzig, Ellen sicher bald vierzig. Und dazwischen? Dazwischen liegt alles, was ich versäumt habe.

Der linke Arm war eingeschlafen. Er bewegte sich, spürte das Blut kribbeln. Im Schlaf reagierte sie auf seine Bewegung, er meinte, sie einen Namen murmeln zu hören, wartete darauf, etwas zu spüren, vielleicht Neid, aber es meldeten sich keine Gefühle.

Was sie da unten in Oslo hat oder nicht hat, braucht mich nicht zu interessieren, dachte er. Es wird bei diesem einen Mal bleiben, weil ich so bin, wie ich bin, und weil auch sie in erster Linie so ist, wie sie ist. Noch vor einem Moment waren wir so, wie wir sonst eigentlich nicht sind, doch jetzt sind wir auf dem Weg zurück.

Gegen fünf schlich er sich aus dem Bett und nach unten in die Werkstatt. Es war die Zündspule, ja. Was für eine Ironie. Ihm kam etwas in den Sinn, das er einmal in einem Roman von Steinbeck gelesen hatte, als er noch aufs Gymnasium gegangen war: dass amerikanische Männer mehr über die Zündspulen von Ford wüssten als über die Klitoris. Vermutlich hatte Steinbeck keine Ahnung von der Elektronik eines Autos, dachte Erik, schließlich war dieser Vergleich mehr als zweideutig, denn in dieser Zündspule wurden zwölf Volt in zwanzigtausend Volt transformiert.

Er startete den Sunny und fuhr ihn in den kalten Morgen hinaus. Füllte den Tank. Es graute ihm davor, Ellen zu treffen. Er überprüfte den Ölstand. Wie lange würde sie schlafen? Er füllte Scheibenwischerflüssigkeit nach. Sah eine Bewegung hinter dem Wohnzimmerfenster. Straffte den Keilriemen, ging nach oben.

Ellen war schon angezogen, suchte ihre Sachen zusammen, legte sie in die Tasche. Er hatte diese Rastlosigkeit in ihren Augen erwartet, und sie war da. Das Popcorn am Boden der Schüssel war weich, sie wollte nichts zu essen, kippte ihren Kaffee herunter und setzte sich ins Auto.

In der Sekunde, die zwischen Rückwärtsgang und erstem Gang lag, erkannte er ihren Blick vom Vortag wieder, den Blick, mit dem sie ihm erzählt hatte, dass Knapstad sie angerufen hatte. Ellen Lysaker sah aus wie eine soeben befruchtete Löwin, genauso gefährlich und skrupellos. Sie würde den ganzen Weg nach Oslo am Handy hängen und abwechselnd mit der Buchhaltung und Narve Knapstad telefonieren.

Es wurde sieben Uhr. Im Wohnzimmer stank es nach Bier und Aschenbecher. Die Batterien der Fernbedienung lagen irgendwo auf dem Boden, und die Küche war voller

Bierdosen und Fettspritzer. Das Schlafzimmer roch fremd. Bei der Stereoanlage stand eine halb volle Flasche White Horse, und ihm kam in den Sinn, dass Ellen irgendwann gerufen hatte: »Who the fuck is Alice?«, als er ihr zu erklären versucht hatte, dass er weder Smokie noch Bonnie Tyler hatte.

Er ging nach unten in die Werkstatt, demontierte einen Weber-Vergaser. Vielleicht war Ellen noch immer hier im Ort. Es war ihr zuzutrauen, dass sie sich jetzt bis zu Knapstad durchfragte und die Tausender auf die Karosserie seines Ladas stapelte, bis seine Haare nicht mehr zu sehen waren.

Konnte er Lyng anrufen? Ihn bitten, Knapstad zu sich zu bestellen, ihn zu betäuben und zur Vernunft zu bringen? Nein. Knapstad würde das durchschauen und sich gegen alles sperren. Nur blanke Waffen nützen etwas, wenn es wirklich eilt, dachte er und griff zum Telefon. Auf jeden Fall einigermaßen blanke.

»Du kannst ruhig aufhören anzurufen«, sagte Bergljot Knapstad. »Narve hat die Winterreifen inzwischen bezahlt.«

»Ist er denn da?«, fragte Erik.

»Was willst du von ihm?«

»Hab gute Nachrichten.«

»Niemand hat gute Nachrichten für Narve. Jedenfalls nicht so früh am Morgen.«

»Wollte bloß wissen, wo er steckt.«

»Wann hört ihr eigentlich auf, ihn so zu bedrängen?«

»Ihr?«

»Vor ein paar Wochen war das ja nur dieser Aufschneider von Jøtul. Jetzt rufen die Ersten bereits an, wenn er in den Stall geht, und die Letzten kurz vor Mitternacht.«

Der Wahnsinnige hat ja für die gesamte Ölbranche eine Fährte gelegt, dachte Erik. Esso, Shell, Statoil. Alle sind sie jetzt auf dem Weg hierher.

»Hat Narve sein Handy dabei?«, fragte Erik.

»O ja, und die große rote Flagge.«

Gott sei Dank, dachte er, als er begriff, dass sie in der richtigen Laune war.

»Dann wenigstens sein Frühstück?«, fragte Erik.

»Das ja, Kaffeekanne und Henkelmann mit Weißkohl und Hammel. Was willst du eigentlich, du neugieriger Kerl?«

»Die Hydraulikschläuche für seinen Trecker sind gekommen«, sagte Erik.

»Werd ich ihm ausrichten.«

»Er hat mich darum gebeten, Tor-Arne heute mit den Sachen vorbeizuschicken.«

»Du lügst schlimmer als der Pastor«, krächzte sie. »Narve braucht keine Hydraulikschläuche, wenn er auf Risøya Holz macht. Er will den Trecker erst morgen übersetzen.«

»Danke, Bergljot«, sagte Erik lachend.

»Du, Fyksen. Sag mir mal, worum es hier eigentlich geht. Diese Stadttussi, die hier immer anruft, tut genauso geheimnisvoll wie du. Wenn ich es nicht besser wüsste, könnte ich noch glauben, dass da was zwischen den beiden läuft.«

Die immer anruft, dachte Erik. Also hat Ellen auch noch kein Abkommen mit ihm. Und Knapstad musste auf dem Rückweg an seiner Tankstelle vorbei. Erik kam etwas in den Sinn, das der alte Anderson immer gepredigt hatte: *Schmeiß nie was weg, nicht einmal abgenutzte Autoteile. Du weißt nie, wofür du sie noch gebrauchen kannst.* Es ist an der Zeit, eine alte Schuld einzufordern, dachte Erik und ging zu seinem Ersatzteillager im Keller.

Der Lada stand am Bootsplatz. Typisches Allradfahrzeug aus Annor. Etwas verbeult, rostige Felgen, verbogene Dachreling. Durch das laute, grüne Rauschen des Sokna hörte er das Heulen einer Motorsäge. Am Ufer der Insel Risøya sah er Knapstads Boot liegen. Erik legte die Hand um den Türgriff des Ladas. Verschlossen.
Beim zweiten Versuch mit dem Stahldraht sprang die Tür auf. Die Säge verstummte und Erik hockte sich hin. Knapstad konnte ihn hier doch nicht gesehen haben? Mitten im Dickicht der Insel sah Erik eine Birkenkrone zittern. Dann brach der Baum zur Seite weg, und die Motorsäge begann wieder zu knattern.
Erik stand auf, holte die Pappschachtel mit den kyrillischen Buchstaben aus seinem Werkzeugkoffer und rieb den Schmutz von der defekten Benzinpumpe mit der gerissenen Membran, die er im vergangenen Sommer aus Knapstads Lada gebaut hatte.

Gegen zwei sah Erik, wie der Lada mit kaum mehr als dreißig Stundenkilometern über die Tallaksenebene stotterte. Die Motorprobleme waren aus zehn Kilometer Entfernung erkennbar.

»Tor-Arne!«

»Hä?«

»Knapstad kommt jetzt gleich. Halt dein Maul, egal was passiert. Aber hilf mir, wenn er handgreiflich wird.«
Der Niva zuckelte auf die Tankstelle zu und blieb direkt vor dem Fenster stehen. Knapstad stampfte mit Sägespänen an den Stiefeln herein. »Du taugst echt nicht viel als Mechaniker«, sagte er.

»Nein, aber ich bin der Einzige am Ort«, sagte Erik und stellte die neuen Quaker-State-Kanister ins Regal mit dem Motoröl.

»Der Lada springt wieder wie ein Känguru. Eigentlich erwarte ich ja, dass die Sachen ordentlich gemacht werden – bei deinem Stundenlohn!«

»Die Reparaturgarantie gilt nur, wenn die Teile auch bezahlt werden«, sagte Erik.

»Unsinn. Du kannst eine Rechnung schicken. Wie all die anderen.«

»Vermutlich habe ich eine neue Pumpe im Lager. Aber wir können sie frühestens übermorgen montieren. Willst du so lange ein Würstchen essen?«

Knapstad strich sich über die Bartstoppeln. »So hängt das also alles zusammen? Was für ein aalglatter Hund du doch bist, Fyksen. Der Lada mag zwar aus einem Land kommen, in dem Privateigentum unbekannt ist, aber es stinkt wirklich gen Himmel, wenn der sich ausgerechnet heute auf deine Seite stellt.«

»Du kannst Skaansar in Lillehammer anrufen«, sagte Erik, »und sie bitten, in Russland eine neue Pumpe zu bestellen. Und dann kannst du mit dem kaputten Auto nach Vinstra fahren und dich dort auf die Suche nach jemandem machen, der sie dir montiert.«

Knapstad kam schnaufend auf ihn zu. »Jetzt hör mir mal gut zu, Fyksen! Du bist nicht so klug, wie du glaubst. Es gibt nämlich eine Alternative zur Reparatur des Ladas. Ich kann mir für dieses Ölgeld nämlich auch gleich einen nigelnagelneuen Range Rover Vogue kaufen. Verstehst du mich jetzt?«

»Das wusste ich die ganze Zeit«, sagte Erik.

»Aber es ist zu spät«, sagte Knapstad. »Das Rabbenfeld steht nicht mehr zum Verkauf.«

»Du Clown«, sagte Erik. »Dann sag mir doch, an wen du es verkauft hast. Und deinen Lada kannst du dann nach Hause schieben.«

»Oh, da gab es viele Interessenten«, sagte Knapstad, öffnete den Coca-Cola-Kühlschrank und nahm sich eine Dose Schnupftabak heraus. »Ich hatte ja keine ruhige Minute mehr. Die Leute bedrängten mich mit ihren gezückten Scheckheften.«

»Ja, ja. Und wer hat den Zuschlag bekommen?«

»Der dänische König«, sagte Knapstad und schob sich den Tabak unter die Oberlippe.

»Lass den Scheiß, Knapstad. Ich weiß, dass auf dem Scheck von Hydro-Texaco der Name Ellen Lysaker steht. Aber sag mir, was sie dir geboten hat.«

»Genug, um ein neues Haupthaus bar zu bezahlen.«

»Gratuliere«, sagte Erik. »Von jetzt an kannst du woanders tanken.«

»Ach was«, sagte Knapstad. »Ich hatte mich schon längst entschieden, schon bevor du an meinem Lada herumgeschraubt hast. War mir meiner Sache sicher, seit du das erste Mal bei mir aufgekreuzt bist.«

Knapstad streckte seinen Bauch vor. »Ich habe immer meine Ehre daran gesetzt, eine gute Tat pro Jahr zu tun, Fyksen. Du hattest die ganze Zeit über recht. Aber ich wollte dich schwitzen lassen, damit dir klar wird, dass du das nicht umsonst kriegen kannst.«

»Aus dir wird man auch nicht schlau«, sagte Erik.

»Jøtul war jeden Tag bei mir und hat mich bedrängt. Er wollte mir das Rabbenfeld und den Weg bis zum Schießplatz abkaufen. Aber ich habe seine bescheuerte Steuerliste noch nie gemocht. Deshalb habe ich alles darangesetzt, dich wachzurütteln. Denn du willst dieses Rabbenfeld wirklich. Diese Leute von den Ölgesellschaften haben so viele Vorbehalte. Immer heißt es, *wenn* die neue Straße kommt. Und die Frau, von der du erzählt hast, drückte sich noch steifer aus: Sofern sie kommt. Aber für einen Landwirt ist Land Land, ohne Wenn und Aber. Also teilen wir die Sache. Wenn du mir jetzt einen Teil zahlst, kannst du dort vierzig Jahre lang Partys feiern.«

»Moment mal«, sagte Erik. »Was stellst du dir denn so unter ›einen Teil‹ vor?«

»Eine kleine Summe, damit meine Frau und ich den Handel ein bisschen feiern können. Ich hatte an die Seychellen gedacht. Einen Monat. Mit Flugzeug.«

Erik überschlug die Sache. Wenn die neue Straße nicht kam, hatte er einen unbrauchbaren Brennnesselacker auf der anderen Seite des Flusses und eine klaffende Wunde in seinen Büchern. »Und die Miete, wenn die Straße kommt?«

»Du hältst meinen Lada vierzig Jahre lang am Laufen.«

*»Vierzig Jahre?«*

»Moses konnte das doch auch. Ich mag dieses Auto. Gut im Gelände. Ich hab mal so einen Hi-Lux Probe gefahren. Das ist nicht das Gleiche. Und was soll ich mit so einem protzigen Range Rover? Wo ich schließlich für die Kommunisten stimme?«

»Aber der Lada ist doch jetzt schon anfällig«, sagte Erik.

»Ich muss Grundtvig anrufen und ihn bitten, mir fünf bis sechs Autos zum Ausschlachten zu sichern. Und zum Schluss fummle ich jeden Tag daran herum.«

»Wir reden hier über die großen Perspektiven, Fyksen. Wenn das Abkommen ausläuft, bin ich hundertsieben und du über siebzig. Der Lada ist dann sechzig. So viel werde ich dann wohl nicht mehr fahren.«

»Das ist mal wirklich ein Handel«, sagte Erik und streckte die Hand aus.

Knapstad drehte sich von ihm weg. »Und freies Tanken.«

»Okay«, sagte Erik, noch immer mit ausgestreckter Hand, »aber dann wirst du nicht aus lauter Trotz Taxifahrer.«

»Außerdem muss das ohne viel Papierkram über die Bühne gehen, damit ich auf der Steuerliste weiterhin am unteren Ende rangiere«, sagte Knapstad.

»Ich brauch einen Vertrag«, sagte Erik und ließ die Hand sinken. »Ich muss alle möglichen Bauanträge stellen.«

»Einen Vertrag kriegst du. Ich denke an das Geld für die Seychellen. Darüber soll sich der Gemeindekämmerer mal ein paar Nächte lang den Kopf zerbrechen.«

»Ich kann das in den Tankstellenbüchern ausgewiesene Geld aber nicht einfach unter den Tisch fallen lassen.«

»Du hast doch wohl ein Privatkonto?«, fragte Knapstad, nahm seine Hand und drückte sie.

Am Nachmittag sah Erik jemanden mit dem Fahrrad zur Tankstelle kommen. Ein hübsches Mädchen. Schwarze Lederjacke, Jeans.

»Hallo«, sagte Anja Jøtul und lehnte ihr Rad an den Diplom-Eis-Eskimo. Sie hatte die Gesichtszüge ihrer Mutter, die gleichen dunklen Locken. Die dicken Brauen ihres Vaters und seine eindringlichen Augen, deren Blick verrieten, dass sie etwas über ihn wusste und sich ihren Teil dachte.

»Hallo«, grüßte Erik zurück. Es waren Momente wie dieser, in denen er froh war, in einem kleinen Ort zu wohnen. Alle wussten genug übereinander, um jederzeit zu wissen, wo der andere stand.

»Ihre Tankstelle ist so schön«, sagte Anja. »So rein und weiß, so stilvoll mit diesen roten Zapfsäulen. Hat Ihnen das eigentlich schon mal jemand gesagt?«

Erik wusste keine Antwort.

»Nein, das ist das Besondere«, sagte Anja und ging hinein. »Alle hier haben sich so an diese Tankstelle gewöhnt, dass keinem mehr auffällt, wie schön sie ist.«

Tor-Arne schien nicht richtig zu wissen, wo er mit sich hin sollte. Er holte zwei Flaschen Cola aus dem Kühlschrank, war verunsichert, holte eine dritte. Er sah Erik fragend an, doch der schüttelte den Kopf und verschwand in Richtung Büro.

Anja verhielt sich doch eigentlich ganz normal, dachte Erik. Ihr gefielen sogar die Gilbarco-Säulen. Um sich zu beschäftigen, griff er nach dem Ersatzteilkatalog und überprüfte den Bestand an Kupplungs- und Bremsteilen. Die Liste war halbfertig, als das Telefon klingelte. Was nun?, dachte er. Ist das Jøtul, der seine Tochter sprechen will?

»Ich dachte, die Lottozahlen gäbe es erst morgen«, sagte Ellen Lysaker kurz.

Erik nahm den Hörer in die andere Hand. »Verstehe ich nicht«, sagte er.

»Du musst ein paar Jahreslöhne gewonnen haben, wenn du die fette Summe toppen konntest, die ich Knapstad geboten habe.«

Erik ließ die Luft aus seiner Lunge.

»Knapstad hat heute hier angerufen«, sagte Ellen, »und gesagt, dass du ihm eine *Komplettlösung* vorgeschlagen hättest.«

»Ein guter Ausdruck«, sagte Erik.

»Du kannst dir sicher vorstellen, dass ich wütend war. Da sitze ich hier und mache Überstunden, und dann das. Ich bin sofort nach unten ins Archiv und zur Rechtsabteilung, um zu überprüfen, ob wir deinen Vertrag nicht kündigen können.«

»Nur zu, für mich geht das in Ordnung«, sagte Erik.

»O nein. Wenn du zu Shell oder Esso gehst, verliere ich nur Marktanteile. Deshalb habe ich beschlossen, dass wir beide, du und ich, miteinander leben müssen, bis der Vertrag ausläuft. Wenn du mit den anderen Kontakt aufzunehmen versuchst, verklage ich dich.«

Erik fluchte leise. Er hörte ein Klappern. Sie saß jetzt vermutlich mit dem Stift im Mund da.

»Du stehst wirklich nicht hoch im Kurs, Erik.«

»Privat auch nicht?«

»Von hier wird keine Krone Zuschuss kommen! So ist das, wenn man nur seine eigenen Sachen machen will. Benzin wird wohl gehen, aber du wirst es nie schaffen, eine Trafixia richtig zu bewirtschaften. Da machen wir lieber weiter unten im Tal eine auf. Die erste kommt in Ringebu. Du wirst das schon zu spüren bekommen.«

»Wie wäre es mit einer Zwischenlösung? Ich verspreche, Würstchen zu verkaufen«, sagte Erik und schielte zu Anja Jøtul. »Hab schon darüber nachgedacht, jemanden einzustellen, der das kann.«

»Da glaub ich nicht dran«, sagte Ellen. »Mach's gut, Erik. Ich rufe dich an, wenn meine Tage ausbleiben.«

»Der läuft heiß«, sagte Tora Landstad.

Erik startete den Jaguar-Motor und beobachtete die Temperaturanzeige. Zwischen dem Anzeigebereich für den kalten Motor und dem roten Feld für Überhitzung stand mit weißer Schrift NORMAL. Die Nadel kroch langsam nach oben, erreichte die Buchstaben, kletterte am N vorbei, dann am O, am R, am M, am A und am L und stieg weiter bis ins rote Feld.

Herbstlaub segelte auf die Motorhaube. Seit Wochen schon klebten dicke graue Wolken am Himmel, und er hatte begonnen, den Holzofen oben in seiner Wohnung anzufeuern. Dabei hatte es nur einmal zwei Tage lang richtig geregnet, in der übrigen Zeit war nur hin und wieder ein Tropfen gefallen, und einmal war sogar die Sonne herausgekommen, als wollte sie die Menschen daran erinnern, was sie verpassten.

In der Werkstatt schob Erik die Abzugsstutzen über die Auspuffrohre. Der Zwölfzylindermotor wimmelte nur so von Kabeln und Schläuchen, und Erik brauchte eine halbe Stunde, nur um herauszufinden, welche Leitungen zum Kühlsystem gehörten. Er drainierte bräunlichen Schlamm aus dem Kühler, füllte frische Kühlerflüssigkeit auf und startete den Motor erneut.

Die Nadel kletterte wie zuvor in den roten Bereich. Dann, dachte er, musste es der Thermostat sein, weil der Ventilator in Ordnung war. In diesem Motor befanden sich zwei Thermostate, ohne dass er wirklich verstand, wozu.

»Wir könnten versuchen, die Dinger zu kochen«, schlug er Tora vor. »Kommst du mit hoch in die Küche?«

Tora ging vor ihm die Treppe hoch. Über ihrem Po bewegte sich wieder das lose Levi's-Etikett. Sie drehte ihm den Rücken zu und studierte wortlos sein Bücherregal. Erik schaltete die Kochplatte ein und legte die Thermostate mit einem Thermometer in einen mit Wasser gefüllten Topf.

»Jetzt werden wir ja sehen, wie sie sich verhalten«, sagte er. »Die meisten Automotoren laufen heiß, weil die Messgeräte zu spät reagieren.«

Kleine Luftblasen legten sich an das Messing der Thermostate, als die Temperatur stieg. Das erste öffnete sich, als das Wasser zweiundachtzig Grad erreichte. Das andere schob sich nur einen winzigen Spalt auf, auch als das Wasser schon sprudelnd kochte.

»Ich habe noch einen neuen im Lager«, sagte er.

»Deine Apotheke hat wohl gegen alles ein Mittelchen«, erwiderte sie.

Erik wusste darauf nichts zu sagen und ging nach unten in die Werkstatt. Sie folgte ihm, sagte aber lange kein Wort, was ihn unruhig machte. Das Tapedeck im Werkstattregal war kaputt, sodass er auch dort keine Unterhaltung fand. Schließlich wühlte er in der Schublade der Werkstattbank herum, fand eine alte schmutzige Kassette und schob sie in das Tapedeck des Jaguars. Nach einigem Knacken und Rauschen begann Neil Young mit *Heart of Gold*.

Der Song erinnerte ihn an etwas, irgendeine Bustour, aber er kam nicht drauf.

Während er arbeitete, stutzte er plötzlich über die Spachtelmasse. Sie war ganz frisch. Hatte da jemand einen kaputten Thermostat ins Auto eingebaut – vor kurzem erst?

Erik richtete sich auf, roch ihr Parfüm durch den Dunst der Werkstatt und sah sie an. Sie hatte die Haare hochgesteckt. Trug eine hübsche, schwarze Bluse zu ihrer Jeans. Hochhackige Schuhe. Sie war für die Jahreszeit vielleicht ein bisschen zu leicht bekleidet, es war unschwer zu erkennen, dass sie regelmäßig Sport machte.

Tora war wie früher. Sagte nichts, gab nur Zeichen.

Eine halbe Stunde später startete Erik den Motor erneut. Das Öl hatte sich in winzigen Schweißtropfen durch die Poren des Gusseisens gepresst und eine dünne, gleichmäßige Schicht Straßenstaub angezogen. Aus dem warmen Metall stieg ein schwacher Benzinduft auf, vermischt mit dem sanften Atem des Motors.

Die Temperaturnadel blieb in der Mitte stehen, der Wagen war repariert.

»Ein schönes Auto«, sagte Erik. »Das schönste, das ich kenne.«

Ein verwunderter Zug huschte über ihren Mund. »Ach ja?«, fragte Tora. »Was war noch gleich das schönste? Wenn man die ganze Geschichte des Automobils zugrunde legt?«

»Facel Vega«, antwortete Erik. »Wenn Gott ein Auto fährt, dann einen Facel Vega.«

Erik wusste nicht, wo diese Worte herkamen. Er erkannte sich selbst nicht wieder, wusste nicht, ob er das irgendwo aufgeschnappt hatte. Dann erinnerte er sich. Er selbst hatte diese Worte einmal ausgesprochen, irgendwann in seiner Jugend. Wenn er mit Freunden über Autos diskutierte. Jetzt war es ihm einfach über die Lippen gerutscht, wie ein vergessener Gegenstand, der sich über den Rand eines Regalbretts gemogelt hatte.

Tora trat an das Werkzeugset und strich mit den Fingern über die Ringschlüssel.

»Ja, ja«, sagte sie. »Vielleicht liegst du da richtiger, als du glaubst.«

»Hä?«

»Hä«, äffte sie ihn nach. »Aber was hat das schon zu sagen. Du kümmerst dich ja nicht mehr darum.«

»Worum?«

»Das weißt du genau. Du kümmerst dich ja nicht mehr um Autos.«

Hör auf, darin rumzubohren, dachte Erik und straffte eine Schlauchklemme.

»Du stehst nur hier«, sagte Tora, »stehst reglos und starr an der Landstraße und reparierst die Autos, in denen die anderen etwas erleben. *Mobil.* Mein Gott.«

»Tora«, sagte er und warf die Motorhaube zu. »Sag mal, was willst du eigentlich?«

»Ich will wissen, ob es dir gutgeht.«

»Und dann?«

»Mein Gott, Erik. Du musst aufwachen! Sieh dich um, schau, wie es hier um dich herum aussieht!«

»Das ist eine Werkstatt.«

»Eben. Es ist unmöglich zu erkennen, wo die Tankstelle aufhört und die Wohnung anfängt. Es hat mich echt deprimiert, als ich dein Bücherregal gesehen habe. Liest du nur Ersatzteilkataloge und Werkstatthandbücher? Meterweise diese Haynes-Bücher, aber nicht ein einziger Roman, nicht einmal Morgan Kane. Ich hab auch keine Autozeitschrift gesehen.«

Ich habe gesagt: Hör auf, darin rumzubohren, dachte Erik wieder. Alles geht gut, wenn du die Klappe hältst.

»Ich musste mir das mal von der Seele reden!«, sagte sie. »Damit du erkennst, wo das enden kann. Du wirst wie Papa werden. Der hat sich nur noch im Kreis gedreht, seit Mama gegangen ist. Und jetzt redet er nur noch davon, dass du seinen Schrottplatz übernehmen sollst.«

»Ich werde keinen Schrottplatz übernehmen«, sagte Erik. »Es geht mir gut hier.«

»Und wie lange noch? Hör mal, Erik. Papa hat mir von dieser neuen Straße erzählt und dass Elise weg ist. Nun, das hätte ich dir schon früher sagen können. Ich hab hier mal getankt, als Elise allein hier war. Ich hab es ihr angesehen. Sie war in diese Tankstelle verliebt und nicht in dich! Und jetzt schlurfst du hier herum, verleugnest alles und willst nichts ändern! Du wirst erst dann wieder gesund, wenn du hier wegkommst. An diesen Wänden hier klebt was, das dich kaputtmacht!«

»Misch dich nicht in mein Leben ein!«, schrie Erik. »Du hast keine Ahnung, wie es mir und Elise geht!«

»Ich kann einfach nicht dabei zusehen, wie etwas sinnlos vor die Hunde geht. Man wird so, wenn man auf einem Schrottplatz aufwächst.«

»Spar dir deine Rettungsaktionen«, sagte er verbissen. Aber es war zu spät. Er spürte, wie es sich aus der Tiefe nach oben grub und plötzlich sichtbar wurde; das Gespenst mit der hässlichen Fratze; das Gespenst, das ihm fauchend verkündete, dass etwas Wahres in ihren Worten lag. Und dieses Gespenst tat noch mehr: Es stellte die tief in seinem Inneren seit Jahren gärende Frage, was sie damals wohl bewogen hatte, Harald Jøtul zu wählen.

»Das war es also«, sagte Erik und spürte, dass das widerliche Gegeifer dieses Gespenstes bald über seine eigenen Lippen kommen würde. »Du wolltest nur reden?«

»Ja«, sagte Tora mit belegter Stimme.

»Sonst nichts?«, fragte Erik und riss sich los, sprang in den Sumpf und wurde boshaft und rachsüchtig. Der Sumpf, in dem er immer sechzehn Jahre alt blieb und zusehen musste, wie Harald Jøtul und Tora Grundtvig auf festem Boden miteinander lachten.

»Ach nee, *das* glaubst du?«, fragte Tora und hatte rote Flecken im Gesicht. »Man muss nicht unbedingt in jemanden verliebt sein, um ihm Gutes zu wollen.«

»Normalerweise«, sagte Erik, »sind es die Jungs, die den Mädchen mit ihren Autos imponieren wollen. Aber du, Tora, baust einen kaputten Thermostat in einen alten Jaguar ein, um mit mir in Kontakt zu kommen. Da muss ich doch glauben, dass du irgendetwas vorhast.«

»Mach diese Musik aus«, sagte Tora, riss die Autotür auf und machte die Anlage aus. »Ich versteh nicht, warum du diese Kassette einlegst, wenn du so drauf bist. Du sendest völlig widersprüchliche Signale aus.«

»Lass mich in Ruhe, Tora. Ich bin seit achtzehn Jahren mit dir fertig!«

»Bist du das, Erik Fyksen? Wirklich? Ich war auf dem Schrottplatz, als du im Sommer den Opel-Motor geholt hast. Du bist direkt zu dem roten Buick gegangen und hast eine Viertelstunde darin gehockt!«

»Das war etwas ... etwas ganz anderes«, setzte Erik an.

»Ach ja? Eine Viertelstunde? Erzähl mir nicht, dass du nicht an uns gedacht hast! Und ich gebe es ja zu, allein dich zu sehen, hat schon gereicht, dass bei mir alles wieder erwacht ist, diese Jugendlieben stecken einem einfach im Blut. Und ja, ich habe diese alte Maschine gekauft, weil man an dich nur mit einem kaputten Auto rankommen kann. Aber du hebst ja nicht einmal deinen Blick, du abgestumpfter Idiot!«

»Du hast sie ja nicht mehr alle!«, schrie Erik. »Glaubst du wirklich, dass man auf einer alten Jugendliebe etwas aufbauen kann?«

Tora zog an der Schnur des Rolltores, warf sich in den Jaguar und setzte zurück, während sich das Tor scheppernd öffnete. Draußen blieb sie im Licht der Werkstatt noch einmal stehen.

»Aber sie muss auch kein Hindernis sein, oder?«, sagte Tora. »Sie kann doch in Gottes Namen kein Hindernis sein!«

»Was du getan hast, war ein Hindernis«, sagte Erik.

»Was ich getan habe?«, fragte Tora.

»Ja.«

»Wann?«

»In dem Sommer damals, verdammt!«

»Da sollten wir lieber fragen, was du getan hast! Ich hab doch den ganzen Juli versucht, an dich ranzukommen! Man musste dir das ja mit Teelöffeln einflößen, ich musste dich ja sogar bitten, dich mit mir bei den Autos zu treffen! Ich hab den ganzen Abend über im Schuppen vom Schrottplatz gewartet. Mein Gott, ich kann mich noch ganz genau daran erinnern. Ich war vorher sogar im Solarium. Den ganzen Abend hab ich da gehockt. Stundenlang, aber du bist nicht gekommen!«

»Lüge!«, brüllte Erik. »Du hast mit Harald Jøtul rumgemacht!«

»Blödsinn! Ich bin ins Dorf gegangen, um nach dir zu suchen. Jøtul war der Einzige, der mit dem Auto herumfuhr, und ich bin nur eingestiegen, um dich zu suchen. Aber du warst nirgends zu sehen, hast wohl irgendwo ein scharfes Mädchen gefunden, das sich an dich rangehängt hat. Da hab ich aufgegeben und bin in den Norden gegangen, und das Gleiche werde ich jetzt wieder tun. Ich verkrafte keine weiteren Autowracks, keine dummen Kerle, die auf dem direkten Weg in ihren Untergang sind. Hier in der Werkstatt kannst du reparieren, was immer du willst, Erik. Aber mit dir selbst weißt du nichts anzufangen.«

Ein Windstoß hüllte den Jaguar in eine feuchte, graue Abgaswolke. Tora Landstad verschwand in Richtung Zentrum, der Motor brüllte wie ein Raubtier. Erik sah ihren

Rücklichtern nach und rannte zur Straße, um zu sehen, wie ihr Wagen in Richtung Berge verschwand.

Mit einem Auto heißt es immer entweder – oder, dachte er. Entweder du fährst weg oder du kommst nach Hause. Nur Tora macht beides. Ich habe mich die ganze Zeit geirrt. Alles wäre anders geworden, wenn ich die Chance ergriffen hätte, als sie da war. Alles wäre anders geworden, wenn ich die Chance ergriffen hätte, als sie ein zweites Mal kam.

Bei der Abfahrt hinter dem Zentrum sah er die Rücklichter erneut, ein schwacher Rotschimmer auf der sanften Steigung zum Pass. Kurz darauf wurden die Lichter des Jaguars von der Dunkelheit verschluckt. Sie hatte den ersten der 2300 Kilometer auf dem Weg nach Hause zu ihrer Tochter zurückgelegt.

Ich fahre ihr nach, dachte Erik. Sie hat den stärkeren Motor, aber ich habe mehr zu verlieren.

Er rannte zum F-150, riss die Tür auf.

Doch als er nach dem Zündschlüssel griff, saß Erik Fyksen neben ihm und fragte ihn, wo er denn hin wolle, und dann fiel ihm ein, dass die Kassette mit *Heart of Gold* noch in der Stereoanlage des Jaguars steckte.

Vielleicht fand er sie irgendwo oben auf dem Pass wieder, zermalmt von ihren Rädern. Vielleicht verknoteten sich die Bänder mit denen von *April Nights*.

Erik Fyksen saß neben ihm und riet ihm, sich nicht in etwas hinein zu begeben, das er vielleicht nicht ertrug, und er fragte ihn, wer denn dann morgen früh die Mobil-Tankstelle aufmachen sollte.

Erik sah ein, dass er recht hatte. Es gab nur ein Mittel gegen verpasste Chancen, er musste noch mehr zu dem Erik Fyksen werden, der er war und der es verkraftete, dass es verpasste Chancen gab.

Er ließ es darauf ankommen, und schon bald hatte der Erik, der darauf hoffte, dass es noch etwas anderes als die Tankstelle gab, an Kraft verloren. Schon bald verblasste die Existenz von Tora Grundtvig und Tora Landstad.

Er stieg aus dem F-150, ohne den Motor angelassen zu haben, und begann die Werkstatt aufzuräumen. Aber mit welcher Genauigkeit er auch die Sachen an ihren Platz räumte, die brennende Frage, die Erik gestellt und beantwortet hatte, ehe er verschwunden war, wollte einfach nicht verstummen: Machte es einen Unterschied, wenn das, was einmal für immer verloren war, für immer verschwand?

# SCHNEEFALL

Er wachte auf und glaubte eine Stimme zu hören. Noch halb im Traum sah er die Bäume am Ufer des Sokna, einen Maschendrahtzaun, den Schatten eines alten, weißen Autos – eine Stimmung, die ein paar Sekunden lang zu hören war, ehe sie von etwas anderem verdrängt wurde. Erik stand aus dem Bett auf und sah rüber zum Sofa im Wohnzimmer. Tor-Arne bewegte sich unter einer Decke, seine burgunderfarbene Anzugjacke lag zerknautscht auf dem Boden. Er hatte gegen drei angerufen und gelallt, dass er noch jemanden suche, der ihn von der Weihnachtsfeier bei Tofthagen abholen könnte.

»War es gut gestern?«, fragte Erik und setzte Wasser auf.

Tor-Arne kroch unter der Decke hervor, legte ein paar Birkenscheite in den Holzofen und regulierte die Luftzufuhr. »Scheiße, ist das kalt hier«, sagte er. »Kümmerst du dich denn nie um den Ofen?«

»Ich mach doch gleich unten auf«, erwiderte Erik, »da reicht es, wenn ich erst heute Abend wieder heize.«

»Hör mal«, sagte Tor-Arne, »dieser Tretschlitten, der da unten bei den Propangasflaschen steht.«

»Ja, was ist mit dem?«, antwortete Erik und sah nach draußen. Der halb verschneite Tretschlitten stand nicht beim Propangaslager, sondern zehn Meter entfernt am Maschendrahtzaun. Der Schnee sah nass und schwer aus. Er musste schleunigst räumen, damit nicht alles vereiste.

»Könntest du den hinten auf deinen F-150 packen«, sagte Tor-Arne, »und ihn in der Neubausiedlung bei Kvernflaten abliefern? Ich hab ihn mir dort ausgeliehen.«

»Das ist mir zu blöd«, sagte Erik und reichte ihm einen Kaffee. »Das musst du schon selber machen.«

»Zu früh«, sagte Tor-Arne.

»Ich fahre nicht für dich hier im Ort rum«, brummte Erik, »das sollte eigentlich andersherum laufen. Wie voll warst du gestern eigentlich?«

»Nicht mehr als die anderen«, sagte Tor-Arne.

»Hast nicht angefangen, mehr als sonst zu erzählen? Über Gefühle und so etwas?«

»Ich glaube, mich daran zu erinnern, dass ich über etwas anderes als Vergaser und Reservistenübungen geredet habe.«

»Über das Leben und so?«

»Vermutlich«, sagte Tor-Arne.

»Ich hatte damals einen Richtwert«, sagte Erik. »Nach solchen Partys konnte ich in der Regel mittags gegen eins wieder fahren. Aber wenn ich über so was geredet hatte, habe ich mich nie vor sechs Uhr abends wieder ans Steuer gesetzt.«

»Weißt du schon, dass der Tschaika von Snortlund kollabiert ist?«, fragte Tor-Arne. »Hat auf dem Weg zur Mühle in Ringebu seinen Geist aufgegeben.«

»Merkwürdig, dass er nicht angerufen hat«, wunderte sich Erik.

»Ja, das ist echt seltsam. Gab wohl Streit mit den anderen im Auto, denn als die Karre nicht mehr wollte, hat vermutlich einer zu nörgeln angefangen, dass Snortlund sein Versprechen nicht gehalten hätte, ihn da- oder dorthin zu bringen, woraufhin Snortlund so sauer geworden sein muss, dass er sie alle zum Teufel geschickt hat. Kannst du dir das vorstellen? Bei Snortlund?«

»Wie geht es ihm jetzt?«, fragte Erik.

»Bin gestern bei ihm vorbeigefahren. Snorti hatte ein Ladekabel unter der Motorhaube, saß in einer Daunenjacke auf dem Rücksitz und sah fern. Das hat er wohl die ganzen Weihnachtstage über gemacht.«

Ich werd mal abends mit dem Werkzeugkoffer bei ihm vorbeischauen, dachte Erik. Oder auch nicht. Vielleicht verlängere ich so seine Qualen nur noch.

Erik holte ein weiches, in Weihnachtspapier gehülltes Päckchen und warf es Tor-Arne zu.

»Dieses Geschenk hat nur einen Fehler. Das Logo«, sagte Erik. Er hatte das Päckchen nicht öffnen müssen, um zu wissen, was ihm die Hauptverwaltung zu Weihnachten geschickt hatte. Er wusste, dass es sich um einen dunkelblauen Pullover mit rotem Hydro-Texaco-Logo handelte.

Erik ging nach unten zur Schalttafel und sah zu, wie die sonnenverblichenen Buchstaben des GEÖFFNET-Schildes unter dem Mobil-Pegasus erschienen. Tor-Arne öffnete die Eingangstür, setzte sich ans Zeitschriftenregal und nahm einen Schluck Kaffee.

»Hör mal«, sagte er. »Wenn ich jetzt zwischen den Jahren Spätschicht habe, ist es dann in Ordnung, wenn … wenn Anja mir Gesellschaft leistet?«

»Anja Jøtul, den ganzen Abend?«

»Sie sagt ihren Eltern auch nichts. Komm schon, Mann. Harald tankt hier ja nicht mehr.«

»Meine Güte«, sagte Erik und nahm eine Weihnachtskarte, die auf dem Schreibtisch lag. Sie zeigte einen kleinen, rotbemützten Weihnachtswichtel, der eine Öllampe in den Händen hielt. Der Wichtel ging auf einer verschneiten Straße im bläulichen Abendlicht. Weit entfernt, im Hintergrund, war ein Blockhaus zu sehen, das er wohl erst erreichen würde, wenn die Nacht hereingebrochen war. Die verwinkelte Schrift verriet Erik, dass die Karte aus einem kleinen, nach Medizin stinkenden Zimmer im Altenheim in Fåvang stammte.

*Fröhliche Weihnachten, Erik. Denk an unsere Abmachung. Schmeiß nie was weg. Du weißt nie, wofür du es noch gebrauchen kannst. A. Anderson.*

»Anja Jøtul«, sagte Erik. »Mein Gott. Nun, ich hab mir ein paar Gedanken gemacht. Wenn wir die Tankstelle umbauen ... Du kannst sie ja mal fragen, ob sie nicht Lust hat, dann Würstchen zu verkaufen. Ich kann mich ja um die Werkstatt kümmern, wenn ihr im Verkaufsraum seid.«

»Wirklich?«, sagte Tor-Arne. »Du machst mich zum Ladenchef?«

»Das hast du dir verdient.«

Tor-Arne streckte den Daumen in die Höhe. »Super, echt. Was ich noch wissen wollte, ist, ob du jetzt nach Weihnachten mal an einem Abend freinehmen willst, um nach Lillehammer oder so zu fahren?«

Erik zuckte mit den Schultern. »Warum?«

»Du weißt schon – wenn hier eine Weile keiner kommt ... Es gibt hier wirklich keinen Ort, wo wir mal allein sein können.«

»Könnt ihr das nicht auf dem Rücksitz machen, wie normale Leute?«

»Die Heizung funktioniert nicht mehr richtig, seit ich den Monza-Motor eingebaut habe. Du weißt ja, wie das ist. Du warst bestimmt auch nicht im GTO, wenn es draußen minus zwanzig Grad war.«

»Ja«, sagte Erik und streifte sich die Jeansjacke mit dem Schaffellfutter über. »Ich weiß, wie das ist.«


Die Schneefräse wollte wie immer bei diesem Wetter nicht anspringen. Ich sollte nicht so knauserig mit dem Startgas sein, dachte Erik, es ist doch Weihnachten. Die Tecumseh-Fräse stammte noch aus der Zeit vor dem ersten EU-Referendum und sollte eigentlich schon längst bei Grundtvig stehen. Aber sie erinnerte ihn immer an das traurige Lied *Tecumseh Valley* von Townes van Zandt, und das gefiel ihm, besonders zu dieser Jahreszeit.

Überhaupt mochte er den Winter. Alles passte irgendwie besser, wenn er morgens vom Gepolter des Schneepfluges aufwachte, das Kaffeewasser aufsetzte und nach draußen ins Schneegestöber trat. Das hatte etwas: sich die gefütterten Handschuhe anziehen, die Tecumseh starten, zu spüren, wie sie sich auf klappernden Ketten vorwärtsarbeitete, bis er die Walze einschaltete und den Schnee ins Dunkle schleuderte, während auf der Straße die Tagespendler mit ihren lärmenden Spikes vorbeirollten.

Ein silbergrauer Toyota näherte sich und blinkte. Erik drehte den Auswerfer, damit der Schnee an den richtigen Platz flog.

Irgendwas war komisch an diesem Toyota.

Bis auf die Windschutzscheibe waren alle Fenster vereist, und an dem fetten Abgasqualm erkannte er, dass der Choke voll gezogen worden war. Der Wagen kam also vermutlich aus Annor. Schnee auf dem Autodach; jemand, der zu Besuch war oder keine Garage hatte. Die Heizkabel auf der Heckscheibe hatten gerade erst zu arbeiten begonnen, also konnte der Wagen kaum mehr als drei oder vier Minuten gefahren sein. Und in dieser Entfernung gab es nur einen einzigen möglichen Ort.

Einen kleinen Hof. Misvær.

Der Toyota war in Oslo angemeldet. Ein hoch aufgeschossener Kerl mit schwarzer Lederjacke tankte Bleifrei. Hinter dem vereisten Seitenfenster sah Erik eine Bewegung. Er spürte wie die Fräse auf einen Eiswulst fuhr, zog die Tecumseh nach hinten, befreite sie und ging mit dem Absatz seines Schuhs auf das Eis los.

Der Mann im Toyota war frisch rasiert und hatte noch feuchte Haare.

Erik trat, so fest er nur konnte.

Weißes Hemd mit blauen Streifen.

Der Wulst wollte nicht nachgeben.

Seitenscheitel und neue Schuhe.

Der Wulst zerbarst. Erik spürte harte, glitzernde Eiskrümel an den Bartstoppeln. Der Schein des Mobil-Pegasus zeichnete einen Heiligenschein in das Schneegestöber.

Der Mann ging zur Kasse, kam wieder heraus und nickte ihm zu. Dann fuhr der Toyota blinkend wieder auf die Landstraße. Durch die Eisblumen sah Erik ein blasses Gesicht auf der Beifahrerseite.

Elise Misvær.

Überall auf dem Arbeitstisch lag Werkzeug. Der Solex-Vergaser hatte neue Dichtungen und einen neuen Schieber bekommen. Das hätte eigentlich bloß eine Stunde dauern sollen, doch er hatte sich den ganzen Nachmittag damit beschäftigt.

In den Radkappen, die vor dem Arbeitstisch an der Wand hingen, spiegelte sich eine Silhouette. Jemand stand in der Tür der Schmierhalle.

»Ich dachte, du wärst wieder nach Oslo gefahren«, sagte Erik.

»Ich fahre morgen. Ich war im Bohus in Vinstra.«

»*Wir* waren im Bohus in Vinstra«, korrigierte Erik sie.

»Gut, dann eben: *Wir* waren im Bohus.«

Ihre neue Brille gefiel ihm nicht, das Gestell lenkte von ihrem Gesicht ab. »Wie geht's?«, fragte Erik und legte den Ringschlüssel weg.

»Mit der Arbeit oder ganz allgemein?«, fragte Elise.

»Mit der Arbeit.«

»Ich habe das Büro gewechselt«, sagte sie und kam näher, blieb einen halben Meter vor ihm stehen. »Ich mache jetzt mehr Plattencover.«

»Die kannst du gut«, sagte Erik. Er versuchte, etwas vom Geruch ihrer Haare einzusaugen, doch der Dunst des Benzins und des rauen Betons überlagerte alles. Sie hatte sie kurz geschnitten. Er hatte die Erinnerung an den goldenen Glanz ihrer Haare mit den Jahren idealisiert, ihn goldener werden lassen, frischer, wie das Sonnenlicht, das durch das leuchtende Herbstlaub der Birken fällt. Jetzt hatten ihre Haare nichts mehr von diesem Charme, von dieser Farbe. Die Elise, die vor ihm stand, war eine andere Elise als die, die ihm die Landstraße geraubt hatte.

»Hast du dir einen Toyota gekauft?«, fragte Erik.

»Bist du verrückt? Das ist nicht meiner.«

»Wem gehört er dann?«

»Einem Mann.«

»Das habe ich gesehen.«

»Der arbeitet auch in der Werbung. Kommt eigentlich aus Trondheim. Wir arbeiten nur zusammen. Ich habe ihm gesagt, dass er zu Hause bei mir Station machen kann, wenn er mich anschließend mit zurück nach Oslo nimmt.«

»Ich dachte, ihr hättet einen Pächter auf dem Hof«, sagte Erik.

Elise blieb eine Weile stumm. Sie nickte mit dem Kopf in Richtung der Zapfhähne für das Motoröl, die neben der Tür aus der Wand ragten. Das war immer ihre Geste gewesen, wenn sie in den Verkaufsraum gehen wollte.

»So was, tut es der noch immer?«, sagte sie und öffnete den Coca-Cola-Kühlschrank. »Willst du eine?«

Die Bewegung, mit der sie sich zum Flaschenöffner hinabbeugte war ihm noch vertraut. Und auch der straffe Rücken, der sich durch ihre Kleider hindurch abzeichnete.

Sie reichte ihm die Flasche und öffnete die ihre.

»Du hast nicht viel verändert«, sagte sie und sah sich um.

»Es ist doch gut so, wie es ist.«

»Diese STP-Pyramide ist wirklich cool, das Logo ist total schrill.«

»Ja, STP verkauft sich wie geschnitten Brot«, sagte Erik.

Elise betrachtete die Ersatzteile, die Werkzeugregale, warf einen Blick ins Büro und stellte die Flasche ab. Sie hatte kaum etwas getrunken.

»Vater hat mir von der neuen Straße erzählt«, sagte sie.

»So ein Mist für dich.«

»Es wird schon irgendeine Lösung geben«, sagte Erik. »Ich bekomme einen Zuschuss, wenn ich auf der anderen Seite des Flusses neu baue. Wird eine Tanke so ähnlich wie diese hier.« Er konnte nicht begreifen, warum er log. Vielleicht versuchte er nur zu sagen, dass er in Annor bleiben wollte.

»Hör mal«, sagte Elise. »Es gibt etwas, das du wissen musst. Ich überlege, ob ich den Hof verkaufen soll. Wir haben jetzt an Weihnachten über den Papieren gebrütet.«

»Oh«, sagte er und setzte sich.

»Ich dachte, du würdest das wissen wollen.«

»So, so, hast du das gedacht.«

»Mein Gott, Erik, du hast doch wohl nicht hier rumgesessen, gegrübelt und auf eine zweite Chance gewartet?«

»Damit bin ich seit langem fertig.«

»So wie du das sagst, klingt das ganz anders.«

»Tja«, sagte Erik. »Wenn sich die Möglichkeit geboten hätte, wäre vielleicht mit mir zu reden gewesen.«

»Sag so etwas nicht!«

»Ist das denn nicht gut?«

»Nein«, sagte Elise, »das macht etwas mit mir.«

»Dann sag mir, was es mit dir macht!«

»Hör auf damit, Erik! Sonst komme ich nicht mehr hierher. Du musst endlich mal jemand Neues kennenlernen! Du bist doch erst vierunddreißig!«

»Elise, hör mal zu. Ich muss dir nicht leidtun, nur weil ich das Studium aufgegeben habe, Junggeselle bin, auf dem Land wohne und mir bei der Arbeit die Hände schmutzig mache. Ich habe vielleicht die Symptome, nicht aber die Krankheit.«

Elise sah sich noch einmal um, ausgiebig, und er verstand, dass sie sich bereit machte. Bereit, die Mobil-Tankstelle zu verlassen.

»Ich muss wieder los«, seufzte sie. »Hab zu Hause gesagt, dass ich nur Chips für den Fernsehabend kaufen wollte. Heute Abend gibt es doch wohl einen Film? Hoffentlich.«

»Montags laufen eigentlich immer Filme«, sagte Erik und warf einen Blick auf den Toyota, der unter dem sich aufbäumenden Pferd stand. »Theoretisch zumindest, ich weiß nur nicht, ob das auch an Weihnachten so ist.«

# DAS GERÄUSCH VON DIAGONALREIFEN

»Tu das nicht, Tor-Arne. Tu das nicht!«

Am Flaschenzug hing ein schwarz lackierter V8-Motor.

»Das ist doch bloß ein Mustang-Motor«, sagte Tor-Arne. »Passend für einen jungen Hengst wie mich.«

»Hör auf«, sagte Erik. »Es reicht jetzt. Der Monza-Sechser ist genug.«

»Radaufhängung und Bremsen sind schon umgebaut. Die Karre ist jetzt so gut wie ein Rallyefahrzeug.«

»Nein. Der Monza-Sechser reicht. Bei dem da helf ich dir nicht mehr.«

»Anja hat Lust auf einen Achter.«

»Ihr solltet lieber einen Bogen um diese Scheißrennen machen. Im vorletzten Jahr wäre Thorup mit seinem Shelby Mustang um ein Haar im Sokna gelandet.«

»Weil er nicht damit umgehen kann. Der Shelby hat in Mantorp die Viertelmeile in 11,4 Sekunden geschafft.«

Erik sah in den leeren Motorraum hinunter. Tor-Arne hatte den Kühler nach vorn verschoben, einen Ölkühler installiert und einen Teil des Innenkotflügels abgetrennt, um Platz für den Achtzylinder zu haben.

»Weißt du was, Tor-Arne? Hier hört es wirklich auf. Wenn du mir gesagt hättest, dass es um einen Achtzylinder geht, hätte ich dir heute Abend niemals die Werkstatt überlassen.«

»Du hörst dich schon an wie mein Vater. Jetzt lass mich

sehen, ob er passt. Du kannst ja anschließend alles überprüfen. Vertrau mir. Ich kenne meinen Ascona.«

»Ich habe nein gesagt, Tor-Arne. Verstehst du, was *nein*
bedeutet?«

»Dass du keine Ahnung hast, was ich kann und was nicht.
Du hältst mich wohl noch immer für einen kleinen Jungen mit Moped.«

»Du bist ein kleiner Junge mit Ascona«, sagte Erik. »Und
nein bedeutet, dass du wieder den alten Motor einbaust.
Kauf dir einen Amerikaner, bau den Achter da ein, und
nicht in diese Klapperkiste.«

Jemand rief aus dem Verkaufsraum. Ein Mann stand vor
dem Tresen und beschwerte sich, dass die Waschanlage
mitten im Wachsgang stehen geblieben sei. Draußen warteten noch mehr Autos. Typisch. Am Abend vor dem 17.
Mai standen sie immer Schlange, um ihre Autos zu waschen.

Kurz vor Mitternacht war auch das letzte Auto im Ort
bereit für den Nationalfeiertag. Erik sperrte die Tankstelle zu und hörte das Klirren von Werkzeug, als er an der
Halle vorbeiging. Er überlegte sich, hineinzugehen, aber
nein, es hatte keinen Sinn, ihn zu quälen. Warum sollte er
ihn jetzt demütigen, indem er ihm dabei zusah, wie er alles rückgängig machte? Tor-Arne hatte morgen Abend
Dienst, da würde er so tun, als wäre nie etwas gewesen.
Aber diese Sucht nach Achtzylindern war wie die anderen Kinderkrankheiten, man musste da durch, um ein für
alle Mal kuriert zu sein. Im Sommer würde Tor-Arne sich
bestimmt einen Mustang zulegen.

Erik ging nach oben in seine Wohnung, öffnete das Schlafzimmerfenster und lehnte sich nach draußen. Aus der Dunkelheit im Süden kam eine frische Brise. Dann wurde der Wind stärker und drückte das Fenster zu. Mit einer solchen Böe war vor einem Monat der Frühling gekommen. Kurz darauf hatten sich die Gerüche gemeldet. Die Zweitakterabgase der Mopeds. Der scharfe Qualm der abgeflämmten Böschungen im Tal. Der Geruch des Frühlings.

Ein paar Wochen lang hatten sie sich mit Reifen und verdreckten Stahlfelgen an der Auswuchtmaschine abgerackert, widerspenstige Radmuttern aufgeklopft und sie mit Kupferpaste eingeschmiert. Autopolitur verkauft, den Hochdruckreiniger am Laufen gehalten und zugesehen, wie aufs Hinterrad hochgerissene Motorräder über den nackten Asphalt dahinrasten. Nur ein Zeichen des Frühlings fehlte noch: Snortlund. Kein Vorlesen der Autoannoncen, keine weitschweifigen Pläne. Erik dachte, dass er mal zu ihm hochfahren sollte, aber er hatte sich noch nicht aufraffen können, denn in diesem Frühjahr war noch etwas anderes im Gange.

Das alte Leben verlöscht im Mai, dachte Erik. In zwei Wochen weiß ich, ob das Landesschützentreffen und die neue Straße kommen. Vielleicht können wir hier wie bisher weitermachen. Vielleicht kann ich weiter das Leben leben, vor dem mich Tora Landstad gewarnt hat. Er suchte sich die Platte *Southern Accents* von Tom Petty heraus. Die Nadel des Plattenspielers erreichte den ersten Song, *Rebels*. Das Knistern der Schallplatten erinnerte ihn an

Kaminfeuer und war so etwas wie eine Liebkosung, die er sich, wie er meinte, gönnen konnte. Er legte sich aufs Sofa und nahm sich vor, in einer Stunde nach unten zu gehen, um Tor-Arne zu helfen.

Das Dröhnen einer unbekannten Auspuffanlage scheuchte ihn hoch, er sprang auf und rannte ans Fenster. Zu spät, dachte er. Das da war kein Sechszylinder mehr. Das war ein bis aufs Letzte frisierter V8-Motor.
Er sah den Rücklichtern des Asconas hinterher. Sie huschten unter dem Lichtkegel der ersten Laterne im Zentrum vorbei und verschwanden in der Kurve hinter der Molkerei. Erik blieb ein paar Minuten am Fenster stehen und sah nach draußen, gleich würde Tor-Arne das Dorfzentrum verlassen, dann die Brücke überqueren und auf der anderen Seite wieder zurückfahren. Vier Minuten vergingen, doch auf der anderen Seite des Flusses tauchten keine Scheinwerfer auf.
Entweder hatte er jemanden getroffen, dachte Erik, oder er ist in die Berge gefahren, um den Motor zu testen, ohne Gefahr zu laufen, der Polizei zu begegnen.

Er hatte wieder ein paar Stunden geschlafen, als er erneut wach wurde. Nach so vielen Jahren hatte er sich an die Geräusche des Nachtverkehrs gewöhnt, sodass er nicht mehr aufwachte, wenn jemand draußen vorbeifuhr. In der Regel tankten sie bloß, manchmal wusch jemand die Scheiben oder überprüfte den Luftdruck, aber alle waren sie nach vier bis fünf Minuten wieder auf der Straße.

Doch jetzt hatten sich ein paar kleine Ungereimtheiten in seinen Schlaf gezwängt. Er hatte gehört, wie ein Auto auf den Hof fuhr und am Tankautomaten anhielt, gefolgt vom Summen der Tanksäule. Doch die Geräusche, die üblicherweise darauf folgten, das Zuschlagen einer Autotür, das Anfahren blieben aus. Der Wagen war nicht wieder auf die Landstraße gefahren.

An den Zapfsäulen war nichts zu sehen. Die ganze Tallaksenebene lag still und dunkel da. Die Laternen im Zentrum brannten. Es regnete und die Landstraße glänzte schwarz. Er hörte das Rauschen des Sokna, spürte die kalten Dielen unter den Fußsohlen, legte sich wieder hin und sah, wie sein Atem, der an der Scheibe kondensiert war, wieder verdunstete.

Er schob sein Kopfkissen zurecht, als er die Geräusche erneut hörte. Es klang so, als würde etwas langsam aufgerissen. Erik spulte sein Gedächtnis zurück. Die Erinnerung an einen ganz bestimmten Geruch gesellte sich hinzu. Gummi und Beton. Das Geräusch eines Abziehers, die Schwere einer Felge.

Diagonalreifen.

Das waren Diagonalreifen, die da draußen langsam über den Beton rollten. Sie klangen weicher, ruhiger als das Scheuern der modernen Radialreifen. Und das Geräusch war so deutlich, weil kein Motor lief. Hatte jemand ein Auto zur Tankstelle *geschoben*?

Er zog sich die Arbeitshose und einen Pullover an, streifte sich die Hosenträger über die Schultern und schlüpfte in die Schuhe. Lief in die Küche und sah auf die Rückseite der Tankstelle. Nur ganz selten hatte jemand bei ihm zu klauen versucht, und immer hatten sie das Weite gesucht, wenn er das Licht eingeschaltet und sie zum Teufel gejagt hatte.

Draußen bewegte sich nichts. Der Verschlag mit dem Propangas war verschlossen, die Ölfässer unberührt.

Da hörte er die Diagonalreifen erneut, jetzt kam das Geräusch von der Vorderseite. Er rannte durch das Wohnzimmer zum Fenster.

Erik war zweimal im Ausland gewesen. Mit Elise im Süden. Einmal in Spanien, das andere Mal auf Zypern. Beide Male hatte es ihn überrascht, wie leicht es war, eine norwegische Stimme aus der Masse der Menschen herauszuhören. Er wusste, dass er die gleiche Fähigkeit bei Autos hatte. Die runden, gediegenen Formen des Wagens, der da draußen stand und im Halbdunkel im Leerlauf lief, waren amerikanisch, Ende der Vierzigerjahre oder Anfang der Fünfziger. Die Krümmung des Daches umschloss die Fenster wie eine Festung. Monumentale Karosserieflächen wölbten sich einander entgegen, wie bei einer grob behauenen Skulptur, die zu schmelzen begonnen hatte, ehe sie zu der endgültigen, perfekten Form erstarrt war, bei der jede Rundung in die nächste zu gleiten schien.

Der Nachthimmel war violett. Das weiche Licht, das vom Mobil-Schild ausgestrahlt wurde, legte sich über den Wagen.

Erik spürte das Blut in seinen Schläfen pochen, spürte, dass das Auto seine Sinne mit Beschlag belegte.

Es war ein weißer 52er Cadillac.

Erinnerungen. Erst nur in winzigen Fetzen, wie ein feiner Riss im Packpapier, in das man ein Gemälde wickelt. Der gleiche Nachthimmel wie der über dem Schrottplatz vor neunzehn Jahren. Dann riss das Papier plötzlich auf, und das ganze Bild kam zum Vorschein.

Nein, dachte Erik. Das kann doch nicht wahr sein. Das kann unmöglich das gleiche Auto sein.

Angestrengt starrte er nach unten. Doch, es war ein 52er. Die ganze Karosserie war von Rost überzogen. Von dem weißen Lack waren nur noch kleine Flecken vorhanden, der Rest bestand aus Wunden und Narben, wie bei einem alten, sterbenden Wal. Der Wagen stand dort im Mondschein, und das Regenwasser tropfte aus den Radkästen. Als käme er direkt aus der Hölle, oder als wäre er gerade erst geboren worden.

Er stürmte die Treppe nach unten, verharrte eine Sekunde, um sich im Schatten der Regale zu orientieren. Der Cadillac war dort draußen, nur ein paar Meter von ihm entfernt. Das Licht im Wagen leuchtete auf. Jemand bewegte sich dort drinnen, doch der milchigweiße Dampf auf den Scheiben machte alles unscharf. Dann kuppelte der Wagen ein, blinkte und rollte langsam nach Süden.

Erik rannte nach draußen und sah das Auto lautlos vorbeigleiten. Das rötliche Glitzern der Rücklichter auf dem Chrom der Stoßstange wurde manchmal durch kleine Abgaswolken gedämpft. Der Cadillac erreichte das Mobil-Schild, und das Licht fiel ins Wageninnere und erhellte die Silhouette des Fahrers. Langsam rollte der Wagen in Richtung Tallaksenebene. Die Rücklichter flossen zusam-

men zu einem einzigen roten Auge, das in den Zigeunerkurven verschwand. Erik stand im Licht der Zapfsäulen
und starrte in die Nacht, bis er das Mistwetter und die
Kälte spürte. Den Rest der Nacht wälzte er sich unruhig
im Bett herum. Durch seine Träume flimmerten Abgaswolken, die sich zu einem Gesicht formierten und dann
wieder auflösten.

Die Zeitschaltuhr klickte, die Stereoanlage meldete sich,
und Erik war mit einem Schlag hellwach. Landstraße und
Leitplanke lagen noch immer in dem gleichen Halbdunkel,
in dem er den Cadillac hatte verschwinden sehen; aber
das Morgenlicht nahm zu, und die Spitzen der Fichten
oben auf dem Bergrücken strahlten bereits in der Sonne.
Er ging nach draußen und öffnete den Tankautomaten.
Zählte die Hunderter und fand den Gegenwert von 272
Litern Benzin. Es waren aber 284 Liter getankt worden.
Es fehlte also das Geld für zwölf Liter. Ungefähr das, was
ein Cadillac mit zwei Tonnen Gewicht auf der Strecke
über den Pass verbrauchte.
Im Zentrum hörte er das Schulorchester die Nationalhym-
ne anstimmen. Er starrte über die Tallaksenebene, um sich
noch einmal die Rücklichter ins Gedächtnis zurückzuru-
fen. Denn als in der letzten, langen Sekunde das Licht des
Mobil-Pegasus in den Cadillac gefallen war und dem Gesicht des Fahrers Farbe gegeben hatte, hätte er schwören
können, dass es Tor-Arne war, der da hinter dem Steuer
saß.

Erik stand vor der Birke und zog ein paar belaubte Zweige nach unten. Jetzt muss ich das Birkenlaub wie üblich an der Eingangstür befestigen, dachte er, so wie ich es immer mache. Und alles fegen, den Diplom-Eis-Eskimo rausstellen, die Sonntagshose anziehen und die Schleife mit dem Bild von König Olaf an meinem weißen Hemd befestigen. Und daran denken, die Tiefkühltruhe mit Eis aufzufüllen. Ich muss das tun, was ich immer tue, dann wird vielleicht auch alles wieder so, wie es immer war.

Der Motor des Monzas stand in der Werkstatt. Tor-Arne hatte ein schmutziges Laken über den Ansaugstutzen gelegt. Die Kette des Flaschenzuges hing herunter, der Arbeitstisch quoll über von Werkzeug, und Stromkabel wanden sich kreuz und quer auf dem Boden.

Erik zog die oberste Schublade der Werkbank auf. Das Lederfutteral mit den Ringschlüsseln fehlte. Er öffnete die anderen Schränke, zog Schubladen auf, wühlte in den Regalen herum, schob Öldosen hin und her und begann wieder von vorn.

Bei Tor-Arne zu Hause ging niemand ans Telefon. Erik rief auf seinem Handy an. Nur Klingelzeichen, nicht einmal die Mailbox. Es war zwanzig vor acht. Gleich begann der Fahnenumzug zum Nationalfeiertag. Dann kamen die Kinder und wollten Eis.

Müssen sie halt warten, dachte er und warf sich in den F-150 und fuhr so schnell durchs Zentrum, dass er davon ausgehen konnte, dass man am nächsten Tag darüber reden würde. Kurvte an der Absperrung bei der Schule herum, um Zeit zu sparen, und trat das Gaspedal auf der Brücke über den Sokna durch.

Da sah er den kleinen Hof. Kein Ascona, nur seine Bastlerfahrzeuge: ein Commodore mit Verschalungsbrettern über der Motorhaube und ein Kadett unter einer Persenning.

Als er zum vierten Mal auf den Klingelknopf gedrückt hatte, rührte sich etwas hinter dem Türglas. Seine Mutter stand in ihrer Rondane-Tracht im Flur und war dabei, sich fertig anzuziehen.

»Hat er denn heute Dienst?«, fragte sie.

»Nein, es geht um etwas anderes«, sagte Erik.

»Er ist gegen sieben gefahren, wollte jemanden abholen.«

»Ich muss wieder los«, sagte Erik.

»Weißt du, wer es ist?«, fragte die Mutter lächelnd. »Mir sagt er ja nichts.«

Erik sah ihn auch bei Jøtul nicht. Sah ihn an keiner der Straßen des Neubaugebiets und auf keinem der Parkplätze. Herausgeputzte Familien mit Kinderwagen und Flaggen starrten ihm nach, als er an ihnen vorbeifuhr. Er suchte im Rangen und im Café am Eck und musste sich anhören, wie schmutzig sein Auto sei. Er hatte es lange nicht gewaschen, hatte nicht damit gerechnet, es an diesem Tag zu benutzen.

Der Fahnenumzug war längst vorbei, als er die Tankstelle wieder aufmachte.

»Kommen Sie endlich«, keifte eine Frau in einem Trachtenkleid und zupfte an dem Kragen eines Jungen in einer hellgelben Jacke herum. »Wir brauchen Benzin! Und der Tankautomat funktioniert nicht. Nur dass Sie's wissen.«

Ich habe vergessen, den heute Morgen wieder einzuschalten, dachte Erik und rannte hinter den Tresen, um die Zapfsäulen zu aktivieren. Er konnte sich nicht daran erinnern, jemals einen solchen Fehler gemacht zu haben. Während er sich den Schweiß von der Stirn wischte, sah er, dass seine Hose und sein Hemd unterwegs im Arbeitsauto dreckig geworden waren. Er raste nach oben, suchte sich andere Sachen heraus, hörte unten Kunden und zwängte sich in ein zu enges Hemd, das aber wenigstens sauber war.

Gegen zwei Uhr rief Tor-Arne an. »Hab mit Muttern gesprochen. Was ist denn los?«

»Das weißt du ganz genau«, sagte Erik. »Dieser Motor.«

»Reg dich nicht so auf, das ist mein Auto.«

»Von wo aus rufst du an?«

»Bin im Café in Vinstra«, antwortete Tor-Arne.

»Komm her.«

»Sei doch nicht so gestresst, Erik.«

»Das alte Werkzeugset, weißt du, wo das ist?«

»Ich brauchte doch was in Zollmaß, für alle Fälle. Und ich wollte dich nicht wecken. Du brauchst das doch wohl heute nicht, oder?«

»Lass mich den Achter überprüfen«, bat Erik.

»Der läuft ganz prima. Mach dich jetzt nicht verrückt, Mann, du willst doch wohl nicht am Nationalfeiertag an einem Auto herumschrauben.«

»Warst du heute Nacht mit jemandem in einem Amerikaner unterwegs?«, fragte Erik.

»Nee. Bin gleich nach Hause gefahren, Anja wartet doch auf mich.«

»Du hast nicht in einem Cadillac gesessen?«

»Caddy? Jetzt komm mal runter. Ich komm gegen sechs!«

Erik legte auf. Im Verkaufsraum standen ein paar Kinder, die quengelten und ihr Eis bezahlen wollten, ehe es schmolz.

Es war vier Uhr. Keine Kunden mehr. Zeit für den Bürgerumzug.

Er stand allein an der Tankstelle und sah zu den anderen hinüber, die alle dicht beieinanderstanden. Wieder meldete sich die Frage, ob sein Leben eigentlich gesund war und ob er auch jemals freihaben würde, wenn die anderen freihatten. Und wenn nicht, welchen Wert hatte das Ganze dann? Er ging in die Schmierhalle, um aufzuräumen. Manchmal war es gut, Pflichten zu haben.

Als er Motorengeräusche hörte, drehte er sich um. Zwei Motorräder: eine Yamaha FZR1000 und eine Suzuki GSX-R750. Dahinter näherten sich der Shelby Mustang und ein gelber Dodge Charger R/T, den er noch nie zuvor gesehen hatte. Ganz hinten kam der Pontiac GTO.

Nur drei Autos. Im letzten Jahr waren es sechs gewesen.

Vielleicht kamen sie ja langsam von diesem Brauch ab. Diese Rennen wurden seit den Siebzigerjahren gefahren, immer während des Bürgerumzugs, wenn beide Fahrbahnen der Landstraße frei waren, sich die Menschen im Zentrum vergnügten und jeder Polizist zwischen Trondheim und Lillehammer Eis aß.

Früher waren es einmal so viele Teilnehmer gewesen, dass sie drei Mannschaften bilden mussten. Die Autos kurvten langsam ein paar Runden herum, um kein Aufsehen zu erregen, während die Motoren warm liefen. Immer die gleiche Strecke, von der Mobil-Tankstelle bis hinunter in die Tallaksenebene. Erst die Kleinwagen mit weniger als sechzig PS. Alte Renaults und Dieselfahrzeuge. Keiner davon fuhr schneller als hundertzwanzig, und sie brauchten gut und gerne eine Minute, bis sie auf hundert waren. Dann kamen all die, die etwa so stark waren wie ein Capri oder ein Manta. Zum Schluss die Amerikaner. Die Motorräder waren die ganze Zeit über mit von der Partie.

Da sah er die Wagen unten auf die Tallaksenebene kommen. Zu dritt nebeneinander. Sie fuhren so dicht, dass sich ihre Seitenspiegel beinahe berührten, dann hielten sie zitternd an. Im dröhnenden Leerlauf. Erik ging hinein, um das Fernglas zu holen. Während sich die Tür hinter ihm schloss, hörte er das Brüllen eines fremden Motors auf der Landstraße. Ein weißer Ascona mit blauen Rallyestreifen raste vorbei. Die Kotflügel wölbten sich wie gespannte Muskeln.

Durch das Fernglas sah er, wie sich Tor-Arne neben den GTO schob. Er war nicht allein. Jemand saß neben ihm.

Die hinteren Kotflügel hoben sich ein wenig, die Motor-
hauben senkten die Nase. Rauch quoll aus den Radläufen,
als sie die Hinterreifen aufwärmten. Die Yamaha stellte
sich vor sie auf den Mittelstreifen. Dreimal kurz die Brem-
se angetippt, dann dreimal lang. Mit dem letzten Aufleuch-
ten schoss die Maschine los. Die vier V8-Motoren heul-
ten auf, verharrten aber noch kurz mit durchdrehenden
Reifen. Tor-Arne fand nach wenigen Sekunden Halt und
raste los. Dann griffen die breiten Reifen des Shelby und
brachten ihn schnell an die Seite des Asconas. Der Charger folgte dicht dahinter; er beschleunigte schneller als
Tor-Arne. Der GTO drehte noch immer durch, das Brüllen des RamAir-Motors war bis zur Tankstelle zu hören.
Idiot, dachte Erik, geh vom Gas, dann greifen die Reifen.
Jetzt. Der Pontiac schoss mit einem solchen Brüllen los,
dass die Schallwellen das Wasser des Sokna kräuselten.
Auf der Ebene wurde der Lärm durch die Fichten an den
Talhängen gedämpft. Als sie am Kahlschlag vorbeirasten,
waren die Motoren wieder zu hören. Er verfolgte die Wagen mit dem Fernglas. Der Shelby lag noch immer an der
Spitze, der Charger hatte den Ascona überholt, und der
GTO kam langsam näher.
O ja, er wusste, was es für ein Gefühl war, jetzt in dem
Pontiac zu sitzen, die Finger fest um das Lenkrad gelegt,
die Füße schweißnass, weil die Hitze des Motors durch
die Torpedowand drang. Der RamAir-Motor hatte einen
wahnsinnigen Zug, bis die Karosserie zu flattern begann
und die Turbulenzen aufs Dach knallten, als hätte man einen Hubschrauber über sich.

*Drei Minuten und zwanzig Sekunden.*

Am Ende der Ebene lag der GTO Stoßstange an Stoßstange mit dem Ascona. Die Bremslampen leuchteten kurz auf, als sie in die erste der Zigeunerkurven hineinflogen, Tor-Arne legte sich hart auf die Seite, verschwand.

Erik ließ das Fernglas sinken. Hinter ihm begann der Musikverein sein Festlied: *Norwegen in Rot, Weiß, Blau.*

Er hörte einen dumpfen Knall, so als hätte sich ein Steinblock in den Zigeunerkurven gelöst. Das Licht des Mobil-Pegasus begann zu flackern. Die Musik aus dem Zentrum klang schief und dünn. Er rannte hinter die Tankstelle zum Pick-up, sagte sich selbst, dass er jetzt nicht einmal mehr die Zeit hatte, die Tankstelle abzuschließen, und kapierte nicht, warum sich der Weg zu seinem F-150 so gnadenlos in die Länge zog, als stünde er weit weg irgendwo im Moor, und auch als er endlich drin saß und mit Vollgas zur Tallaksenebene hinunterraste, rollte das Auto so langsam, als verfügte es nur über einen ersten Gang.

Ich hätte deine Arbeit kontrollieren müssen, dachte er.

In der dritten Zigeunerkurve stand der GTO mit Warnblinkern. Der Ascona lag auf der Seite, das Dach an die Felswand gepresst. Hinterräder und Auspuffanlage waren abgerissen. Zwei Jungs rannten um das Auto herum. Das Benzin aus dem Ascona floss langsam über die Straße. Ein Mädchen hatte ein ungeöffnetes Erste-Hilfe-Kissen in der Hand und rief irgendetwas.

Erik stürzte aus dem Wagen und roch den süßlichen Dampf des Kühlwassers, das aus dem Wrack lief. Er mischte sich mit dem Gestank von verbranntem Motoröl und verkohlten Bremsbelägen. Dann strich eine warme Brise vorbei, Traubenkirschenduft.

Ich hätte deine Arbeit kontrollieren müssen.

Der Ascona war von Stoßstange zu Stoßstange aufgerissen. Er musste auf die Leitplanke geknallt sein und sich mehrmals überschlagen haben, ehe er von der Felswand gebremst worden war. Ein blauer Pullover und eine Handtasche waren aus dem Auto geflogen. Motorhaube und Fahrertür hatten sich geöffnet und hingen schief in den Angeln. Das Dach war mit braunem Lehm verschmiert. Durch einen Riss im hinteren, frisch polierten Kotflügel schien die Sonne auf den Rücksitz.

Tor-Arne trug sein Sonntagshemd. Der Pferdeschwanz saß straff, seine blonden Haare glänzten frisch gewaschen. Die Wangen waren rasiert. Seine Hände umklammerten noch immer das Lenkrad. Die Nägel waren sauber. Sein Nacken hatte einen seltsamen Knick. Etwas drückte von innen gegen seinen Hals und beulte ihn aus.

Anja, die auf dem Beifahrersitz saß, war an die Tür gepresst worden. Ihre Lippen wurden allmählich blau. Auf der weißen, gebügelten Leinenbluse ihres stattlichen Trachtenkleids breitete sich ein Blutfleck aus. Ein roter Tropfen rann von ihrem Kinn und fiel herab. Sie blinzelte. Ihre Augen waren matt, eine Art Raureif bedeckte ihren Blick.

»Anja«, sagte Erik, »Anja, kannst du mich hören?«

Er meinte, sie etwas sagen zu hören, etwas über ihre Mutter.

Die Sirenen drangen durch das Chaos von Blut und Ben-

zin. Die Feuerwehrleute kippten den Ascona auf die Räder, schnitten das Dach auf und klappten es zur Seite. Sie
legten Anja auf die Trage, schalteten das Blaulicht ein
und rasten Richtung Süden. Kurz darauf wurde der Ret-
tungswagen wieder langsamer. Dann wurden die Sirenen ausgeschaltet.

# DREI MINUTEN UND
# ZWANZIG SEKUNDEN

Eine Flagge nach der anderen glitt auf Halbmast. Den Rest der Woche war es still im Ort. Still vor der Schule, still im Rangen, still am Sokna.

Erik stand im Büro. Er hatte Tor-Arnes Habseligkeiten in einen Karton gepackt. Ein paar Kassetten. Seinen Wollpullover. Die alten Comicserien. Nichts, was für seine Eltern von Wert war. Die Zeitung lag aufgeschlagen auf dem Schreibtisch. Eine Klassenkameradin hatte einen Nachruf für Anja geschrieben: *Da hat es so viele Jahre gedauert, eine beste Freundin zu finden – und nur eine Sekunde, um dich wieder zu verlieren.*

Die Boulevardpresse hatte jemanden vom Straßenverkehrsamt interviewt. Es hieß, dass im Ascona nicht der Motor eingebaut gewesen sei, mit dem er beim TÜV zugelassen worden sei. Ja, und für diese Zulassung habe ich gesorgt, dachte Erik. Der eigentliche Unfall war leicht zu erklären. In der Eile hatte Tor-Arne einen Öldruckschlauch falsch montiert, die Auspuffhitze hatte ihn zum Schmelzen gebracht, und der dann entstandene Qualm hatte Tor-Arne mitten in der Kurve die Sicht geraubt.

Erik blieb an der Tür zur Werkstatt stehen. Die Stille erinnerte ihn an all die Geräusche, die fehlten. Wäre ich doch bloß nicht hochgegangen, dachte er. Hätte ich mir doch nur diese eine Minute Zeit genommen, um nach ihm zu sehen, ihm verstehen zu geben, dass er mir nicht egal war. Ich hätte dem schon vorher ein Ende bereiten müssen, ihm nicht helfen dürfen, seinen Ascona durch den TÜV zu mogeln, hätte es den Regeln überlassen sollen, zu verhindern, was zu verhindern war.

Draußen sah er einen großen Wagen an der Super-Zapfsäule halten. Es war ein Voyager. Leichenwagen. Erik hatte weiche Knie, und ihm wäre fast schwarz vor Augen geworden, als der Fahrer bezahlte.

Er ging zu Fuß zur Kirche. Bei Anjas Beerdigung am Tag zuvor war es so voll gewesen, dass die Leute noch draußen auf der Treppe hatten stehen müssen. Erik hatte den ganzen Morgen über eine Warteschlange vor der Waschstraße, die Leute kauften wortlos Münzen und wuschen ihre Autos, ehe sie zur Beerdigung fuhren.

Oben am Hügel sah er das Grab von Anja; rot von Blumen. Er ging in die Kirche und nahm sich ein Gesangbuch. Ganz hinten stand der Sarg. Sie hatten sich für Kiefernholz entschieden.

Heute würden bestimmt weniger Leute kommen. Erik nickte einigen Menschen zu und setzte sich in eine der vorderen Reihen, wie er glaubte, dass es sich gehörte. Für gewöhnlich dauerte es etwas, bis der Gesang in der Kirche von Annor in Gang kam. Jetzt aber hallten die Lieder laut und rein unter den Bleiglasfenstern. Er versuchte mitzusingen, mit kalten Fingern.

Während der Predigt fiel Erik ein grauhaariger Mann auf, der ihn anstarrte. Der Mann sagte etwas zu der Frau neben sich. Dann starrten beide ins Gesangbuch.

Ich kann mir schon denken, was los ist, sagte sich Erik. Er hatte es den Leuten im Ort schon die ganze Woche über angemerkt, hatte bei jedem einzelnen Kunden gespürt, dass über ihn gesprochen wurde. Fyksen, der Verantwortliche für alle Fahrzeuge im Ort, hatte seinen Mitarbeiter in einem lebensgefährlichen Wagen herumfahren lassen. Aber natürlich war auch etwas Wahres an diesem Gerede, dachte Erik. Es hat schon etwas zu bedeuten, dass ich nicht zu Anjas Beerdigung gekommen bin.

Er stellte sich ganz nach hinten, als der Sarg ins Grab gelassen wurde. Erst eine Viertelstunde nachdem der Pastor fertig war, konnte Tor-Arnes Mutter Abschied nehmen und gehen. Erik blieb vor dem Grab stehen, wortlos, und seine Augen sahen ... nichts.

Er ging zurück zur Tankstelle, fegte den Boden um den Tankautomaten herum und fühlte sich schwerer und schwerer. Das Gewicht eines Wendepunktes in seinem Leben. Und noch eine andere Erkenntnis meldete sich. Er wedelte sie weg wie eine Mücke. Aber wie eine Mücke kam sie auch wieder zurück. Die Schlacht um die neue Straße war verloren. Er würde niemals eine Umfahrung des Zentrums vorschlagen können, die an seiner neuen Tankstelle vorbei zu jener Kurve führte, in der Anja und Tor-Arne umgekommen waren.

Kurz darauf hörte er den Motor, vor dem ihm graute. Das Klopfen eines großen Diesels. Der silbergraue Pajero blieb so dicht vor ihm stehen, dass er die Wärme des Kühlers an seinen Wangen spürte.

»Diese verdammten Motoren«, sagte Jøtul. Seine Knöchel

hoben sich weiß von seiner Faust ab. »Diese verdammten Motoren von dir!«

Ich werde nicht versuchen, diesen Streit zu gewinnen, dachte Erik und antwortete leise: »Es tut mir doch auch so furchtbar leid!«

»Du hättest ihr vielleicht noch ein paar Tage lassen können?«, rief Jøtul. Er holte mehrmals Luft, während er diesen Satz sagte. »Ein paar Jahre?«

»Ich habe auch nicht alles in der Hand«, sagte Erik.

Jøtul schien nicht verstanden zu haben, was er gesagt hatte. »Du warst es doch, der ihm diesen Tick mit den immer größeren Motoren eingeredet hat«, fuhr Jøtul fort. »Du ganz allein!«

»Ich habe versucht, ihm das auszureden.«

Jøtul schüttelte den Kopf. »Das sind Lügen, Fyksen. Blanke, feige Lügen. Ich hab doch zugesehen, als ihr den eingebaut habt. 260 PS hast du gesagt, der wird wie der Teufel abgehen.«

»Er hat danach einen noch größeren eingebaut. Ich habe versucht ihm zu sagen, dass ...«

»Es ist doch egal, ob das Motor zwei oder drei war. Ihr könnt doch nie ein Ende finden. Begreifst du denn nicht, was für Sorgen ich mir um sie gemacht habe? Ich habe versucht, sie fernzuhalten von diesem ... diesem Milieu hier.«

»Der Verlust ist für mich nicht so groß wie für dich«, sagte Erik, »das will ich gar nicht behaupten. Aber ich habe mit Tor-Arne zusammengearbeitet, jeden Tag.«

»Dann hättest du auch Verantwortung übernehmen müssen! Du Idiot, du verdammter Idiot! Du hättest es ihm verbieten müssen, in der Werkstatt herumzubasteln. Nachdem du ihn erst auf diese Idee mit dem Frisieren gebracht hast, hättest du ihn nicht alleine weitermachen lassen dürfen. Als ginge dich das alles nichts mehr an!«

Ich könnte sagen, dass er hier nur gearbeitet hat, dachte Erik. Dass er nicht mein Sohn war, dass ich nicht für sein Handeln verantwortlich war. Aber nein, ich werde den Teufel tun, meine Beziehung zu Tor-Arne jetzt kleinzureden.

»Das alles ist deine Schuld!«, schrie Jøtul. »Meinst du, ich weiß nicht mehr, wie du es früher getrieben hast? Ich kann mich noch gut an diesen roten Amerikaner erinnern, mit dem du die kleine Misvær herumkutschiert hast! Der schnellste Wagen des Dorfes. Wie viel PS hatte der, Erik? Zweihundert? Dreihundert?«

Ich werde nicht versuchen, diesen Streit zu gewinnen, ermahnte sich Erik noch einmal.

»Dreihundertsechzig«, sagte er.

»Ja, stimmt, ich habe davon gehört«, sagte Jøtul. »Du warst der Erste, lange vor den anderen. Von der Tallaksenebene über die Zigeunerkurven bis zum Campingplatz in drei Minuten und zwanzig Sekunden. Diesen Rekord hat noch niemand brechen können. *Damit* warst du beschäftigt. Während ich einer Siebenjährigen das Lesen beigebracht habe. Und niemand hat dich angezeigt!«

»Diese Zeit ist lange vorbei«, sagte Erik.

»Aber die Leute erinnern sich noch daran. Meinst du, Tor-Arne wusste nichts von deiner Rekordmarke bei diesem

Rennen? Mann, der hat dich verehrt! Hast du wirklich nicht kapiert, warum der gegen deinen alten Wagen antreten musste? Dass er sich in gewisser Weise mit seinem Vater messen musste? Nein, denn du hast dich ja nie wirklich um jemanden kümmern müssen. Du hast immer nur deine Autos gehabt. Und diese Tankstelle ist doch nur eine Art Fortsetzung. Ein Tempel für amerikanische Autos.«

»Das ist nicht wahr!«, rief Erik. »Das ist ...« Er hielt inne. »Ach was soll's, aber du glaubst doch wohl nicht im Ernst, dass es mir egal ist, wenn sich die Leute totfahren?«

Jøtul packte Erik an seiner Jacke und zog ihn zu sich. »Kapierst du denn nicht? Unsere Tochter ist tot! Schau dich um! Du siehst doch, zu was du die Leute hier aufforderst! Guck doch mal nach drinnen, diese Autozeitschriften, lies, was da über das Frisieren von Motoren steht, wirf einen Blick in die Kataloge mit den Breitreifen. Deine ganze Bude steckt doch voller Anreize, Autos zu tunen und wie ein Bescheuerter herumzurasen. Aber jetzt ist die Zeit für Veränderungen gekommen. Und ich werde dafür sorgen, dass diese Veränderungen ohne dich stattfinden!«

Erik wälzte sich im Bett herum und warf einen Blick auf seine Armbanduhr, die auf dem Nachtschrank lag. Der Winkel zwischen den selbstleuchtenden Zeigern war spitz, es war fünf nach drei. Er zog sich an und machte alle Lampen in seiner Wohnung an. Es half nicht. Erik holte Zigaretten. Sie halfen nicht. Erik legte Johnny Cash auf. Er half nicht. Dann suchte er die Platte von Lucinda Williams heraus. Sie half ein bisschen.

Das nützt alles nichts, dachte er. Ich muss irgendetwas tun. Er ging nach unten in die Werkstatt, schaltete den Strom ein, sah das Licht flackern und die Schmiergrube erhellen. Holte den F-150, nahm die Zündkerzen heraus. Sie waren in Ordnung. Trotzdem tauschte er sie aus. Beschloss, auch einen Ölwechsel zu machen. Wollte das Werkzeugset holen, als ihm bewusst wurde, dass das noch im Kofferraum des Ascona lag.

Er ging in den Verkaufsraum und holte einen kompletten Satz Ringschlüssel von Snap-on. Der blanke Stahl fühlte sich zu glatt an, zu neu, es fehlte die Textur, die Seele des alten, geschmiedeten Stahls.

Neues Motoröl.

Tor-Arne.

Neuer Luftfilter.

Tor-Arne.

Erik erinnerte sich an diesen Abend im Frühling vor ein paar Jahren. Sie hatten einen Anruf von jemandem erhalten, der englisch redete und etwas von einer Panne sagte: »By the camping site. It is a Facel Vega HK 500. You'd better bring a lot of tools.« Erik hatte alles stehen und liegen lassen und Elise gebeten, die Kasse zu übernehmen. Dann hatte er seinen Wagen mit lauter Werkzeug vollgepackt und war losgerast. Am Campingplatz stand kein

Facel. Nur ein alter Kadett. Und neben der Leitplanke saßen ein paar Freunde von Tor-Arne. »April, April!«, riefen sie. Tor-Arne hatte sich noch Wochen später über diesen Scherz amüsieren können.

All diese nicht sichtbaren Zusammenhänge, all diese Dinge, die sich so verhängnisvoll ineinander verhakten. Wenn ich den GTO nicht gekauft hätte, hätte ich nicht die Tankstelle betrieben, und Tor-Arne wäre noch am Leben. Vielleicht hätte ich ihn dann gar nicht kennengelernt, vermutlich hätte ich die Uni fertig gemacht und wäre weggezogen, aber jetzt wohne ich hier und Tor-Arne ist tot. Und der GTO wird weiter hier im Ort herumfahren und mich an das alles erinnern.

Er kletterte nach unten in die Schmiergrube. Streckte seinen Arm blind nach der Stelle aus, wo immer die Dose mit dem Universalöl stand, sprühte etwas um die Ablassschraube an der Unterseite des Getriebes und reinigte sie mit der Drahtbürste. Dann erstarrte er.

Langsam hob er die Dose wieder hoch, sprühte in Richtung Neonröhre. Der feine Nebel perlte in Regenbogenfarben langsam nach unten.

Dieser Geruch.

WD40.


»Hab dich erwartet«, sagte Grundtvig. »Diese Totenwagen. Ich kann es nicht leiden, sie hier herumstehen zu haben. Die Leute kommen, um sich daran zu ergötzen, wie demoliert die sind. Einer wollte sogar den Motor kaufen, hat behauptet, der wäre frisch überholt. Und weißt du, was das Schlimmste ist? Die Autos zu durchsuchen, nachzusehen, ob noch was drin ist. Die Polizei findet nämlich nicht immer alles. Da kannst du dir ganz sicher sein. Und weißt du, was ich gefunden habe?«

Erik schüttelte den Kopf und folgte Grundtvigs Blick zu ein paar weißen Holzwänden.

»Seine Hausschlüssel«, sagte Grundtvig. »Die lagen auf der Hutablage. Müssen da hingeflogen sein, als sich der Wagen überschlagen hat.«

Vor der Presse stand das Wrack des Ascona. Grundtvig musste es gewaschen haben. Lehm und Schmutz waren von dem weißen Dach verschwunden, und das verbeulte, zerrissene Blech glänzte wie frisch poliert.

Erik hebelte den Kofferraum auf und fand sein Werkzeugset neben dem Ersatzkanister. Er streckte seine Hand danach aus, wollte schon danach greifen, zögerte dann jedoch. Ließ es liegen und schloss den Kofferraumdeckel langsam wieder.

»Aber das ist deins«, sagte Grundtvig. »Für die große Reparatur.«

Ich glaube nicht an Gott, dachte Erik. Ich glaube eigentlich an verdammt wenig. Aber in diesem Moment traute er sich nicht, an nichts zu glauben. »Ich schicke es hinüber auf die andere Seite«, sagte Erik. »Für den großen Mechaniker.«

Erik fegte die Glassplitter vom Fahrersitz und setzte sich hinein. Keines der Seitenfenster war mehr in Ordnung. Hatte Tor-Arne gesehen, wie sie zerbrachen, ehe er selbst dran war? Er drückte EJECT. Der Recorder warf eine

Kassette heraus. Selbst aufgenommen. Mädchenschrift auf dem Etikett. Patti Smith. *Because the night.* Sie mussten es ernst gemeint haben, dachte Erik und drückte die Kassette wieder hinein.

Grundtvig befestigte die Kette am Ascona und hob ihn mit der Winde über die Presse. Früher hatte er eine alte Guillotinenpresse verwendet, die laut knallte, wenn der Block nach unten fiel. Seine neue Presse war hydraulisch, und Erik konnte das Geräusch nicht ertragen, als die Maschine den weißen Ascona langsam zusammendrückte, als der Stahl knackte und Glas schrill und laut zu Bruch ging. Die Holme gaben nach, die Motorhaube faltete sich wie ein Blatt Papier zusammen, und die einzelnen Teile der Karosserie wanden sich umeinander wie die Würmer in einer Köderdose.

Der Pressblock hob sich noch einmal. Grundtvig hatte den Wagen nur bis zur Hälfte gepresst. Erik fragte nicht, warum, er konnte seine Augen nicht von der Windschutzscheibe losreißen. Das Glas lag in weißen, glitzernden Bröseln auf den Vordersitzen. Es erinnerte ihn an den Sokna, kurz bevor das Eis schmolz. Er musste sich hinsetzen.

»Lass es raus«, sagte Grundtvig. »Manchmal tut es einfach gut, zu heulen.«

»Verzweifelst du nicht manchmal an deiner Arbeit hier?«, fragte Erik. »Das alles sind doch nur – Reste.«

»Hast du schon einmal eine Bärenhöhle gesehen?«, fragte Grundtvig.

»Nur auf einem Foto.«

»Draußen liegen die Fellreste und Knochen der Beute-
tiere. Und was ist drinnen? Das Raubtier. Da stellt sich
doch die Frage: Wo ist die Zivilisation? Drinnen in der
Höhle oder draußen im Abfall?«

# DAS LICHT IN DER SCHMIERGRUBE

Der jährliche Kamasa-Katalog, die üblichen Rechnungen. Eine unfrankierte Terminvereinbarung vom Zahnarzt. Viertel nach zehn. Heute.

»Hör mal«, sagte Lyng. Er stand in Jeans und schwarzem Pullover da. »Heute lassen wir den üblichen Smalltalk. Wie geht es dir?«

»Nicht gut.«

»Du musst dich zusammenreißen. Ich hab etwas erfahren.«

»Als ob das etwas Neues wäre.«

»Der Unfall hat alles verändert. Unten im Rathaus klingelt jetzt täglich das Telefon. Die Leute üben Druck aus, sie wollen die neue Straße noch vor dem Winter. Sie haben Angst vor der Glätte.«

»Steckt Jøtul dahinter?«

Lyng sah ihn an. »Nein, der Arme ist total fertig. Ich hab gehört, dass er seine Bewerbung zurückgezogen hat. Es wird kein Schützentreffen in Annor geben.«

»Weißt du«, sagte Erik, »ich hätte es ihm fast gegönnt.«

»Die neue Straße auf der anderen Flussseite kommt«, sagte Lyng. »Die Leute wollen nicht mehr durch die Zigeunerkurven. Der Bau wird etwa in einem Monat beginnen. Nutz deinen Vorsprung, damit du so weit bist, wenn die Straße eröffnet wird. Du musst jetzt Gas geben, nutz dein gutes Grundstück. Sprich mit dem Bankdirektor. Kümmer dich um die Baugenehmigung. Das Trauern muss ein Ende haben. Änder dich, pass dich an. Wenn es sein muss, dann verkauf halt diese Würstchen. Zeig, dass du es bist, der hier im Dorf die Tankstelle leitet.«

»Lyng«, sagte Erik.

»Beeil dich, dir bleibt nicht viel Zeit.«

»Warum willst du mir helfen?«

»Geh jetzt, Fyksen. Ich hasse es, Komplimente zu machen.«

»Hallo«, sagte sie nur.

»Was willst du?«, fragte Erik.

»Dir helfen.«

»Spar dir das.«

»Hör auf, ich hab in der Zeitung von dem Unfall gelesen.«

»Ah ja.«

»Hast du jemand Neuen eingestellt?«

»Es ist nicht leicht, gute Leute zu finden.«

»Aber schaffst du denn alles so allein?«

»O ja.«

»Du siehst müde aus.«

»Nach Kassenschluss mach ich noch die Reifenwechsel«, sagte er und wuchtete ein Altölfass auf die Sackkarre.

»Ich habe frei«, sagte sie. »Langes Wochenende.«

»Unsinn. Du willst doch was von mir«, sagte er.

»Natürlich will ich wissen, ob diese neue Straße kommt.«

»Und wenn sie kommt?«

»Ich denke an *dich*«, sagte sie.

»Fahr nach Hause.«

»Jetzt bist du zu müde, um klar zu denken, Erik. Geh nach oben und ruh dich aus. Ich übernehme die Kasse.«

»Du willst die Kasse übernehmen?«

»Ich habe auch mal in einer Tankstelle gearbeitet. Du musst mir nur zeigen, wie ich diese Pumpen da auf null stelle. Die müssen ja noch aus den Siebzigern sein.«

»1957«, sagte Erik. »Aber innen drin sind sie neu.«

Draußen hielt Tofthagen. Erik konnte sehen, wie er beim Tanken durch die Scheibe starrte.

»Was kann ich für Sie tun?«, fragte Ellen Lysaker, als Tofthagen hereinkam. Er blieb stehen und sah Erik an, während Ellen die fünfundfünfzig Liter Diesel und zwei Dosen Hydrauliköl in die Kasse tippte, als hätte sie nie etwas anderes getan.

»Machen Sie's gut«, sagte Ellen, als Tofthagen die Tür öffnete.

Der murmelte etwas und verschwand.

»Wir verabschieden unsere Kunden hier nicht mit ›Machen Sie's gut‹«, sagte Erik.

»Dann wird es aber höchste Zeit. Und bei Ausländern: ›Have a nice day.‹«

Erik sah sich im Verkaufsraum um. Alles war wirklich wie früher, es stimmte, was sie gesagt hatte. Die Stapel mit den Ersatzteilen, die glänzende Wand mit dem Werkzeug und den WD40-Dosen, die er eingeräumt hatte.

»Vielleicht«, sagte er. »Vielleicht sollte ich wirklich damit anfangen.«

Die Sonnenstrahlen fielen durch die Gardinen und wärmten ihn. Er hatte steife Glieder und fühlte sich benommen. Es musste drei Wochen her sein, dass er so lange geschlafen hatte. Auf dem Sofa lagen ein paar zusammengerollte Decken, die er noch nie gesehen hatte. Auf dem Wohnzimmertisch lag eine Zeitschrift, die er nicht kannte. Daneben stand ein Glas. Ellen musste sich ihren Proviant aus Oslo mitgebracht haben. Der Kaffee in der Thermoskanne auf dem Küchentisch war stark und heiß.

Mein Gott. Eine Frau im Haus.

Erik duschte, rasierte sich und ging leise die Treppe hinunter. Sie drehte ihm den Rücken zu. Trug die gleichen Sachen wie gestern: Joggingschuhe und einen dunkelblauen Fleecepullover. Wie lange würde sie so dastehen und die STP-Pyramide betrachten?

»Wie ist es gelaufen?«, fragte er.

»Die Menschen glotzen«, sagte Ellen und drehte sich um, »aber das war ja nicht anders zu erwarten.«

Erik stellte sich vor, wie jetzt im Rangen die Gerüchte kochten, dass Erik eine geheimnisvolle fremde Frau an Land gezogen hätte. »Wann hast du aufgemacht?«, fragte er.

»Um sieben. Steht doch so an der Tür.«

»Nicht schlecht«, sagte Erik, stellte sich auf die Zehenspitzen und sah nach draußen. Ein hellblauer Polo. Sie fuhr also keinen Japaner mehr.

»Ich hab alles abgeschlossen, bevor ich ins Bett gegangen bin«, sagte Ellen. »Aber die Lampen hab ich nicht alle ausgekriegt. Das sind so viele Schalter hier.«

»Macht nichts«, sagte Erik und hängte einen Antriebsriemen um, der am falschen Platz hing. »Was sagst du, wenn die Leute fragen?«, wollte er wissen.

»Was fragen?«

»Ob du hier neu bist.«

»Dass ich nur aushelfe.«

»Du hast guten Kaffee gekocht.«

»Ich musste erst mal üben, zu Hause habe ich eine Kaffeemaschine.«

Erik blieb sitzen und sah sich um.

»Denkst du an ihn?«, fragte Ellen.

»Es steckt mir noch in den Knochen.«

Erik fragte, ob sie etwas gegessen hatte.

»Ich hab Knäckebrot und Kümmelkäse gefunden.«

»Aber der war doch verschimmelt.«

»Den Schimmel habe ich abgeschnitten. Aber für heute Abend will ich mir etwas Richtiges besorgen. Gibt es hier wirklich keinen anderen Gasthof als dieses üble Café am Eck?«

Er wollte das Rangen erwähnen, ließ es dann aber bleiben. Einen Tisch für zwei? Dort?


Gegen drei fuhr er mit dem F-150 auf den Parkplatz des Supermarktes. Eine Rentnerin suchte gerade mühsam ihr Kleingeld zusammen und bestand darauf, passend zu zahlen. Hinter ihr stand Kjetil Hagen und warf verstohlene Blicke auf die Männermagazine.

Es war ungewohnt, den Einkaufswagen durch den Laden zu schieben. Sonst hatte er immer nur einen Korb gefüllt und ein paar Sixpacks mitgenommen, um durch die Woche zu kommen. Jetzt ging er zwischen den Regalen hin und her und füllte den Wagen. Aus alter Gewohnheit lief er schnell an der Fischtheke vorbei, machte dann aber noch einmal kehrt und warf einen Blick auf die Miesmuscheln hinter dem Plexiglas. Sollte er das versuchen? Nein, das wäre zu wagemutig. Er konnte es sich nicht leisten, Ellen Lysaker zu vergraulen.

Ellen goss den Bratensaft über die Nackenkoteletts und nahm einen Schluck Bier.

»Damit hatte ich nicht gerechnet«, sagte sie.

»Wir müssen doch etwas essen.«

»Mein Gott, was du heute alles erledigt hast«, sagte sie. »Allein heute Abend hast du sechs Ölwechsel gemacht und zwei komplette Reifensets gewechselt.«

»Es hilft, wenn man jemanden an der Kasse hat«, sagte Erik.

»Aber all diese Notlösungen. Die Auspuffanlage mit einem Einmalgrill flicken. Und dieser Tank, den du mit Seife abgedichtet hast. Hält denn das?«

»Jedenfalls lang genug, um auf die Teile aus Oslo warten zu können«, sagte Erik.

»Mir ist da heute eine Sache in den Sinn gekommen«, begann Ellen. »Wahrscheinlich ist das vollkommen blöd, aber ...«

»Was denn?«

»Warum sind die Autos für die Jugendlichen hier oben eigentlich so wichtig?«

»Das weißt du wirklich nicht?«, fragte Erik lachend.

Sie schüttelte schnell den Kopf.

»Bei uns im Ort gibt es so gut wie keine Zimmer oder kleine Wohnungen«, erklärte Erik. »Die Jugendlichen ziehen zu Hause nicht aus, außer sie werden von ihren Eltern verprügelt oder müssen irgendwo weit weg zur Schule oder zur Arbeit. Wenn du ein Auto besitzt, hast du endlich einen Ort ganz für dich allein.«

Sie räumte die Teller weg und nahm das Spülmittel. »Es gibt etwas, worüber ich mit dir reden wollte.«

»Elefantenbier?«, fragte Erik.

»Nein«, sagte Ellen mit einem Lachen. »Aber beinahe genauso gut. Sollte die neue Straße kommen, und ich glaube, dass sie kommt, hätte ich zwei Alternativen für dich: Wir können die Tankstelle für dich bauen …«

»Aber …«

»Nein, du musst keine Trafixia führen. Es wird eine normale Hydro-Texaco. Mit Würstchen, Alltagsbedarf, Windeln, unserem Standardsortiment, eben. Ja, und du wirst eine Werkstatt bekommen, wo du dich vergnügen kannst. Du wirst Geschäftsführer. Wir liefern die Gebäudemodule und die Tanks. Die Tankstelle kann in ein paar Monaten in Betrieb gehen. Aber wir müssen Besitzer der Tankstelle und des Grundstücks sein.«

»Der Pachtvertrag ist ein bisschen kompliziert«, sagte Erik und zeigte ihr eine Postkarte von den Seychellen. *Glaube, eines der Radlager vom Niva schleift. Die Schlüssel liegen hinten unter dem Kotflügel. Meine Alte lässt dich grüßen. N. Knapstad.*

»Ich würde gern die Gesichter der Buchhalter sehen, wenn die eine lebenslange Garantie für den Niva in Kronen und Øre umrechnen sollen«, sagte Ellen lachend. »Aber das kriegen wir hin. Lass uns Knapstad später besuchen und ihm zeigen, wie so ein Dauerauftrag funktioniert.«

»Ellen ...«, begann er.

»Ich glaube, wir können ihn schon überzeugen, wenn wir zu zweit kommen.«

»Ellen«, wiederholte er.

»Ja?«

»Es wird keine Neunziger-Zone über das Gebirge geben.«

»Na, endlich erzählst du das mal. Obwohl ich das schon seit dem Frühling weiß. Ich war ein paar Tage unausstehlich, aber das ist vorbei.«

»Du hast von zwei Alternativen gesprochen«, bohrte Erik nach.

»Ich gehe nur Verträge mit einer Laufzeit von fünf Jahren ein. Das weißt du. Aber vielleicht können wir uns mündlich auf eine zehnjährige Laufzeit einigen – dann darfst du mich aber nicht wieder so verarschen!«

»Verarschen?«

»Mein Gott! Wie mit dieser Neunziger-Zone! Wenn wir uns intern auf eine zehnjährige Laufzeit einigen, kann ich dir einen Zuschuss für eine neue Tankstelle gewähren. Nicht besonders viel. Aber du kannst die Einrichtung und das Material der Tankstelle in Ringebu übernehmen. Die wird zu einer Trafixia umgebaut.«

»Ah ja«, sagte Erik. »Du hast sicher Bedingungen.«

»Nicht viele. Die Tankstelle gehört dir. Nur dir. Beinahe. Nur eine Sache: Draußen muss Hydro-Texaco stehen. Das Mobil-Schild kannst du meinetwegen drinnen im Büro aufstellen. Außerdem musst du dich zur Sicherheit verpflichten, gewisse Basiswaren zu verkaufen.«

»Das dachte ich mir schon.«

»Du musst die Würstchen ja nicht selber zubereiten. Stell eine Schülerin ein. Und du brauchst einen guten Mitarbeiter. Komm, Erik! Tankstellen ohne heiße Würstchen, da fehlt doch das Salz in der Suppe. Wenn du zur Vernunft kommst und warmes Essen anbietest, wirst du schon in ein paar Jahren schwarze Zahlen schreiben.«

»Ich habe mit der Bank gesprochen«, sagte Erik. »Der Wert dieses Grundstücks und des Gebäudes hier geht über Nacht in den Keller, wenn die neue Straße kommt. Ich dachte deshalb, ich könnte es als Werkstatt an die Jugendlichen vermieten.«

»Dann hast du ja auch einen Ort für deinen Pegasus«, sagte Ellen.

Er sah sie an.

»Fragst du dich, warum ich meine Meinung geändert habe?«, wollte sie wissen.

»Das würde ich gerne wissen, ja.«

»Nun, ich habe getan, was du gesagt hast. Ich habe im Lexikon nachgeschlagen und mich über dein Pferd da draußen schlaugemacht.«

Erik öffnete ein Fenster und beugte sich hinaus. Es roch nach Abend.

»Und jetzt?«, fragte Erik. »Popcorn?«

»Setz es auf«, sagte Ellen. »Aber ich werde auf dem Sofa schlafen. Und …«

»Und was?«

»Morgen Abend muss ich wieder nach Oslo.«

»Trotzdem danke«, sagte er nach einer Weile.

»Und du kümmerst dich um einen Mitarbeiter. Es muss nicht alles perfekt sein. Nicht sofort.«

»Okay«, sagte er. »Nicht sofort.«

»Und noch etwas, Erik. Bau nicht darauf, dass ich hier regelmäßig nach dem Rechten schaue. Ich muss in Oslo bleiben. Und du hier. Such dir eine Frau. Du siehst doch, wie es jetzt ist. Es ist schön, wenn man jemanden bei sich hat. Geh raus, besuch Leute. Warum nicht auch Frauen im gebärfähigen Alter? Hier oben gibt es doch sicher ein großes Angebot an geschiedenen Frauen. Verbring deine Abende nicht bis spät in die Nacht da unten in der Schmiergrube.«

# DAS LOCH IN DER LEITPLANKE

Erik fuhr mit siebzig Stundenkilometern. Er hatte die Seitenscheibe nach unten gekurbelt. Hinter ihm lag das gerodete Rabbenfeld. Die Reifen rollten leise über den Asphalt. Vor einem Monat hatte er die Zukunft in Gestalt eines gelben Caterpillar-Baggers nach Annor kommen sehen. Er war langsam über die Brücke des Sokna gerattert, hatte die Schaufel abgesenkt und mit der Arbeit begonnen.

Danach waren die Dieselmotoren Tag und Nacht gelaufen. Hercules AB sprengte den Fels, und die Tiefbauabteilung des Straßenverkehrsamts planierte. Von der Tankstelle aus konnte Erik sehen, wie sich die neue Straße auf der anderen Seite des Flusses einen Weg bahnte. Der heiße Asphalt rutschte zäh von den Lastwagen und hüllte die Arbeiter mit ihren nackten Oberkörpern und orangefarbenen Nylonhosen in Qualm ein.

Erik fuhr unter das Mobil-Schild und stellte den Wagen ab. Am Diplom-Eis-Eskimo stand ein altes Corvette-Moped mit Handschaltung. Er konnte sich nicht daran erinnern, das schon einmal gesehen zu haben.

»War viel los?«, fragte Erik, als sich die Tür hinter ihm schloss. Ein Junge stand am Werkzeugregal. Bestimmt der mit dem Moped.

»Wie immer«, sagte Ida Skjellhaugen. »Ich habe vier Autos für den Ölwechsel vorgemerkt. Die kommen heute Abend, und wie du gesagt hast, jeweils mit fünfzehn Minuten Abstand.«

Ida ist ein Glücksfall, dachte Erik. Achtundzwanzig Jahre alt, klug und sieht auch noch gut aus. Sie hatte vorher in einem Laden in Vinstra gearbeitet und die Funktion der Zapfsäulen und der Kasse sofort verstanden. Außerdem hatte sie Übung im Umgang mit den Jungs, die unschlüssig am Ölregal standen und darauf warteten, dass sich der Verkaufsraum leerte, um sich endlich ihre Männermagazine kaufen zu können. Sie legte die Zeitschriften mit der Titelseite nach unten auf den Tresen, tippte rasch den Preis ein und stopfte sie ohne Kommentar in die Plastiktüte.

Der Junge nickte ihm zu und fragte, ob er vielleicht ab und zu in der Werkstatt mitarbeiten könnte.

»Kommt drauf an«, sagte Erik und ging nach draußen und inspizierte das Moped. Frisch geölte Kette. Die Vorderbremse griff gut. Der Sachs-Motor kam sofort, als er den Kickstarter betätigte. Gute Kompression, kaum ein Rascheln von den Kolbenringen.

»Ist viel Ruß im Auspuff?«, fragte Erik.

»Hab ich ausgebrannt.«

»Mit was denn?«

»Diesel.«

Richtige Antwort, dachte Erik und musterte den Jungen. Fettige Bob-Frisur, als wäre er direkt von einem Byrds-Cover aus den Sechzigerjahren gefallen.

»Hast du auch einen Namen?«, fragte Erik.

»Aslak Syverud.«

»Wasch dir deine Haare oder setz eine Mütze auf«, sagte Erik. »Kannst morgen früh um sieben kommen.«

Er ging ins Büro und nahm die Planzeichnungen hervor, die er vom Bauleiter bekommen hatte. Das Baugrundstück war bereit für die Grundmauern und Verschalungen. Er war noch nicht ganz zufrieden und überprüfte mit Winkelmesser und Geodreieck, wie es wäre, wenn er die Werkstatt auf Kosten der Lagerhalle ein wenig größer machte.

Es würde eine prachtvolle Tankstelle werden. Die Raumaufteilung wäre dort viel besser als hier. Eigentlich war die alte Tanke altmodisch und schwerfällig. Eng, wo es nicht eng sein sollte, dafür viel zu geräumig an Stellen, an denen er nichts abstellen konnte.

Mit jedem Bleistiftstrich fühlte er sich frischer und gesünder, als würde er einen Motor überholen und überall neue Teile einbauen.

Draußen sah er Synnøve Hovde mit den Scheibenwischern ihres Golfs kämpfen. Er kannte sie noch vom Gymnasium. Wenn sich jemand gut hält, dann sie, dachte Erik, schnappte sich ein Paar neue Wischerblätter und ging zu ihr nach draußen.

Langes, hochgestecktes Haar. Ein paar Strähnchen in der Stirn. Besser geht's nicht, dachte er. Und mein Gott, die sind ja wirklich lebensgefährlich, wenn sie in diesen Kleidchen hier auftauchen. Die Sommermode in diesem Jahr war unbegreiflich schön, ein etwas altmodischer Stil, mit engem Oberteil, das sich über dem Busen spannte. Und diese um die Waden gewickelten Riemchensandalen, die seinen Blick jetzt magisch in die Höhe zogen, über die Rüschen des Rocksaums bis hinauf zu den sonnengebräunten Schenkeln, auf denen sich der Anflug einer Gänsehaut abzeichnete.

Er redete mit Synnøve Hovde ein paar Minuten über die neue Straße, den Ort und ihren Job als Lehrerin.

Das könnte gehen, dachte er anschließend. Er musste sich bloß ein bisschen herausputzen, neue Klamotten kaufen. In dieser Hose und mit diesem Flanellhemd sah er eher aus wie der Filmvorführer des Gemeindekinos. Und er brauchte ein neues Auto. Etwas, das zu einem seriösen Tankstellenbesitzer passte und das auf dem Gebraucht-markt die richtigen Signale aussandte, also einen Viertü-rer. Aber keinen Kombi, das sähe zu verzweifelt aus. Er war inzwischen zu erwachsen für einen Amerikaner, al-so vielleicht ein Jaguar? Am besten in einer dunklen Far-be. Vielleicht konnte er ja in Oslo billig an ein altes Mo-dell kommen, es restaurieren, damit es im nächsten Früh-ling bereit war. Aber Auto und Kleidung allein reichten noch nicht.

Ich mach es, dachte Erik. Ich mache das.

Er nahm den Taschenrechner, streckte sich auf seinem Bürostuhl aus und rief den Bauleiter an.

»Ich habe noch eine Änderung für die Wohnung«, sagte Erik. »Planen Sie drei Schlafzimmer ein statt einem.«


Am nächsten Morgen setzte er um zehn vor fünf den F-150 aus dem Schuppen und fuhr den Pass hoch. Er war müde, der Kaffee schien nicht wirken zu wollen. Tofthagen war gestern Abend gekommen und hatte erzählt, dass die Fische im Sokna jetzt gut anbissen, woraufhin Erik

Aslak gezeigt hatte, wie er die Tankstelle abschließen musste, und sich seine Angel schnappte. Die Fische bissen bei jedem zweiten Auswurf, sodass sie bis tief in die Nacht hinein angelten. Im Kühlschrank lagen mehrere Äschen von über einem Pfund und eine dicke Forelle.

Erik schaltete das Gebläse ein und drehte den Heizungsregler hoch. Seltsam, dachte er. Das erste Mal, dass ich diesen Herbst die Heizung einschalte. Wie die Zeit vergeht. Daran merke ich es immer wieder – und daran, dass die Herbstkataloge kommen und sich die Frauen wieder wärmer anziehen. Der erste Heizungstag hat immer den Geschmack von etwas Neuem und von etwas, das zu Ende geht.

Doch kam sie auch an diesem Tag – diese Unruhe, die ihn seit dem 17. Mai jeden Morgen befiel. Er begann an Tor-Arne zu denken. An Anja. Er begann sich Gedanken über seinen alten Widersacher zu machen und sich zu fragen, ob er sich hätte entschuldigen sollen. Ob er einen Schlussstrich ziehen und mit Harald Jøtul Frieden schließen konnte.

Um halb sieben war er wieder unten. Der Kaffee im Büro war alle, und er ging hinauf in die Wohnung, um neuen zu holen.

Irgendetwas stimmte nicht.

Alles hatte plötzlich die falsche Farbe. Die Möbel, die Gardine, alles war verändert. Die ganze Wohnung schien sich auf einen anderen Breitengrad begeben zu haben.

Er legte die Kaffeetüte auf den Tisch und lief durch die Wohnung. Alle Farben waren kälter. Dann begriff er. Das

Schild war ausgeschaltet. Der Pegasus hing blass hinter dem Plexiglas.

Die Leiter lehnte zitternd am Pfosten, als er das Mobil-Schild löste. In der Werkstatt öffnete er es und nahm die kaputten Neonröhren heraus.

*Zwei sich aufbäumende Pferde, Rücken an Rücken. Du und ich.*

Es ist schnell repariert, dachte er. Aber im Herbst werde ich dieses Licht für immer ausschalten, und dann, Elise Misvær, bist du aus mir verschwunden. Verschwunden, wie du es schon lange hättest sein sollen.

Er putzte die Linien der Flügel mit Scheuerpulver und warmem Wasser. Wusch den Lappen aus, säuberte die Augenpartie und den Bauch. Dann kletterte er wieder die Leiter hoch, fegte ein paar Kilo toter Fliegen aus dem Lampenkasten und sah sie schwerelos nach unten rieseln. Als er den Strom wieder einschaltete, sprangen die geflügelten Pferde in reinen starken Farben über die Landstraße. Wie damals nach der Restaurierung.

Ida Skjellhaugen zog sich die Jacke aus, stellte sich hinter die Kasse und begann das Zigarettenregal wieder aufzufüllen.

Sie bemerkte den neuen Schimmer des Mobil-Schildes nicht. Allen außer mir ist das egal, dachte Erik. Sie redeten ein bisschen über den Arbeitstag, der vor ihnen lag, ehe er sich in Richtung Rabbenfeld verabschiedete. Die neue Straße war so gut wie fertig. Helle Steine in einheitlicher Größe erstreckten sich auf einer sauberen Böschung vom Rand des Asphalts bis hinunter zum Fluss. Ein Arbeitstrupp stellte die Pfosten für die Leitplanke auf.

Er nahm den Bauplan heraus und ließ seinen Blick über das Grundstück schweifen. Sah in die Sonne. Die Waschstraße musste auf die linke Seite. Dann lag die Ausfahrt tagsüber im Schatten, sodass die sauberen Autos nicht gleich von der Sonne getrocknet wurden. Dann gab es keine hellen Flecken auf dem Lack.

Hinter ihm machten die Arbeiter weiter. Erik ließ seinen Blick über die Straße schweifen. Ein paar hundert Meter unterhalb lag eine kleine Senke. Dort fehlten etwa zwanzig bis dreißig Befestigungspfosten für die Leitplanke. Seltsam. Die Unterlage schien in Ordnung zu sein. Ich sollte mir das mal ansehen, dachte er. Nach einer Weile drehte er sich um und warf einen Blick auf den F-150, der mitten auf dem Rabbenfeld stand und sich scharf vor dem Fluss abzeichnete. Ein schöner Anblick. Wenn er doch nur einen Fotoapparat dabeigehabt hätte.

Ein dumpfes Rollen dröhnte durch das Rauschen des Flusses. Er spürte den Boden zittern. Dynamit? Das Dröhnen wurde von der Felswand zurückgeworfen, und ein voll bepackter Lastwagen kam um die Kurve. Erik trat zur Seite und spürte die Wärme des Asphalts durch seine Schuhsohlen. Der Lastwagen donnerte vorbei, die Räder reichten ihm bis zum Kopf. Auf der Ladefläche lag ein gewaltiger Felsbrocken. Der Lastwagen bremste an dem Loch in der Leitplanke, setzte zurück und ließ den Block in den Sokna gleiten. Das Wasser spritzte bis zur Straße hoch. Erik bückte sich, atmete den Geruch von Diesel und Steinen ein. Die riesigen Gummireifen hatten ein hellbraunes Muster auf den frischen Asphalt gezeichnet.

Ein weiterer Lastwagen kam mit der gleichen Last, gefolgt von einem silbergrauen Pajero. Harald Jøtul blieb direkt vor ihm stehen.

»Was macht ihr hier?«, rief Erik.

»Was machst du denn hier, Fyksen?«, schrie Harald Jøtul gegen den Lärm der Baumaschinen an. Dann drehte er ihm den Rücken zu, dirigierte einen weiteren Lastwagen an die Böschung und fragte einen Mann in einer orangefarbenen Schutzweste, wie viel Blöcke sie für das Fundament brauchten.

»Es ist zwar flach hier«, sagte Jøtul, »aber der Fluss hat manchmal eine sehr starke Strömung.«

»Antworte mir! Was macht ihr hier?«

»Wir nehmen die Felsnase für die Brücke weg«, sagte Jøtul. »Meine Leute sprengen gerade. Du hättest die Steinsalve sehen sollen, als wir die erste Sprengung gemacht haben.«

»Warum ladet ihr das Material hier ab?«, rief Erik.

»Hier ist es am flachsten«, meinte Jøtul und rückte den Bauhelm zurecht.

Eriks Finger wurden taub.

»Wer hat das in Auftrag gegeben?«, fragte er.

»Das wirst du bald sehen.«

»Antworte mir, Jøtul. Wer, zum Teufel, hat das veranlasst?«

»Schrei mich nicht an. Es ist Statoil, wenn du's genau wissen willst.«

»Statoil«, wiederholte Erik.

»Wir füllen hier auf, bis die Felsen einige Meter über dem Niveau des Sokna sind. Dann planieren wir das Ganze. Meine Jungs haben letztes Jahr schon eine solche Mole an der Westküste gebaut. Im Vergleich dazu ist das hier ein Klacks.«

»Du weißt ja gar nicht, was du da tust, Jøtul.«

»Oh doch. Du bist scheinbar nicht auf die Idee gekommen, dass es möglich ist, Land zu erschaffen, nicht wahr, Fyksen? Jetzt machen wir Norwegen um einen drittel Hektar größer. Genug, um eine mittelgroße Statoil-Tankstelle mit Werkstatt und Waschstraße zu bauen. Mal sehen, ob du bestehen kannst, wenn du Konkurrenz bekommst. Aber die haben reichlich Vorsprung. Bei dir ist ja noch nicht einmal planiert.«

»Das ... das war doch wohl nicht etwa dein Vorschlag?«

»Ich hätte auch für dich gesprengt, wenn du mich darum gebeten hättest. Dann wäre Anja vielleicht noch am Leben.«

»Wenn du mit solchen Argumenten kommst, kann man mit dir nicht reden«, sagte Erik.

»Dein Grundstück ist gut, Fyksen. Viele Möglichkeiten. Du könntest eine Autoscooter-Bahn bauen. Oder ein Straßenmuseum eröffnen. Mit einem besonderen Highlight: einer Steilkurve von hinten!«

# DER ORANGEFARBENE TROPFEN

Erik knallte die Bürotür zu. Statoil war verdammt clever. Sie bauten die Tankstelle nicht nur auf der gleichen Seite wie er, sondern auch noch unterhalb von ihm, wodurch sie den gesamten nordwärts fahrenden Verkehr und einen Großteil des Lokalverkehrs abschöpften, denn die Tagespendler tankten niemals morgens vor der Arbeit. Wer nach Süden fuhr, musste sowohl bei Statoil als auch bei ihm die Straße queren, aber bei Statoil war es übersichtlicher.

Gegen drei kam das Auto, auf das er gewartet hatte. Der hellblaue Mazda des Bankdirektors.

Erik ging nach draußen und fragte, ob er tanken wolle.

»Die Sachlage hat sich mit Blick auf die Konkurrenz total geändert, Fyksen. Da unten ist ja jetzt eine Riesentankstelle geplant.«

»Ich plane auch eine.«

»Also bitte. Sie haben keine Chance, dagegen zu bestehen. Wir reden hier von Statoil, das ist eine echte Übermacht.«

»Sie haben mir eine Kreditzusage gegeben«, sagte Erik.

»Aber die Situation ist nicht mehr die gleiche! Vergessen Sie Ihre Baupläne, dann komme ich Ihnen bei den Bedingungen hier vor Ort entgegen.«

Erik blickte zur anderen Seite des Flusses hinüber. Ein Lastwagen lud eine Ladung Felsbrocken ab. Die Wasserspritzer waren von weitem zu sehen. Die Strömung hatte sich seit dem Morgen ein wenig verlagert.

»Ich habe Ihre Unterschrift auf dem Kreditvertrag«, sagte Erik. »Und wenn diese Unterschrift nicht mehr gilt, hole ich den Rechtsanwalt aus Vinstra, um Ihnen das Gegenteil zu beweisen.«

Der Bankdirektor blieb stehen, packte den Griff seiner Autotür, schien aber noch etwas sagen zu wollen. Dann setzte er sich in den Wagen und starrte Erik durch das geöffnete Seitenfenster an.

»Hören Sie auf«, sagte er. »Bevor Sie Ihr Geld unsinnig verschleudern.«

Erik ging ins Büro und rief den Bauleiter an. »Hören Sie. Wenn wir uns mit einer kleineren Grundfläche begnügen und in zwei Etappen bauen ...«

»Ja?«, meinte der Bauleiter.

»... wie lange brauchen wir dann, bis wir das erste Benzin liefern können?«

»Im Moment habe ich keine freien Arbeitskräfte. Ich könnte aber schauen, ob ich ein paar Polen bekomme, vielleicht in drei Monaten.«

»Tun Sie das.«

»Fyksen? Sie sprechen von einer kleineren Tankstelle. Dann brauchen wir neue Pläne. Für die letzten haben Sie zwei Monate gebraucht.«

»Dieses Mal nicht«, sagte Erik, und als er zwei vergilbte Planzeichnungen ausbreitete, die den Stempel *Annor Bauamt 1963* trugen, wusste er, dass er das Gespenst Elise Misvær nie loswerden würde. »Ich habe fertige Pläne vor mir«, sagte er. »Wir bauen eine Kopie der alten Mobil-Tankstelle. Bis ins kleinste Detail.«

Drei Wochen später stand er verschwitzt und müde auf dem Rabbenfeld und spürte die Glut der Zigarette an seinen Fingern. Die Trommel des verdreckten Betonmischers würgte Industriebeton auf die Armierungseisen. Er hatte ein paar Arbeitslose aus Harpefoss eingestellt, um den Baugrund vorzubereiten, und abgesehen von einem alkoholbedingten Zwischenfall auf dem Campingplatz und einer Schlägerei im Rangen hatten sie ihren Job ganz gut erledigt.

Erik zog sich die Nagelschürze aus und wies einen Betonmischer ein. Die nasse, graue Masse schwappte gegen die hölzerne Verschalung. Endlich. Es war fast so, als begrübe der Beton seine Sorgen. Die Polen sollten übermorgen kommen, und Ellen hatte ihm versprochen, dass die Treibstofftanks in einem Monat bereit sein würden.

Ein Regentropfen zischte in der Glut der Zigarette. Aus dem Augenwinkel sah er einen Kranwagen auf den unterhalb liegenden Baugrund fahren. Dort waren die Tanks bereits installiert, und die braunen Mauern ragten schon einen Meter hoch aus dem Boden.

Zwei Männer mit Overalls und Helmen legten eine Kette um etwas. Erik hörte einen Dieselmotor aufbrummen.

Etwas Blau-Orangefarbenes zeichnete sich vor dem verregneten Abendhimmel ab.

Sie richteten das Statoil-Schild auf.

Erik ließ die Zigarette fallen, sah sie im Beton ertrinken und ging nach unten. »Seid ihr von hier?«, fragte er die Männer.

Sie sahen ihn fragend an und schüttelten die Köpfe.

»Hier«, sagte Erik und bot ihnen Zigaretten an. Die Männer griffen zögernd zu. Erik setzte sich auf eine Holzkiste und fingerte an einer Stromleitung herum, die aus dem Fundament des Pfostens herausragte. Die zwei anderen blieben stehen.

»Seht ihr die Tankstelle auf der anderen Seite des Flusses?«, fragte Erik und zündete sich die Zigarette an.

Die Männer drehten sich um.

»Ja«, sagte der Mann, der sich zuerst eine Zigarette genommen hatte.

»Gut«, brummte Erik und ging wieder nach oben, ohne ihnen Feuer gegeben zu haben.

Der Betonmischer war weg, und die graue Masse begann zu trocknen. Erik nahm den Hammer aus der Nagelschürze, drückte ihn zur Hälfte in den Beton und schrieb seinen Namen daneben.

So würde es jetzt trocknen.


Der Herbst kam mit den ersten kalten Nächten. Der Tankwagenfahrer reichte ihm die Abrechnung. »Normalbenzin habe ich keines nachgefüllt«, sagte er. »Der Tank war noch fast voll.«

»Und Super?«, fragte Erik.

»6310 Liter.«

Erik überschlug es im Kopf. Es war zwei Wochen her, dass er zuletzt Benzin bekommen hatte. Knapp zehn Autos am Tag.

»Es reicht, wenn Sie von jetzt ab einmal im Monat kommen«, sagte Erik.

»Ich krieg meinen Lohn doch so oder so.«

»Es ist doch blöd für Sie, alle vierzehn Tage hier aufzutauchen.«

»Na, ja, aber das variiert doch sicher auch ein bisschen«, sagte der Tankwagenfahrer.

Sagen Sie's lieber, wie's ist, dachte Erik. Wenn jemand wusste, dass er früher wöchentlich siebzig- bis achtzigtausend Liter geliefert bekommen hatte, dann der Tankwagenfahrer.

Erik ging zum Wasserhahn, füllte einen Eimer mit warmem Wasser, holte Ajax und begann die Scheiben zu waschen. Er überprüfte die Zapfsäulen, füllte die Chemikalien in der Waschstraße auf, schmierte die Ketten des Rolltores und ließ es offen stehen.

Die Tallaksenebene war flach und still. Eine Plastiktüte wehte über die alte Straße. Auf der anderen Seite des Sokna sah er die Autos fahren, dicht an dicht. Die neue Straße zog sich wie ein dicker Strich am jenseitigen Flussufer entlang.

Statoil hatte in Rekordzeit eröffnet. Obwohl sie in der Eröffnungswoche Benzin und Cheeseburger zum halben Preis verkauft hatten, war Erik davon ausgegangen, dass die meisten aus dem Dorf zu ihm zurückfinden würden. Abgesehen von einigen Mitgliedern des Schützenvereins vielleicht. Doch der Verkauf bei ihm hatte über Nacht stagniert. Abgesehen von den Rentnern, Martin Lyng und Tofthagen, fuhren alle über den Fluss zu den Verkäuferinnen in den rosakarierten Blusen mit ihren Tiefkühlpizzen, Süßigkeiten und dem Fastfood-Fraß.

Bald darauf kam der Bankdirektor und kündigte ihm den Kredit. Erklärte, er könne sein Geld nicht auf direktem Weg in einen Konkurs pumpen.

Erik hatte mit den Schultern gezuckt. Die Verschalungsarbeiten hatte er bereits bezahlt, doch diese Summe konnte er vielleicht zurückzahlen, wenn er sein Privatkonto im Laufe des Herbstes leer räumte. Er informierte Ida und Aslak, dass sie sich etwas anderes suchen müssten. Ida begann bei Statoil. Aslak fuhr einfach nur in der Gegend herum, er hatte ihn mit dem Fernglas beobachtet.

Gut, dass es in diesem Herbst so viel geregnet hat, dachte er. Dann wächst das Rabbenfeld wieder zu und die Leute müssen nicht immer an meiner halbfertigen Verschalung vorbei. Er sah sich im Verkaufsraum um. Die ersten Lieferanten hatten gekündigt, und einige der Regale lichteten sich. Er ging zur Truhe. Das Verfallsdatum des Eises lag mitten im Winter, doch der Sommer war vorbei, und hier kaufte ohnehin niemand mehr Eis.

Er leerte die Truhe, packte die bunten Eispackungen in einen schwarzen Müllsack und nahm die Eiskarte von der Wand. Hob den Deckel des Müllcontainers und warf alles hinein.

Drinnen baute er ein Regal ab, auf dem er Süßigkeiten angeboten hatte, und transportierte die Truhe mit der Sackkarre ab. Die STP-Pyramide hatte plötzlich viel Platz. Dann holte er die alten Ölfilter hoch und füllte ein ganzes Wandregal damit.

Meine Kunden kamen immer, wenn es ihnen die Tankanzeige oder der Kilometerstand riet, dachte er, doch drüben bei Statoil werden die Autos erst versorgt, wenn die Fahrer gegessen haben. So ist es natürlich leichter, ein Geschäft zu betreiben, das verstehe ich, der Bauch mahnt einen häufiger als ein seltsames Motorengeräusch.

Er ging nach draußen und betrachtete die dicke Eissuppe, die durch einen Riss im Müllcontainer sickerte. Wie es wohl war, Kinder zu haben?, fragte er sich.

Ein brauner Renault näherte sich blinkend und parkte, ohne zu tanken. Ein Mann mit Jeanshemd und Schlips öffnete die Tür des Verkaufsraums.

»Guten Tag!«, sagte das Jeanshemd.

»Morgen«, antwortete Erik.

»Haben Sie so einen?«, fragte das Jeanshemd und streckte ihm mit Zeigefinger und Daumen einen Bolzen hin.

»Für was ist das?«, fragte Erik.

»Für einen alten Waschmaschinenmotor.«

»Erik hielt den Bolzen ins Licht und nahm einen Gewindemesser aus der Schublade unter der Kasse. Ein Linksgewinde $5/_{16}$«, ein Withworth-Bolzen. Es war das erste Mal, dass jemand nach so etwas fragte.

»Ich war bei Statoil. Aber da haben die ja nichts. Das hier ist wirklich eine Tankstelle. Gute Auswahl. So muss das sein!«

Erik ging in den Keller und kam mit einem blanken Bolzen zurück, den er dem Mann in hohem Bogen zuwarf.

»Sieh an«, sagte der Kunde und fing den Bolzen auf. »Und der passt, meinen Sie? Sind Sie sicher?«

Früher hätte er jetzt einen Vortrag gehalten, gezeigt, wie sich die Merkmale eines metrischen Bolzens von denen der Bolzen in Zollmaß unterschieden, wobei bei diesem Modell die Angaben fehlten, weshalb es sich höchstwahrscheinlich um einen der längst nicht mehr lieferbaren Bolzen der Withworth-Gruppe handelte.

Jetzt sagte er nur: »Der wird passen.«

»Und dann brauche ich noch einen Sternschraubenzieher. Den hatten sie bei Statoil auch nicht.«

»Philips oder Pozidriv?«, fragte Erik.

»Gibt's da einen Unterschied?«

»Philips hat vier Kerben. Pozidriv acht, aber die letzten vier sind sehr fein. Am besten erkennt man das an den vier dünnen Ritzen im Schraubenkopf. Sie sollten beide haben, sonst machen Sie Schrauben und Schraubenzieher kaputt. Hier, ein Set norwegische Geilo-Schraubenzieher. Ich gebe Ihnen zwanzig Prozent Rabatt.«

Erik sagte ihm Auf Wiedersehen und ging in die Werkstatt. *Du hast keine Kunden, du hast einen Fanclub.* Hatte das nicht einmal jemand zu ihm gesagt? Nun, seine Fans kamen noch immer, insbesondere die mit den Amerikanern und den alten Fords, aber das waren nicht genug, um davon leben zu können. Schließlich sollte er alles »so billig wie möglich« erledigen, doch das Auto, das jetzt auf der Hebebühne stand, war ein vorläufiger Tiefpunkt. Ein verbeulter Ford Transit, der schon seit drei Jahren als Partywagen fungierte.

Er demontierte die hintere Bremstrommel. Sprühte die Teile mit WD40 ein, scheuerte sie mit der Stahlbürste ab und reinigte sie mit Druckluft. Er schmierte die Bremskabel und feilte die Kanten an den Rändern der neuen Bremsscheiben ab, damit sich die Beläge gleichmäßig abnutzten. Legte eine Zeitung auf den Boden und stellte die Teile darauf.

Das war wie Holzschnitzarbeiten an Brennholz. Das Auto würde den nächsten Sommer nie und nimmer überleben, aber trotzdem konnte er es nicht lassen, die Muttern und Bolzen mit Kupferpaste einzuschmieren, damit sie sich beim nächsten Mal leichter lösen ließen.

Erik ließ seinen Blick über die abgenutzten Dielen in der Baracke schweifen. Es war ziemlich leer darin. Sah fast aus wie ein Bootshaus. Eine Arbeitsjacke an einem Haken. Ein Topf auf einer Kochplatte. Ein Aschenbecher und ein rotes Radio. Eine dicke, schmutzige Protokollmappe mit abgenutzten Deckeln. Das Verzeichnis der verwerteten Autos. Die Seiten waren nach vierzig Jahren Blättern mit Arbeitsfingern weich und grau. Er schlug die erste Seite auf. Grundtvig hatte den Schrottplatz am 4. April 1961 eröffnet, am ersten Arbeitstag nach Ostern. Er hatte sich viel zu jedem einzelnen Auto notiert. Das Datum des Empfangs, wann es in die Presse gekommen war, die Autonummer, kleine Anmerkungen, welche Teile noch brauchbar waren. Seine Handschrift war jung und sauber. Alles war in der Absicht notiert worden, von anderen gelesen zu werden.

Erik blätterte weiter. In der Mitte des Ordners wurde die Schrift immer unleserlicher, und die letzte Hälfte der Mappe bestand aus einem Chaos von Pfeilen, Fragezeichen und durchgestrichenen Passagen.

Die letzte Eintragung war ein Ascona.

Erik blätterte zurück und suchte nach einem Sommertag vor neunzehn Jahren. Nach einer Zeile seiner eigenen Geschichte. Einem noch offenen Posten seines Lebens, einem 52er Cadillac.

Da. Grundtvig hatte einen Peugeot 504 in der Presse gehabt. Einen VW Variant. Einen Ford Zephyr und einen Bedford. Aber keinen Cadillac.

Erik ließ die Seiten über seinen Daumen flutschen. Durch seine Finger liefen Hunderte verlebter Autos, Millionen von Kilometern. Doch nirgendwo ein Cadillac.

»Dacht ich mir doch, dass ich dich gesehen hab«, sagte Grundtvig. »Das ist mal sicher.«

»Ich brauche ein paar Siebenzolllampen«, sagte Erik und legte den Ordner hin. »Hab einen Transit mit Mängelliste in der Werkstatt.«

»Du weißt ja, wo du hier alles findest«, sagte Grundtvig. »Das ist mal sicher.«

Erik ging aufs Gelände. Es nieselte. Er fand zwei Lucas-Lampen mit guten Reflektoren an einem Morris und schraubte sie ab. Grundtvig stand am Wellblechschuppen und sah sich ein Auto unter einer Persenning an. Ein paar alte Spikereifen an rostigen Felgen lagen auf Motorhaube und Kofferraum, damit die Persenning nicht davonflog.

»Was ist das für ein Wagen?«, fragte Erik.

»Tora ist damit hier angekommen«, sagte Grundtvig. »Sie

war irgendwann abends mit einem Anhänger hier. Wollen wir uns den mal ansehen?«

Erik schaute einem Wassertropfen hinterher, der von der Persenning tropfte. Der Boden war so hart gestampft und vom Öl imprägniert, dass er an der Oberfläche abperlte und zur Seite rollte.

Ich kann einfach nicht dabei zusehen, wie etwas sinnlos vor die Hunde geht, hatte Tora gesagt. Aber es war Ellen gewesen, die schließlich gekommen war. Nicht Elise, nicht Tora.

»Das muss warten«, sagte Erik und drehte sich um. »Ich hab anderes zu tun.«

»Du näherst dich langsam«, sagte Grundtvig. »Du weißt, wohin du kommen kannst, wenn du dich endlich befreit hast.«


Als Erik mit dem Transit fertig war, begann er Däumchen zu drehen. Er hatte nichts zu tun. Nie zuvor war die Tankstelle so sauber gewesen. Jedes noch so kleine Ersatzteil war exakt am richtigen Platz, der Werkzeugschrank war aufgeräumt, ja, er hatte sogar den Lack der Gilbarco-Zapfsäulen poliert und mit Gul Simoniz eingewachst.

Er nahm die Post und setzte sich ins Büro. In der letzten Zeit hatte er es damit nicht mehr so genau genommen und die Post nicht mehr jeden Tag geöffnet.

Briefumschläge mit Sichtfenster sind so eine Sache, dachte er. Aber die dünnen, gelben, mit Schreibmaschine beschrifteten Umschläge im DIN-A5-Format waren noch schlimmer. Das waren die Mahnungen von der Bank. Eine halbe Stunde verging. Kein Auto hielt, es fuhr nicht einmal eines vorbei. Niemand kam, um ihn etwas zu fragen, niemand brauchte Hilfe.

Erik ließ die Tankstelle offen und fuhr zu Snortlund hinauf. Der Tschaika stand lang und schwarz auf einer plattgefahrenen Wiese neben dem Schuppen. Snortlund saß im Haus und sah fern.

»Ich habe Platz in der Werkstatt«, sagte Erik.

»Egal, hab kein Geld«, sagte Snortlund.

Erik sah sich in der Küche um. Die Mutter war bestimmt arbeiten, sie jobbte als Putzfrau in der Schule. Erik sah sie vor sich und fragte sich, wie sie dieses mürrische Jammern aushielt, Tag für Tag, wenn sie die unebenen Linoleumböden in der Küche schrubbte oder sich um die Blumenbeete an der Mauer kümmerte. Auf dem Herd stand ein Teller mit Mittagessen. Gemüse. Sie wollte anscheinend, dass ihr Sohn wenigstens etwas Richtiges zu essen bekam, während sie arbeitete.

So kann es doch nicht weitergehen, dachte Erik. Das Auto hat doch noch einen gewissen Wert. Er ging nach draußen, hängte den Tschaika an den Haken des F-150 und fuhr zur Tankstelle.

Am nächsten Tag hatte er den Fehler gefunden. Er wollte gerade mit der Reparatur beginnen, als er einen dunkelblauen 7er BMW an den Zapfsäulen bemerkte. Das Auto war in Bærum angemeldet, einem Nobelvorort von Oslo. Ein hochaufgeschossener Mann mit dunkelblauem Pullover und heller Hose kam herein. Starrte auf die Ölfilter. Nahm einen aus dem Regal und warf einen Blick auf die

Tabelle auf der Rückseite der Verpackung. Dann stellte er ihn an den richtigen Platz zurück und nahm einen anderen.

»Der Ölfilter für den 3,5-Liter-BMW-Motor steht ganz links auf dem dritten Regalbrett«, sagte Erik. »Ich kann Ihnen gerne einen Ölwechsel machen. Vollsynthetisches 5-40er Öl oder Mobil I 0-40?«

Der Mann lächelte und streckte ihm die Hand entgegen. Erik hob seine Hände, um zu zeigen, dass sie schmutzig waren. Der Mann wollte ihm trotzdem die Hand geben. Er stellte sich mit dem Namen Klyver vor.

»Danke für das Angebot«, sagte Klyver. »Aber ich komme eigentlich wegen etwas anderem. Sie haben hier wirklich ein beeindruckendes Sortiment. Sowohl was Werkzeug als auch Ersatzteile betrifft. Aber vor allem diese Ölfilter – wirklich unglaublich. Man kriegt nicht überall Ölfilter für einen alten Dodge. Oder einen luftgekühlten Tatra.«

»Tja«, sagte Erik. »Wir haben die Angewohnheit, immer gleich zwei bis drei von jedem zu bestellen. Und nie etwas wegzuschmeißen. Dann sieht das irgendwann so aus.«

»Aber für einen Tatra?«

»Hier in Kvam gab es so einen. Und die Feuerwehr hatte zwei Dodges mit 318er Motor.«

Erik nahm ein Päckchen Mentholzigaretten aus dem Regal. Sie schmeckten grausam, aber in der vergangenen Woche hatte er die letzten Marlboros verkauft.

»Ich interessiere mich für Autos«, sagte Klyver. »Überdurchschnittlich, kann man wohl sagen. Vorwiegend für Italiener, insbesondere Maseratis aus den Sechzigerjahren, als das noch wirklich Maseratis waren. Und ich habe auch einen Mercedes SL, Baujahr 1958.«

»190 oder 300?«, fragte Erik.

»190. So reich bin ich nun auch wieder nicht. Die Sache ist die: Ich hätte Interesse, Ihre alten Ölfilter alle aufzukaufen. Das müssen in etwa sechs- bis siebenhundert Stück sein, oder?«

»Achthundertfünfzig«, antwortete Erik. »Was bieten Sie?«

Der Mann nannte einen Betrag.

Die Summe ist großzügig, dachte Erik, ließ ein paar Sekunden verstreichen und antwortete: »Das ist aber mehr als der Nennwert.«

»*Nennwert*? Ich sehe, dass Sie noch die alten Preisschilder dran haben, oder sind das alles ... Sie wollen doch wohl nicht sagen, dass Sie die zu diesen Preisen verkaufen? Diesen hier, zum Beispiel. Der Mann-Filter für den Citroën D Special – für diese Summe kriegt man ja gerade mal eine Flasche Limo.«

»Wir verkaufen sie zum alten Preis.«

»Aber dann ist das doch ein Supergeschäft, oder? Wenn Sie die doch ohnehin loswerden wollen?«

»Das wird kein Geschäft«, sagte Erik.

»Über den Preis können wir ja noch einmal reden.«

»Es liegt nicht am Preis. Hier oben sind die Leute von ihren Autos abhängig. Die können nicht für einen Ölwechsel nach Vinstra oder Lillehammer fahren.«

»Aber wie oft verkaufen Sie denn einen von den wirklich alten Filtern?«, fragte Klyver und nahm eine Schachtel Zündkerzen mit eingedrücktem Deckel aus dem Regal. »Ich sehe hier mindestens vier verschiedene Versionen des Champion-Logos.«

»Mehrmals in der Woche«, sagte Erik. »Kommen Sie mal mit Ihrem Maserati her, dann kriegen Sie einen neuen Filter.«

Klyver bat darum, ein paar Fotos von der Tankstelle machen zu dürfen. Erik sah sich um, sah die sorgfältig sortierten Ersatzteile, die Gilbarco-Säulen, die draußen vor den kristallklaren Scheiben wie nagelneue Autos glänzten.

»Machen Sie ruhig Fotos«, sagte Erik.

»Darf ich von Ihnen auch ein Bild machen?«, fragte Klyver. »Hier, so?«

Klyver machte zwei Fotos, ging nach draußen und knipste weiter. Dann kam er wieder herein und betrachtete die Schachtel, die Erik auf den Tisch gestellt hatte.

Ein Mann-Filter für einen 58er Mercedes 190SL. Nur ein paar Fingerabdrücke verzierten die gleichmäßige, braune Staubschicht auf der Pappe. Die Zahlen des Preisschildes waren verblichen. Der Deckel war abgerissen.


»Snortlund«, sagte Erik und nahm den Hörer in die andere Hand. »Ich habe deinen Tschaika repariert.«

»Ich hab dich nie darum gebeten«, murmelte Snortlund.

»Hast du wenigstens daran gedacht, es so billig wie möglich zu machen?«

»Waren etwa vierzig Arbeitsstunden«, sagte Erik.

»Ich hab kein Geld. Nicht für vierzig, vielleicht für vier.«

»Komm heute Abend«, sagte Erik. »Ich verbuch das unter Fortbildung.«

Erik legte auf. Der Postbote war am Nachmittag noch einmal gekommen und hatte ihm ein Einschreiben mit Rückschein gebracht. Von der Bank. Er warf erneut einen Blick darauf, ließ ihn aber ungeöffnet liegen und ging stattdessen in die Werkstatt, um das Sowjetmonster nach draußen zu fahren.

Die gelben Scheinwerfer zeichneten surrealistische Schatten in die Bäume hinter dem Propangaslager. Ein Wagen einer vergangenen Epoche, eines Staates, der nicht mehr existierte, dachte Erik. An der letzten Mobil-Tankstelle des Landes.

Snortlund kam mit seiner Mutter. Sie ließ ihn aussteigen und wendete.

»Hm«, sagte Snortlund in das Brummen des Auspuffs.

»Freust du dich nicht?«, fragte Erik. »Dein Partymobil ist bereit für neue Entdeckungen.«

Snortlund zuckte mit den Schultern. »Fahren wir nach Vinstra. Ich lade dich zum Essen ein.«

»Okay.«

In Sødorps Gaststätte bestellte Snortlund Rindergeschnetzeltes, drei Clausthaler und ein Päckchen Lucky Strike. Erik fragte nach der Spezialität des Hauses: Roastbeef mit Kartoffelsalat, verziert mit rohen Zwiebeln und gesalzenen Kartoffelchips.

»Mit einem Mineralwasser schmeckt das turboklasse«, sagte Erik.

»Mann. Jetzt bestell schon ein Bier«, sagte Snortlund.

»In Ordnung.«

Als sie fertig gegessen hatten, nickte Snortlund in Richtung Tschaika. »Ich denke, ich werde den verkaufen«, sagte er. »Weißt du noch, wie die Leute reagiert haben, als ich den neu hatte?«

»Ja, ich erinnere mich noch gut daran«, sagte Erik.

»Ich habe gestern im Rangen gesessen. Kein Arsch ist zu mir gekommen. Und jetzt, da er wieder in Ordnung ist, lassen sie mich vermutlich noch immer nicht in Frieden. Außerdem bist du der Einzige, der den am Fahren halten kann, und du weißt ja ...«

Wenn nicht einmal mehr Snortlund es wagt, auf mich zu setzen, bin ich wohl am Ende, dachte Erik. Draußen sah er drei Jugendliche. Sie drückten ihre Nasen an die Scheiben der schwarzen Limousine und starrten hinein.

»Zeit zu gehen«, sagte Snortlund und zog seine ausgebeulte Lederjacke an.

»Hallo Snortlund«, rief einer, als sie nach draußen kamen. »Fährst du jetzt nach Hause? Wir sind dabei! Die Mädels kommen gleich. Nachspiel bei mir.«

Sechs gelbe Lampen beleuchteten die dicken, sich gegenüberliegenden Sofas, als Snortlund die Fahrertür öffnete.

»So, so. Ihr wollt also mit?«, sagte er.

Ein paar Mädchen traten schwankend aus der Diskothek und näherten sich langsam.

»Sorry«, sagte Snortlund. »Wir haben keinen Platz. Ich hab versprochen, ein paar richtig coole Ladys abzuholen und sie ins Grand Hotel in Stockholm zu bringen. Und ihr könnt zur Hölle fahren und da bleiben.«

Snortlund winkte Erik zur Beifahrerseite, setzte sich hinter das Steuer und pflügte mit dem Tschaika durch die Horde angetrunkener Jugendlicher. Sie rasten mit hundertvierzig Sachen über die E6, blinkten und fuhren auf die Landstraße 220. Die Beleuchtung am Armaturenbrett leuchtete gelb und erhellte die Konturen von Snortlunds Gesicht, während draußen die Baumstämme vorbeihuschten. An der Kreuzung, an der die neue Straße begann, strahlten die Scheinwerfer auf ein blaues Schild. Die reflektierende Schrift verkündete in weißen Zügen: *Annor.*

Eine Windböe ließ Laub neben dem Schild zu Boden rieseln. Snortlund blinkte nach rechts und der Wagen rollte auf den löchrigen Asphalt. »Wir nehmen die alte Straße«, sagte er. »Durch die Zigeunerkurven und über die Tallaksenebene, der alten Zeiten wegen.«


Erik ging nach oben in seine Wohnung. Hinter dem Mobil-Pegasus sah er den Sokna. Der orangefarbene Statoil-Tropfen spiegelte sich dick und verzerrt in der Strömung. Ich habe mein Leben dieser Tankstelle gewidmet, dachte er. Was passiert mit mir, wenn die Tanke vor die Hunde geht? Eins wird aber nie geschehen: Niemand im Ort wird mich jemals dabei beobachten, wie ich meinen F-150 bei Statoil betanke. Verdammt noch mal. Niemals. Er dachte an Harald Jøtul. Der musste sich auch einmal gesagt haben, dass ihn niemand im Ort jemals wieder dabei beobachten würde, wie er seinen Pajero an der Mobil-Tankstelle volltankte. Verdammt noch mal. Niemals.

Draußen hielt der Mazda des Bankdirektors. Erik kannte seinen Beifahrer nicht. Er sah wie sie ausstiegen, etwas zueinander sagten und zwei Mappen von den Rücksitzen nahmen.

»Das hier tue ich wirklich ungern«, sagte der Bankdirektor, »aber Sie haben meine Ratschläge nicht befolgt. Also lassen Sie uns die Sache ein für alle Mal zu Ende bringen. Da Sie nicht selbst schließen wollen, muss ich für Sie Konkurs anmelden.«

Der andere stellte sich als Gerichtsvollzieher vor. »Einmannbetrieb?«, fragte er.

»Sieht so aus«, sagte Erik.

»Wir müssen ein Konkursverfahren einleiten. Mit ein bisschen Glück bleibt Ihnen dann noch etwas Geld. Aber es sieht nicht gut aus. Gebäude und Grundstück sind kaum etwas wert. Vermutlich müssen Sie sich nach einer neuen Bleibe umsehen.«

»Ich brauche keine neue Wohnung«, sagte Erik.

»Das Konkursverfahren wird zwei bis drei Tage dauern. Dann werden wir den Wert der Waren geschätzt haben. Das Benzin können wir aus den Tanks absaugen.«

»Schade, dass es noch so lange bis Mittsommer ist«, sagte Erik.

»Die Zwangsversteigerung ist unvermeidlich«, sagte der Bankdirektor. »Ich schlage vor, dass wir einen freiwilligen Verkauf vortäuschen, um es so aussehen zu lassen, als hätten Sie selber den Betrieb aufgegeben und machten nun einen Ausverkauf der Waren. Bedenken Sie, dass Sie bei dem Konkurs eines Einmannbetriebs auch privat bankrott sind, weshalb wir Ihren privaten Besitz verkaufen müssen. Wir werden aber versuchen, das weitestgehend zu vermeiden.«

»Ich habe kaum etwas, das man als privat bezeichnen könnte«, sagte Erik.

»Das werden wir jetzt gleich feststellen«, sagte der Gerichtsvollzieher. »Ich kenne Menschen wie Sie.«

»Sie wohnen in der ersten Etage?«, fragte der Bankdirektor.

»Sie wissen doch ganz genau, dass ich da wohne«, sagte Erik.

»Dann haben wir ein Problem«, sagte der Gerichtsvollzieher zum Bankdirektor gewandt. »Wir können ihn nicht bis zur Auktion hier wohnen lassen.«

»Haben Sie noch eine andere Wohnung?«, fragte der Bankdirektor.

»Was sollte ich damit?«

»Keine Hütte, kein Ferienhaus, oder so etwas?«
Erik lachte laut.

»Das wird dann ein Fall fürs Sozialamt«, sagte der Gerichtsvollzieher. »Sie können in eine Pension gehen. Bei

Amundsen in Vinstra ist Platz. Und melden Sie sich arbeitslos. Oder haben Sie eine andere Arbeit in Aussicht?«

»Fragen Sie nicht so dumm«, sagte Erik. Draußen sah er Eldar Moastuen, der mit seinem Saab an der Super-Zapfsäule hielt.

»Sie sollten beim Sozialamt einen Antrag auf Unterstützung stellen«, sagte der Bankdirektor. »Können wir nach oben in die Wohnung gehen und uns einen Eindruck verschaffen?«

»Und wer soll dann auf die Kasse aufpassen?«

»Die Sache ist ernst«, sagte der Vollstreckungsbeamte.

»Natürlich ist das ernst«, sagte Erik. »Ich muss auf die Kasse aufpassen.«

»Was wir gesagt haben, gilt mit *sofortiger* Wirkung«, sagte der Beamte. »Es ist *vorbei.* Wir haben die Verfügungsgewalt über Ihr Bankkonto. Wenn Sie jetzt nicht mitarbeiten, sind wir gezwungen, die Polizei zu rufen.«

Moastuen kam herein. Der Bankdirektor und der Beamte stellten sich an das leere Zeitschriftenregal.

»Dreiundvierzig Liter«, sagte Erik freundlich und ging hinter die Kasse.

»Und dann müsste man mal das Öl überprüfen«, sagte Moastuen.

»Klug«, sagte Erik und nahm eine Flasche Mobil I.

»Das ist viel zu teuer«, sagte Moastuen. »Ich nehm einfaches Mineralöl.«

»Machen Sie sich keine Gedanken über den Preis«, sagte Erik und nickte in Richtung Gerichtsvollzieher. »Heute spendiert der da das letzte Öl der Mobil-Tankstelle.«

Erik nahm sich eine Viertelstunde Zeit, überprüfte die Zündung, straffte die Keilriemen, maß den Wirkungsgrad des Frostschutzes, und er tat alles so langsam, dass Moastuen sich schon zu wundern begann. Als Erik wieder in den Verkaufsraum kam, begann der Rausschmiss. Der Gerichtsvollzieher griff zum Telefon, und gleich darauf kam der Ortspolizist, ließ ihn eine Tasche mit Kleidungsstücken packen und fuhr ihn zu Amundsen nach Vinstra.

Am nächsten Tag saß er am Lågen und sah den Vögeln zu, die am Flussufer entlanghüpften. Gegen neun Uhr fuhr er mit dem Abendbus zurück. Die Tankstelle lag im Dunkeln. Der Mobil-Pegasus hob sich vom Himmel ab. Er nahm die Reserveschlüssel aus der Dachrinne des Schuppens, bemerkte dann aber, dass die Schlösser verplombt waren. Aber sie hatten nicht an den Tunnel zur Schmiergrube gedacht, durch den er die Ölfässer nach draußen transportierte.

Erik kroch voller Öl aus der Schmiergrube, suchte sich eine Taschenlampe und ließ den Lichtkegel über den Boden und die Wände des Verkaufsraums huschen. Sie hatten die Lebensmittel ausgeräumt und den Stecker vom Kühlschrank gezogen. Die teuersten Werkzeuge von Snapon und Kamasa waren verschwunden.

Erik nahm sich ein Päckchen Salem. Nach drei Zigaretten stand er auf, ging an der STP-Pyramide vorbei und trat an das Regal mit den Ölfiltern. Er klemmte sich die Taschenlampe in die Achselhöhle und öffnete die Schachteln. Er nahm sich eine nach der anderen vor, riss einen Deckel ab, dann noch einen.

Als das Licht im Laufe der Nacht zu flackern begann und immer schwächer wurde, hatte er sechsundvierzig Deckel mit Elises Zeichnungen vor sich liegen. Er steckte sie in eine Tüte und ging nach oben in die Wohnung. Der Fernseher stand auf dem Boden. Ansonsten war alles unberührt. Als er aufs Klo ging, füllte sich der Spülkasten nicht wieder, nachdem er abgezogen hatte. Er suchte sich saubere Kleider aus dem Schrank, stopfte sie in die Tüte und kroch durch den Öltunnel wieder nach draußen. Dann zog er sich um und steckte die Zeichnungen in die Innentasche seiner Jacke.

Die Hänge rechts und links des Tals zeichneten sich vor dem Nachthimmel ab. Ein paar Scheinwerfer blinkten auf der Straße jenseits des Flusses. In der Linkskurve reflektierte ihr Licht auf dem Wasser des Sokna. Die Zapfsäulen waren auf null gestellt. Vermutlich hatten sie einen von Statoil um Hilfe gebeten. Aber mit dem alten Tankautomaten waren sie anscheinend nicht zurechtgekommen. Er nahm den Messingschlüssel vom Reserveschlüsselbund und öffnete die Säule. Tatsächlich. Der Stapel Scheine war zwar nicht dick, aber immerhin.

Erik nahm den Super-Zapfhahn ab und klopfte ein paar Tropfen in den weißen Wattebehälter seines Feuerzeugs. Dieses Benzin, dachte er, werde ich für etwas Vernünftiges verwenden.

# EIN PFERD MIT FLÜGELN

Die Menschen strömten herbei, als die reflektierenden Plastikbänder durchtrennt wurden. Erik sah, wie sie sich vor den aufgestellten Plastiktischen drängten und sich hydraulische Wagenheber, Schneeketten und Werkzeug schnappten.

Er spürte die kalte Luft vom Sokna heraufwehen. In der Nacht war der erste Schnee gefallen, und jetzt stand die Sonne blass und starr am Himmel. Kurz nach zehn begann ein Lautsprecher bei den Zapfsäulen zu knacken.

»Wir beginnen die Auktion mit ein paar interessanten Objekten, um die Versteigerung in Gang zu bekommen. Wer interessiert sich für einen Diplom-Eis-Eskimo in bestem Zustand? Gut! Verkauft an den Herrn im Armeeparka dort drüben. Nein, der mit dem anderen Armeeparka! Zwei Kartons Prosit-Lakritzpastillen. Ja, Sie haben richtig gehört! Die Dinger, die wir damals auch Mäuseköttel nannten. Wird schon lange nicht mehr produziert. Der Verzehr erfolgt daher auf eigene Gefahr!«

Die Leute lachten.

»Kein Gebot? Dann gleich in den Abfall. Wir haben heute noch einiges vor. Hier gibt es einen Kühlschrank mit Toplock, Originalausgabe von Coca-Cola aus den Fünfzigern.«

Erik saß auf der Leitplanke gegenüber und beobachtete die Menschen. Dick vermummte Käufer aus Oslo, die mit Lieferwagen gekommen waren, Bauern, die nach Schweißgeräten Ausschau hielten, und Arbeitslose aus Vinstra, die selbstgedrehte Zigaretten rauchten, während sie sich durch sein Werkzeug wühlten. Die Leute aus dem Ort standen etwas abseits. Sie verhielten sich ruhig, scharrten mit den Füßen auf dem Boden und ließen ihn in Frieden.

Die Blue-Master-Reklame und die eingerahmten Plakate mit den Luftdrucktabellen lehnten an der Wand. Unter dem Tanksäulendach leuchteten vier hellgraue Quadrate. Die Fundamente der Gilbarco-Zapfsäulen. Bolzen ragten aus dem Beton, auf dem ein paar rostige Schrauben und Unterlegscheiben lagen. Die Zapfsäulen wurden aufgerufen und verkauft. Alle Käufer waren Bauern aus der Umgebung. Von jetzt ab werdet ihr irgendwo im Matsch stehen und Landwirtschaftsdiesel pumpen, dachte er. Und ihr werdet da eine Weile aushalten, schließlich habt ihr die besten Pumpenmotoren, die es gibt. Wenn ihr nicht von unten durchrostet, habt ihr bestimmt noch vierzig Jahre vor euch.

»Hier haben wir eine Schneefräse. Marke Tecumseh.«

»Die scheint ja schon einiges hinter sich zu haben«, johlte ein Trønder.

»Ich glaube, die hat es ganz hinter sich«, rief ein anderer, »so wie die aussieht.«

»Bei Schneefräsen taugt nur eine Marke wirklich etwas, und das ist Honda.«

Vier Gebote. Eine ganze Stange Geld, von dem er nie etwas sehen würde. Der Hammer fiel mehrmals pro Minute, während seine Werkstatteinrichtung verschwand. Die Hydraulikpresse. Die Standbohrmaschine. Das Startaggregat. Die Schweißgeräte.

»Um ein bisschen Abwechslung in die Sache zu bringen, kommen wir jetzt zu den Artikeln, die ganz unten auf der Liste stehen. Also: eine etwas in die Jahre gekommene Sony-Stereoanlage mit selbstgebauten Lautsprechern.« Das können die doch nicht machen, dachte Erik und stand auf.

»Mit Plattenspieler. Interessant für Nostalgiker. Zwei Kisten Schallplatten. Werfen wir mal einen Blick hinein. Pogus, o nein, Pogues. Jason and The Scorchers. Ziemlich alte Sachen. Erhalte ich ein Gebot für alles zusammen?« Jemand lachte. »Schallplatten? Also bitte, wir leben doch nicht im Jahr 1979!«

Sie haben mir versprochen, meine privaten Sachen unangetastet zu lassen, dachte Erik. Ich muss diesen Bankdirektor finden und ihn dazu bringen, das rückgängig zu machen. Meine ganze Jugend steckt in dieser Plattenkiste. Und im Cover von *The River* stecken die Briefe von Elise.

Erik folgte dem Käufer, ein junger Kerl mit Strickmütze. Er wartete, bis er den Wagen aufgeschlossen hatte, schnappte sich *The River*, nahm die Briefe aus dem Cover und ging, ohne ein Wort zu sagen. Als er sich wieder der Tankstelle näherte, fielen ihm zehn bis fünfzehn Männer aus dem Dorf auf. Schützen. Sie lehnten an der Wand und beobachteten ihn. Morgan Evensen rief lachend: »So ganz freiwillig war das wohl doch nicht.«

Ein Jugendlicher mit gelber Kappe kam im F-150 angefahren, ließ den Achtzylinder aufheulen und mit geöffneten Türen im Leerlauf stehen.

»Ein alter Ford Pick-up. Kilometerstand 326 000. Ordentlicher Zustand. Braucht jemand einen Wagen für seinen Hof?«

»Das sind 326 000 Meilen«, murmelte Erik. Erst kam ein beschämend kleines Gebot. Dann kletterten die Gebote allmählich in die Höhe. Der Auktionator hatte den Hammer gehoben, als Erik sah, wie ein alter Mann in einem grauen Overall den Arm hob. Werner Grundtvig.

Der Erstbietende überbot ihn, Grundtvig erhöhte um die gleiche Summe, der andere zog nach. So ging es hin und her, bis Grundtvig nach vier Runden den Zuschlag bekam. Anschließend sah es so aus, als wäre er sich mit dem Auktionator über irgendetwas uneinig, ja, als wollte er die Kaufbestätigung nicht unterschreiben. Ich muss mit ihm reden, dachte Erik, aber später, ich kann jetzt nicht hinter jedem herrennen, der meine Sachen kauft.

»Das Nächste wird als ein einziger Posten verkauft: eine Partie von rund achthundertfünfzig Öl- und sechshundertfünfzig Luftfiltern. Darunter natürlich viele nicht mehr gängige Marken. Aus irgendeinem Grund fehlen bei einigen Schachteln die Deckel.«

Die Gebote kamen rasch, doch jede genannte Summe wurde sofort von einem Mann in einem beigen Mantel überboten.

Erik erkannte ihn. Es war der Mann mit dem blauen BMW, Klyver. Er bekam den Zuschlag zu einem deutlich günstigeren Preis als dem, den er ihm vor ein paar Wochen geboten hatte.

»Der nächste Gegenstand muss im Stück versteigert werden, denn er ist zusammengeleimt. Fragen Sie mich nicht, warum. Aber bitte: eine anderthalb Meter hohe STP-Pyramide. Hat jemand Interesse?«

»Was soll man denn damit?«, rief einer.

»Höre ich ein Gebot?«

»Wir nehmen die!«, rief Morgan Evensen. Die Kerle aus dem Schützenverein drehten sich grölend Zigaretten.

»Und jetzt ein Karton mit Comics. Die können einiges wert sein. Unter anderem sehe ich hier alte Donald-Duck-Hefte, *Spion 13*, *Silberpfeil*, *Illustrierte Klassiker*. Und ich muss dazusagen, dass wir den Karton nicht genau durchgesehen haben. Es gibt hier also die Chance, ein echtes Schnäppchen zu machen.«

Die Gebote folgten dicht aufeinander, und schließlich ging der Karton für doppelt so viel weg, wie die Tecumseh gebracht hatte.

»Hier sind mehr als vierzig Kartons mit Autozeitschriften. Dreizehn komplette Jahrgänge. *Classic & Thoroughbred Cars, Automobil, Car, Amcar, Jaguar Monthly* und *Practical Classics*.«

»Ich kann mir das ja mal ansehen«, brummte einer und bekam alles für die Hälfte des Mindestgebots der Comic-Hefte.

»Jetzt kommen wir zu Werkstatthandbüchern und Ersatzteilkatalogen. Vorwiegend Haynes und Chilton für die amerikanischen Modelle. Insgesamt dreihundertzwanzig Bände. Diese Bibliothek scheint den gesamten Fahrzeugbestand des Dorfes abzudecken. Ein Gebot für alles?«

Stille.

»Okay. Dann stellen wir die Kisten aus und Sie können sich heraussuchen, was Sie brauchen. Als Nächstes kommt ein Fernglas unter den Hammer, Marke Swarovski. Danach fangen wir mit den Auto-Ersatzteilen an, und das wird sicherlich einige Zeit in Anspruch nehmen.«

Erik spürte, wie sich seine Schläfen zum Zerreißen spannten. Er zündete sich eine Zigarette an und dachte an den gestrigen Tag. Die Bedienung des Lokals hatte ihn unten am Lågen gesucht und gebeten, ans Telefon zu kommen.

»Erik? Gott sei Dank habe ich dich gefunden.«

»Ellen?«

»Ich habe Neuigkeiten für dich.«

»Die müssen dann aber gut sein.«

»Ich habe einen Job für dich. Im Trafixia in Ringebu.«

»Ah ja.«

»Los, komm. Was hast du denn für Alternativen?«

»Ich will nicht in einer Imbissbude stehen und von Jugendlichen angemacht werden, weil sie eine andere Soße wollen.«

»Das ist aber doch besser, als arbeitslos zu sein. Übrigens, ja, du *musst* dort Würstchen verkaufen. Und es wird einen Riesenumsatz geben. Im August findet in Ringebu das Landesschützentreffen statt, sechstausend Teilnehmer plus Familienangehörige. Warum lachst du?«

»Ach, nichts«, sagte Erik.

»Was willst du denn sonst machen?«, fragte Ellen. »Okay, du kannst noch eine Ausbildung machen, die Meisterprüfung ablegen und in einer Autowerkstatt anfangen. In

Vinstra gibt es doch diesen Laden. Ich glaube, die heißen Dokken.«

»Die führen Toyota.«

»Du musst endlich akzeptieren, dass die Menschen japanische Autos fahren. Hör mal, Erik. Die Wagen, die du so gerne reparierst, gibt es bald nicht mehr! Was soll das dann? Das bei Trafixia ist trotz allem ein anspruchsvoller Job. Nimmst du das dankend an?«

»Nicht gerade dankend«, brummte Erik, »aber ich nehme es an.«

»Und jetzt kommen wir zu einem ganz besonderen Gegenstand. Hinter Ihnen steht ein waschechtes Symbol aus der Jugendzeit des Automobilismus, eine wahre Design-Ikone. Wie Sie wissen, gibt es Mobil seit 1992 nicht mehr, weshalb die meisten dieser hübschen Schilder eingeschmolzen worden sind. Mobil war eine der letzten Ölgesellschaften, die noch wirklich auf Ästhetik gesetzt haben. Aber die Zeiten ändern sich. Und somit kann ich Ihnen hier und heute das letzte Mobil-Schild Norwegens anbieten!«

Die Versammelten drehten die Köpfe zum Mobil-Schild und streckten ihre Hälse, als hielten sie nach einem Flugzeug Ausschau.

»Na, hat es gefunkt?«

Erik stand auf, wischte sich den Schnee von den Schultern und wollte gehen.

»Wir wollen es leuchten sehen«, sagte einer der Interessenten. Erik stand an der Ausfahrt und sah, wie der Junge mit der gelben Kappe im Verkaufsraum verschwand. Kurz darauf kam er zurück und schüttelte den Kopf.

»Fyksen!«, rief einer mit Annor-Dialekt. »Schalt das Schild ein, damit sie sehen, dass es funktioniert!«

»Funktioniert das Schild?«, fragte der Auktionator durch den Lautsprecher. »Kennen Sie sich damit aus?«

Sie machten ihm Platz. Erik ging hinein, ließ seinen Blick durch den leeren Verkaufsraum schweifen, über die ausgeräumten Regale und die Pappkartons auf dem Boden. Dann trat er an die Schalttafel. Blieb ein paar Sekunden stehen. Dann drückte die Schalter nach oben, einen nach dem anderen, und schaltete alle Lichter der Tankstelle ein. Dann streckte er sich nach dem obersten Schalter, drehte ihn langsam herum und spürte das Klicken, als die Leitung freigeschaltet wurde. Die Menschen verstummten.

Draußen sah er die Neonröhren blinken. Nach ein paar Sekunden erstrahlten die Leuchtstoffröhren, und ein roter Schimmer fiel auf die Schneeflocken, die vor dem Pegasus zu Boden rieselten.

Die Gebote begannen.

Die Flügel streckten sich. Die Pferde bäumten sich zum Himmel auf.

Erik schaltete ein Licht nach dem anderen aus. Dann drehte er den letzten Schalter nach links.

Der Hammerschlag ertönte.

Das rote Pferd verlor seine Farbe und verschwand im Novemberwetter. Dann sprang es aus dem Plexiglas und glitt mit drei Flügelschlägen über das Dach der Tankstelle. Hinauf zu dem Sternbild, von dem sie kamen.

# PFERDESTÄRKEN

Der Asphalt hatte noch ein bisschen Sonnenwärme gespeichert. Die Schneekristalle schmolzen, als sie auf der Tallaksenebene landeten, sodass sich die alte Straße schwarz zwischen den weißen, zugefrorenen Gräben hindurchzog. Die Lautsprecherstimme wurde immer leiser, und bald hörte er nur noch seine eigenen Schritte im Matsch.
Die Tankstelle ist weg, dachte er. Das Pferd ist weg. Ich dachte, ich könnte es schaffen. Es hatte wirklich so ausgesehen. Wenn sich nicht alles im letzten Moment so überstürzt hätte, das Tempo immer schneller geworden wäre. Wie ein Zweig, der in der Strömung trieb, ehe er vom Wasserfall erfasst wurde. Das Einzige, was er jetzt noch besaß, war ein Feuerzeug mit den letzten Tropfen Super von seiner Tankstelle.
Er erreichte die Zigeunerkurven. Tor-Arnes Reifenspuren endeten vor zwei neuen Leitplanken. Hier unten war der Asphalt kälter, und der Schnee begann sich wie eine weiße Decke über die Bremsspuren zu legen.
Wenn ich mir doch nur selbst zu Hilfe hätte kommen können, dachte er, als der, der ich früher war. Ich wäre aus dem Pannenfahrzeug gestiegen, hätte mich über den Beifahrersitz gebeugt und hätte die Heizung voll aufgedreht. Ich wäre zur Mobil-Tankstelle zurückgefahren, hätte Ersatzteile besorgt und mich wieder zusammengebaut. Aber an diesen Ort kommen keine Pannenfahrzeuge mehr, jedenfalls nicht solche.

Er hatte beschlossen, es hier zu tun. Sich an diesem Ort von den Resten seines Lebens in Annor zu trennen, die Ölfilterdeckel und Briefe von Elise anzuzünden, das Feuerzeug wegzuwerfen und dann hinunter zur Kreuzung zu gehen, um an der neuen Straße auf den Bus zu warten, mit dem er dann hungrig nach Ringebu fahren konnte, um im Trafixia etwas Frittiertes zu essen, ehe er die Kleidung anzog, die er tragen sollte.

Die Kälte biss in seine Finger, als er die Ölfilterdeckel aus der Jacke nahm.

Das Benzinfeuerzeug war verrußt. Es ging nicht. Erik Fyksen klappte sein Feuerzeug zusammen und begann davon zu reden, dass er ja später vielleicht einmal nach Oslo gehen könnte, um ein paar Dinge zu reparieren.

Erik schob die Ölfilterdeckel wieder in die Jackentasche und ging weiter. An der Einfahrt zum Schrottplatz sah er Reifenspuren. Das Profil war leicht zu erkennen.

Sein eigener Ford F-150.

Die Radspuren führten ihn durch das geöffnete Tor. Wieder hatte er das Gefühl, sich selbst zu beobachten. Wieder der Eindruck, dass jemand anders den Wagen fuhr, in dem er saß.

»Werner«, rief er. »Werner!«

Es kam keine Antwort. Ein zerrissener Deckenbezug flatterte in einem fensterlosen Saab.

Der F-150 stand an der Baracke. Von der Fahrertür führten ein paar Fußspuren durch den Schnee. Erik erkannte sie. Grundtvig war über den Platz gelaufen, hatte sich an den Ort gestellt, wo er den besten Überblick über den

Schrottplatz hatte, war stehengeblieben und hatte sich umgesehen. Die Spuren bildeten einen Kreis. Ein paar Mal war er von einem Fuß auf den anderen getreten. Dann war er nach unten gegangen und zwischen den Autos verschwunden.

Grundtvig hat für immer Abschied genommen. Er überlässt mir den Schrottplatz, dachte Erik und öffnete die Tür der Baracke. Der Geruch von Kernseife schlug ihm entgegen. Er hatte den Kiefernboden niemals so sauber gesehen. Der Holzofen brummte mit halb geöffneter Lüftung. Der Schrank war voller Konservendosen und Kekse. Er hat mir sogar mein Radio auf den Tisch gestellt, dachte Erik, damit ich kapiere, dass es für mich ist. Es stand genau da, wo seine Mutter ihm immer die Zettel hingelegt hatte, wenn sie mal außer Haus war.

Er stellte die Kochplatte auf 1200 Watt und nahm das Glas mit dem Pulverkaffee. Ich war einmal von Nutzen, dachte er, sogar mehr als das. Jetzt bin ich nur noch ein kaputtes Rädchen im Getriebe der Gesellschaft. Aber ich werde mich wieder hinbiegen. Ich glaube wirklich, dass ich mich hier und jetzt wieder fangen kann. Ich muss Ellen anrufen. Sie wird es verstehen. Dass ich hierhergehöre – zu den Wracks.

Ein neuer Thermoanzug hing hinter der Tür. Er zog ihn an und ging nach draußen. Der Wind nahm zu, sodass der Schnee beinahe waagerecht fiel. Einige Böen fegten über die Autodächer. Ein Drahtseil schlug an einen Wellblechschuppen. Weit entfernt hörte er eine Persenning flattern.

Der Laut klang seltsam vertraut.

Er folgte dem Geräusch über den Schrottplatz und ging zwischen den Reihen rostiger Stoßstangen und matter Kühlergrille hindurch.

Das Flattern kam von der Persenning über dem Wagen, den Tora gekauft hatte. Er trat näher, nahm die Spikereifen weg, die auf der Persenning lagen, und zog das Tuch herunter, sodass der Schnee aufwirbelte. Dann setzte er sich auf den Boden, Auge in Auge mit den Scheinwerfern.

Da bist du also, dachte er.

Hast hier gestanden und gewartet.

Die Scheiben waren von Dreck verklebt. Trockene Fichtennadeln lagen in der Regenrinne. Die Zierleisten waren abgerissen, und der Lack war rau wie ein Reibeisen. Lange, gelbe Grasbüschel hatten sich zwischen die Felgenringe geklemmt. Das musste das heruntergekommenste Fahrzeug des ganzen Schrottplatzes sein. Es würde nie wieder fahren, wenn es überhaupt noch zum Ausschlachten taugte.

Wie konnte es nur dazu kommen?, dachte er. Fing es mit einer kleinen Delle an, mit etwas, das sich nicht mehr zu reparieren lohnte? Oder warst du irgendwann einfach zu störrisch, eine zu bizarre Konstruktion, die zu viel Pflege benötigte? Wie auch immer, irgendwann hat dich jemand aufgegeben, hat dich in deinen eigenen Spinnweben stehen lassen, hat dich spüren lassen, wie es ist, wenn das Fett hart und die Radaufhängung steif wird.

Jemand hatte aufgehört, sich zu kümmern.

Irgendwann hatte irgendwo jemand aufgehört, sich um

einen roten Facel Vega HK500, Baujahr 1961 zu kümmern.

Bis dich schließlich Tora Landstad hierhergeholt hat.

Erstaunlich, dass rote Autos so matt werden können, dachte er. Das muss die Strafe dafür sein, sich diese Farbe ausgeliehen zu haben. Wie weit muss man fahren, um einen
Facel Vega zu finden? Noch dazu das seltenste Modell mit
Handschaltung und 390 PS, einen Wagen, der in weniger
als sieben Sekunden von null auf hundert beschleunigte?

Weit, so weit, dass es nur einen einzigen Grund dafür
gab.

Was für ein gewaltiger Umweg, Tora Landstad, aber es
war trotzdem zu spät. Es gab keine Ersatzteile mehr für
diesen Wagen, so wie es auch für mich keine Teile mehr
gibt. Der Motorraum ist mit getrocknetem Altöl verdreckt
und von Rost zerfressen. Der Kühler steckt nach all den
Jahren mit Rostfraß voller Schlacke und Ablagerungen,
die Klumpen bilden und alles verstopfen.

Erik wischte den Dreck von den Fenstern und blickte in
den Innenraum. Das rote Lederinterieur war von Mäu-
sen durchlöchert und aufgesprungen. Über den Instru-
menten wucherten die Spinnweben, und die Schalter, die
einmal verchromt geglänzt hatten, waren matt wie ange-
laufenes Silberbesteck. Es war, wie durch das Fenster eines verlassenen Märchenschlosses zu blicken.

Mitten auf dem Fahrersitz lagen die Schlüssel und eine
alte Kassette. Auf dem schmutzigen Etikett erkannte er
seine eigene Handschrift. *Heart of Gold.* Die Kassette, die

noch in der Anlage des Jaguars gesteckt hatte, als Tora gefahren war.

Das wäre die Reparatur meines Lebens, dachte Erik.

Aber es gab keine Hoffnung. Ich habe doch gesagt, es gibt keine Ersatzteile mehr für einen Facel Vega. Es gibt nicht einmal Werkstatthandbücher. Tora, so hör doch zu. Dieses Auto wird nie wieder fahren.

Stahl wartet auf den Stahl des Werkzeugs.

Für mein Leben gab es auch kein Werkstatthandbuch. Und gäbe es eines, so hätte ich es doch nicht gelesen. Ich hätte einfach drauflosgelebt. Das eine oder andere versucht, wie es auch alle anderen tun.

Rost wartet auf die Flamme eines Schweißgerätes.

Erik trat ein paar Schritte zurück und sah, wie sich das Abendlicht auf den doppelten Lampen abzeichnete, dem netzartigen Muster des Kühlergrills, den dünnen Türholmen, die das Dach schweben ließen.

Er sah sich selbst plötzlich als Zehnjährigen, der auf dem Bauch lag und in einer Autozeitschrift blätterte. Sorglos, einen heißen Kakao neben sich, ein träumender kleiner Junge, der etwas über einen roten Facel Vega, Baujahr 1961 las.

Sie betrachteten das gleiche Auto.

Und während sie so dalagen, beobachteten sie den Erik Fyksen, der jeden Morgen auf den Pass fuhr. Er stieg aus seinem Pannenfahrzeug, stapfte mit seinen Arbeitsschuhen an ihnen vorbei, warf einen kurzen Blick auf den Facel, ging durch das Tor des Schrottplatzes und verschwand im Schneegestöber.

Erik stand auf. Der Ascona musste noch irgendwo hier stehen. Vermutlich dort, wo der Lastwagen des Stahlwerks immer die Wracks zum Einschmelzen abholte. Aber dort war er nicht. Er ging suchend am Zaun entlang bis zum unteren Ende des Geländes. Der halb gepresste Ascona stand auf drei anderen Autowracks. Erik kletterte hoch und hebelte den Kofferraumdeckel auf. Als er die vertraute Schwere des Werkzeugsets in den Händen spürte, sprang er nach unten, ging zum Facel und öffnete die Motorhaube.

Die Schläuche waren so morsch, dass sie zerbröselten, als er sie berührte. Am Luftfilter hing ein altes Wespennest. Das ganze Auto war auf dem Weg zurück zur Natur. Schimmel, Fäulnis und Rost hatten die Herrschaft übernommen.

Aber was hielt ihn eigentlich davon ab, anzuspringen?, dachte er. Die Kolben haben sich bestimmt festgesetzt, ich muss etwas finden, womit ich sie ein bisschen lösen kann. Im französischen Viertel stand ein Renault 30. Er zapfte ein bisschen Automatiköl ab und tropfte es in die Zündkerzenlöcher des Facels, wusste, dass es die Kolben ein wenig lösen würde. Dann widmete er sich den Bremsscheiben, brauchte zwei Stunden, um sie ein bisschen frei zu bekommen. Nahm an den verwitterten Bremsschläuchen Maß und fand in einem grauen Capri in etwa vergleichbare. Sie passten nicht, er konnte aber die Bremsleitungen aus einem alten Militärjeep verwenden.

Mitten in der Nacht legte er sich auf den zerfurchten Kiefernboden der Baracke, regulierte die Luftzufuhr des Ofens und zog die Persenning über sich. Am nächsten Morgen demontierte er die vordere Radaufhängung. Metrische Gewinde, die äußeren Spurstangenköpfe eines Mercedes würden womöglich mit ein bisschen Justierung passen. Er ging ins deutsche Eck, um dort zu suchen.

Am Abend setzte er sich wieder nach drinnen, feuerte den Ofen an, wärmte sich eine Dose Labskaus, aß Kekse und schraubte die Vergaser auseinander, während draußen noch immer der Schnee gegen die Fenster schlug.

Nach einigen Tagen wusste er nicht mehr, was für ein Tag war, er war einzig und allein damit beschäftigt, mit tauben Fingern Teile abzuschrauben und in seinen eigenen Spuren zurückzulaufen zu dem roten Facel, zu untersuchen, ob die Teile passten, und sie zu transplantieren.

Eines Morgens stand er da, mit Ersatzkanister und Absauger in der Hand. In dem schwachen Dezemberlicht holte er die Treibstoffreste aus den Autos, von denen er wusste, dass sie mit Super fuhren. Anschließend zog er auf der Suche nach einigermaßen sauberem Motoröl reihenweise Ölmessstäbe heraus. In der Türablage eines Rovers fand er eine Ölwechselquittung, die er selbst vor einem Jahr unterzeichnet hatte. Er zog die Sitzbezüge von einem Austin Princess ab, filterte das Öl durch den Bezug und goss es in den Facel. Dann machte er eine weitere Runde und suchte nach einer Batterie, die noch laut knisterte, wenn er einen Stahldraht zwischen die Pole hielt.

Zum Schluss setzte er sich auf den Fahrersitz des Facels und spürte es in seinen Unterarmen pochen, als er mit den Fingern über das Netzmuster auf dem Zündschlüssel strich.

Die Motorlampen leuchteten rot auf. Der Anlasser reagierte, kam träge in Schwung und arretierte mit einem hässlichen Knall. Dicker, schwarzer Rauch quoll aus dem Motorraum. Er sprang nach draußen, warf Schnee darauf und durchtrennte die Leitungen, damit sich die Hitze nicht im Kupfer ausbreitete und das Anlasser-Relais durchbrennen lassen würde.

Am nächsten Tag unternahm er einen neuen Versuch. Er fühlte sich hellwach, obwohl er bis nachts um vier bei Kerzenlicht in der Baracke gehockt und das Innenleben des Anlassers ersetzt hatte. Aber der Motor wollte nicht anspringen, die Batterie war zu schwach. Er machte sich auf die Suche nach einer anderen und wurde in einem Chrysler fündig. Sie lieferte ausreichend Strom, sodass der Anlasser in Schwung kam, aber der Motor ruckelte nur einmal kurz. Wie ein Fisch, der am Köder schnuppert, dann aber den Haken bemerkt und das Weite sucht, um sich nie wieder zu zeigen. Er pumpte leicht mit dem Gaspedal und hörte die Batterie schwächer werden, bis sie schließlich nicht mehr wollte.

Keine der Batterien, die er fand, hatte genug Saft. Er holte sich acht Batterien, koppelte sie mit dem Stahldraht des Zauns zusammen, goss etwas Benzin in die Aussparungen für die Zündkerzen und setzte sich wieder hinter das Lenkrad.

Auf diesem roten Ledersitz hat einmal jemand gesessen, dachte er. Jemand, der den Geruch des neuen Wagens eingeatmet und ein Vermögen dafür bezahlt hat, der Erste zu sein, der ihn anlässt.

Erik drehte den Schlüssel herum. Der Facel schüttelte sich, der Achtzylinder erwachte mit einem Donnerschlag zum Leben, zerrte an den Motorhalterungen, hustete und spuckte und würgte alten Ruß aus. Die Zeiger der Instrumente zitterten, und der Öldruckmesser ruckte langsam in die Höhe. Die Kühlflüssigkeit begann zu zirkulieren, und bald darauf spürte er einen sanften Hauch aus der Heizungslüftung.

Während der Achter im Leerlauf brummte, stieg er aus, um die Zündung zu justieren. Der $5/8$er Schlüssel passte nicht. Als er den $19/32$er nahm, kam ihm in den Sinn, dass der Zähler des Bruches eine Primzahl war. Wie ich, dachte er. Eine soziale Primzahl. Nur teilbar durch mich selbst.

Er legte die Hand auf das Gusseisen und synchronisierte die Vergaser, bis der Motor rund lief. Bald darauf spürte er die ruhige Vibration der Kurbelwelle, die Hitze der Abgase, die an den Haaren seiner Unterarme brannte, und er hörte, wie die Ventile die Stimmlage wechselten, als er etwas Gas gab. Dann zog er den Standgashebel ganz hoch und ließ eine volle Ladung Benzin in die Zylinder, die sie schluckten, entzündeten und mit 5500 Umdrehungen eine berauschende Antwort gaben.

Der Schnee hinter den Auspuffmündungen war schwarz von der Schlacke, die der Achtzylinder ausgebrannt hatte. Das Auto ist ziemlich am Ende gewesen, dachte Erik. Aber trotzdem. Den Lack hatte er polieren können, sodass man sich wieder darin spiegeln konnte, und der Motor war jetzt aufs Neue in der Lage, seine Kraft voll auszuspielen. In der splittrigen Granatenkiste, die auf der Rückseite der Baracke stand, fand er Tor-Arnes altes Kennzeichen. Ich schraube sie an den Facel, dachte Erik. Wobei es sich fragt, ob es noch ein Facel ist, denn der Wagen hat jetzt Teile von mehr als dreißig verschiedenen Autos.

Es fehlt nur noch eins, sagte Erik zu sich selbst und öffnete die Tür des F-150. Die Windschutzscheibe war verschneit und ließ nur einen dunkelgrauen Lichtschein in den Wagen fallen, weshalb er die Tür offen stehen ließ, während er die silbergraue Pioneer-Anlage ausbaute. Im Kassettenschlitz steckte noch *Goodbye.* Passt noch immer, dachte er, wenn auch in anderer Hinsicht.

Auf dem Weg zurück stolperte er über eine verschneite Hinterachse, stürzte zu Boden und verlor den Kassettenrecorder aus den Händen. Er pustete den Schnee weg und sah, dass die Frontseite eine leichte Delle hatte. Die Kassette steckte fest. Darum kümmere ich mich später, dachte er und montierte die Anlage im Facel.

Erik kurbelte die Scheibe nach unten und atmete die kalte Winterluft ein. Er hörte das Prasseln der Schneeketten, als er den Wagen einkuppelte und in Richtung Zigeunerkurven fuhr. Auf der Tallaksenebene gab er Gas und ließ eine wahre Hölle aus den Auspufftöpfen donnern. Der Wagen zitterte, als bekäme er fortlaufend Stromstöße. Die

Sicht verschwomm im Rütteln der Radaufhängung, die Tachonadel zitterte, der Facel lärmte, roch und knirschte, und er dachte, dass es zu den großartigsten Dingen des Lebens gehörte, durch diesen Trichter grauer Materie zu rasen, den nur Geschwindigkeit erschaffen konnte.

Die Landschaft verschwand, die Bäume am Straßenrand flogen an dem Auto vorbei, dichter und dichter, bis sie eine zusammenhängende Wand waren. Er zog den Facel hoch bis zur maximalen Umdrehungszahl und hörte, wie sich die Geräusche zu einem sonoren, kräftigen Brummen steigerten, lauter und lauter wurden, bis ein wahres Inferno durch das Tal hallte: das Brüllen einer überspannten, sinnlosen Urkraft, der Ruf einer gottlosen Apokalypse, das wilde Dröhnen von Pferdestärken, laut genug, um auch noch die letzte Seele im Universum zu wecken.

An der Steigung ging er vom Gas und ließ den Facel ausrollen, bis er unter dem geköpften Mast der Mobil-Tankstelle stand. Die Neonbuchstaben an der ergrauten Wand fehlten. Man sah noch ihren Abdruck als weißes, in den Stein gemeißeltes Relief: *Annor Kraftstoffe und Automobile*. Er ging hinein, warf einen Blick auf die leeren Werkzeugregale, die alten Aufkleber auf den Fenstern. Schlenderte langsam in die Wohnung hoch, in das Schlafzimmer und hörte das Echo seiner Schritte an den Wänden. Vor dem Fenster sah er seinen Heimatort. Aus dem Neubaugebiet blinkten hell erleuchtete Fenster und die ersten Laternen herüber, die für die Nacht eingeschaltet worden waren.

Erik blickte auf den Mast, auf dem der Mobil-Pegasus gestanden hatte, und dachte an die Pferdestärken, die ihn hier in Annor festgehalten hatten. Etwas später wanderte sein Blick zu dem Facel, zu den Pferdestärken, die ihn fortbringen würden.

Er ging die Treppe nach unten in die Werkstatt und kletterte in die dunkle Schmiergrube. Legte die Briefe und Ölfilterdeckel in eine Ecke und bedeckte sie mit Sägespänen. Dann blieb er eine Weile stehen, ehe er wieder nach oben kroch, sich in den Facel setzte und die Scheinwerfer einschaltete.

Die Lichter strahlten in den schwarzen Nadelwald, huschten über die Lichtung und schwangen über die dunkle Scheune und das windschiefe Wohnhaus von Styksheim.

Er hatte gehofft, dort im Fenster eine brennende Kerze zu sehen, gehofft, dass sie herauskam, etwas sagte, ihre Hände an der Motorhaube wärmte, ein Leuchten in ihre Hermelinaugen kam. Dass sie die Kassette aus dem Handschuhfach nehmen würde und er die Gitarre in *Heart of Gold* wiedererkannte.

Aber der Schnee auf dem Hofplatz war nicht geräumt. Die Häuser von Styksheim lagen im Dunkeln, Eiszapfen hingen am Dach, und dahinter heulte der Wald, riesig und dicht.

Er beobachtete den Schnee, der den Facel zu bedecken versuchte. Die Wärme der Versteifungsstreben unter der Motorhaube hatte ein rotes Andreaskreuz freigeschmolzen.

Wenn ich Kirkenes sehe, werde ich mich um die Delle im Kassettenrecorder kümmern und die Musik wechseln, dachte er. Es wird eintönig werden, die ganzen 2300 Kilometer *Goodbye* zu hören. Aber wenn es sein soll, werde ich auch das ertragen. Und nicht nur das, es wird mir auch gefallen, denn es hilft, das zu mögen, was man ertragen muss.

Ein Facel Vega fuhr durch Annor.

Bei der Abzweigung blinkte Erik und fuhr in Richtung Pass. Der Achtzylinder brummte ruhig unter der Motorhaube. Vor ihm bohrten sich die Scheinwerfer einen Tunnel durch die Nacht. Ein sanfter Wind ließ die Schneekristalle tanzen.

Die Räder drehten auf dem Eis durch. Dann fanden sie Halt, und er spürte, wie der Motor ihn mit dem Rücken in den Sitz drückte, als der Wagen zwischen den reflektierenden Schneezeichen an Fahrt aufnahm.

# INHALT

**»Der fesselndste Roman des Jahres.«** *Aftenposten*

Auf einem entlegenen Bergbauernhof im norwegischen Gudbrandstal wächst Edvard mit seinem wortkargen Großvater Sverre auf. Als der Großvater stirbt, macht Edvard sich auf die Suche nach dem Geheimnis seiner Familie. Es wird eine lange Reise, an deren Ende er mehr als nur ein Geheimnis kennt.

Die Geschichte einer verzweifelten Suche nach der Mutter, dem Vater, den eigenen Wurzeln – und einer Reise, die Edvard durch fremde Länder führt, dessen Familiengeschichte ein ganzes Jahrhundert umfasst: das Jahrhundert der großen Tragödien.

»Ein glänzender Roman ... was für ein großartiger Erzähler.«
*Hamar Arbeiderblad*

**Lars Mytting, Die Birken wissen's noch.** Roman. insel taschenbuch 4583. 515 Seiten

**Der etwas andere Reiseführer –
alles, was Sie schon immer über
Norwegen wissen wollten**

Der Erfolgsautor Per Egil Hegge erklärt in *Norwegen von A bis Ø*,
wie die Norwegerinnen und Norweger ticken und wie das Land
wirklich ist – auf ebenso pointierte wie unterhaltsame Art.
Hygge, Fjord, Holmenkollen, Ferienhütte, Skifahrer, Braunkäse …
Wissen Sie auch, was ein »Freiluftpils« ist? Oder ein »Lutefisk«? Was
typisch norwegisch ist, bringt Per Egil Hegge anhand dieser und
zahlreicher weiterer Beispiele auf den Punkt. Er klärt auf über Ur-
sprung, Herkunft und Bedeutung sprachlicher Phänomene und
Begriffe, die die moderne norwegische Gesellschaft ausmachen.
Neben Natur, Essgewohnheiten und Sport geht es auch um »Öl-
reichtum« und »Wohlfahrtsstaat«, aber auch um weniger selbster-
klärende Dinge wie das »Grilldress«, »Hjallis« oder die »Harrytour«.
So entsteht ein breites Panorama von Sprache, Land und Leuten –
unverzichtbar für alle Norwegen-Kenner*innen und solche, die
es werden wollen.

**Per Egil Hegge, Norwegen von A bis Ø.** Aus dem Norwegischen von Stefan Pluschkat und Nora Pröfrock. insel taschenbuch 4699. 230 Seiten.

ANDREAS TJERNSHAUGEN

## Eine faszinierende Welt – direkt vor unseren Augen

Sie gehören zu den beliebtesten Vogelarten in unseren Gärten und Parks: die Meisen. Klug und anpassungsfähig haben sie sich mit uns Menschen bestens arrangiert und erfreuen uns das ganze Jahr mit ihrem Gesang. Dennoch gibt es vieles im Leben der possierlichen Vögel, das uns bislang verborgen blieb.

Wussten Sie zum Beispiel, dass Meisen der Vielweiberei frönen, Fledermäuse töten, weil deren Gehirn besonders lecker schmeckt, und sich in der Luft wie fliegende Dinosaurier verhalten? Andreas Tjernshaugen, Ornithologe aus Leidenschaft, hat ein Jahr lang aus nächster Nähe ihre Gewohnheiten beobachtet und zeigt, was wir über diese Vögel alles nicht wissen, und enthüllt uns eine faszinierende Welt direkt vor unseren Augen.

**Andreas Tjernshaugen, Das verborgene Leben der Meisen.**
Mit zahlreichen farbigen Abbildungen. Aus dem Norwegischen von Paul Berf. insel taschenbuch 4694. 233 Seiten.

## Perfekte Tage im schillernden Norden

Zwei fantastische Städte in einem Band: Oslo begeistert mit nordischem Künstlerflair und exzentrischer Kulinarik. In Bergen schlendern wir stundenlang durch schmale Gassen. Gemeinsam liefern die Städte einen schillernden Eindruck des hohen Nordens.
In Oslo starten wir mit einem Morgenspaziergang durch den Vigelandpark in den Tag und besuchen anschließend das gleichnamige Museum. Dann geht es früh ins Bett – denn morgen treten wir die atemberaubende Überfahrt nach Bergen an …
Mit zahlreichen Fotografien des Autors und Illustrationen

**Knut Hoem, Oslo und Bergen – Lieblingsorte.** insel taschenbuch 4698. 220 Seiten.

## Die schönsten norwegischen Märchen in einem Band

Es rauschen die dunklen Wälder des Nordlandes, es faucht der Wind über die Berge, es tobt das Meer an den zerfurchten Küsten und Fjorden, wo Trolle spuken, die den Menschen das Leben erschweren und ihnen allerlei Streiche spielen. Doch noch listiger sind die Trollweiber, und sie haben zahlreiche Helfer – Tiere, Vögel und Naturkräfte –, die nur ein richtiger Held wie der Aschenper bezwingen kann ...

Die norwegischen Märchen nehmen die Leser mit auf abenteuerliche Segelfahrten und entführen sie in die wilde Natur der skandinavischen Halbinsel.

Angeregt durch die Brüder Grimm, begannen in Norwegen die beiden Freunde Peter Christen Asbjørnsen (1812-1885) und Jørgen Moe (1813-1882) die Märchen ihrer Heimat zu sammeln und aufzuzeichnen. Aus ihrer 1841 bis 1851 erschienenen Sammlung schöpft die vorliegende Ausgabe.

**Die schönsten norwegischen Märchen.** Herausgegeben und aus dem Norwegischen von Hans-Jürgen Hube. insel taschenbuch 4700. 231 Seiten.

NF 447/1/2.19